新潮文庫

邪馬台

蓮丈那智フィールドファイルⅣ

北森鴻
浅野里沙子 著

新潮社版

9887

邪馬台

蓮丈那智フィールドファイルⅣ

目次

邪馬台

蓮丈那智フィールドファイルⅣ

序章 鬼霧の夜

ことのほか静かな夜は、山霧が下りる音さえ聞こえるという。そう教えてくれたのは誰であったかな。ずっしりと重い布団《ふとん》の中で、三郎伍《さぶろうご》は考えた。昼間の祭りの余韻が今も体のそこここに残っていて、とても眠れそうになかった。ああ、楽しかったな。日ごろは村を出て、米子《よなご》の町に出働きしておる連中も、みんな帰っての鬼切《おにきり》祭りじゃもんな。ことに今年の鬼は、元輔《もとすけ》が務めたおかげでなかなか良かった。やはり鬼は体がでかくなくてはいけない。上背があって、横にも前後にも肉がみっしりとついておるのがよい。大きければ大きいほうがずんとよい。そうでなくては、鬼勢子《おにせこ》たちが追い回す意味がないではないか。これほど勇ましく、勇壮な鬼切祭りはいつ以来であろうかな。

明治の御世《みよ》となってからこっち、これほどにぎやかな祭りはずんとなかったものな、と三郎伍はいまだ覚めやらぬ夢の中にでもいるような気持ちで、ふふと笑った。

なにせすごい人出であった。おおかた近在の百姓衆も祭囃子《まつりばやし》にひかれて見物にでも来ておったのであろう。ずいぶんと見知らぬ顔があったものな。

家の外では夜霧がいっそう濃くなっていた。家も畑も鎮守の森も、なにもかも押し包むように濃くなっていた。すでに祭りの余韻も消え、しんと静かに眠りこける村の中を、密《ひそ》かに歩む人影が一つ、二つ、三つ、四つ……ばかりではない。十名ほどの数の人影が歩き回っていることを三郎伍は知らなかった。彼ばかりではない。八十戸あまりの阿久仁村《あぐにむら》の住民すべてが、人影の存在に気づくことなく、村祭りを成し遂げた疲れと若干の酔いに夢さえ見ずに眠りこけていただろう。

ことにこの五年ばかりはひどかった、と三郎伍は夜具の中でつぶやいた。

かつては因幡《いなば》・伯耆《ほうき》・隠岐《おき》の三国を有していた鳥取県が、五年前の明治九年に突然廃止されたときからすべてが変わってしまった。しかも、である。廃止された鳥取県が、よりによって隣国の島根県に併合されてしまったのがもっとも大きな痛手であった。鳥取藩時代三十二万石の力を持って尊皇攘夷《そんのうじょうい》に努めた雄藩が、よりによって佐幕朝敵の松江藩（島根県）十八万石に吸収されてしまったのだ。

——新政府の酷《ひど》いなされようじゃ。いったいなんの落ち度があったというのだ。

旧幕の時代、三郎伍は二十石取りの馬回り役であった。微禄《びろく》とはいえ士分である。秩禄《ちつろく》処分によって禄を失い、それでも人は生きねばならぬ。親族のつてをたどって阿久仁村へと流れ、日傭《ひようと》取り仕事でなんとか食いつなぐ日々にもやがて慣れ親しんだ。そこへ持ってきていきなりの鳥取県廃止である。三郎伍のみならず、旧鳥取のすべてが一変した。あらゆる機能が松江に集中し、鳥取そのものが忘れられた存在となってしまったのだ。

明けて十年。西南の地で南洲《なんしゆう》西郷を首魁《しゆかい》とする不平士族らの乱に、参加した旧藩士も数多くいると聞く。

かつて鳥取県東征参謀であった足立長郷《あだちちようごう》が津山警察署警部をやめて帰郷、困窮した士族を集めて貧窮隊そのほかを設立した。

彼らが『鳥取新聞』に掲載した文章を、三郎伍も読んだ。

曰《いわ》く。

『鳥取県ノ廃セラレシヨリ五州ノ治権ハ松江ニ集マリ、病院ノコトキ、学校ノコトキ、ソノ他社会ヲ奨励スヘキモノハ皆コレ松江ニ在リテ、鳥取ノ人智《じんち》ハ日ニソノ萎靡《いび》ヲウナカスニ至レリ』

つまりは鳥取県再置願望の書である。

ああ、だが長年にわたる嘆願の甲斐《かい》あって、ついには鳥取県が再置されることと相成った。そう村長がいっておった。祭りがこれほどまで賑《にぎ》やかだったのは、人心の喜びが村中に満ち溢《あふ》れておったからに相違あるまい。

一団の人影が、霧を裂くように歩んでいた。

誰ひとり声を発することなく、足音さえも消して。やがて祭りの中心であった櫓《やぐら》の場所まで来ると、それぞれの人影が頷《うなず》きあい、そして四方八方に散っていった。あるものは手に薪割《まきわ》り用の斧《おの》を、あるものは長刀を、あるものは八寸鎌《がま》をそれぞれ握り締めている。

そういえば、と三郎伍は不意に奇妙なことを思い出した。

数年前のことだ。野鍛冶《のかじ》を名乗る男たちが村にやってきたのである。八人ばかりの集団は山間《やまあい》の一角に小屋を設け、鍛冶場を作って生活を始めたのだが、どうも得体の知れない男たちだった。村人と交わることもなく、どうやって飯を食っているのかもわからない。野鍛冶というからには農具でも作っているのであろうが、それを村人たちに売ってまわるでもない。その姿さえも見ることは珍しいのだ。

あれらはいったい何者であろうな。祭りにも来なかったし。いつだったか西はずれの太一もおかしなことをいっておったな。野鍛冶ならば砂鉄を採取するのが道理であろう。中国山地は裏も表も豊富に砂鉄が採れることでよく知られておる。山を切り崩し、川の水を引いて採取するのだと聞いたことがある。じゃがやつら、そのような気配は一切ないのだそうな。それでも鍛冶場からはいつだって絶えることなく煙が立ち上っている。

なにをやっておるのやら。

ああ、だがいい。あんなやつらのことなど知るものか。祭りは無事に終わった。来年はもっと盛大になるのだろう。いよいよ鳥取県が再置されるのだから。島根連中にむざむざ遅れをとってなるものか。

ことり。

木戸が鳴った。

風が出てきたのだと、三郎伍は思った。

それが、三郎伍がこの世で聞いた最後の音だった。

明治十四年。九月十二日付けの太政官《だじようかん》布告によって、鳥取県再置が決定。初代県令は元大審院判事の山田信道で、十一月十八日に着任した。

しかしそのとき、島根県境近くにあったはずの阿久仁村が、地図から消えていたことを誰も気づかなかった。

第一章 廃村記

1

歩いた距離がそのまま高度になりそうな急登の斜面である。いかに学生時代はワンダーフォーゲル部に所属していたとはいえ、すでにそれは遠い青春の思い出に過ぎない。肉体はかつて巡り歩いた山々のことなど記憶していないし、むしろいきなりこのような場所に連れてこられた事実に強く反発しているようだ。要するに内藤《ないとう》三國《みくに》は限界の一歩手前にいた。

「まだですか、越名さん」

前を行く越名集治《こしなしゅうじ》にかけた声さえも、かすかに震えているわが身が呪《のろ》わしく思えたほどだ。

「んんっと……もう少しかな。道は間違えていないから」

「その言葉、四度めなんですけどね」

ついでにいえば、ここは断じて道ではない。ただの斜面ですといおうとしたら、手をかけていた枝がぽきりと折れた。慌《あわ》てて足を踏ん張る。別の枝をつかもうとする。あらゆる手立てを尽くして重力に逆らおうとしたが、時すでに遅かった。内藤はそのまま二メートルほど斜面を転がり落ち、檜《ひのき》の幹に激突して止まった。

「大丈夫かい、内藤君」

「軽々しく大丈夫とは言い難いようです」

「怪我《けが》は？　足を挫《くじ》いたかもしれないし、骨は？　ちゃんとくっついているかね」

「今のところ、異常はないようです」

立ち上がり、手足を動かしてみたが、檜にぶつかった衝撃以上の痛みはなかった。

「やはり、君を連れてきたのは間違いだったかな」

「いつもいつもこんな苦労というか、難儀というか、苦行めいたことをしているんですか」

ようやく這《は》い上がって問うと、越名は笑って首を横に振った。

「まさか、廃村ツアーのときだけだよ」

「ツアーね。それほど今の僕の状況にふさわしくない言葉はありませんね」

「そうかな。わくわくするじゃないか」

そもそもの発端は、下北沢の越名の店、雅蘭堂《がらんどう》に蓮丈那智《れんじょうなち》からの書類を届けたことに始まる。民俗学の研究をしているせいか、雅蘭堂には内藤の目を引く品物がそれこそ無数に並んでいる。アンティークの時計、古民具、古雑誌、古写真、ジャンクカメラ、工芸品、仏像、どれもがゆかしき光を放っているように見えるのは、越名の目が確かだからだろう。那智にいわせるなら「目が平等なのだ」そうだ。といっても研究室の助手、その収入の高を考えると、いつもため息をつくしかないのだが。

その日は、少しばかり事情がちがっていた。市から頼まれて月に数度、受け持つことになった市民講座の講師料が極《ごく》わずかではあるが懐《ふところ》を潤《うるお》わせていた。有田焼のそば猪口《ちょこ》程度なら買ってもよいかなと、物色をしている最中に、髪を短く刈り込んだ三十代の男が店に入ってきた。あまり目つきがよろしくないのは、生活に困窮しているためか、あるいは古物骨董《こっとう》の世界に長く生きていたがために性格が歪《ゆが》んでしまったか。などと無礼の誇《そし》りを受けても仕方のないことを考えていると、男は担《かつ》いだザックから二十点あまりの品物を出し「引き取って欲しい」とぼそりといった。

古い絵本、教科書、レコード、雑誌、ソフトビニール人形などである。

それらを丁寧に眺め、越名が品定めをする。

「これらは、どこから？」

「家の物置にしまってあったんだ」

「誰のものですか」

「それは……俺のものだよ」

嘘《うそ》ですね、と越名が決め付けた。いつもは眠り猫のように細い越名の目が、わずかに開いて男を睨《にら》んだ。

このレコードは四十年近く前のヒット曲。このビニール人形もまたほぼ同年代。あなたとは決定的に年代が合わない。

そういうと男は「今は俺のものだが、集めたのは父親だ」と、言葉を返してきた。

「許可は取っているのですか」

その言葉に、内藤は小さな疑問を抱いた。

父親のコレクションならば、許可など必要ないのではないか。

「これ、どこかの廃村からもってきたものですね。その証拠にレコードにも人形にもかすかに泥が付着している。人形の色の褪《あ》せ方も不自然です。少なくとも雨風をしのげる室内にあったものではないようだ」

——ハイソン？ ああ廃村のことか。

「……それのどこがいけない」

「いけませんねえ。わたくしどももごくたまに廃村を訪れることがあります。面白い品物が眠っておりますしね。しかしその場合は可能な限り、持ち主に連絡をして、許可を取っているのですよ」

「持ち主もなにも。誰も住んでいない村から」

そういった直後、男が口をつぐんだのは、自ら廃村から無断で持ち出した品々であることを白状してしまったことに気づいたからだろう。

「とにかく、うちでは買い取ることができません。どうかお引取りを」

たぶん他の店でも同じことをいわれますよ。誰もやばい商品には手を出したがらないものですから、と越名がつけくわえると、それでなくともよくない目つきをいっそう険《けわ》しくして、男は出て行った。

「いろいろ、あるんですねえ」

「そりゃあもう、いろいろどころではないよ。知り合いの刑事など、われわれと故買《こばい》屋《や》を完全に同一視しているほどだから」

「それにしても、廃村か。面白そうですね」

「最も簡単にタイムスリップをするための手段かなあ」

「面白いことをいう。けれどいまどき廃村なんてあるんですか」

「もちろんあるよ」

長崎県に《軍艦島《ぐんかんじま》》と呼ばれる島があることをご存知かねと、越名がいった。

名前に聞き覚えがあった。

正式な名は端島《はしま》。かつては三菱が経営していた炭鉱の島で、最盛期には五千人以上の人が暮らしていた。島全体がひとつの町であり、住宅、学校、社寺、商店はおろか劇場や社交クラブまであったらしい。その姿が遠目には軍艦のように見えたことから、先の異名が生まれたという。が、国のエネルギー政策の転換により、一九七四年に閉山。今は無人の島となっている。

「わたしも一度、行ってみたことがあるのだが」

「そうなんですか。で、どうでした」

「実に興味深い場所だったよ。『一人で離島します。ありがとうございました。お世話になりました』なんてメッセージが残されていたりしてね」

「なんだか、切ないですね」

「そうした村が、日本のいたるところにあるんだよ。だから」

先ほどの男のようにトレジャーハンターを気取って、失われた村から勝手に品物を持ち去り、売りさばこうとする輩《やから》が後をたたないのだ、と再び薄く目を開いて吐き出すようにいった。その眼光に、背中が少し震えた。いつも眠っているような細い目は、この目つきを隠すためのカムフラージュかもしれないとさえ、内藤には思えた。

一度、僕も行ってみたいですねえ。

思えばその一言が余計だった。

良いですよ、青梅《おうめ》の奥に格好の廃村があるんだ。案内しよう。

かくして急登にあえぎ、痛む身体《からだ》をさする内藤三國が、ここにいる。

さらに二度、越名の「もう少し」という言葉を聞いたのち、内藤らは目指す場所にたどり着いた。

杉並木の間をうねるように細い道が続く。その先にかつて人々が営みを続けていたはずの人家が点在する。柔らかな日差しがあるにもかかわらず、そこは紛れもない死の郷《さと》だった。風の渡る音、虫の鳴き声、せせらぎの音、そうしたもの以外の音が一切ない静寂の世界。

一軒の廃屋に足を踏み入れた。

二十年前に大変な人気者だったアイドルが、崩れかけた壁に貼《は》られたビールのポスターの中で微笑《ほほえ》んでいる。彼女はその数年後に病死したと、聞いたことがあった。床には色あせた新聞が散らばっている。かつて日本のドンと呼ばれた首相が、解散総選挙を訴えかける記事が掲載されている。

埃《ほこり》にまみれた清涼飲料水の空き瓶。

木製の招き猫は、招いてくれるはずの右手が欠けている。

「どうしてこの村は廃村に？」

「林業の不振が原因と聞いているが」

先ほどの傾斜ね、あれは里に降りるための山道だったんだ、と越名がつけくわえた。

生活用品はすべて里で調達しなければならない。人々は籐《とう》製の大きな籠《かご》を背負い、あの傾斜道をなん往復もしたという。切り出した材木は峰と峰、谷と谷とを結んだワイヤーロープで運んだらしいが、人の利便に余計な資金を費やすことはできなかった。

それほど貧しい村だったからという、越名の言葉がひどく遠い場所から聞こえてくる気がした。

「食事にしようか」

そういって越名がザックをおろした。

小型のガスバーナーで湯を沸かし、カップ麺《めん》を作る。

「この村で……不自由しなかったのは水くらいだったのでしょうね」

「ところが、これがまた厄介者だったようだよ」

こうした山間《やまあい》の村を流れる川は、時として表情を一変させる。小川のせせらぎは人も家も押し流す鉄砲水と化すことがある。集落を押し包む山の傾斜が土砂崩れとなることもある。

「どうだい。面白い研究になりそうかね」

「それはまだ、なんとも。けれど興味はありますね」

少しずつ、内藤の頭の中で構築されてゆく系統が、確かにあった。

廃村の民俗学。

集落の形成が民俗学の中で重要な系統であるように、その逆もまた研究対象となってしかるべきではないのか。それは文字通りフィールドワークの中においてのみ解き明かせる謎《なぞ》といってよいはずだ。

研究、論文作成、学会誌への発表、そして賞賛の渦。ようやく蓮丈那智の研究室を離れ、独立した研究室を持つ。講師から准《じゅん》教授への昇進。学界の若きエースとして、華々しい日々が待ち受けている。

「なにか、都合のよいことを考えていないか」

「いっ、いえそんなことは決して」

「鼻の穴が膨らんでいるぞ」

そういわれてもなお、内藤は妄想をたくましくする自分を、抑えることができなかった。

その一方で、那智研究室を離れることへの違和感をも、同時に味わっている己の情けなさにどうしようもなく煩悶《はんもん》するのだった。

そもそも廃村とはなにか。

集落に暮らす人間がいつしかいなくなり、集落が集落として機能しなくなることである。そこにはいくつかの要因が考えられる。たとえば先だって訪れた村のように、基幹産業が廃《すた》れ、そこに住む人々が次々に離村してやがて廃村というケースは極めて多い。軍艦島もまた然《しか》り、である。那智とともに訪れた奥羽《おうう》山脈の小さな山村では、山津波によって一瞬にして失われた村の存在も知った。疫病《えきびょう》の流行もあろう、交通の要衝から外れたために自然消滅した集落もある。飢饉《ききん》によって全滅した村の悲劇は、今も古文書の随所に見ることができる。

――これが那智先生ならば……。

閉架式の資料室で、脚立《きゃたつ》に座ったまま内藤は考えた。

「なにを調べているのかね」

背後から不意に声をかけられ、脚立から落ちそうになった。

「高杉《たかすぎ》さん！　どうしてこんなところに」

狐目《きつねめ》の教務部主任、高杉康文《やすふみ》が立っていた。

「どうして？　決まっているじゃないか」

教務部で書類の決裁に追われる自分に、用を言いつけることのできる人間は、わが東敬《とうけい》大学には一人しかいない、と高杉が憮然《ぶぜん》とした表情でいった。

「もしかしたら、那智先生ですか」

聞くまでもないのだが、あえて聞いてみた。

高杉の無言が、その回答を雄弁に述べている。

「わが研究室の不肖の助手が何事か良からぬことを企《たくら》んでいるらしい。ついては探ってくれないか、とね」

「不肖はないでしょう、不肖は！」

「わたしがいったわけではない。文句があるなら那智先生にいってくれ」

できるはずもないことを提案するあたり、高杉の機嫌もまたよろしくないようだと、内藤は察した。

「ちょっとした調べものを、ですね」

雅蘭堂の越名の案内で、奥多摩の廃村を訪れたこと。そこでふと思いついた廃村の民俗学について、下調べをしているところだと説明すると、高杉が少しだけ驚いた表情を見せた。

「廃村の民俗学……か。ほお、面白いところに目をつけたね」

「でしょう。それでいろいろと文献など」

「那智先生の御用をほっぽり出してねえ。いつから君はそれほどすばらしい蛮勇を身につけたのかね」

「だって、研究室には佐江《さえ》君がいるし」

「忘れたのか、彼女は昨日から休暇をとっている」

「ひぇっ、それはまずい。おおいにまずいでしょう」

「つくづく救われん男だな、君は」

首を横に振りながら、だが、と高杉はいった。

那智先生にはわたしから話しておこう。あなたの不肖の助手はもしかしたら面白い鉱脈を見つけつつあるのかもしれない。

「ついでに付け加えておいてあげよう。顔つきが明智光秀《あけちみつひで》に似てきた、と」

「主殺しなんてとんでもない。反逆の気持ちなどかけらもありません」

そのとき内藤は、高杉の目に冗談とはちがった意味の光を見た気がした。

かつては将来を嘱望された民俗学の研究者であり、異端の民俗学者と呼ばれる蓮丈那智とも盟友であった男の叡智《えいち》が、

——蘇《よみがえ》ったような……そんな目だ。

「どうやら師弟そろって面白いものに取り組んでいるようだ」

「どういうことですか」

「この一週間で那智先生が借りていった資料のリストだ」

そういって、高杉が一枚の紙を差し出した。

「これって、まさか！」

リストの一行目には、
中国正史日本伝（1）魏志倭人伝《ぎしわじんでん》・後漢書《ごかんじょ》倭伝・宋書《そうじょ》倭国伝・隋書《ずいしょ》倭国伝
とあった。
「そのまさかじゃないかね」
他のリストも同様だった。すべて邪馬台国《やまたいこく》に関する研究書だった。

２

魏志倭人伝。正確には「三国志・魏書」巻三十　東夷伝《とういでん》・倭人という。

『倭人は帯方の東南大海の中にあり、山島に依《よ》りて国邑《こくゆう》をなす。旧《もと》百余国。漢の時朝見する者あり、今、使訳通ずる所三十国』

で始まる古文書の存在を知らぬものはたぶん、ない。日本の古代史を研究する上で、欠かすべからざる資料である。

同時に、多くの論争を巻き起こす源泉となったことも、これまた有名だ。

邪馬台国は大和朝廷であったや否《いな》や。

果たしてその場所は九州であったか、それとも大和であったか。

九州説ひとつ取り上げても、北九州説、宇佐説、日田《ひた》説、熊本説、高千穂説、鹿児島説、などなど、諸説さまざまである。言い換えるなら、ごく特定の地域を除いて、邪馬台国の所在地を語る説は、ほぼ全国にわたるといっても過言ではない。研究者も同じ数だけ存在する。

資料室での高杉との会話から一週間後、休暇を終えた佐江由美子《ゆみこ》にことの次第を語って聞かせると、

「那智先生が邪馬台国ですか。なんだかぴんときませんね」

と首をかしげた。

「でしょう。なにを今さら、ですよねえ」

「そういえば、秋田と岩手の県境にある八幡平《はちまんたい》説、というのもありましたね」

「そのミステリー、僕も読みました」

けれどやはり極めつきは高木彬光《たかぎあきみつ》先生でしょう。そういったとたん、内藤は研究室内の空気が固く張り詰め、室温が確実に下がったことを実感した。振り返るまでもなかった。

「……那智先生」

「二人してミステリー談義とは、ずいぶんと優雅だね」

邪智の発する言葉の刃《やいば》が、内藤を容赦なく切り刻んだ。

「いや、これは、そのつまり」

「先生！」と、言葉に悲壮感をにじませながら、佐江由美子がいった。

「わたしが邪馬台国の事を調べたら、問題があるかな」

「あまりに手垢《てあか》のつきすぎた研究ジャンルですよ」

「そうだね。手垢にまみれている。けれどいまだ結着のつかぬ問題でもある」

「やはり、手をつけるのですか」

幻の邪馬台国はどこにあったのか。

卑弥呼《ひみこ》とは何者であったのか。

「そもそも邪馬台国とはなんであったのかね」

そして、那智は驚くべきことを口にした。

邪馬台国などというものは存在しなかったのではないか。

「どうして、そんな突拍子もないことを！」

確かに魏志倭人伝の成立にはいくつかの疑問がないではない。西晋《せいしん》の陳寿《ちんじゅ》はあくまでも伝聞を書き残しただけで、その内容は多くの誤認を含んでいると断言する研究者もいる。邪馬台国という名称も、倭人の発音を無理やり漢語に当てはめただけで、果たして正確か否かはよくわからない。大和朝廷イコール邪馬台国説は、一部ではあるがそこに準拠している。「やまとこく」という発音に「邪馬台国」の文字を当てはめたとするものだ。「邪」の文字も「馬」の文字も、あまり高貴なイメージを抱かせる文字ではない。それこそ、自民族至上主義ともいわれる中華思想の表れではないか。だが、いずれにせよ邪馬台国は実在した。未確認生物の類《たぐい》と同一視してはならない。力説すると、内藤の耳朶《じだ》に「ミ・ク・ニ」と、那智の天使と悪魔を混在させた声が届けられた。

だめだ。この声に屈してはならない。今日ばかりは自己主張しなければ。邪馬台国はなかったなんてとんでもない。そんな説を発表しようものなら、今度こそ蓮丈那智は学界から追放される。廃村の民俗学を完成させる前にそのようなことになったら、自分は永久に浮かばれぬ身と成り果てるだろう。邪馬台国はあった。蓮丈那智がなんといおうと邪馬台国はあった……はずだ。

――でも、しかし、もしかしたら。ああっ！

「本当は、なかったのでしょうか。邪馬台国」

「日本の正史といえば？」

「もちろん、記紀《きき》です」

古事記と日本書紀のことである。そんなこと、中学生だって知っていますよといおうとして、内藤はひとつの矛盾に気がついた。

「まさか、そんな、確かにいわれてみればそうなんだが」

「どうしたんですか」と、由美子がいった。

「ないんだよ、記紀には。邪馬台国に関する記述がないんだ」

本当に邪馬台国が存在していたなら、ほんのわずかでも記紀に記述がなければならない。那智はそのことを指摘しているのだと、理解した。

けれどそこに、由美子の反論が加わった。

「邪馬台国の記述はありませんが、それは記述の方法、あるいは名称を変えているだけだという説、前に読んだことがあります」

「いってごらん」と、那智が先を促した。その言葉によほど緊張したのか、由美子の喉《のど》がごくりと鳴った。

たとえば天照大神《あまてらすおおみかみ》こそ卑弥呼だとする説がある。ご存知の通り、天照大神は太陽神だ。弟の須佐之男命《すさのおのみこと》のあまりの乱行に嘆き悲しみ、天岩戸《あまのいわと》に隠れてしまう。

「これを天体現象に置き換えてみます。太陽神が隠れるというのはいわゆる日食ですよね」

「うん、そう置換してもよいだろう」

「今はコンピュータで日食現象を計算することができます。それは未来も過去も同様です」

するとどうなるか。

確かに卑弥呼が死んだとされる年に、日食は起きているのである。

「けれど、結局は天照大神は岩戸から出てくるね」

「はい。しかしそれは以前の天照大神ではありませんでした」

「天照大神は卑弥呼であり、彼女が死んだ年におきた皆既《かいき》日食現象を天岩戸隠れにたとえた、と?」

『まぼろしの邪馬台国』の著者である宮崎康平氏は「あまのいわとがくれ」ではなく「あまのいわとかくし」と読むべきではないかと述べている。すなわち天照大神はその年に死に、その遺体を岩戸に収めたのだ、と。

「じゃあ、岩戸から出てきたのは……」と、内藤はいった。

「もちろん、二代目女王の壱与《いよ》のことだと思われます」

魏志倭人伝に曰《いわ》く。

『卑弥呼以《もっ》て死す。大いに冢《ちょう》を作る。径百余歩、徇葬《じゅんそう》する者、奴婢《ぬひ》百余人。更に男王を立てしも国中服せず、更々《こもごも》相誅殺《ちゅうさつ》し、当時千余人を殺す。また卑弥呼の宗女壱与年十三なるを立てて王となし、国中遂《つい》に定まる』

天岩戸から出てきたのは卑弥呼ではなく、そのあとを継いだ壱与であると、由美子はいっているのだ。

「その説は」と、那智がある有名なミステリー作家の名を挙げた。彼がいくつかの小説やそのほかの著書の中で述べている説だねと、表情を変えることなくいった。

「はい。かなり説得力がある説だと思います」

「だが、問題もある」

何故《なにゆえ》に卑弥呼は天照大神に置き換えられてしまったのか。そこには発音上の共通点はなにもない。また、卑弥呼が逝去《せいきょ》した年に日食があったというだけで、両者の存在を同一視するのはあまりに短絡的ではないのか。那智の指摘に、由美子はそれ以上の言葉を続けることができなくなったのか、下を向いた。

「悪い視点ではないんだ。もしも邪馬台国が実在したならば、なんらかの痕跡《こんせき》が記紀に残されていなければならない。それが天照大神だとするなら、他の部分はどうなる？」

「他の部分というと」

由美子に代わって内藤がいうと、那智は黙ったまま魏志倭人伝を取り出して、デスクに広げた。

「たとえばこの部分」と指をさしたところには、邪馬台国では鉄器が使用されていた旨《むね》が書かれている。

「つまりは製鉄民族であったということですか」

日本では鉄鉱石は産出されない。製鉄は砂鉄の産地にかぎられる。そしてまた、製鉄技術は実に多くの木材を必要とする。大量の薪《まき》なくして、製鉄炉は稼動《かどう》しないからだ。

「こんな箇所もある」

「人性酒を嗜《たしな》む……ですか」

「つまり邪馬台国人は、かなり発達した醸造技術を有していたということだ」

かつては縄文人は酒を作らなかったという説が有力であったが、最近では三内《さんない》丸山遺跡でニワトコの実を絞って捨てたカスなどが発見され、どうやら縄文人も酒を作っていたとする説が浮上している。ただしそれらは好んで嗜むというよりは、神事に必要な道具ではなかったか。本来、酒とは神に近づくための重要なアイテムであったと考察することができる。

だが邪馬台国ではどうやら日常的に酒を嗜む習慣があったらしい。これはすでに嗜《し》好品《こうひん》としての酒が十分に流通していたことを示している。そして相当量の酒を醸造するためには、収穫量豊かな米と、自然発酵に必要な温度がなければならない。

「あの」と、由美子が再び会話に参加した。

「どうやら面白いことに気がついたみたいだね」

「はい。お酒と製鉄をめぐる話といえば」

「そう、神話の中に、確かに二つの要素を結ぶ話がある」

内藤も遅まきながら、そのことに気がついた。

「八岐大蛇《やまたのおろち》じゃないですか!」

須佐之男命の八岐大蛇退治にもまた、諸説がある。

八岐大蛇とは氾濫《はんらん》を繰り返す大河のことであり、いけにえの櫛名田比賣《くしなだひめ》とはその字が示すように田畑のこと。そして大蛇が退治されるというのは、大規模な治水工事を示しているという説。

あるいは、大蛇はたたら製鉄の記号化であるという説もある。事実、退治された八岐大蛇の尾からは、のちに三種の神器となる草薙剣《くさなぎのつるぎ》が出てきている。

「そして大蛇退治の重要なアイテムとなるのが」と那智。

「酒です」

内藤と由美子が同時にいった。

八岐大蛇は酒を飲まされ、泥酔《でいすい》したところを須佐之男命によって退治されてしまうのである。

砂鉄という要素をX軸とし、酒という要素をY軸とする。

那智がメンソールの煙草《たばこ》に火をつけながらいった。

「もうひとつ、魏の皇帝から贈られたとされる銅鏡百枚をZ軸とする」

「鏡は神秘性の象徴であると、前に先生、いっていましたものね」

魏志倭人伝に女王卑弥呼は「鬼道（呪術《じゅじゅつ》）に事《つか》え、能《よ》く衆を惑わす」と記述されている。

「すべての要素が交わる点こそが、邪馬台国だったのですね」

と、由美子が言葉を選びながらいった。

だとすれば、その場所はひとつしかない。

卑弥呼の使いが魏の皇帝を尋ねたとされる景初三（二三九）年の銘を持つ三角縁神《さんかくぶちしん》獣鏡《じゅうきょう》が出土した場所、すなわち出雲《いずも》地方である。

「そんな……こんなにも簡単に古代史最大の謎《なぞ》が解けてしまうなんて」

と、あっけにとられたように、由美子がつぶやいた。が、那智は「それほど単純ではない」とにべもない。

「他になにがあるというんですか」

「記紀という文書はね、一筋縄ではいかない部分を多く含んでいる」

「それはそうですが」

「信じすぎてはいけない。常に疑いの目で見つめる必要があるんだ」

たとえば八岐大蛇の記述ひとつ取り上げても、そこにはさまざまな解釈が生まれる。もしかしたらひとつの話の中にいくつもの寓意《ぐうい》が隠されているかもしれない。島根県で出土した三角縁神獣鏡にしても、それが魏製であるかどうかも確認できていないのである。

「じゃあ、先生が邪馬台国について調べようとしているのは」

期待をこめた内藤の言葉は、

「……わからない」

これもまたにべもない那智の一言で、ぺしゃんと潰《つぶ》れた。

うっすらと紫煙を吐き出しながら、那智が誰に語るでもなくいう。

わからないが、なにかが引っかかる。

邪馬台国という存在には、もっと大きな謎が隠されているのではないか。

「じゃあ、先生が調べようとしているのは邪馬台国がどこにあった、ではないのですね」

「そんなものは考古学者にでも任せておけばいい」

いずれの場所にあったにせよ、卑弥呼の墳墓なり決定的な証拠なりが発見されないことには、この問題に答えはない。

「そういえば」と那智が言葉を改めた。

教務部の高杉君から、面白いことを耳にしたが。

「もしかしたら、廃村の民俗学、についてですか」

「ずいぶんとユニークなものに取り組んでいるじゃないか」

「まあ、そのですね。なんとか形にできればと思っているのですが」

まさか、顔つきが明智光秀に似てきたなんて話があったなどということは……恐ろしくて口にすることができなかった。

「結論を急ぐことはない。だが、道筋らしいものは見えたのかな」

「似たようなことを越名さんにいわれましたが」

今はまだ暗中模索であると、頭を掻《か》くしかなかった。

ただ、とつけくわえた。先ほどからの会話から、ひとつ思いついたことがあった。

たとえば製鉄民族である。製鉄民族に必要なものは、砂鉄と大量の木材である。

「ということは、その土地から砂鉄が採れなくなり、周囲の山を丸裸にしてしまうと、製鉄民族はその地を捨てねばならない。まさに廃村です」

「なにがいいたいのかな」

「つまり製鉄民族であるということが、そのまま廃村の誕生につながるのです。彼らにとって廃村は運命の必然でしょう」

「そうなるね」

「それはあたかも廃村の遺伝子のようなもので……彼らの中にあらかじめ組み込まれたプログラムというか、あるいは村そのものに廃村に至る遺伝子が組み込まれていたというか」

その時になってようやく内藤は、那智の視線の質が変わったことに気がついた。

「廃村に至るプログラム、遺伝子か」

「すっ、すみません、おかしなことをいってしまいました。取り消します」

「簡単に取り消すんじゃない」

「はい、取り消すのを取り消します」

交通の要衝から取り残され、廃村となった集落にも同じことがいえる。路線とは常に必然性によって整備されるという原則がある。その必然性には人の流れ、自然の条件が大きく影響する。現代に至っては、地元の建設業者の需要、利権といったものも加味されるようではあるが。それはさておき、必然性によって整備される路線の要衝から外れているということは、すなわち廃村に至る遺伝子が、すでに存在していたということではないのか。

話をしているうちに、内藤は激しく混乱してきた。

「………………」

「どうした、続けないのか」

「なんだか、よくわからなくなりました」

プログラムなり遺伝子なり、それは後々になって組み込まれるタイプのものではありえないではないか。だとすると、廃村のプログラムは集落が生まれる過程ですでに約束されていることになる。

廃村になるために生まれた集落。

だとするなら、どうして人は集落を造るのか。

「……廃村にするために造る集落？ まさかそんなことはありえませんよね」

自分で口にしておきながら、内藤はそのとっぴさに、再び混乱した。瞬《まばた》きさえせずに、こちらを見つめる那智の視線に、泣き出したい気分になった。

ごめんなさい、ごめんなさい。もういいませんからそんな目で見つめるのはやめてください。わたしが悪うございました。内藤三國は善心に立ち返り、地道な研究に打ち込みます。決して那智先生を裏切るようなことは考えず、いつまでもこの研究室で働かせていただきます。だからそんな明智光秀を見るような目で、見ないでください。

だが、那智の口からは、

「驚いたな。まったく君という男は」

という一言が漏れただけであった。


その夜。内藤は不思議な夢を見た。

宮室楼観城柵厳設とは、魏志倭人伝にある女王卑弥呼の居処についての記述である。厳重な城柵《じょうさく》に囲まれた豪華な住居に卑弥呼は住み、人々の前にはほとんど姿を見せることもなく、千人あまりのしもべをはべらせて暮らしていたとある。彼女には弟が一人いて、政《まつりごと》を助けた、ともある。

獣の皮で作った敷物に卑弥呼が座っている。よく見ると那智であった。その横に座っているのは、なぜか壱与で、これは佐江由美子だった。

——とすると、俺は卑弥呼の弟か？

卑弥呼は歳《とし》を経ても夫を持たなかったというから、その可能性は高い。

あるいはただ一人出入りを許された、男の奴隷《どれい》やも知れぬ。

「……＊＊＊＊＊」

卑弥呼＝那智がなにか告げているのだが、声が遠くてよく聞こえない。聞こえないが、とにかく平伏するしかなかった。

さらになにかをいっているのだが、これもわからない。

語気が次第に荒くなる。

ますます平伏する。今や卑弥呼の尻《しり》に敷かれた敷物のようになっている。

幸せだ、となぜか思った。

3

『末盧《まつろ》国の王墓と特定
国指定重文の後漢鏡などが出土し、中国の史書「魏志倭人伝」に記述がある「末盧国」の王墓があると推定されていた唐津市の桜馬場遺跡で、王墓の位置を特定する弥《や》生《よい》後期前半（一世紀後半—二世紀前半）の甕棺《かめかん》墓の遺構が確認された。魏志倭人伝に記されたクニを治めた王墓クラスの位置が判明したのは全国三例目』（平成十九年十一月二十二日付、佐賀新聞より抜粋）

こんなものをコピーして来ました、と佐江由美子が数枚の用紙を差し出した。

「ああ、これは僕も読みました」

「そうだったんですか」

「全国紙にも掲載されていましたからね」

こうやって、考古学は一歩ずつ邪馬台国へと近づくのだろう。

魏志倭人伝でいうところの「対海」は対馬《つしま》のこと、「一支」は壱岐《いき》のことであると、これまでの研究で判明している。今回の発見で末盧国が、日本書紀に記される「松浦」であったことが証明されたことになる。

「でも那智先生、邪馬台国の位置関係には興味がないみたいだしね」

と内藤がいうと、

「そこが少し変かなと思えるんです」

間髪いれずに由美子が答えた。

だってそうでしょうと、さらに畳み掛ける。

「そうかな。だって先生の専門は民俗学だよ」

「そんなことはいわれなくてもわかっています。でも」

邪馬台国を研究するものが、その場所について興味を持たないなんておかしいと、やや執拗《しつよう》な口調で由美子はいった。

「だから？」

「もしかしたら、まったく別のテーマがあるのではないでしょうか」

「すみません、よく理解できないのですが」

「なにか研究のテーマにするような資料なり、物品があって、そのことと邪馬台国が密接に関係しているとか」

「それはちょっと飛躍が過ぎやしないかなあ」

「ちなみにいうと、そのことには内藤さんの研究も関連していると思います」

思いがけない言葉だが、由美子の口調には厳然とした響きがあった。

邪馬台国と廃村と、プラスX。

「ちょっとありえないでしょう、それは」

「内藤さん、気づかなかったんですか。あなたが廃村の遺伝子について語っているときの、那智先生の目つき」

そのことを思い出して、内藤は背中に冷たいものを覚えた。同時に、卑弥呼＝那智の意味こそよくわからない叱責《しっせき》の言葉がよみがえって、ふと懐《なつ》かしいものを覚えた。

「あれは、やはりまずかったですかね」

「なにをいっているんです。先生は本当に驚いていたみたいですよ」

「あまりに、くだらない考察で？」

まさか、と由美子が冗句のかけらも感じられない口調でいった。

蓮丈那智という異端の民俗学者は、鋭すぎる直感で察したのです。

「ご自分の研究と内藤さんの研究が、どこかで接点を持つことを」

そして佐江由美子は、一言。

うらやましいといった。

神田古書街はいい。内藤はしみじみと思った。勤務する東敬大学は小田急線の狛江《こまえ》にある。したがって神田まではいくつかの線を乗り継がねばならないのだが、それでも学生の頃から神田は、内藤にとってお気に入りの町だった。古本屋が軒を連ねる町並みに、学生街特有の安くておいしくてボリュームが自慢の飲食店。半日かけてさまざまな書物をあさり、戦利品と密《ひそ》かに呼ぶ購入本を持ち込んで、餃子《ぎょうざ》専門店に行く。中華料理店に行く。洋食屋にゆく。カレー専門店に行く。定食屋にゆく。どれもが楽しい選択である。

その日、手に入れたのは山口県出身の民俗学の巨人、宮本常一《みやもとつねいち》の若き日の著作だった。

——悪くないぞ、この戦利品は。

収入儚《はかな》き身なれば書物の購入費用にも事欠く、これまた儚き身なのだが、尊敬する宮本の著作となれば、しかも未読の著作ならば、身銭を惜しんではならない。

宮本はフィールドワークを身上とする、放浪の民俗学者だった。大学教授の肩書きを得たことについてさえも「フィールドワークには金がかかるから」と言い放ってはばからぬ大胆さ、おおらかさが好きだった。

——さて、これからどうするかな。

定食屋もよいのだが、もう少し落ち着いた場所で戦利品を愛《め》でたい。時計が午後六時半を示していた。ならば、あの店がよいだろう。

内藤は世田谷区池尻大橋《いけじりおおはし》にあるバーを目指した。

田園都市線池尻大橋の隣、三軒茶屋駅に、かつて那智や雅蘭堂の越名、そのほかのメンバーが集うビアバーがあった。その店がある理由で閉店したのが一年ほど前。今は遠い町で夫婦二人で小さな店を開いているというが、仔細《しさい》はわからない。以来、月に一度か二度訪れるようになったのが、池尻大橋の店である。

「いらっしゃい。ずいぶんと久しぶりだ」

バーマンと呼ぶにはいささか立派過ぎる体躯《たいく》の主人が、低い声で迎えてくれた。

「うちの先生にいわせれば、雑用繁多、というところですか」

「相変わらず、口の悪いお人だ」

ソーダ割を、と注文すると、まもなくコーンウィスキーのソーダ割が供された。

「少し小腹がすいたのだけれど」

「イベリコ豚のいいところが入っているが。薄めに切ってコートレットにしようか」

ブラックペッパーとガーリックを効かせてといわれると、我知らずに腹がクウと鳴った。

「大盛りだな」

「手元不如意《ふにょい》につき、加減してください」

バッグから取り出した宮本常一の本を目ざとく認め、主人が「神田かね」という。

「久しぶりでした。このところ忙しかったから」

「大変だねえ」という主人の言葉の裏側に、那智先生の奴隷というのは、という響きを聞いた気がして、少しだけ切ない気分になった。さらに、けれどいつかはいい日が来るさといわれた気がして、もう少しだけ切なくなった。

主人が厨房《ちゅうぼう》に入り、まもなくしてジノリの皿とともにカウンターに戻ってきた。熱きメニューは熱きうちに。そんな御託を唱えるよりも早く内藤はコートレットにフォークを突き立てていた。

熱い。脂身《あぶらみ》が甘い。肉が香ばしい。ペッパーとガーリックの香味のほかに、まったく別の濃厚な旨《うま》みがあった。味についてなにかを問う前に、

「たいしたことじゃない。下味はしょうゆとマヨネーズだよ」と主人が、何気なくいった。

店のドアが開いた。

こんな早くに客とは珍しい。そう思って内藤が視線を向けると、そこに見知った顔があった。見知ってはいるのだが、よく思い出せない。あいまいな笑顔を向け会釈《えしゃく》をすると、白髪交じりの初老の男が、

「おや、内藤先生ではありませんか」

愛想よくいった。

大学構内で先生と呼ばれることはまずない。研究棟でも事務方でも「内藤さん」が普通の呼び名だった。学生すら己を先生と呼ぶものは、ほとんどいない。那智の講義の単位を落としそうになり、必死の思いで「内藤先生」と呼ぶ学生がまれにないではないが、その願いが儚い幻であると知るや「内藤さん」に逆戻りである。

——ということは。

可能性を絞り込み、記憶の中に男の顔を探って、ようやくそれが市民講座の生徒であることを思い出した。

「あなたは確か」

「榊原《さかきばら》です。榊原紀夫《のりお》でございます」

「そうでした。確か先月の講座から」

「はい。教室にお邪魔させていただいております」

内藤は半年ほど前から狛江市主催の市民講座を、由美子と二人で担当している。

「それはそれは。退屈ではありませんか」

「毎回楽しみにしております」

それにしても先生が最初に講義された都市記号論。講義録を見て感心いたしました。どうやったらあのような発想ができるのでしょうねェ。

生ビールを注文しながら榊原がいった。

講義内容を誉められて嬉《うれ》しくないはずがない。

せっかくのコートレットに手をつけるのも忘れ、内藤は榊原との会話を楽しんだ。

聞けば榊原は古書店の主人であるという。

「ほお、それはどちらで」

「いえ、藤沢で小さな店を」

大学の研究室の助手は大変でしょう。

まあ、研究室の主人の性格にもよりますが。

当たり障《さわ》りのない会話が進むにつれ、酔いもまた進む。

意識に白い幕がかかり始めた頃、内藤は榊原の表情がわずかに変化していることに気がついた。柔和な笑顔はそのままだが、目のどこかに緊張の色が見える。

「ところで先生」

また一段と榊原の表情が硬くなった。

蓮丈先生が最近手に入れられた本で。

——どうしてこの人は那智先生のことを知っている？

「こんな書名の本をご存知ありませんかね」

「はあ」

榊原がカウンターに置かれたナプキンに達者な文字を書き付けた。

阿久仁村遺聞

とあった。

4

たとえば部屋のカーテンだ。と、以前に那智から聞いたことがあった。たとえば君の部屋に何者かが密かに侵入したとする。そして曲者《くせもの》は君の部屋のカーテンをクリーニングしてくれたと仮定しよう。どうせなら部屋の掃除もやってくれたら助かるのに？　そういう話をしているんじゃない。そういう現実が存在するか否《いな》かも、この際問題ではないといっているだろう。

部屋に帰った君は微《かす》かな違和感を覚えることだろう。部屋のレイアウトはまるで変わってはいない。もちろん失われたものもない。ただカーテンがきれいになっただけなのだから。けれど確かに違和感を覚えるはずだ。どこかが以前と違っている。

われわれの学問とは、民俗学とはそうした違和感を察知することから始まるんだ。違和感の根源を思考し、フィールドワークによってそれを解明する。

その話を内藤が思い出したのは、研究室に出勤してまもなくのことだった。

コーヒーを淹《い》れながら、あるいはコンピュータを立ち上げながら、違和感の元を探ろうとするのだが、結論はいつまでたっても見えそうにない。那智のデスクはといえば相変わらずおもちゃ箱をひっくり返しでもしたかのようにとり散らかったままだし、その横には無数の資料がうずたかく積み上げられている。己のデスクは……。

——まあ、こんなものでしょう。

佐江由美子のデスクに目をやったと同時に、本人が出勤した。

その手にある書籍を見て、違和感の正体が瞬間的に理解できた。

増えているのである。

明らかに邪馬台国関連の資料が増えて、しかも由美子のデスクに積み上げられている。

厭《いや》な予感、というよりは不吉な波乱の気配を背筋に覚えた。

「あの、佐江君……それってもしかしたら」

「ああ、これですか。新井《あらい》白石《はくせき》に関する研究書です」

佐江由美子がこともなげにいった。

時代を遡《さかのぼ》ること江戸中期。邪馬台国研究の先鞭《せんべん》をつけたのが、当時幕府の儒官であった新井白石である。

「同時に彼が、畿内《きだい》説と九州説の二大学説、邪馬台国論争の火元となったことは?」

「それは知りませんでした、この資料を読むまでは」

「そうかあ、じゃあ本気で取り組むつもりなんだ」

「だって悔しいじゃありませんか。内藤さんと那智先生に取り残されるなんて」

「勘違いしないでください。僕が取り組んでいるのはあくまでも廃村の民俗学です」

断じて邪馬台国などではない。

力説したのだが、どうやら由美子の耳に届くことはかなわなかったらしい。

「白石は邪馬台国の卑弥呼が、神功《じんぐう》皇后であると考えていたのですね」

「あのですね、佐江由美子サン」

神功皇后は仲哀《ちゅうあい》天皇の后《きさき》にして応神《おうじん》天皇の母である。記紀においては三韓征伐《さんかんせいばつ》の逸話で知られる。ただし実在を疑う声も多い。

新井白石は「やまとこく」が「邪馬台国」の誤変換されたものと考え、神功皇后こそが卑弥呼であると、当初は主張していたようだ。あるいは「やまたいこく」が「大和国」に転化したと考えていたかもしれない。いずれにせよ、彼は畿内説を最初は打ち出していた。ところがあるときから、彼は九州説に傾いてゆく。福岡県山門《やまと》郡こそが、邪馬台国ではないかと主張し始めるのだ。

「なにがあったのでしょうねえ」

「……あるいは尊王思想が絡《から》んでいるのかもしれません」

だってそうでしょうといいつつ、内藤は後戻りできなくなっていることを自覚した。

「尊王思想ですか」

「神功皇后は応神天皇の母です。倭の五王の中でも最強といわれた天皇の母ですよ。しかも記紀の中では三韓征伐を成し遂げたことになっている」

一方卑弥呼はしばしば魏に朝貢し、金印まで受けている。

いわば魏の属国である。

断じて神功皇后が卑弥呼であるはずがない。そう考えても不思議ではない。すなわち邪馬台国と大和国とは無関係。福岡県――熊本県にもある――山門地方の女首長辺りが卑弥呼ではなかったか。

「現に白石のあとをついで邪馬台国研究を行った本居宣長《もとおりのりなが》は、政治的な意図もあってか明確にそう主張しているんです」

話しながら、内藤は不思議な高揚感に襲われ始めていた。

佐江由美子のまなざしが驚きから尊敬に変わりつつあることが理由のひとつ、それもかなり大きな理由であることは間違いなかったが、それだけではない。

――ドコカデナニカガ、ツナガッテイル……？

言葉が自然に止まった。

どこでなにがどのように繋《つな》がっているのか、わからない。けれどなにごとかがシンクロしようとしていることは確かだった。

「どうしたんです、内藤さん」

「あっ、ああごめんなさい。つい意識を失いかけていました」

「なにか思いついたのですね」

「たぶん、たいしたことではないと思うんだが」

「でも、那智先生がおっしゃってましたよ。内藤さんの直感力には侮《あなど》れないものがあると」

「それはね、普段は侮られることばかり、という意味でもあるのですよ」

「まあ、そうともいえますが」

「ちっともフォローになっていないんですけれど」

ずっと以前のことだが、新井白石については調べたことがある。歴史研究そのものを民俗学のフィルターで見てみようと考えたからだ。どのように歴史観は変化してゆくのか、外部要因と内部要因の二つのベクトルによって、解析することはできないか。そうして書き上げた論文が、珍しく那智に誉められたことを思い出し、内藤は頬を緩めた。

「やはり白石は、神功皇后と卑弥呼を合わせて考えたんじゃないだろうか」

同時に、天照大神も重ねた可能性があるといったとき、

「ほほお、そこに気がつくとはなかなかだな」

蓮丈那智の声が研究室内に低く響いた。

とたんに、部屋の温度がわずかに降下した。

「先生!」と、内藤と由美子が同時に声を上げた。別段怪しいことに耽《ふけ》っていたわけではない。那智を誹謗《ひぼう》中傷していたわけでも、もちろんない。いつもと変わりない出勤風景でありながら、二人は瞬間的に緊張した。悲しすぎる習い性である。

「やはり君の直感力には、驚かされる」

「先生、あの」といったのは、由美子だった。

卑弥呼と神功皇后と天照大神が、民俗学でいうところの記号上、同一だった。そんなことがありうるのですかと、由美子の表情が問うていた。

「あの、佐江さん。古事記に面白い記述があるのですよ。神功皇后が三韓征伐を終えて凱旋《がいせん》帰国した折のことですが」

熊襲《くまそ》征伐の途中でなくなった仲哀天皇には、すでに二人の皇子がいた。香坂王《かごさかのみこ》と忍《おし》熊王《くまのみこ》である。二人は神功皇后と幼い応神天皇を亡《な》き者にすべく反乱の狼煙《のろし》をあげる。だが、香坂王は猪《いのしし》に喰い殺されてしまう。一時は優勢であったもう一人の皇子、忍熊王は、「神功皇后死す」の報《しら》せを受けてつい気を緩め、そこを衝《つ》かれて一気に平定されてしまうのである。神功皇后死すの知らせは、実は偽物《にせもの》だった。すべては皇后が企《たくら》んだことだったのである。結果、忍熊王は自害する。

「いったん死んだことにしてその噂《うわさ》を流し、相手を油断させるって」

「ね、似た話があるだろう」

「天岩戸隠れ！」

「いっただろう、記紀は一筋縄ではいかない、と」

ことに神功皇后については謎《なぞ》が多すぎる。実在を疑う声が少なくないのもそのためだ。明治の世では一円札の肖像になったほどだが、戦後は歴史教育そのものから完全に消去されている。植民地の正統化目的に皇后神話が利用されすぎたためだ。

「仮に彼女が実在していたとすると、それはそれで大変なことになる」

「大変なことですか」

「今風にいうなら、大スキャンダルといったところかな」

仲哀天皇はどのような亡くなり方をしたのだろう。

問い詰める那智の視線に、耐えられなくなったのか由美子が下を向いた。

ここで助け舟を出さねば男ではない。内藤は敢然と那智の疑問に挑むナイトと化した、つもりであったが声が震えるのはいたし方がない。

「ええっと、あれは確か香椎宮《かしいぐう》であったと記憶します。神功皇后は突然神がかりして、熊襲征伐よりも新羅《しらぎ》征伐せよと、神託を仲哀天皇に告げるのです」

ところが仲哀天皇はこれを無視するばかりか、神功皇后に乗り移った神を、うそつき呼ばわりするのである。その怒りに触れた天皇は、死んでしまう。

「そういえば、思い出しました」と、由美子が生気を取り戻した。

うん、そうだよ、まさしくそうなんだよ。

あの不朽の名作、高木彬光先生の『邪馬台国の秘密』の中で語られている、あの有名な事実なんだ。神功皇后と彼女の共犯者はどうしても新羅に行きたかった。せっかく神がかったふりまでしてそれを実行に移したかったのに、天皇はうんといわない。——そこで……殺意は爆発した。

夫殺し、主殺しは大罪中の大罪。これをスキャンダルといわずしてなんとする！

「問題はそれだけではないよ」

「まだ、なにか」

「仲哀天皇が死亡した日時が、日本書紀と古事記では違うんだ」

「ああ、そういえば」

神託事件が起こるのは仲哀天皇八年九月五日。古事記によればその日のうちに天皇は死去している。ところが日本書紀では、彼はそのときはまだ生きており、亡くなるのは翌九年の二月六日となっているのである。

「どうしてそんなことが起きるのですか」

由美子が問うた。それに応《こた》えたのは那智ではなく内藤だった。

「たぶん、応神天皇の出生が関係しているんだ」

応神天皇は仲哀天皇九年の十二月に誕生している。前の年の九月になくなった男性の子供が翌年の十二月に生まれるはずがない。

「仲哀天皇の死亡日時をずらすか」

古事記においてはもっと奇抜な説が記録されている。すなわち三韓征伐の最中に神功皇后は産気づく。しかしここで赤子を出産するわけには行かない。なにせ戦闘の真っ最中なのだから。そこで皇后は下腹に石を巻きつけ、出産を遅らせた。

「もちろん、こんな方法で出産を遅らせることなどできやしない」

「それはつまり」

「応神天皇は仲哀天皇の子ではなかったんだ」

「でも」と、由美子が首をかしげた。

夫殺しは大罪だろう。ましてや相手が天皇であればなおさらだ。だが、当時そのようなことは日常茶飯事ではなかったのか。現に神功皇后は、反旗を翻《ひるがえ》したとはいえ仲哀天皇の実子を抹殺している。夫の死は神による天罰ということでかたがついているのなら、どこか別の皇族関係者と再婚し、応神天皇を生んだことにすればよいのではないか。

「つまり、応神天皇の父親は皇族ではない、名も知れぬ男だったということでしょう」

「それは相当なスキャンダルですね」

二人の会話に聞き入っていた那智が、「それだけでもないんだ」と、そっけなくいった。あまりにそっけなさ過ぎて聞き落とすところだったが、こういう場面に限って蓮丈那智という異端の民俗学者はとんでもないことを言い出す。それが常だった。

「応神天皇が仲哀天皇の子ではないとする」

「ないとすると」

「この時点で女系天皇が誕生したことになるじゃないか」

またも二人声をそろえて「あっ」と叫ぶしかなかった。女性の血筋による天皇に変わってしまったのである。

恐るべし記紀。としかいいようがなかった。

「ああ、そういえば」と内藤が話題を変えたのは、ひとつにはこれ以上那智の思考についていけなくなったこと。これ以上邪馬台国に振り回されたくなかったこと。その他もろもろが関係していた。

「先生、阿久仁村遺聞という資料をご存知ですか」

とたんに那智の表情に、名状しがたいものが宿った。

「どうしてそのことを知っている」

「いや、つい先だってのことですが」と、内藤は池尻大橋のバーで出会った男のことを話した。

「それは……偶然なのか」

「そりゃあそうでしょう。誰と約束していったわけでもないし」

偶然以外ありえないといおうとして、内藤は那智の視線に射すくめられた。

偶然でないとするなら必然。

──まさか、ずっとあの男につけられていたのか？

内藤は榊原紀夫と名乗った男の、いかにも柔和そうな顔つきを思い出した。その裏側になにか企みめいたものがなかったか。

「そういえば、どうして先生のことを知っていたのだろう」

そういうと、那智が乱雑に積み上げられた資料の山から一冊の和綴《わと》じ本を取り出した。

表紙に「阿久仁村遺聞」と書かれている。

「ああ、これがそうですか」

「しかし、わたしがこれを手に入れていることを知っているとなると」

「只者《ただもの》ではない、とか」

「よくないことが起こりそうな気がするんだ」

「やだな、ご神託ですか。たたり殺さないでくださいね」

「どうやらキミは、トラブルを招き寄せる特異体質らしい」

それだけはちがう。トラブルを招いているのはいつだってあなたです。自分はあなたが巻き起こしたトラブルに、いつだって巻き込まれているだけです。そういおうとして、内藤はふと考えた。もしかしたら那智のトラブルに巻き込まれ続けていること自体、特異体質といってよいのではないか。

「その阿久仁村遺聞というのは、なんですか」

「ある村の記録、いや記憶といったほうがよいか」

「それじゃあ、もしかしたら、その村はもうない、とか」

「ああ。明治初期のことだ。かつて島根県と鳥取県が合併したことがあった。数年後にはふたたび分離するのだが、それと同時に阿久仁村は地図から消えてしまった」

「地図から消えたって、どういうことですか」

「言葉の通りだよ」

君の説を借りるなら、阿久仁村は廃村にいたる遺伝子を有していた。

そういって那智は煙草《たばこ》に火をつけた。

第二章 雅《が》蘭《らん》堂《どう》

1

眠り猫のようだといわれるのには、とっくに慣れっこになったはずだった。

——とはいうものの、那智先生にいわれるとなあ。

越名集治は、我知らずのうちに、うふふとくすぐったそうな笑い声を上げた。

下北沢にある越名の店、雅蘭堂は今日も開店休業状態。といっても、客の姿がないだけで商売が滞っているわけではない。店売りは売り上げの数割に過ぎないからだ。

越名たち古物商が力を入れるのは、なんといっても競り市《せ》である。よいものを安く手に入れ、あるいは持ち込んだ品物をより高く売る。こうして自転車操業のように、少しでも泳ぐのをやめると窒息してしまうマグロのように、越名の毎日は過ぎてゆく。

「少しは役に立ったのだろうか、あの資料は」

そうつぶやいたのは、蓮丈那智に送った「阿久仁村遺聞」のことを思い出したからだ。あれを手に入れたのはほかでもない、越名だった。とはいうものの競り落としたものではない。競り落とした明治初期の長火鉢を調べていると、引き出しが二重になっており、そこにしまってあったのである。古い民具ではしばしばそうしたことがある。たんすや火鉢に隠し扉や、からくりが仕込まれている例も珍しくはない。通帳や印鑑を隠しておくためのものであったり、時には主人秘蔵のあぶな絵を隠しておく場所であったりもする。しまい込んでいたのが、忘れられたままとなったものもある。そうやって入っていたものの中でも、古い戦争の時代、戦地から送られた葉書などは、意外な高値で取引されることもある。そうしたものを好むコレクターがいるからだ。

ざっと目を通してみたものの、さして珍しいことは書いていなかった。池にまつわる村娘の伝説や、観音様のお告げの話、仲の悪い兄弟の話などなど、どこにでもあり

そうな地方の民話集だった。そのまま古書市場に流そうかとも考えたが、

——意外と那智先生が喜ぶかもしれない。

そう思いなおして、宅配便で送ったのである。

ひと月半ばかり前のことだ。

「眠り猫のような目なのに、たいした目利《めき》きだ」

荷が届いたお礼にと、電話がかかってきたときに、そのせりふをいわれた。少しも腹が立たなかったのは、彼女の人徳というべきか、それとも己の邪《よこしま》な欲望に由来するものというべきなのか。越名はしばらく悩んで、考えることをやめた。

ひと月半を経た昨日、指物《さしもの》師に修復を依頼しておいた長火鉢が店に届けられた。

ある程度古物商を営んでいると見えるものがある。売れ筋かどうか。

長火鉢は一時の人気に左右されない商品である。だからこそ信頼置ける指物師に修復を依頼する。競り市の捨て値で十一（万円）で仕入れた品物だが、一流の指物師に八で修復を依頼し、ついでに古色までつけてもらえれば、二十五で商売ができる。決して利幅が大きいわけではないが、真っ当な商売とはそうしたものであると、かつて師匠筋から教わった。

「いつもながら良い出来だな」

越名は指物師の名前をつぶやきながら、深いため息をついた。仕事を確認するとは、仕事師の仕事を愛《め》でる作業でもある。手放したくない品物だからこそ、顧客に安心して流すことができるのだ。それはあまりに甘すぎる。プロの仕事ではないとそしる声もある。疑心暗鬼、百鬼夜行の世界であることは十分に承知の上で、それでも賛同してくれる同業者がないではない。

——少なくとも一人だけは。

ああ、その業者に販売を委託してみよう。

そう思いながら、配送された郵便物に目を通した、次の間に。

越名集治様。と、水茎の跡も流麗なる表書きの封書を手に取った。

裏を返したが差出人の名はなかった。

けれど越名には表書きの書体に見覚えがあった。

『わたしのこと、覚えていらっしゃいますか。鳥取でお会いした名無しです。こんなこと、書いても戸惑われるばかりですよね。もしかしたらわたしのこと、もうお忘れになってしまっているでしょうか』

そんな書き出しの手紙を読みながら、

――忘れるはずがないだろう。

越名は思った。

発端は例の阿久仁村遺聞であった。

さしたる興味を持たぬまま、蓮丈那智に資料を送りつけることを決意した越名だったが、なぜか「阿久仁村」という名前に心惹《ひ》かれるものを覚えたのである。

阿久仁／アグニ。アグニは古代インドの火の神を表す言葉ではなかったか。

まずはインターネットで「阿久仁村」を調べたことが始まりだった。けれど該当する案件はなかった。続いて国土地理院発行の大型の日本地図のインデックスを調べたが、その名前を発見することはできなかった。

かすかな違和感を覚えたのはそのときだった。

どうして阿久仁村は「地図」という名の記録に残っていないのか。

蓮丈研究室の内藤三國と訪れた廃村のことが不意に思い出された。村は確かに今は住む人とてない廃村だが、その名前は古地図に残されている。地図とはそうした性格を持っている。かつてシーボルトが幕末前夜の日本地図を持ち出そうとして罰せられたように、地図とはあらゆる政治・経済・外交の基本になっている。そう教えてくれたのは蓮丈那智である。

日々の営みは大切だが、越名には時として抑えようのない好奇心に支配されることがある。阿久仁村遺聞をすべてコピーして那智に送ったのち、仕事の合間を見てはその村のことを調べ始めた。残された文章のかけらを拾い集めるうちに、ようやくたどり着いたのが鳥取県であった。こうしたときに役立つのが地名である。

阿久仁村遺聞は、全部で二十五篇の聞き書きから成り立っている。

だが誰が話したのか、誰が聞き取りしたのか、そうした記述は一切なかった。

そもそも長火鉢の二重引き出しの奥にあったことからして、正常ではない気配が感じられた。

越名は記されたいくつかの地名をつなぎ合わせ、鳥取県と島根県の県境近くにあったと推定される阿久仁村を割り出したのだった。

最初に読んだとき、「どこかでこんな話があったような」という疑問は、すぐに解決した。日本の民俗学の基礎を築いたともいわれる柳田国男《やなぎたくにお》の遠野物語を思わせたのである。遠野物語は明治四十二年、柳田の元を訪れた遠野在住の人、佐々木喜善《きぜん》が語る遠野の四方山話《よもやまばなし》を、そのまま筆記したものである。全百十九話。といってもこの物語の大きな特徴は各話に特定の繋《つな》がりがなく、佐々木が語るままにつづられている点である。中には繋がりある話がないではない。しかしそれらとて彼がそう語ったから繋がりを持っているだけで、意図してストーリーに仕立てたわけではない。要するに「あんな話がありました」「こんな話がありました」「あの塚にはこんないわれがあります」といったエピソードをつれづれなるままに書きつづったのが、遠野物語である。

阿久仁村遺聞にも、そのような気配が漂っていた。

このことを蓮丈那智に報《しら》せたなら、少しは感謝されるかもしれない。

民俗学者と古物商は、永遠の天敵でもある。かたや民俗学上の資料をいかに保存するかに心を砕き、かたや同じものをいかに高額で捌《さば》くかを考える。

けれど数年前のことだ。共通の知人――古物商――を介して越名は蓮丈那智を知った。知人が巻き込まれた事件のスケールがあまりに大きすぎたために、越名、那智、知人の古物商が意図する、しないにかかわらずタッグをくむ結果となってしまった。以来の付き合いである。

手紙の続きを読んだ。

『いまさらこんな手紙をもらっても迷惑ですよね。けれど今は、あなた以外に頼る人がいないのです。ご存知のようにわたしは記憶を失っています。自分の足跡はおろか、自分の名前さえもわからぬ、愚かな女です。お願いですから、わたしの杖《つえ》になっていただけませんか。御礼ができるかどうかもわかりません。けれど越名さんだけが、それを頼むことのできる唯一《ゆいいつ》の人なのです。お願いします』

漠然と「鳥取へいってみようか」と思ったのは那智の影響もあっただろう。あるいは内藤とともに奥多摩にいった記憶が、窯変《ようへん》したのかもしれない。もしもその場所に失われた村があったとしたら、思いがけない発見もあるかもしれない。細かい手続きは発見のあとでもできる。所有者への連絡、あるいは親族への許可。すべては、

——フィールドワークが決めてくれる。

そう思った瞬間、なぜだか、というよりは必然的に蓮丈那智の顔を思い浮かべていた。

アグニ、という名称から極めて漠然とではあるが、「製鉄民族」という言葉を思い浮かべたのも、明らかに那智の影響であった。もしも阿久仁村が製鉄民族の流れを引く一族、集団ならば、それは砂鉄を産出する地域に限定されるのではないか。

そうなると調査は驚くほど簡単に運んだ。

明治に開国して以来、日本地図のほとんどは軍部が作成していた。今でこそどこで

でも購買できる日本地図だが、当時は国家機密に属する代物《しろもの》であったからだ。現在では国土地理院にある資料をごく簡単な手続きで閲覧することができる。明治から大正、昭和にかけての地図資料を調べただけで、阿久仁村の存在は容易に知れた。明治六年、軍部によって作成された地図に、その名前はしっかりと記述されていたからだ。阿久仁村は島根県との県境近くに地図が存在していた。

明治九年に鳥取県は島根と合併し、県そのものが消滅する。これが再置されるのが明治十四年。翌年に作成された地図に阿久仁村の名前は消失していることがわかった。鳥取県の県史を取り寄せてわかったことだが、島根県に合併された鳥取県は、経済、文化といったあらゆる方面で困窮したらしい。その過程において一寒村が廃村に追い込まれたとしても不思議はない。

東京から新山口まで新幹線で向かい、そこから山口線、山陰本線に乗り換えて鳥取を目指したのは、山口市内に知り合いの古物商がいるからだ。時間にゆとりがあるとはいえ、純粋に興味だけでは動くことのできない内輪の事情があった。

山口といえば毛利氏だが、山口市内に限っていえばそこは大内氏文化の華やかなりし面影を色濃く残す町である。外からやってきた人間は「小京都のはしり」という言い方をするらしいが、古くからの住人は「西の京」と呼ぶとか。応仁の乱で荒れ果てた京都から数々の文化人を招き、新たな京都を作り上げたという自負がそういわしめていると、知人から聞いたことがあった。

駅前の通りを二本も三本もはずし、さらに寂れた商店街へと続く小路の途中に、知り合いの店がある。

「よお」と店の外から声をかけると、本人が店頭に並んでいてもおかしくないような風情《ふぜい》の老人が、顔の中心にしわを寄せ集める表情で、

「珍しい客が来たものだの」

と、笑った。前歯はすでに二本しかなく、ぽっかりとあいた洞窟《どうくつ》のように見えなくもない。澤村《さわむら》というのが通称だが、それも本名か否《いな》か、定かではない。

「忙しいかね、爺《じい》さん」

「んな、わけがないじゃろうが。開店休業は見ての通りじゃけえの」

「どうせ裏で、あくどい儲《もう》けをしているのだろう」

「ぬかせ。で、今日はどうした」

「明日から鳥取に行く。ついでに寄ったよ」

「市《いち》が立つという話は聞いておらんぞ」

「個人の趣味だよ、趣味」

「商売がらみだな、ああ、わかっちょる」

もはや、生臭い世界には興味はないといいたげな仕草で、澤村老人が膝《ひざ》もとのケープをはいだ。取り出したのは円形の塗り箱である。

懐《ふところ》から取り出したミニタオルで、掌《てのひら》の皮脂を丹念に拭《ぬぐ》い去ったのは、この地方の特産である漆をふんだんに用いた大内塗りの塗り箱だからだ。

「ぜんぜん枯れていないじゃないか」

「手脂《てあぶら》も気にしない連中に、見せることができんじゃろ」

「いくらで卸す」

「まあ、長い付き合いの雅蘭堂じゃからの。百二十でどうかの」

「そんな高値商売はやっていない、知っているだろう」

「百十五」

「交渉終了。他の客を当たってくれ」

品物を見る限り、澤村の言い値は決して高いものではない。けれど品物によって「格」があるように、店によっても格がある。越名が出入りする競り市、顧客、あるいは雅蘭堂にやってくる客で、この品物を捌ける当てはまずないといってよかった。

それを承知の品見せである。

遊び半分の儀式といってよかった。

四十×三十センチのオランダ更紗《さらさ》を一万二千まで値切り、鞄《かばん》につめたときに、澤村が、決して枯れてはいない古物商の顔つきで、

「鳥取になにがある」

といった。

「あんたほどの古狸《ふるだぬき》ならば知っているかな」

「場合によっては相談に乗るぞ。もちろん有料じゃが」

「明治の十年前後の話なんだがね」

「馬鹿野郎《ばかやろう》。俺は大正生まれだ、しかも飛びっきり昭和に近い」

まあ、聞いてくれと越名は続けた。

その頃、鳥取と島根の県境に阿久仁村という村がなかったか。

澤村の視線が宙を踊り、あっちのアンティーク時計、こっちの古伊万里《こいまり》の皿、その仏手《ぶつしゅ》の欠片《かけら》とめぐるうちに、険しいものに変わった。

「なしてそんなことに首を突っ込む」

唇の動きとは関係なく、目が「わけありか」と問うていた。

「なんとなく、ではだめかね」

「その言葉が真実ならばいっちょく。なんとなくでは、近づくことは勧めんのう」

「あんたほどの人が、どうしてそこまで慎重になる」

「詳しいことは知らん。知りたくもない」

そういって澤村が、キセルを取り出し、竹火鉢に雁首《がんくび》をかざした。

話すべきことはもうない。

商談も終えた。

あとは好きにしてくれと、鼻の穴から漏れる細い煙が語っている。

出雲《いずも》へと向かう特急電車の中で、越名は旅行鞄から紙束を取り出した。蓮丈那智に送る前にコピーしておいた「阿久仁村遺聞」だ。缶ビールを口に運びながら、

──なぜこの古書物のことが気になるのだろう。

遺聞を気にする己をどこかでいぶかしんだ。

『阿久仁村遺聞　第一話

たいそうな昔でありました。村のはづれのはづれ、まともな道さへもなき辺境の地

に暮らす人々があつたさうであります。たいそう高貴な流れを汲《く》むといふによしやうを長《おさ》と仰ぎ、その一族郎党が落ち延びてそこに住み着いたといふ噂《うわさ》もありましたが、定かではありませぬ。

あるいちじつのことであります る。村の若者一人ありて、日々の糧《かて》をば狩にてまかのうてをりましたさうな。この日若者、猪《いのしし》をば求めて山中をめぐり、いつしか道を見うしのうたさうであります。すでに日は落ち、星明かりさへもありませぬ。どこから か山犬の鳴き声も聞こえまする。彼らこそは、闇《やみ》の山を支配する者たちで、道に迷うたものを狙《ねろ》うてをるのです。急ぎ山を降りねばならぬ、さうでなければどこかに隠れねばならぬ。さりとて山犬たちの鼻はたちまち若者の居場所を探しだすに違ひありませぬ。

若者は天をばあふぎ、日ごろ信心する如来《にょらい》様に祈つたのでありました。仏様にいつぺんの憐憫《れんびん》の情あらば、吾《われ》を助けたまへ。吾に罪あるが故《ゆえ》の試練ならば、どうか許したまへ。

そのときでありました。

どこからか「おおうい」と男の声が聞こえてまゐりました。

若者も「おおうい」と答へまする。

ありがたや、わが願ひ天に届きしか。若者、その場にうずくまりしとか。

やがて闇をかきわけ、若者の前に現れたのはまさしく異形の者でありました。総髪にてひげ濃く、顔をすべて覆《おお》ひ尽くさんばかりでありました。白き衣は神官姿に似て、さにあらず。古式の大刀を手挟みて、若者の前にすつくと立ちはだかりし姿、雄雄しくも恐ろしげなり。

「汝《なんじ》なにものぞ」と、男問ふ。

「吾、阿久仁村のものにて道に迷ひしものなり」若者いふ。

夜道は魔道なり。ならば一夜わが里に来るがよい。

男の言葉に従ひて、歩くこといつときあまり。山間《やまあい》のさらに奥深きところに里あり。

若者は里の長のもとに案内されたさうでありまする。

長は豊なる古式髪型にて見目麗《うるわ》しきによしやうでありましたさうな。

わが里は日ノ本にあつて日ノ本にあらず。この世にあつてこの世のものならず。

天かける神、闇照らす神、海統《す》べる神の庇護《ひご》にて長く栄えし里なり。

長の言葉、あくまでも優しげで、若者はただただひれ伏すばかりでありましたとか。

翌朝となり、若者里に別れを告げるべく長のもとへと赴けば、「今は怪し、しばしまて」といはれ、さらに翌日「今は悪《あ》しきなり」といはれましたとか。さらにいちじつ、さらにいちじつ、やがて七日となり、十日となり、月が変はり、年が変はつたとか。いつしか若者、長と情をば交はすやうにもなり、子までなしたさうであります。だが若者に、年老いた母あり。どうか母のもとへ帰し給《たま》へ。長に願ひたれば長、涙ながらに「いたし方もなし」といひて、これを許したさうでありまする。道を乞《こ》ひ、やうやく阿久仁村へと辿《たど》りついたれば、すでに百代の月日流れをり、村に知りし顔のひとつもなかつたさうでありまする』

幾度読んでも奇妙な話である。

話の源流に浦島太郎伝説があるのは確かだろう。この世ならぬ里と現世では時間の進行が違っていたという話は、浦島太郎ばかりではない。

――確か……。

世界のいたるところに残されているという話を、いつだったか那智から聞いたことがあった。その言葉を借りるなら、この世と、そうでない世界。そこは神たるマレビトの住処《すみか》であり、人は常に彼らとの接触を願っている。しかしマレビトは禍福《かふく》を併せ持った神であり、それに触れたものは、罪の源泉より裁きを受けねばならない。

ぬるくなったビールを飲み干し、越名はいつしか眠り込もうとしていた。軌道を走る電車の揺れに身を任せながら、百代の月日を経て阿久仁村へと帰り着いた若者のことを、ふと思った。知るものとてない村で、その後若者はどうして暮らしただろうか。あるいはあの山里に帰ろうとしたかもしれない。けれどその願いがかなったとは思えなかった。うねうねと連なる山襞《やまひだ》を日々眺め、絶望に身をゆだねただろうか。

――あるいは……。

2

米子駅で下車した越名は、駅前のビジネスホテルで一泊。翌朝、市内でワゴン車を借りた。阿久仁村のおよその位置はわかっているが、それは正確な情報ではない。あちらこちらに足を伸ばすには、やはり車にかぎるし、別の目的もあった。

ワゴン車を、県境沿いに南下させた。

途中、ドライブインの「三瓶《さんべ》そば」の看板を見たら、急に腹がくうと鳴った。出雲そばなら知っているが、三瓶そばなるものは知らない。車を駐車場に入れ、店内で聞いてみると、どうやら島根県大田市の名物そばらしい。

「香りが強くて、少し甘いのが特徴なんよ」

店の女主人が自慢げにいった。

「はあ、島根県の名物ですか」

ここは鳥取県なのに、というニュアンスが伝わったのかもしれない。

いや、二年前に亡《な》くなった主人の母親が大田市出身なものだから。それにここは鳥取といっても島根のほうが近いところだからと、つけくわえられた。

食事を済ませ、勘定を払ったのちに、

「実はこういうものなのですが」

と、越名は懐から古物商の鑑札を取り出した。

これがなければ古物骨董《こっとう》を商売として取り扱うことはかなわない。それほど偽物や盗難品が横行する世界なのである。

「古物商……ですかいね。しかも東京からわざわざ」

「はい。こうして全国を回って、商品を探しています」

「ナントカ鑑定団みたいなもんかね」

「まあ、それほど派手な商売ではないつもりですが」

「あれでしょうが。お宝を安く買いとって、それを高値で売りつけるんじゃろ」

この十年、古物骨董はよくない風潮に晒《さら》されている。もとは英国で家宝の鑑定を行うバラエティ番組から始まったらしいが、日本では「お宝ブーム」なる、奇妙な言葉を生み出して、今に至る。

「決してあこぎな商売はしませんから、なにかお持ちではありませんか」

あるいは、古い民具や人形、指物《さしもの》細工を持っていそうな家を知らないかとたずねると、少し考えたのち、女主人は店の奥へと消えた。

やがて「こんなものならあるけんどねえ」と彼女が差し出したのは、古い岡持ちだった。

今でこそドライブインだが、十年ほど前まではそば専門店であったという。

「あの頃は、このあたりにも民家が多くてねえ」

「それで岡持ちですか」

「主人がよく出前に行っていましたよ。そりゃあ大晦日《おおみそか》はてんてこ舞いでねえ」

「なかなか筋のよいものですね」

「そりゃあ、爺さんのそのまた父親が生きている頃から使っておりましたもの」

檜《ひのき》作りで、指物師の確かな仕事が見て取れた。いまだ墨跡鮮やかに「蓬莱庵《ほうらいあん》」とあるのは、かつての屋号だろう。ちなみに今の屋号は「ドライブインやまと」である。

「いくらならお売りになりますか」

「そういわれても、とんと価値なんぞはわからんもの」

女主人の目の奥に、猜疑心《さいぎしん》の光が生まれたのが、はっきりとわかった。

「二万……ではいかがですか」

「そんなにするんですか！」

「もう少し状態がよければ、あと一万ばかり上乗せしてもよいのですが」

職人の腕は確かだが、数箇所にほころびがある。これを修復するのに費用がかかると説明しながら、越名はふと店の奥から自分に向けられる視線に気がついた。

「ああ、気にしないでくださいな。死んだ亭主の父親ですがね。御年《おんとし》八十二歳じゃけど、まだまだ元気でねえ。足腰もしっかりしているし、あんたがいま食べたそばも、爺《じい》さんが打ったものだわね」

やはりこういう田舎では、よそ者が来ると我知らずのうちに警戒するのだと、女主人が笑った。

「で、いかがですか。二万では」

少し考えたのち、女主人は首を縦に振った。

指物師に修復を頼んでその費用が二万。五万の値をつけても捌《さば》くことは可能だろう。

手元に一万の利益が残る。小商いといえば小商いだが、その積み重ねの上に越名の生活は成り立っている。

さらについでを装《よそお》い、越名は聞いてみた。

かつてこの近くに、阿久仁村という村がなかったか。

「たぶん、明治の初めの頃に廃村になっていると思うのですが」

「そりゃあ、わたしにはわからんですよ。こう見えても戦後生まれですもん」

似たような言葉を山口市でも聞いたなと思い返した。

「そうですか、やはりねえ」

すると女主人が店の奥に声をかけてくれた。

「爺さん、知らんかなあ。阿久仁村って聞いたことがないかね」

が、店の奥からは「知らん」とにべもない答えが返ってきた。

――…………!?

越名は不意に違和感を覚えた。老人の言葉のどこかに、怒気が滲《にじ》んでいるような気がした。

礼を述べて岡持ちの代金を支払い、駐車場でワゴン車に積み込んでいると、「おい」と声をかけられた。

店の奥にいた老人だった。

「はい、なにか。ああ、おそば美味《おい》しゅうございました」

「そんなことではない。あんた阿久仁村のなにを調べとるんかの」

「別に調べるといったわけではないのですが」

懐《ふところ》からもう一度鑑札を取り出して、老人に見せた。

昔この近くに阿久仁村という集落があったと小耳に挟んだ。なにか面白いものが見つかるかもしれないと思い、たずねただけだと説明すると、

「面白いものなんぞ、なんにもありゃあせん!」

先ほどよりもさらに強い怒気を含んだ言葉が返された。

「もしかしたらご存知なのですか。ご存知なのですね」

「知らんといっとろうが。余計なことをかぎまわらんほうがええぞ」

「どうしてですか」

「そりゃあ」といったきり、老人は口をつぐんだ。

古物を日ごろ取り扱っているせいもあるが、越名はこうした老人の生態を目《ま》の当たりにすることが多い。一度閉じられた貝の口は二度と開くことはない。

黙って一礼し、越名はドライブインをあとにした。

明治時代に軍部が作成した地図によって、阿久仁村の存在は明らかだし、およその位置はわかる。だが内藤三國と訪れた奥多摩の廃村と違って、おそらく阿久仁村は人跡も消えかかった廃村である。その正確な位置はつかみようがない。ましてやそこに、商売の種を見つけることなどありえないだろう。

それでも阿久仁村に対する興味が尽きないのはなぜか。

「誰かの悪い影響を受けつつあるとしかいえないな」

ハンドルを操作しながら、越名はつぶやいた。

内藤と奥多摩の廃村を訪れて以来、「廃村の民俗学」という言葉が脳裏にこびりついていた。

明治の初め、鳥取県は島根県に合併されている。その時点で阿久仁村は確かに存在していたのである。そして五年後。再置された鳥取県の地図から阿久仁村が消えてしまったのはなぜか。「なぜか」の問いはもうひとつある。なぜ自分はこれほどまで阿久仁村のことを気にするのか。超自然現象も超能力も信じる気にはなれないが、現実の競《せ》り市ではこうしたことがままあることを、越名は経験から知っている。実態の知れない予感が、初めは参加するつもりなどない競り市に参加させ、そのような場合にかぎって、実に筋のよいものを入手することができるのである。

頭のどこかで、そのようなものにかかわることはないと声がする。しょせん自分は一介の古物商でしかない。廃村の民俗学も、地図から消えた村の謎《なぞ》も蓮丈那智と内藤に任せておけばよい。

一方で、いくら自分が知らん顔をしようとも、禍福が向こうからやってくる限りにおいて、これを避けることなどできようはずがない。ならばこちらも迎撃準備をしておくのが賢明である。そのような声も聞こえる気がする。

山間の道を古い地図を頼りに二時間ほどかけて走り、越名は阿久仁村があったと推定される地点に到着した。そこに降り立った瞬間、越名は目に見える風景に奥多摩の廃村を重ね合わせていた。自らそうしようとしたわけではない。荒涼そのものの風景が自然に二つの映像を重ねたとしかいいようがなかった。

それは左右を急な斜面に挟まれた、盆地と呼ぶのもためらわれるほど狭い谷間の空間だった。かつての阿久仁村には、いったいどれほどの家があったのだろうか。二十軒か、三十軒か。いずれにせよささやかな集落であったことは間違いないだろう。

周辺を歩き、人跡を求めたがそこにはなにも見つけることはできなかった。谷間独特の鋭い一陣の風が、越名の頬をなぶる。

「なにもない。本当になにもないな」

あるいは、阿久仁村はここではないのかもしれないと思えるほど、無垢《むく》な荒涼がどっしりと居座っている。けれど越名の感覚は別のものを捕らえつつあった。古物商にしか持ちえないある種の嗅覚《きゅうかく》が、荒涼以外の微《かす》かな匂《にお》いを嗅《か》ぎ取った。人が暮らしたことでしか生まれない人工の匂いといってもよい。

たとえば左右の斜面である。誰も手入れをしていない証拠に荒れ放題だが、じっと見つめていると微かな線が浮かび上がってくる。それも縦に斜めに走っていることがわかった。

——道の跡だ。

一度その《目》が開いてしまうと、斜面に残る小さな段差はかつての棚田に、平地に残る土の盛り上がりが家屋の土台に見えてきた。

そこに今度はドライブインの老人の言葉と表情が重なった。

阿久仁村が廃村になってすでに百二十年余り。村の痕跡《こんせき》がなくなっても不思議のない月日の流れである。けれどそれは村としての機能が思い出せないほどの消失であって、無に近いまで根絶できるはずがない。

「何者かの手によって、念入りに痕跡を消されでもしない限り」

なにかがこの村で起きた。百二十年後の現代でさえも、口にできない忌《い》まわしい出来事が、起きたのである。

急に煙草《たばこ》が吸いたくなってポケットに手を入れた。しばらく探って、自分がもう何年も前に煙草をやめてしまったことに、越名は気がついた。

食事をかねて入った米子駅前の居酒屋でも、越名は考え続けた。とりあえず注文した刺身の盛り合わせにも、生ビールにさえも手をつける気にならなかった。

「本当にそんなことがありうるだろうか」

たとえば百二十年の月日は、木造建築物の上《うわ》ものはすべて風化させることも可能であろう。けれど礎石《そせき》はちがう。石である。百二十年が千二百年になったところで消し去れる類《たぐい》のものではありえない。しかし阿久仁村跡と推察されるかの地に、その痕跡はなかった。どれほど目を凝らしても、足で草むらをかきわけても、建築物の礎石らしきものは見つからなかった。なによりも井戸がない。あたりに河川はおろか小川さえもなかったのだから、そこに人が居住していたとすれば井戸がなくてはならない。その痕跡がないのは、何者かが阿久仁村を廃墟《はいきょ》に変えたのち、井戸を埋め、周辺の痕跡を破壊しつくしたなによりの証拠ではないか。

「本当にそんなことが起こりうるのか」

再び越名は同じ言葉を吐き出した。

それほどまで注意深く、執念深く事を行うには、相当の覚悟がなければならない。

——あるいは絶対的な力と意思か。

そして想像を絶する人力である。

すっかりぬるくなった生ビールに口をつけたときだった。

「隣の席、よろしいですかな」

深みのある低い声がかけられた。

よいも悪いもない。ここは居酒屋のカウンターだ。自分の世界に没頭していた越名は、「どうぞ」と手で合図した。

「旅行者の方ですか」

「まあ、そんなところです」

「米子はいかがですか」

せっかくなら三朝《みささ》温泉でもよられたらよいだろう。秋の紅葉が見事なのだが、季節が少々早すぎる。それでも泉質が実によろしいから必ず満足するはずだ。

よほどにふるさと自慢がしたいのか、白髪交じりの初老の男は油紙を燃やすようにぺらぺらとまくし立てる。決して不愉快な話し方ではないのだが、越名は阿久仁村についてもっと深く考えたかった。あいまいな返事を続けていると、いきなり、

「阿久仁村の跡に行かれたのですな」

いっそう深い声で、初老の男がいった。

「えっ」

「阿久仁村跡ですよ、今日そちらに行かれたのでしょう」

「どうしてそれを」

「お名前も存じ上げておりますよ。越名集治さん」

いや、雅蘭堂さんとお呼びしたほうがよいですかねと、笑顔を貼《は》り付けたまま男がいった。屋号まで知っているとなると、只者《ただもの》ではない。どうやら自分の周囲を探り、尾行までしていたのかと思うと、越名は背中に冷たい感覚を覚えた。

「なにものだ、あんた」

「……神崎秀雄《かんざきひでお》と申します」

そしてと、男が自分の隣に座る女性を指差し、「とりあえずは豊子《とよこ》ということで」と紹介した。

——とりあえず？　なにをふざけたことを。

だとするなら神崎という名前も、本名かどうか怪しいものだと、越名は胸の内で小さく舌を打った。

「誤解をなさらないでください。この娘はある事情から記憶を失っているのですよ」

「はあ」

豊子と紹介された女性が、ゆっくりと頭を下げた。

ひどく古風な感じがするのは、肩まで伸ばした黒髪のせいかもしれない。うっすらと浮かべた笑みは、まるで飛鳥《あすか》仏のようだと、越名は思った。

「どうして、わたしが阿久仁村へ行ったことをご存知なのですか」

「もちろん、教えてくれた人がいるのですよ」

「もしかしたらそれは……」

「はい。ドライブインやまとの順吉《じゆんきち》老人ですよ」

「ははあ、あのご老人、順吉というのですか」

「頑固一徹ですが、まっすぐな心根の持ち主です」

そういって神崎が煙草に火をつけた。左の人差し指が、ゆっくりとカウンターを打ち始めた。

越名はなにをどう反応してよいかわからず、沈黙することにした。

やあ、驚きましたよ、順吉老人から連絡があったときには。先ほど阿久仁村のことを聞いた男があった。どうやら東京で古物商を営んでいるらしい。もしかしたら神崎さんが探していた越名とかいう男ではないだろうか、とね。そうなんです、わたしはあなたを探していたのですよ。というよりは、あなたが競り落とした長火鉢を探していたのです。

神崎の言葉に合いの手を打つように、時折、豊子が頷《うなず》いている。

よどみない言葉に耳を傾け、豊子の仕草を見ているうちに越名は不思議な気分になった。それまで目一杯に稼《か》動《どう》していた警戒反応が、次第にほぐれるのを感じた。

「そうだったのですか、あの長火鉢をねえ」と言葉を返したときには、警戒心は完全に霧散していた。

「あれはわたしの遠縁に当たるものが持っていたのですが、家を新築するときに古道具屋に売ってしまったという」

「よくある話ですよ」

「しかも、阿久仁村遺聞を隠しからくりの中に入れておいたことも忘れて」

「なある。確かにあの隠しからくりはよくできていました」

「わたしも豊子も、実は阿久仁村に住んでいたものの流れを引く末裔《まつえい》なのです」

「ああ、だから長火鉢を取り戻したいと考えた」

阿久仁村遺聞は百二十年前、そこに住んでいた人々の大切な記録であり、記憶だ。どうしても取り戻したいと考えて競り市関係者に当たり、雅蘭堂の越名集治にたどり着いた。自分も仕事を持つ身だからかかりきりになるわけにもいかず、どうしたものかと思案しているところへ、順吉老人から連絡が入った。失礼ながら、眠り猫のような細い目、という一言を頼りに、あたりの飲食店を片っ端から当たって、ようやくあなたを探し当てたというわけです。

「そのような事情があったなら、もっと早く連絡をくれればよかったのに」

残念ながら阿久仁村遺聞の原本は、東敬大学准《じゅん》教授の蓮丈那智先生に送ってしまったのです。コピーなら手元にありますが、やはり原本のほうがよいでしょう。

奇妙な気分だった。

脳細胞の一つ一つが活性化し、クリアになったようだった。

「神崎さん、ひとつ教えていただけませんか」

「阿久仁村がどうしてなくなったか、についてですか」

「しかも、その痕跡がなぜあそこまで完璧《かんぺき》に消されてしまったのか」

「さあ、今となってはわたしにもよくわかりませんが」

「やはり、わかりませんか。そうですよねえ」

「けれど……ひとつだけ方法があります」

あなたがそれを信じるか否《いな》かは、別ですが、と神崎が笑顔を消していった。

「古い新聞を調べるのですか。あるいは町の歴史とか」

「それはわたしも試みたのです。けれど阿久仁村についての記述は一行としてありませんでした」

「……本当に消えた村、いや消された村だったのですね」

ならばどのような方法があるというのか。その疑問を口にすると、神崎はさらに表情を引き締めた。煙草の火を消し、ゆっくりと越名に向き直った。

「豊子は記憶を失っています。けれどこの娘にはある特殊な能力があるのですよ」

「特殊な能力、ですか」

一言一言を刻むように、神崎はいった。

裏鬼道・御霊《みたま》おろし。

3

鬼が立っていた。

二本の懐中電灯を鉢巻で両のこめかみにくくりつけ、胸には懐中ランプを吊《つ》り下げている。黒い詰襟服にゲートル、黒い地下足袋の黒ずくめは、まさしく地獄のそこから這《は》い出た鬼そのものだった。右手に日本刀。左手に鉈《なた》を握り締めていた。

——誰だ、こいつは。

越名が問いかけると、男はにやりと笑い「三郎伍だ」と応《こた》えた。

——なにをするつもりだ。

「鬼退治だ。鬼をすべて退治する」

——鬼はお前ではないか。

「ちがう！　吾《われ》は鬼ではない。吾以外が鬼なのだ」

三郎伍はゆっくりと歩き始めた。

そのときになって越名はようやく気がついた。自分が三郎伍本人であることに、だ。

というよりは、越名は三郎伍の中にいるのだった。

三郎伍が隣の寝室へとつながるふすまをそっと開けた。軽い寝息を立てているのは祖母である。

「ばあちゃん、許してくれよ。ばあちゃん一人残すのは不憫《ふびん》だでなあ」

そういって三郎伍は鉈を振り上げた。

——なにをするつもりだ、よせ！

越名の言葉は三郎伍に届かなかった。

粘液にも似た赤い血しぶきが、三郎伍の顔にかかった。まさしく鬼であった。ぎゃあという一瞬の悲鳴が三郎伍と越名の耳にこびりついた。

三郎伍は窓を蹴破《けやぶ》り、表に飛び出して鬼の形相のまま走り出す。数十メートル先の民家にたどり着くや、表の戸をやはり蹴破ると、室内に駆け込んだ。何事が起きたのかもわからぬまま、きょとんとした寝ぼけ眼の主人の額に、先ほど祖母の首を断ち切ったばかりの血に塗《まみ》れた鉈を打ち込んだ。脳漿《のうしょう》が飛び散り、おそらくは即死であった証拠に、主人の表情はやはりきょとんとしたままだった。

——やめろ、やめてくれ、三郎伍。

異変に気づき、悲鳴を上げた妻の腹に、日本刀を突き入れた。そのまま、二度三度とかき回すと、まもなく悲鳴は、やんだ。

怯《おび》える二人の子供は、苦痛のないよう日本刀で首を刎《は》ねた。

次の家に住む老夫婦は、鉈でしとめた。

その頃には返り血で、黒詰襟服はずっしりと重くなっていた。しかも生暖かい。滑り止めにと柄《つか》に巻いていたさらしまでもが、すでに元の色を失っていた。

三郎伍は叫んだ。国の言葉ではない。人の言葉でもなかった。獣の咆哮《ほうこう》を上げながら、三郎伍は走り、殺戮《さつりく》を繰り返した。

そこに越名の言葉が届くことは決してなかった。

殺戮の限りを尽くしたのち、三郎伍は村の入り口に近い場所に腰をおろした。

「ははは、鬼は殺しつくしたぞ。この村には鬼は一匹もいなくなったぞう！」

拳《こぶし》を天に向かって突き上げ、三郎伍は、ようやく人の言葉を取り戻した。

——そうか、こんなことがあったのだな。阿久仁村で。

一人の青年による、村民皆殺し事件。あまりの忌《い》まわしさに、村は存在そのものを消されてしまったのかと、越名は思った。

三郎伍がすっかり刃の欠けた日本刀を、ほどいたゲートルで拭《ぬぐ》い始めた。

越名はなにも話しかけなかった。

三郎伍がこれからとる行動は、ひとつきりしかない。

三郎伍は正座して、背筋を伸ばし、東の空に向かって一声叫んだ。

天皇陛下万歳。

叫ぶや刀身をわが腹に突きたてた。突きたて、横に掻《か》ききり、いったん抜いた刀身を今度は臍《へそ》めがけて突きたてて、縦に搔ききった。十文字の傷口に左手を突っ込み、はらわたを引き出したところで、三郎伍は息絶えた。

その顔に浮かんだ表情が、あたかも純真な少年のようなのを見て、越名は余計に痛ましい気持ちになった。


目が覚めると、そこはホテルのベッドだった。

頭の芯《しん》が、ずきんと痛む。二日酔いに似ていなくもないが、それほどの量を摂取した覚えがないから、たぶん原因は別にある。

ベッドサイドテーブルにメモが残されていた。

『今日は一日お休みください。あの業《わざ》は気力と体力を奪います。無理をしてはいけません。

名無しより』

たぶん豊子だろうと思った。

——裏鬼道・御霊おろし……か。

あれは夢であったのか。それとも豊子のいう「業」だったのか。阿久仁村の惨劇は本当に起きたのか。ならば、謎《なぞ》は新たに生まれる。三郎伍はなにゆえに、虐殺《ぎゃくさつ》の道を辿《たど》ったのか、である。

自らを「名無し」と名乗った女性、豊子からの手紙は、こう締められていた。

どうしても阿久仁村遺聞を手に入れたい。もしかしたらあの文書が、自分の記憶を取り戻す手立てになるかもしれない。そのために助力してもらえないだろうか。

『なお、裏鬼道で見たこと、感じたことについては決して外に漏らしてはなりません。どうか、どうかお願いいたします』

手紙を読み終えた越名は、奇妙な胸騒ぎを覚えた。

——裏鬼道……御霊おろし。

それが夢であったのか、摩訶《まか》不思議な業によって見せられた現実であったか定かではない。けれど越名の中には、三郎伍と同化し、引き起こした惨殺《ざんさつ》の記憶と感触が確かに残っている。焼き付けられているといってもよかった。

背骨の奥深いところで名状し難い感覚が疼《うず》いた。名無し、豊子の面影が重なると、感覚はさらに強くなる。

全身がかすかに震えるのを感じた。

頭の芯に鈍い痛みを覚えた。

豊子がそれを望むなら、かなえてやらねばならない。阿久仁村遺聞は蓮丈那智から取り戻そう。口外するなというなら、阿久仁村の惨劇の記憶にも封印を施そう。そうせねばならぬ。

東敬大学蓮丈那智研究室に向かうべく、越名は立ち上がった。

『阿久仁村遺聞　第二話
ものいふ鏡についてのおはなしのつづきです。

むらの神社はたいそうふるく、由緒《ゆいしょ》来歴はまつたくのふめいでありまするが対《つい》の鏡ありときközépおよんでをりまする。

いちまいを火の鏡。いちまいを水の鏡。

ものいふといふても人語をかたるのではありませぬ。

むらに凶事あらば火の鏡はあかくひかり、慶事あれば水の鏡があをくひかるのでございます。

されど鏡をほつするもの近隣にあまたありて、つひにはにまいの鏡はひきはなされたさうでございます。

そのゆくへえうとしてしれず、いまにいたるのでございます』

奇妙だな、と己の唇を突いて出た言葉に、内藤三國は戸惑った。

「どうしたのですか、内藤さん」

「いやね、この阿久仁村遺聞なのだが」

なんだかちぐはぐな気がするんだよ、というと、背中越しに佐江由美子が内藤の手元を覗《のぞ》き込んだ。その微《かす》かな体温の気配、すがすがしくも甘い髪の毛の香りに、ほんの一瞬だが、めまいに似た感覚が背筋を突き抜けた。

「どこが奇妙なんです」

「そこなんだ。これは遺聞の第二話なのに……どうして『ものいふ鏡についてのおはなしのつづき』なのだろう」

「確かにそういわれてみれば、おかしいですね」

けれど、と由美子はいった。

遠野物語にしても、佐々木喜善が語る話をそのまま筆記したに過ぎない。したがって物語の順番は決して整然とはしておらず、ところどころ飛んでしまうこともある。同じく、この阿久仁村遺聞も整然としていなくてもよいのではないか。

「それはそうなんだが」

「第一話と第二話では、文体も少しちがうようですよ」

「それは気づかなかったな。なるほど複数の人間が話したことを、そのまま書きとめたのか」

話の続きという限りは、その前の話があるのだろう。

由美子にいわれて、内藤は遺聞の頁《ページ》をめくった。

「たぶんこれじゃないかと思うのだが」

『阿久仁村遺聞　第七話

人のおもひがとどかぬほどとほいむかしのことでありました。村でいちばんのはたらきものであつた喜十《きじゆう》はある夜、観音様のおつげをゆめにみた。村のうしとらに清きいづみあり。朝日があたらぬまへにいづみに行け。いづみに行け。

喜十おつげにしたがひて、あさひのぼるまへにうしとらへとあるきだしました。

竹林のそのおくにいづみありき。みづ清く、こんこんとわき出《い》でたり。
喜十たなごころにてこれをすくひ、口にふくむと、どこからか観音経のきこえたり。そこへ朝日さしたれば、いづみに観音様のおすがたありき。たちまち金色にかがやきて、やがて鏡となりしとか。いらい村はさかえ、人みなこれをあがめたり』

他に鏡とおぼしき記述がないではないが、遺聞の第二話と関連しているのは、この話のように思えてならないというと、由美子は無言のままうなずいた。

「鏡の由来とその作用、そして行く末、ですか」

「どうしてこの話が第七話なのか。なんだか不自然な気がしてね」

そういえば、と今度は由美子が首をかしげた。

「他にもおかしな点がありますか」

「ええ、たぶん気のせいだと思うのだけれど」

仮に、阿久仁村遺聞が複数の人間の語りによって成立しているとする。しかし、聞き手は一人であるべきではないのか。ならば文体は統一されているのが当然である。にもかかわらず阿久仁村遺聞はそれぞれの文体に統一感がない。なによりもひとつの話の中でさえも、文体がばらばらになっているのはなぜか。

「確かに話し言葉になったり、文語調になったりしているね」

「先ほどはさして違和感を覚えなかったのだけど、内藤さんの話を聞いていると、それもまた不自然かな、と」

そもそも、この遺聞はなんのために作られたのか。

遠野物語は確かに伝説の類《たぐい》も多く収録されているが、そこには一人の老人が語る生々しい現実味がある。中には、村で起きた殺人事件の話まであるほどだ。閉鎖された空間で生まれた習俗、伝説、世間話といったものが混在しているからこその生々しさがあるのだ。

「ところがこの遺聞には、そうした要素がまるで感じられない」

「そういわれてみると、なんだか作り物めいていますよね」

「空々しさ、とでもいうのだろうか」

内藤は、学生時代のフィールドワークを思い出した。埼玉県の北部に大規模な住宅地を造成する計画が立てられ、認可された。もともとは小さな集落であったが、歴史は上代にまで遡《さかのぼ》ることができ、その時代の遺物も多数点在していた。蓮丈那智は民俗学専攻の学生を半ば強制的に駆り出し、集落の民俗学調査を行った。もちろん、駆り出された学生の一人が、

「僕でした。そりゃあ過酷なフィールドワークで」

「なんとなくわかります」

「なにせ先生、『とにかく老人の家を探し出し、どんな小さなことでもいいから聞き出して来い』と、ひとこと命令したんだよ」

今思い出しても、脇《わき》の下に冷たい汗が流れるようなフィールドワークだった。集落の一戸一戸を回り、まずその家に古老がいるかどうかを確かめる。

「いきなり訪ねて行って、この家にはご老人がいますか、とたずねるんです。そりゃあ、不審がられますわ」

ようやく話を聞くことができても、それがフィールドワークに役立つかどうかはわからない。だからこそのフィールドワークではあるのだが。

「そりゃあ、嫁に来た当初、姑《しゅうとめ》からいかにいびられたかに始まって、死んだおじいさんが戦後まもなく近くの後家さんと浮気をしただの。今はすっかり中年男になった息子が、中学まで寝小便をするので困っただの」

話を聞きながら由美子が口元を隠し、笑いをこらえているのがわかった。

「いや、だからね。いいたいのはそういうことじゃなくて」

結果として那智は「そんな話こそが重要である」といって、成果を認めてくれた。

「わかりますか？」

「……はあ」

「重要なのは、そこに住む人がいかに生きたか、生々しい現実を後世に記録することも民俗学の使命なのです」

なぜそうしたものが、阿久仁村遺聞からは感じ取ることができないのか。

由美子がうなずいたそのとき、デスクの内線電話の着信音が鳴った。

蓮丈研究室に来客あり。世田谷区下北沢の古物商で越名集治さんと名乗っているが、お通ししてもよいですかと、受付の女性がいった。

もちろん、悪いはずがない。先生の古くからの知り合いですといって、内藤は受話器を置いた。

「どうしたのですか」

「雅蘭堂の越名さんだって。珍しい客だよ」

「そうですね、わたしはお名前だけしか知らないのですけど」

「巻き込み型荒ぶる御霊《みたま》である那智先生の、被害者の一人、とでもいいますか」

「それ……先生の前でいえますか」

「いないからいえるんじゃないですか、やだなあ由美子さんてば」

言葉とほとんど同時に、研究室のドアが開いた。

もちろん越名であろうが、ノックくらいすればよいのに、意外に不調法なんだから、と振り返ると、越名と並んで研究室の主が立っていた。

「誰が巻き込み型荒ぶる御霊、なのだろうか」

「…………」

まあいい、と蓮丈那智は来客用のソファに座り、メンソール煙草《たばこ》に火をつけた。越名がその横に座る。すぐに由美子が二人分のコーヒーを用意した。

「ところで、越名さん、なにかありましたか」

と聞いたのは、那智の機嫌が別の意味でマイナス方向に傾きつつあることを、長年の経験から察したからである。が、それだけではなかった。内藤は、雅蘭堂・越名集治がまとう空気に、違和感を覚えていた。どこかがちがう。細い目も柔らかな物腰も、いつもと同じにもかかわらず、内藤は違和感を払拭《ふっしょく》することができなかった。

――越名さんという器に、別の人格が宿っているような。

そんなことがあろうはずがないと、自らを否定した。

「内藤君、例の文書を出してくれないか」

「阿久仁村遺聞……ですか」

那智の薄い唇から吐き出された細い紫煙が、そうだといっている。

「事情はよくわかりました。どうぞお持ち帰りください」

那智がいうと、越名は「ありがとう」と口にはしたが、その態度はあくまでもそれが当然であるがごとくに、内藤には見えた。

また、違和感の波紋が広がった。

「持って帰っちゃうんですか、越名さん」

「うん、よんどころない事情があってね。仔細《しさい》は先生に話しておいたから」

「コピーをとってあるから別にかまいませんが」

内容については、オリジナルがなくとも、研究を進めることが可能だ。しかし民俗学とは、ただ内容がわかれば良いというものではない。文書の形状、素材、使用された顔料など、あらゆる細部に研究の触手を伸ばさねばならない。それを知らぬ那智ではあるはずもないからこそ、あえて内藤は問うたのであった。

「もういいんだ、内藤君」

那智にそういわれては、これ以上の反論の余地はない。

阿久仁村遺聞を書類封筒に入れ、手渡すと、越名集治は一礼して帰ろうとした。その足がふと止まり、

「もしかしたら、この文書は世に出るべきではないのかもしれませんね。しかも那智先生というフィルターを通して出ることは、絶対に許されないのかもしれない」

こちらを振り返ることなく、越名はいった。

4

越名を見送ったのち、どう思われますか、と口を開いたのは由美子だった。想いは内藤も同じだ。

見えないなにかを抱きしめるような仕草で煙草を吸っていた那智が、ああ、とだけいった。

「雅蘭堂さん、少し変じゃありませんでしたか」

内藤がいうと、不意に那智の視線がまっすぐに向けられた。そして唇は「ミ・ク・ニ」とささやく。それだけで内藤は周囲が白い世界に変わるのを自覚した。

「なぜそう思う。そこに具体的な実証はあるのだろうか」

「いや……それは、なんというか」

「いつもの、君の直感だろうか」

「そういっても差し支えないです。ですが」

「矛盾ではないでしょうか」と、尋ねるように由美子がいった。

「矛盾とは？　続けたまえ」

由美子の緊張の度合いが目に見えるほど高まるのを、心のどこかで喜ぶ自分がいることに、内藤は少しだけ嫌悪《けんお》した。

「越名さんが最後に残された言葉には、明らかに矛盾がありました。阿久仁村遺聞が世に出るべきではない、ということも確かにあるかもしれません」

ましてや那智の洞察力をもってすれば、思わぬ結果が導き出されることは十分に考えられる。

「そうか。やはりあの文書にはなにか秘密があるんだ」

と内藤がいうと、由美子が大きくうなずいた。

「けれど遺聞のコピーは研究室に保存されています。なぜ彼はそれも回収しなかったのでしょうか」

「ということは、『阿久仁村遺聞』というハードそのものに秘密は隠されている？」

「ええ。だからこそ彼は遺聞そのものを必要とし、コピーには目もくれなかった。逆にいえばそれがなければ本当の秘密にたどり着けないと、越名さんは知っていたことになります」

そうか、自分は答え半《なか》ばにたどり着いていたのかと、内藤は思った。

「たとえば」

たとえば外見。たとえば素材。たとえば……。

内藤が列挙すると、

「ふたりあわせてのB評価、といったところか」

立ち上がった那智が、書類棚からファイルを取り出し、デスクに広げた。

一枚の写真がファイルされていた。

「なんですか、これは」

「表紙の次の頁、つまり扉頁を斜光撮影してもらったものだ」

「それはわかりますが」

写真には、「今はなき阿久仁村に寄せて」という文字が写っている。この文字が扉頁に書かれていることは、内藤も知っている。が、斜光撮影とはなんだ。なぜそのようなことをしたのだ。疑問が次々に湧《わ》きあがった。

「うん、知り合いのカメラマンに頼んだのだよ」

「そういうことではなくて」

「斜光撮影は、文字通り横から光を当てて撮影する技法のことだ」

絵画修復などを行うとき、絵肌を確認するためにしばしばこの技法が用いられる。

といわれても、内藤の混乱は深まるばかりだった。

「で、ですね。どうしてそのような技法を用いられたのでしょうか」

「内藤さん、ここ！　なにか見えませんか」

由美子が、写真の一部を指差した。

成仏《じょうぶつ》できない浮遊霊でも写っているのでしょうか。あるいは供養《くよう》を願う祖霊でも、
といいかけて内藤は言葉を詰まらせた。

「なんですか、これは」

ちょうど写真の下あたりに、奇妙な文様が浮かび上がっていた。

ひとつはカタカナの「ヒ」を横に倒したような文様である。

ひとつは漢字の「三」に見えるが、やはり横に倒されている。

ひとつはひらがなの「く」のようだが、やはり横に倒されていた。

「最初からその部分の感触が気になっていた」

「どういうことですか、先生。僕はまるで気づかなかったのですが」

それもそのはずだと、新たな煙草に火をつけて、那智がいった。

「エンボス加工されているんだ」

「というと、紙なんかに型押しをする、あれですか」

「うん。だから肉眼ではほとんどわからない」

「それで斜光撮影なんですか」

横から光を当てると、わずかな凹凸にも陰影が生じる。そうして撮影されたのが、この写真であることをようやく納得した。

「でも、これはいったい」

「わからない。わからないが、ここには二つの意志を感じる」

秘密を隠そうとする意志と、その解明を願う意志ですねというと、那智がゆっくりと首を縦に振った。

民俗学では、さして珍しい概念ではない。悪《あ》しき記憶を封印しようとする意志と、それを記録しようとする意志。こうした矛盾が、民俗学には常に付いてまわるといってよい。

「それにしても、今日の越名氏はいささか」

と那智がいった。

「そうでしょう。やはり変だったでしょう」

「彼はどうやら鳥取にいったらしい」

「というと、もしかしたら失われた阿久仁村を探して、ですか」

「失われた阿久仁村はよかったな。まあ、彼らの仕事は地方を回ることも多いと聞く。半分は仕事がらみだったのだろう」

そこで彼は、不思議な男女に出会ったという。神崎秀雄という初老の男に、豊子と名乗る女性。しかも豊子は記憶を失っていた。あくまでも自称ではあるが。そして二人は阿久仁村住人の末裔《まつえい》として、例の古文書を取り返して欲しいと、越名に依頼した。

「特に矛盾した話ではありませんね」

「だがわたしには彼の鳥取行きと二人の人物との出会いに、なにかが隠されている気がしてならないんだ」

触れてはいけない領域が、この世にはある。けれど触れなければ真実は姿を現すことがない。これもまた矛盾である。

――矛盾か。なんだかこの言葉に翻弄《ほんろう》されているな。

「この文様、いったいなんでしょうか」と、由美子がいった。

「文字のようでもあるし、記号のようでもあるなあ」

「もしかしたら阿久仁村の位置を特定する地図だったりして」

「それもひとつの可能性として、捨てきれない意見だな」

那智の言葉に内藤はうなずいた。

阿久仁村遺聞に隠された秘密とは、もしかしたら阿久仁村の存在そのものではなかったか。だから地図から忽然《こつぜん》と姿を消したのではないか。

「どうしてそう思う、内藤君」

「つまりですねえ、ひとつの村が廃村に至るには相当の年月が必要なんです」

そういって内藤は自らのデスクから資料を取り出した。

「これは長野県のある村の記録なのですが」

村は林業の不振から徐々に人口が減り始め、昭和四十九年に村としての機能を失っている。現在の住民はゼロ。荒れ果てた村の姿を写した写真のみが残されている。

「かつての住人の証言ですが、村の人口が減り始めたのが昭和三十年代の後半なんですね」

人口の減少に伴い、まず学校が閉校となった。すると子供を持つ親たちは、どうしても村を離れることになる。さらに人口の減少は加速する。やがて病院などの公共施設の閉鎖。店舗の廃業。バス路線の廃止。

「つまり、廃村とは緩やかな下降線を辿《たど》りながら、滅びに向かうものと考えられます」

「すると、どうなる」

「阿久仁村が、あまりに急速に滅びていることが気になるんです」

「そうか、人為的な廃村という結論にたどり着いたか」

「だからこそ、かの村の痕跡《こんせき》は、地図から消されてしまったのではないでしょうか」

痕跡を消したいという意志と残したいという意志。だとするなら、由美子の説は急速に真実味を帯びることになる。

「そうなると、わたしと内藤さんの疑問にひとつの解答を見出《みいだ》すことができるのではないでしょうか」

「疑問とは？」

阿久仁村遺聞が、どうやら複数の人間の証言によって構成されているらしいこと。しかし聞き手は一人であるから、文体を統一することは可能だったはずだ。が、実際には阿久仁村遺聞においては、ひとつの話の中でさえ、ちがう文体が用いられている。

「なるほど、そういうことか」

内藤は、由美子と那智の会話を聞きながら、二人と同じ解答を求め、そして理解した。

阿久仁村遺聞が、複数の人間の証言によって構成されているように見えるのは、語り部たちの素性を隠すことが目的ではなかったか。それどころか、聞き手の素性さえもわからぬように、わざといくつもの文体を使い分けているようだ。

「恐ろしいほどの執念というか」

「あるいは怯《おび》え」

内藤と由美子の言葉を那智が引き継いだ。

「彼らは細心の注意を払って遺聞という足跡を書き残した。自らの消息には一切届かない手法を使って」

そうしなければならない重大な秘密が、村にはあった。

——消された村とその秘密。

内藤ははっきりと戦慄《せんりつ》を覚えた。

「なるほど、そういう意味があったのか」と、内藤は誰に問いかけるでもなくつぶやいた。「なにか?」と由美子。

「遺聞という言葉だよ。普通は異聞もしくは遺文と書くだろう。たぶん遺聞という言葉には『遺《のこ》されたものたちからの伝え聞き』という意味がこめられているんだ」

自分では気《き》の利いた解釈を披露したつもりであったが、「そんなことは最初からわかっている」という那智の一言で、内藤の高揚感はあっさりとしぼんだ。

——そこまでいわなくても。

胸中にほのかに灯《とも》った反発の炎が、

「ところで先生、邪馬台国《やまたいこく》のほうはいかがですか」

皮肉めいた言葉となって唇からこぼれ落ちた。いってしまってから激しく後悔した。いったん口にした言葉を二度と唇の内側に戻すことはかなわない。それが那智の勘気をこうむったとしたら、次に浴びせられるのは寸鉄人を刺すがごとき言葉であろう。剃刀《かみそり》の鋭さと鉈《なた》の重さを併せ持った言葉の刃《やいば》は、容赦なくわが身を苛《さいな》むに違いない。ふっと横を見ると、由美子の唇が震えている。たぶん、自分と同じ結果を想像して言葉を失っているに違いないと、内藤は覚悟を決めた。

が、那智の反応は意外なものだった。

「面白いね、実に面白い」

「ははは……面白いですか、やはり」

那智は以前、邪馬台国の謎《なぞ》について「あの国の謎は鉄と酒によって解き明かされるだろう」といっている。

「やはり、鉄と、酒ですか」

「もちろんだ。考えてみたまえ」

酒の醸造、しかも一般の邪馬台国の倭人《わじん》たちが常用できるほどの酒の醸造となると、それなりの石高が必要となる。それを可能にするには鉄器は必要にして欠くべからざるアイテムではないのか。

「内藤君。君は以前のことだが、邪馬台国は現在の福岡県の八幡《やはた》東区ではないかという仮説を立てたことがあっただろう」

「覚えていたんですか。あの時は絶対に間違いないと思ったのですがねえ」

といいながら、最悪の災難をどうやら回避できたらしい気配に、内藤は感謝した。

「あれから、調査は進んでいるのだろうか」

「完全に手詰まりとなっております」

全国に散らばる八幡《はちまん》神社の総本山は宇佐神宮である。一説には製鉄民族の神ともいわれているが、謎の多い神でもある。もし、八幡神が製鉄の神であるとしたら、古事記が説くところの八岐大蛇《やまたのおろち》とは、たたら製鉄を記号化したものではないか。事実、八岐大蛇の尻尾《しっぽ》からは草薙《くさなぎ》の剣が現れたと伝えられる。また、比較的大きな八幡神社の近くには砂鉄の産出地が多いことも、内藤の仮説を裏付ける……かに見えたが、そこに決定的な証拠が見当たらなかった。あれこれ手を尽くしたつもりだが、結局は挫折《ざせつ》したのである。

那智が邪馬台国に触手を伸ばしたらしいという情報を教務部の高杉から聞いたとき、否応《いやおう》なしに内藤の中に挫折感がよみがえった。

二度と邪馬台国に振り回されたくない思いと、あるいは蓮丈那智の叡智《えいち》をもってすればこの謎が解き明かされるかもしれないという期待、そうなったらそうなったでほんの少しだけ、ほんの少しだけ悔しいなという小さなプライドが歪《ゆが》んだ自意識となって、内藤を苦しめたのである。

「ところで、日本における米作りがどれくらいまで遡《さかのぼ》ることができるか、知っているかい」

「米作りが本格的に行われるのは、弥生《やよい》時代でしょう」

「一般的には、そういわれている」

だが、と那智がいった。

もし邪馬台国で、酒の醸造が可能なほどの米の生産が行われていたとしたら、相当以前から米作りは始まっていなければならない。当時の技術力を想像すれば、すぐにわかることだ。長い生産技術の研究向上の後、初めて大量の米を得ることができると考えるべきではないか。

「縄文時代にはすでに米作りは始まっていた」

「はい、でも規模は小さかったはずです」

会話を中断するように内線電話が鳴った。受話器を取り上げたのは由美子だった。短くはい、はいと応答したのち、

「先生、お客様がお見えになったそうです」

「そうか、来たか」

「だれです、先生に立て続けの来客なんて珍しい」

「君もよく知っている人物だよ」

まもなく、研究室のドアがノックされた。失礼しますという声とともに入室した人物を見て、内藤は思わず立ち上がった。

「お久しぶりですね、内藤さん」

「あなたは！」

店舗を持たない骨董《こっとう》商、冬狐堂《とうこどう》こと宇佐見陶子《うさみとうこ》が立っていた。

グレーのスーツを一分の隙《すき》もなく身にまとった宇佐見陶子は、

――あの事件からもう四年か。

という思いとは裏腹に、あの頃と毛ほども変わりなく凛《りん》として美しかった。いや、歳《とし》を経たぶん、女性としての魅力に厚みを増しているのかもしれないと、内藤は思った。重ねた年月ばかりではないはずだ。魑魅魍魎《ちみもうりよう》の住処《すみか》、百鬼夜行の通り道といわれることの多い骨董の世界で、嘘《うそ》と偽りの網をかいくぐり、真実のみを手に入れることで身についたしたたかさ、老獪《ろうかい》さが冬の狐《きつね》の屋号にふさわしい美しさを醸《かも》しだしているのかもしれない。

「お久しぶりです、冬狐堂さん」

「内藤さんも元気そうでなによりです」

そして由美子を見て「すっかり蓮丈研究室に馴染《なじ》みましたね」と、冬狐堂が笑った。

「今日はまた、どうして研究室に」

「那智先生に呼ばれたのですよ」

その言葉が、内藤に小さな疑問の小石を投げかけた。

蓮丈那智と宇佐見陶子は、民俗学者と骨董業者という垣根を越えた、盟友といってよい。四年前の事件では、写楽と謎の民俗学の狭間《はざま》で窮地に陥った那智を、陰でサポートしたのが冬狐堂だった。その数年前、逆に窮地に陥った冬狐堂をサポートしたのは、那智だった。本来、研究者と骨董業者は同じフィールドで立場を異にする、いわば敵同士である。研究者は研究のための価値を器物に与えようとし、骨董業者はそれに金銭という価値を与えようとする。時に互いの立場を利用し、手を組むことがないわけではないが、そこには相手の腹を読みあう暗闘がある。

にもかかわらず、この二人の間には深い絆《きずな》があることを、内藤は知っている。

「内藤君」という那智の言葉で、内藤は現実に引き戻された。

「なんでしょうか」

飲み物ならば、由美子がコーヒーを淹《い》れている。

「悪いが、調べ物をしてきてくれないか」

そういって、那智はメモに文字を書きつけた。

岡山県 鬼《き》ノ城《じょう》、とあった。

「鬼ノ城……ですか」

「聞いたことくらいはあるだろう」

「もちろんです。確か、桃太郎伝説の原型ともいわれている、温羅《うら》の居城という伝説のある巨大遺構でしょう」

そう応《こた》えながら、

——もしかしたら先生は、あのことを……。

と、内藤は直感した。

コーヒーカップを載せた盆を持ってきた由美子に、

「ちょうどいい。君も一緒に調べてくれないか」

と、那智がいった。由美子がなにかをいおうとしたが、それをさえぎるように内藤は「行こう、佐江さん」と、半ば強引に促した。たぶん由美子は、それくらいのことならばインターネットで調べることができる、とでもいおうとしたのだろう。

はたして廊下に出るなり、由美子はそのことを口にした。

「那智先生は、基本的にネット情報を信用していないから」

「それはわかっていますが」

インターネットの情報には、基本的に責任というものが存在しない。また、それ以上に、自分の足で調べていないものを、那智という研究者は信用しない。

──だが、それだけでもないのだが。

大学の図書館へと向かう途中、ほとんど口を利かなかった由美子が、建物を前にして、

「やはりわたしたち、体《てい》よく追い出されたのでしょうか」

と、内藤と同じ思いを口にした。

「わかりますか」

「だって那智先生と冬狐堂さんですから」

それにしても、二人は雰囲気がよく似ている。以前もそう思ったが、久しぶりに会ってみて、改めてよくわかった、と由美子がいった。

「だから気が合うんだろうなあ」

「まさしく西の魔女と東の魔女のタッグ、ですね」

「最強にして最凶のタッグ、ともいうな」

運命的トラブルメーカー同士、とはさすがに口にすることはできなかった。

「二人でなにを話しているのでしょうか」

「それを知られたくないから、僕たちを研究室から追い出したのでしょう」

「気になりませんか」

「それよりも」と、内藤は那智の書いたメモを見た。

岡山県総社《そうじや》市近くの山中にあるのが、鬼ノ城である。山火事をきっかけに発見され、今も発掘調査が進められているのではないか。当初は単なる山城の城壁かと思われていたが、発掘を進めるうちに、その規模が研究者を驚かせた。小規模な集落といってよいほど多くの遺構が発見され、中には最も古い形のたたら製鉄跡もあったとされる。

一説には朝鮮式山城ともいわれている。

記憶にある限りの知識を伝えると、由美子がふっと眉根《まゆね》をゆがめた。

「たたら製鉄、ですか」

「桃太郎のモデルになったのは、吉備津彦命《きびつひこのみこと》だとされている。吉備津神社の縁起によるとね」

「はい。百済《くだら》の王子を名乗る温羅が、吉備地方を荒らしまわるので人々が朝廷に嘆願。そこで朝廷は武勇名高いイサセリヒコノミコトを遣わしてこれを追討した、とか」

温羅は別名吉備冠者《きびのかじゃ》とも呼ばれていた。温羅はイサセリヒコノミコトにその名を献上し、以来彼は大吉備津彦を名乗ったと、神社の縁起にはある。

「でも、それっておかしいとは思わないかい」

「どうしてですか」

「温羅は、極悪非道の限りを尽くす大悪人だ。そんな男の名前をもらって、嬉《うれ》しいかなあ」

「それは、民俗学上ではよくあることで」

追討した側の人間は、追討された側のものをことさらに、悪人にしたがる。たとえば新皇《しんのう》を名乗った平将門《たいらのまさかど》がよい例だ。彼は朝廷にとっては無類の反逆者でしかないが、関東の人々には絶大な人気を誇り、神田明神に祭られたほどだ。同じ論を以《もつ》てすれば、温羅は決して極悪人などではなく、むしろ地元の民衆に愛された族長といえるのではないか。

「まあ、鬼ノ城の規模を考えるなら、相当の労力を必要としたことだろう。それを温羅の圧制故《ゆえ》と考えるか、民意を得ていたからと考えるかは、幾多の課題が残されているのだけれど」

どうせ鬼ノ城について調べるのなら、予備知識を交換しておいたほうがよいと考えた内藤が、少し別な場所で話をしませんか、と誘うと由美子はうなずいた。

学食近くに通称「パオ」と呼ばれる喫茶スペースがある。二人は一番奥の席に腰掛けた。テーブルに、内藤は以前使っていたキャンパスノートを広げた。

「これは、滝沢馬琴《たきざわばきん》の随筆集である《燕石雑志《えんせきざつし》》の写しなんだが」

そこにこう書かれている。

鬼が島は鬼門《きもん》を表せり。これに逆《むかわ》するに、西の方申酉戌《さるとりいぬ》をもてす。これを四時に配するに、西は秋にして金気殺伐を主《つかさど》ればなり。その意いと深し。

「どうして桃太郎の従者が猿と雉《きじ》と犬なのか、滝沢馬琴は方角による吉方の概念を用いて解き明かしているんだよ」

ちなみに鬼はなぜ角を生やしているのか。なぜ虎皮《とらがわ》のふんどしをはいているのか。

鬼がやってくるのは鬼門、すなわち北東。方位でいえば、丑寅《うしとら》の方角である。

「ああ、それで牛の角と虎皮のふんどしなんですね」

「そういうこと」

鬼ノ城、温羅、吉備津彦、燕石雑志といった単語をしばらく繰り返したのち、由美子がふと顔を上げた。その目が研究者のそれ、というよりは追跡者のものに思えた。

「内藤さんは、いつからこのことを調べていたのですか」

「いつからって、それは」

「まるで那智先生が鬼ノ城に興味をもたれることを、あらかじめ承知していたみたいじゃありませんか」

内藤は短い時間だが、言葉を失った。「それはつまり」といったきり、なんとか紡《つむ》ぐべき言葉を探そうとするのだが、うまくいかなかったのである。さらに数秒ののち、内藤はようやく口を開いた。

「ねえ、佐江さん。どうして先生は僕たちに鬼ノ城のことを調べろと命じたのだろうか」

「それは、つまりわたしたちを研究室から一時追い出すのが目的で」

「ちがうね。断言するよ。蓮丈那智という人は独善的でわがままで、協調性もないし、強圧的だし、人の苦しみなどかけらも理解しない冷酷な人で」

「それ以上続けると自縄自縛《じじようじばく》に陥りますよ」

とっくに陥っているから早く止めてくれ、あるいは止めてくれてありがとうという気持ちをこめて、内藤は言葉をいったん切った。

「つまり、そういうタイプの研究者なんだが、彼女の辞書にないものがいくつかある。そのひとつが《無駄》というフレーズなんだ」

「では、鬼ノ城についても」

「先生なりの考えがあってのことだろうと思う」

無論それは凡人の考えの及ぶところではあるまいが、とにかく蓮丈那智が鬼ノ城に興味を持っているとすれば、そこになんらかの意味があるに違いない。

「もしかしたら内藤さんは、なにかを知っているのではありませんか」

「別に隠しだまを持っているわけじゃないんだが」

これは数年前に出た書籍からの引用だと断ったうえで、

「前田晴人《まえだはると》という、民間の古代史研究家が実に面白い説を唱えているんだ。それによると邪馬台国の謎《なぞ》は桃太郎伝説から読み解くことができるというんだよ」

「それで、鬼ノ城なのですか」

「魏志倭人伝《ぎしわじんでん》を思い出して欲しい。その半ば近くに邪馬台国には敵国が存在したと記述されているだろう」

「ああ、狗奴国のことですね」

「《くぬこく》、あるいは《くなこく》と呼ばれるが、この国は女王卑弥呼《ひみこ》に属さず、とある」

《くなこく》の呼び名から、これは九州の豪族のひとつである《熊襲《くまそ》》のことだと一般にいわれている。

「けれど前田氏は《くな》は《来な》の意。つまり来るなという意味の国だと解釈しているんだよ」

「あれ……どこかで似た話があったような」

「まさしくその話だよ」

「イザナギノミコトが黄泉《よみ》の国から逃げ帰るときに！」

「そう、黄泉の国の鬼女と化したイザナミノミコトが遣わした追っ手から逃れるために、イザナギノミコトは手にした木の杖《つえ》を投げ捨て、『ここよりこちらへは来てはならぬ』と宣言する。この杖は岐神《ふなとのかみ》と呼ばれ、その本名をクナトノサエノカミというだろう。集落の境界線にあってこれを邪神から守る塞《さえ》の神のことだよ。まさしく『ここよりこちらには来てはならぬとつげる塞の神』という意味だ。前田氏は『来るなの所におわす障《さえ》の神』と表現しておられるのだけれど」

「邪馬台国にとって、狗奴国とはこちらに来るなといいたい国であったということですか」

「そして吉備国こそが狗奴国であり、邪馬台国の人々は憎しの心を持ってかの国をあえて狗奴国と呼んだ」

「どうして急に吉備国が出るのですか」

「だって、木の杖を投げつける前にイザナギノミコトは近くに生えていた桃の実を、追っ手である雷神に投げつけるだろう」

「そういうことですか」

「桃は常に鬼を退ける存在なんだ」

ここで初めて桃太郎伝説が関係してくる。

桃であり、吉備であり、鬼であり、狗奴国である。すべてのワードが一本につながる。

さらに、と内藤は続けた。

「まだあるんですか」

「たぶん那智先生のことだから、こうも考えたのではないだろうか」

　鬼ノ城からはたたら製鉄の遺構が発見されている。

「先ほどの燕石雑志の一文にあっただろう。西は秋にして金気殺伐を主ればなり、と。吉備国が狗奴国ならば、鬼たちは同時に製鉄技術を持つ集団であるということだ。すなわち金気を征伐するには、中西戌の霊験を用いなければ、ことは成就《じょうじゅ》しない」

「内藤さん……なんだか乗り移っているみたいですよ」

「はい？」

「一瞬ですが、内藤さんに那智先生の影が見えました」

　その言葉が、内藤の気持ちを勇躍させた。

　――あるいは欣喜雀躍《きんきじゃくやく》かしらん？

「ええっと……つまりです。邪馬台国に仇《あだ》なす狗奴国の位置を特定すれば、逆に邪馬台国の位置も特定できると」

　影を知れば光はおのずからその光源を確認することができる。邪馬台国の謎、ここに解明せり。

　わが言葉に酔いしれた内藤を、由美子の次の一言が直撃した。

「それはないと思います、絶対に」

「ハイ？」

先ほどの「はい？」とは明らかに異なるテンションで、内藤はいった。

だって、と由美子は続けた。

邪馬台国がどこにあったかという問題には興味を持っていない。そんなことは考古学者にでも任せておけばよい。民俗学には民俗学の使命と目標がある。

「確か、そういっておられませんでしたっけ」

「ああ、そういえば」

「那智先生は、たぶんまったく別の命題を胸に秘めているはずです」

「…………」

高揚感と消沈。どうやらそれが己に課された運命らしい。蓮丈那智研究室に勤務して以来、ひとたびならず覚えた劣等感に再びさいなまれる内藤だった。

「そうでした、すっかり忘れていました」

——生キテイテゴメンナサイ。

「そうなると問題があります」

「なぜ、先生は鬼ノ城に興味を持ったのか……だね」

もしかしたら蓮丈那智は、われわれの想像を絶する仮説を胸の奥深く秘めているのではないか。

——なんてね。いつものことじゃないですか。

「はははははは」

「どうしたんですか内藤さん。急に笑い出して」

「いやね、少しだけ人生を諦観《ていかん》する術《すべ》を身につけたような気がして」

らしくありませんねという由美子の言葉を期待したが、期待はむなしく裏切られた。

そのかわりに、那智先生はなにを証明しようとしているのだろうという、由美子の呟《つぶや》きのみが、降る霜のごとく、内藤の胸の裡《うち》にも積っていった。

第三章　冬《とう》狐《こ》堂《どう》

1

相談したいことがあるのだが都合はいかがだろうか。なるべく早急に会いたいのだが。

蓮丈那智からの連絡を受け、宇佐見陶子は懐《なつ》かしさとともに、一抹の不安を覚えた。旧交を温めようなどと言い出す人物ではない。ましてや孤高の自営業者である自分を、簡単に呼び出すことができると考えるほど、無神経でもない。

「なにがあったのですか」

佐江由美子の淹《い》れたコーヒーを一口すすり、陶子は単刀直入に切り出した。

「うん、なんだかいやな予感がするんだ」

「珍しい、先生が予感なんて言葉を口にするなんて」

「ならば、直感と言い換えようか」

それなら納得できると、陶子は思った。

蓮丈那智にとって直感とは、決して山勘や単なるひらめきではありえない。あらゆるジャンルに伸ばした触手から得た情報。その時には役に立たなかった情報が蓄積され、複雑に絡《から》み合い、あるときひとつの仮説として再生されるものを、彼女は直感と呼ぶらしい。その作業は陶子のような職業にも通じるものがある。知識をいくら駆使してもよいものを見る目は育たないからだ。真に良いものと駄ものを見続けることによってのみ、蓄積される眼力こそが、陶子たちにとって唯一《ゆいいつ》にして無二の武器となるのである。

——そして……。

陶子と那智がともに関わった事件は二つある。ひとつは四年前、写楽に絡んだ事件である。しかしこれはカメラオブスキュラの再生を依頼されただけだから、陶子が事件に直接関与したわけではない。

「先生、もしかしたら……けれど」

だから二人の助手を部屋から追い出したのかと、陶子は理解した。

「そんな気がしてならないんだ」

そういって那智が、近況を話し始めた。

下北沢の雅蘭堂、越名集治に端を発した、謎《なぞ》の古文書のこと。

内藤三國に近づいた、正体不明の紳士のこと。

どうやら鳥取県を旅したらしい越名が、人格が変わったように見えること。

日ごろはほとんど表情を変えることのない那智の眉間《みけん》に、微《かす》かなしわがあった。それを見て、陶子は那智の直感を、これまた直感的に信じることにした。

「あの事件は、もう終わったはずでは」

「そうではないと、いったはずだが」

那智の言葉には絶対的な重みがあった。

——あれからもう何年になるのだろうか。

事の発端は、顧客から注文を受けて参加した競り市《せ》であった。市のカタログを見た客から依頼を受け、競りに参加する業者は《客師《きやくし》》といって、旗師《はたし》である陶子の本来の仕事ではない。が、客の筋がよく、また相手によほどの事情があれば、依頼を無下に断ることはしない。

依頼は二面の青銅鏡の競り落としであった。客に相当の資金力があったことも手伝い、競り落としそのものにはなんの支障もなかった。ところがその後、青銅鏡の一面がすりかえられてしまった。そこから始まった数々の出来事を、今でも陶子は夢に見ることがある。正真正銘の悪夢として、である。

「まさか、そんなことが」

「わたしはあの時に指摘しておいたはずだが」

「それはそうですが」

すりかえられた一面の鏡。それは日露戦争を目前にした日本政府が、国家の威信をかけて試みた一大プロジェクトの証《あかし》でもあった。しかも闇《やみ》のプロジェクトである。考えようによっては荒唐無稽《こうとうむけい》ともとられかねない計画を、明治政府は一人の僧に託したのだ。そして僧は、自らは計画を知らぬまま西蔵《チベット》を目指し、道半ばにして消息を絶ったという。あるいはそこにも陰惨な秘密が隠されていたやもしれない。

満身創痍《まんしんそうい》になりながらも事件を解決させたときのことだ。

那智は陶子に告げている。

　これほど大きなプロジェクトの心臓部に当たる、鏡の製作。これにかかわった者達はどうなったか。決して外部に漏れることの許されない国家機密だ。毛ほどの噂《うわさ》でも漏れてはならない。そして人間は噂を撒《ま》き散らす口を持っている。悲劇は必然性を持って彼らに襲いかかったはずだ、と。

「冬狐堂さんはいったね。あのプロジェクトは、今も眠りについたままの怪物だと」

「はい、対大陸戦略として」

「先ごろチベットで暴動が発生したね」

「北京《ペキン》オリンピックの直前でした」

「あれは偶然だろうか」

「そう信じたいですね」

　それに応《こた》えることなく、那智がデスクからひと束のコピーを取り出した。

　阿久仁村遺聞、とあった。

「ああ、これが例の古文書ですか」

「読めばわかることだが、一見、失われた村に伝わる伝説を収集したもののようだ」

「ちがうのですか」

「そこが気になって仕方がない。わたしの邪推であればそれにこしたことはないのだが」

「それで先生。わたしになにをせよというのです」

「あの事件の折、中心人物の一人に、林原睦夫《はやしばらむつお》という人物がいたと聞くが。覚えているかな」

「もちろんです」

忘れようのない名前と顔である。彼の策略にはまり、陶子はいっとき古物商の資格を失ったほどだ。あのときほど心が萎《な》えたことは、あとにも先にも、ない。

「このようなことを頼むのは心苦しいのだが」

「林原に、もう一度接触せよ、と」

「……だめだろうか」

それこそ那智先生らしくありませんよ。あなたは一言、林原に接触せよと命令すればいい。それが許される、数少ない人種なのだから。そういおうとした陶子は、那智の目の中に名状し難い光を見た気がした。

あの事件では、内藤三國も少なからず傷を負っている。

——そしてまた、今回も彼は巻き込まれようとしている。

場合によっては那智自身も、そして佐江由美子さえも巻き込まれかねない巨大な悪意の渦を、感じ取っているのだろうか。

「わかりました。なんとかしてみましょう。けれどあの時点で相当な高齢でしたから」

「そのときはそのときだ。気にしないでほしい」

「ついでに雅蘭堂さんの動向にもそれとなく注意しておきましょう。同業者ですから怪しまれることはないでしょう」

そういったのち、宇佐見陶子は目の前に信じられない光景を見た。

立ち上がった蓮丈那智が、深々と頭を下げたのである。

李朝《りちょう》白磁の筆洗い、ちょっといいものがつい最近手に入ったのだが、見ませんか。

下北沢の雅蘭堂に電話すると、越名から「すぐにでも見たい」と即答が返ってきた。

陶子は自宅のストッカーから、三寸少々の李朝白磁を取り出した。特に変わった意匠が施されているわけではないが、これこそが李朝白磁の本質だと、つくづく思う。ゆったりとした形状、口縁の具合。しいていうなれば全体が充実しているのである。

越名には「つい最近」といったが、実際に手に入れたのは三年ほど前だ。陶子のストッカーには、そうした品物がいくつか秘蔵されている。美の価値を金銭に置き換えるのが生業《なりわい》でも、時にそうしたくない品物と出会うことがある。積まれた金額の多い少ないでは決して手放したくないもの。ストッカーに眠るそれらの器物は、旗師としてのプライドでもあった。

下北沢の店舗に赴き、桐箱《きりばこ》からとりだした李朝白磁を見るなり、越名の細い目がいっそう細くなった。

「……いいですねえ、これは」

「筋が良いものと、確信していますが」

「もちろん！　一点の瑕疵《かし》も見つからない。これほどのものははじめて見ました。また、景色がすばらしい。これそのものがひとつの世界ですねえ」

「ずいぶんと誉めそやすじゃありませんか」

「だって、良いものは良いとしかいいようがない」

子供のように無邪気なその言葉を聞いて、陶子は違和感を覚えた。

どう見ても、日ごろとなにひとつ変わりない越名集治である。那智がいう「人が変わったような」ところなど、どこにも感じられなかった。

「で、いくらで引き取らせていただきましょうか」

「雅蘭堂さんならいくらの値をつけますか」

「また、意地の悪いことを。そうですね、五十ではいかがですか」

陶子が手に入れたときの値は五十五万だった。たぶん、売値で八十はくだらないだろうと読んでいる。これをもって人が変わったとは、この世界ではいわない。

「意地が悪いのは雅蘭堂さんじゃありませんか」

「では、これでどうでしょう」

越名が右手を三本立てた。五十三万ということだ。

陶子は両手を使って七本の指を立てる。五十七万。これでも儲《もう》けはほとんどないも同然である。

「五十六で手を打っていただけませんか。見ての通りの貧乏所帯で」

「いいでしょう」

とたんに越名の顔がくしゃくしゃになった。駆け引きと騙《だま》しあいの横行するこの世界で、純朴は決して美徳ではないし、この男の胸の中にも毒の花はある。けれど心から手に入れたいものを許容範囲内で手に入れた喜びを素直に表現するのは、悪いことではない。

――やはり那智先生の観察が間違っているのかもしれない。

そんなことなどありえないと知りつつ、陶子は心のうちで葛藤《かっとう》した。

「ところで、山陰地方にいかれたそうですね」

なにか良いものでも掘り出しましたかと、水を向けると、越名の表情が微《かす》かに動いた。不快感ではなく、嫌悪感《けんおかん》でもない。深い所で不思議な感情が動いているように見えた。

「どうかしましたか」

「いや……べつに。出前用の岡持ちで、ちょっと良いものが手に入ったのですが」

今は指物師のところで修復を施している、と越名はいうが、その表情はわが魂すでにここにあらず、といった感じだ。

そこに、那智のいう性格変質の一端を見た気がした。

その夜、かつての事件の折に知り合った滝隆一朗《たきりゅういちろう》の名刺を探して、そこに電話をかけてみた。陶子たちの職業にとって、名刺は重要な商売道具となる。日ごろぞんざいな扱いをするはずもないが、滝の名刺は別物だった。滝は事件の過程において盟友であり、裏切り者であり、そして敵となった男だ。二度とかけることのない電話番号だったが、それでも名刺を捨てることができなかった。

「はい、滝です」という声を聞いたとたん、陶子は胸を詰まらせた。

「滝ですが、どちらさまでしょうか」

「……宇佐見です。冬狐堂の宇佐見陶子です」

今度は滝が、言葉を詰まらせた。

長い沈黙ののち、

「ご無沙汰《ぶさた》しております。宇佐見さんはお元気でしたか」

滝の声を懐《なつ》かしいと思う自分に、陶子は驚いた。

「はい。滝さんは？」

「すっかり老人です。なにか御用ですか」

用がなければ陶子が電話などかけるはずがない。それなりのことを自分はしてのけたのだから、と声が問わず語りしている。

「実は、林原さんの連絡先を知りたいのですが」

再び、受話器の向こうに沈黙が居座った。

林原睦夫は、二年前に亡《な》くなりました。電話の向こうで、滝隆一朗がなんの感情も感じられない声で告げるまで、ずいぶんと長い時間が過ぎたように思えた。

「そうですか、亡くなったのですか」

「脳の病に冒されましてね。ずいぶんと苦しんだようです」

それでも死の直前まで意識は確かだったそうで、

「あなたのことを本当に後悔していました」

と滝にいわれたところで、なんの救いにもならなかった。それほどまで苦しめられ、本来ならば記憶の隅からさえも掃きだしてしまいたいほどの、忌《い》まわしい出来事であった。「そうですか、亡くなったのですか」

と、陶子は同じ言葉を繰り返すしかなかった。失望半分、伝手《つて》が途絶えてよかったという安堵感《あんどかん》半分の、中途半端《はんぱ》な思いだけが静かに胸のうちに澱《よど》んだ。

「あなたを裏切ったわたしが言うのもなんだが、どうか許してやってください」

「ええ、もう昔の話ですから」

「だが、もしかしたら昔の話ではなくなったのではありませんか」

胸の奥深いところに細波《さざなみ》が生じた。それはすぐに痞《つか》えとなって、胸の辺りに違和感を生じさせた。怖気《おじけ》であったかもしれなかった。

「どうして、そのようなことを」

「勘です、といいたいところだが。林原が死ぬ少し前です。あれが奇妙なことを言い出した。悪い予感がする、とね」

詳しいことは電話では話せない、どこか外でお会いできませんかという滝の誘いを、陶子は断ることができなかった。

『阿久仁村《あぐにむら》遺聞　第六話

むかし村には狐憑《きつねつ》きの家柄がいくつかあった。特に女子はその気質激しく、時に村の急変を予言することもあった。だが、狐の手付きをしたり、油揚げを生で食べたりするので、村のものは誰しも気味悪がり、日ごろは近づこうともしなかった。

神社に残る古文書によると「狐を稲荷《いなり》明神の遣はしといいしこと古書に見ユ。狐憑きはこの社《やしろ》に連れくれば、神威恐れて消ゆるとや。人に災いするは野ぎつねぞ」とか。

八木家と申すは中でも尾裂狐《おさきぎつね》と呼ばれる霊験強き狐を使うことで有名であった。ある日のこと、一人娘のオヨウの様子がおかしくなった。突然夜中に起きだして、「白き大熊《おおくま》が迫りしぞ。北の方角より白き大熊が村に襲い来るぞョ」と泣き出したのである。そういわれても村の近くに棲《す》む熊は黒と決まっておるし、だいたい白い熊などこの世におるものかと、誰も相手にせなんだ。ところが、村長殿が「覚えておらんかい。

オヨウの予言どおり、あれは何年前であったか西の裏山を山狩りしたら、大きな大きな狸《たぬき》の巣がいくつもあって、あの年は捕らえた狸の毛皮を売って大もうけであったろうよ』ならば今度もオヨウのご宣託、信ずるべし。本当に白い熊なればあなメズラシや。毛皮もさぞや高く売れよう。見世物小屋に引き渡してもよい。

そこで皆のもの。手に手に鋤鍬《すきくわ》持って北の山を目指したとか。中には半信半疑のものもおったが、驚くことに本当に白い熊がおったのよ。しかも恐ろしく貪欲《どんよく》な白熊で、村人を皆殺しにして食ってしまうつもりであったのだ。そこで村人知恵を働かせ、村境でこれを食い止めた。見事白い熊を討ち取ったと、喜んだとか』

陶子が差し出したコピーの束にざっと目を通し、滝が老眼用の眼鏡をはずした。そこに確かな時間の流れを見た気がした。

「これがどうしたのですか」

「どうやらこの古文書が、すべての始まりではないかと」

「蓮丈先生がそういうのですね」

ならば、それは一考の価値があると、滝はうなずいた。

「それにしてもひどい文章ですな。口語文と文語文がまるでごちゃ混ぜだ」

「蓮丈研究室の二人の助手は、あえてそうしたのではないかと推測しているようです」

「なぜ、そのような」

「書き手を特定させないために、です」

「それほど、人目をはばかる文章であるということですか」

その点については、蓮丈那智も同意見らしい。彼女がその意見を否定していないということは、意見がほぼ同じだということに相違ない。

そこで陶子は、これまでのあらましを滝に話した。

阿久仁村遺聞が発見された経緯と、雅蘭堂の越名の様子がなにやらおかしいこと。それは彼が鳥取県を訪れて以来であること、などである。

「しかしながら、わたしには単なる村の覚書にしか見えないが」

「あの……日本には白熊は生息していませんよ」

白熊が生息していない限り、これが覚書ではありえない。もし覚書とするなら、これはなにかを象徴するものでなければならない。露骨に書き残せないがゆえに、ある事象を「白い熊」に譬《たと》えたのだろう。民俗学ではしばしばそのようなことがある。

すべて那智からの受け売りであったが、滝はしきりとうなずくばかりだった。

さらに、と陶子は別のコピーを手渡した。

「この六話に関連すると思われる文章がこれです」

そこには『阿久仁村遺聞 第十一話』とある。

『熊捕りて後、村に難渋あり。それは珍しき獲物《えもの》にて、近在の村人こぞって集まれり。かは奇跡なり。神意なり。こぞりて恩恵うくるべし。断じて汝《なんじ》らこれを独り占めする事なかれ。さればすべてを分け与えん。これ天意といわずしてなんという。村長近在を説けり。わが村を襲わんとしたる熊。吾《われ》らが仕留めたり。なんぞほかにはばかりあるらん。吾らがものにてござ候《そうろう》。さればどうかお引取り願うばかりなり。なれど西の村の村長語りき。いずれ貧しき村なれば、人はあいみたがいとも申し候。ひと村栄えれば、そこに憎しみうまるるらん。吾ら決して争う気持ちなかりしども、ひとはげに恐ろしきものなり。いつ悪心ほっするやもしれず。ここは穏便たるべしや、と。

また北の村長語りき。そもそも熊、吾らが領地にて捕りたるむね、確かなり。なればこの獲物、すべて吾らがものなり。これ道理なり。一刻も早く吾らにお返し願いたし。この願いかなわぬならば、いずれお上に申し立て、ことの決裁つくるべし。

さらに南の村長曰《いわ》く。吾らに古き教えあり。皆ども語り継ぎしところによれば、熊は悪魔なり。ここは仏心にしたがいて、静かに供養《くよう》すべき云々《うんぬん》。これらのことすべて幻にて、吾ら一同皆わするるべきなり。

わが村長、あれも道理、これも道理と、苦々しくもこれを受け入れたり。あなくやしかな。わが村にとっての一大屈辱なり』

「おかしいとは思いませんか」

「確かに。明らかにこれは六話の後日談と解釈できるのではありませんか」

「ところが、六話は「白熊」で十一話は単なる「熊」。似ていながら違うものを指している気がするのです。それに現実には五話も離れているんです」

たとえば、と陶子は再び那智の言葉の仲介者となった。

柳田国男の《遠野物語》にも、連続する話はある。第九話、第十話、第十一話などがそれにあたり、菊池弥之助《きくちやのすけ》という老人をめぐる怪異譚《かいいたん》と、彼の妹が現実に巻き込まれた陰惨な殺人事件とが残されている。

「けれどそれらはすべて順番どおり、というのもおかしいのですが……」

「時系列が狂ってはいない、ということですね」

「にもかかわらず、阿久仁村遺聞では、明らかにそこに狂いが生じているのです」

それをどう解釈すべきか、さすがの蓮丈那智も頭を悩ませているらしい。そういうと、滝隆一朗は少し唇をゆがめて笑った。言葉にこそしないが、それはどうでしょうかといっていることは明らかだった。

「なにせ、神がかり的な頭脳の持ち主だからなあ」

「ところで、滝さん。林原氏が死ぬ前に言い残した、悪い予感というのは」

「それについては、のちほど。で、蓮丈先生はこの古文書をどう考えているのです」

「文書が古い長火鉢から発見されたのは、果たして偶然なのだろうか、と」

「しかし、それは越名氏が競《せ》り市で競り落としたものだったのでしょう」

偶然以外のなにものでもありえないと、滝はいうが、那智の見解は少しちがっていた。果たしてすべてが偶然と言い切ってよいものか。もしかしたら、あれを手元においておくことのできない事態が、元の持ち主に起きていたとしたら。

「それはおかしい。手元においておくことができないのなら、処分すればよいのです」

「そうですね、焼くなり破棄するなりすることは、誰もが思いつく」

しかし、と陶子は那智の言葉をそのまま伝えた。

そうすることができなかったとしたら。

「記憶の封印と記録は、常に背中合わせで相反する行為でもあるのです」

「忌まわしい記憶を封印すると同時に記録する、ということですね」

「阿久仁村遺聞にはそのような性質があるのではないか。同時にそれは、前の持ち主についてもいえるはずです」

手元においておくことはできない。けれどこれを破棄することは許されない。そこで彼（もしくは彼女）は考える。長火鉢に細工されたからくりに文書を隠し、密《ひそ》かに古道具屋に売り払ってしまった。いつか誰かが文書の存在に気づくことを祈って。あるいは、そこに秘められた謎《なぞ》を解き明かすことを願って。

――しかし、あの時。

蓮丈那智はもうひとつ、恐ろしい仮説を陶子に告げた。それを滝に話すべきか否《いな》か迷っていると、

「まだあるでしょう、可能性は」

滝が額に人差し指を当てながらいった。

「………」

「長火鉢に文書を隠した元の持ち主が、亡くなった場合です。残された遺族はそれと知らずに処分してしまったとか。その人物が自然死ならばなんの問題もないのだが」

まさしく、那智が指摘したのもそのことだった。

那智のいわんとした事柄と、滝の思考が、その一点で重なり合った気がした。

「林原はね、恐れていたのですよ。亡霊の復活を」

「亡霊というと、例の明治政府が密かに企てたあれですか」

「はい。南朝系皇統の復活と、第二の皇軍をチベットにおくという、とてつもない計画です」

中国をめぐるチベットの情勢はこの数年、不穏を極めている。そのひとつのピークが北京《ペキン》オリンピック直前の暴動といえるだろう。だが、それ以前に林原はチベット情勢をひどく憂《うれ》いていたらしい。

「けれどいまさらあの計画が甦《よみがえ》るなんて。ありえないでしょう、絶対に」

「もちろん！　あの時代だからこそ許された暴挙ですよ」

ロシアの南下政策に危惧《きぐ》を抱いた明治政府が、起死回生、窮余《きゅうよ》の一策として実行に移した……と語る滝の言葉がぴたりととまった。

「どうしたのですか」

「そうだったのか。確かに日本に白い熊はいない」

「それがなにか」

「けれど阿久仁村にはいた。いや、阿久仁村ではない。虎視眈々《こしたんたん》と不凍港を手に入れるべく南下政策を進めていた」

「当時のロシア！」

「はい。阿久仁村遺聞第六話は日露戦争のことを指していたんです」

狐憑きの話をカムフラージュにして、いや、それだって、当時のことを考えればロシアの南下政策を危惧する政治家を象徴していると、いえなくもない。

──もしかしたら那智先生は、そのことを解読していた？

だからこそ、陶子を含めて多くの人間を巻き込んだ、あの事件に関連があると予測したのだと、確信した。

「ならば十一話を読み解くことはたやすい」

「もしかしたら、遼東《りようとう》半島をめぐる三国干渉ですか。しかしあの出来事は」

「そうです。日清戦争終結に際し結ばれた下関条約に対して、独仏露の三国が横槍《よこやり》を入れた出来事ですね」

しかし、と滝がコピーの一部を指差した。

村長殿が「覚えておらんかい。オヨウの予言どおり、あれは何年前であったか西の裏山を山狩りしたら、大きな大きな狸の巣がいくつもあって、あの年は捕らえた狸の毛皮を売って大もうけであったろうよ」

のくだりである。

「ここが日清戦争を指しているのですよ」

「ああ、そういうことですか」

「日清戦争と日露戦争の間に差し入れられるべき三国干渉の話を、あえて日露戦争後に持ってきている、つまりこれもまた」

「時系列の変更、ですね」

「そういうことになるでしょう。そう考えるとこの話、実によくできているとは思いませんか」

話し疲れたのか、滝が煙草《たばこ》に火をつけた。吐き出した紫煙が微《かす》かに震えている。

そうか、林原の予感はこれだったのかと、かすれた声でいった。

チベット情勢は大きな火種となる可能性がある。中国という国は貪欲で横暴極まりない。今は決してチベットを手放すことはないだろう。だが、国際情勢そのものが変わったとしたらどうなる。全世界を揺るがすような経済打撃が発生したら。今の中国は確かに大国ではあるが、その基盤はまさしく砂糖菓子のようなものだ。崩れ始めたらとめようがない。

「チベット独立もありえる、と」

「だが中国は、全力で阻止するはずだ。そうなると国際社会から非難されるだろう。世界から孤立する可能性もある」

「けれど明治政府の思惑と、どう関係するのです」

「対露戦略としてチベットに第二の皇軍を置くといえば聞こえはよいが、それはあくまでも日本の言い分です。チベットにしてみれば体《てい》のよい侵略に他ならない。そのようなことを日本が計画していたことそのものが、非難の対象になるでしょう」

「しかしそれはあの当時の世界情勢を鑑《かんが》みれば、日本ばかりが非難されることではないでしょう」

「だから！」

滝が語気を強めた。

阿久仁村遺聞には別の秘密が隠されているのではないか。

南朝系皇統を復活させ、チベットに第二の皇軍を置くという壮大な計画の裏に、陰惨な秘密が隠されているだろう。南朝とは、一三三六年に後醍醐《ごだいご》天皇が吉野に移ってから、後村上《ごむらかみ》、長慶《ちょうけい》、後亀山《ごかめやま》天皇と続いた、大覚寺統の朝廷のことである。

「そして、そこにはたぶん、二つの意志が働いていると思われます」

「二つの意志ですか」

「明治政府の秘策について、これを暴《あば》こうとする者と、これを秘匿《ひとく》しようとする者」

その暗闘が始まりつつあるのかもしれない。いや、もう始まっているのかもしれない。

そういって滝は、新たな煙草に火をつけた。

わずか一時間あまりの会話を経て、滝がひどく老いたようだと、陶子は思った。

2

いくつかの市《いち》を回り、部屋に戻ると蓮丈那智からのメッセージが留守番電話に吹き込まれていた。

もし時間にゆとりがあるなら、明日秩父《ちちぶ》に来てもらえないだろうか。秩父神社境内で待ち合わせよう。

埼玉県秩父市の秩父神社といえば、夜祭で有名であることは、陶子も知っている。

とはいえ、見たことはない。秩父は古くから栄えた町で、面白い道具類も数多く残っている。いわば陶子にとっては飯の種の宝庫で、訪れたことも二度三度ではきかない。

「秩父か、久しぶりだが、悪くない」

那智が呼び出す限りは、それなりの理由があるのだろう。滝と話した内容についても、報《しら》せておきたかった。

――まあ、すでに知っているだろうが。

赤ワインを口にふくみながら、そう思った。

『阿久仁村遺聞　第十三話
村の東の端に《ホドの淵《ふち》》と呼ばれる淵がありまする。左右が切り立った崖《がけ》でございまして、それはまるで船形のようにも見え、色悪にいわせるならば女人の秘め処のようであるとか。ホドの地名は古く女人の秘め処のことをホトということに由来するのでありましょうか。そのせいでありましょうか、淵には小さな妙見菩薩《みょうけんぼさつ》様が祀《まつ》ってあるのでございます。これがなんと女人の妙見様といわれております。しかもそのお姿半跏《はんか》にて、お顔になにやらあやしき悩みさえ感じられるとか。

半跏とは立つでなし座るでなし、なかば立膝《たてひざ》で、そのお姿そのものが悩みあるを示す形とか。ただし妙見様は秘仏で、そのお姿を見たものは誰もおりませぬ。その昔、悪《あ》しき若者おりまして、いたずら心のままにお堂を覗《のぞ》き込んだそうでございます。たちまちお堂の中から霊光発せられ、若者の片目をつぶしておしまいになったそうでございます。以来、不埒《ふらち》なことを考えるものは誰一人いなくなったそうでございます。これ、我が家のおばば様から聞いた話にございます』

昼前に秩父神社に到着すると、すでに境内には蓮丈那智の姿があった。中空を見上げ、なにを見ているのか視線を一点に固定させるその姿が、とてつもなく尊い仏像に見えた。

「お待たせしましたか」

「いや、そうでもない。わたしもたった今ついたばかりだ」

「内藤さんと佐江さんは？」

「二人にはしばらく調査に行ってもらっている」

「そうですか……」

秩父神社は関東でも相当に古い歴史を持っているという。地元信仰である妙見菩薩

(天之御中主神《あめのみなかぬしのかみ》)を祀っているためか、明治の御世《みよ》までは秩父妙見と呼ばれていたとか。が、今日に限って境内は人影まばらで、どこかうら寂れた感じがした。

滝と話した内容を、ポツリポツリと語ると、那智は無言で何度かうなずいた。

「そうか、やはりそのことに気づいたか」

「滝さんが最後にこういいました。阿久仁村遺聞がめぐりめぐって那智先生の手に渡ったことは確かに偶然に相違ない。かつてわたしの手元に、あの鏡が渡ってしまったように。しかしこれは運命でもあるのではないか」

あなた方を事件に巻き込んだ一人として、これを口にすることはひどく心苦しいのだが。

滝は、そういって微かに笑った。その笑みはあまりにも寂しげで、むしろ己の無力を詫《わ》び、さげすむ笑みに見えた。

「確かに身勝手な言い分だが」

「だからこそ、先生は助手の二人を大学から遠ざけたのではありませんか」

「巻き込むには、この闇《やみ》は深すぎる気がしてね」

「もしかしたら、迷っておられますか」

「わたしには最も遠い言葉であると、思っていたのだが」

迷いなき異端の民俗学者。しかもその精神は鉄よりも硬く、なにがあっても揺らぐことはない。世間はそういうが、蓮丈那智にも迷いはあるのだと、陶子は思った。

「ここ秩父神社は妙見様を祀っているのでしたね。そういえば阿久仁村遺聞の中にも」

「うん。第十三話に奇妙な妙見菩薩についての記述がある」

妙見菩薩は、北極星もしくは北斗七星を神格化したものといわれている。

陶子は第十三話の記述のコピーを取り出した。

「女人妙見ですか。本当にそんなものがあったのでしょうか」

「うん。もともと妙見は中国の道教でいうところの最高神なんだ」

天皇大帝《てんおうだいてい》とも呼ばれ、これが日本の「天皇」の語源であるという説もある。その姿は女性のようだというから、あるいは日本はもともと女系天皇を認めていたのかもしれない。いや、これはうちの助手と話していたときにふと浮かんだ考えで、あくまでも余談だが、と那智が笑った。

「ここの妙見菩薩は、平将門と因縁浅からぬものがある」

「将門というと天慶《てんぎょう》の乱を起こした」

「自ら新皇《しんのう》と名乗ったほどの男だ。ここでも天皇というキーワードが生きているね」

鎌倉時代の書物によれば、合戦のさなか、将門の前に一人の童子が現れたという。われは上野《こうずけ》の国花園の妙見菩薩なり。吾《われ》を祀るならば勝利を与えよう。

「事実将門は勝利し、自ら新皇を名乗ると、童子は消えうせ、逆に敵方についてしまった。その妙見を祀ったのが、秩父神社なんだよ」

「阿久仁村の妙見と、どのような関係があるのですか」

「……まったくわからない」

「じゃあ、どうして秩父神社に」

「それもよくわからない。だが、遺聞と妙見、天皇という三つのキーワードがどこかでつながっている気がしてね」

「もしかしたら、明治政府の秘策とも」

「ここでも皇統という言葉が絡《から》んでくる」

そもそも、女人妙見という言葉が胡散臭《うさんくさ》いじゃないか。

そういう那智の手が、コートのポケットをまさぐっている。煙草を探しているのだと思った。とはいえ境内で喫煙が許されないことは、十分承知のことだろう。吸えぬことを承知でなおも煙草を求めるのは、愛煙家の常である。

「女人妙見とホドの淵。これも胡散臭い」

「語源を考えると、別に矛盾はないようですが」

「そこに矛盾を感じるんだよ」

「わたしにはよくわかりませんが」

「十三話の後半を見たまえ。不埒な若者が堂内を覗き込んで、片目を失うくだりがあるだろう」

これは製鉄民族特有の伝説なのだと、那智はいった。

那智の頭脳が高速で回転している。こうしたときはただ相槌《あいづち》を打つだけでよい。那智は言葉にすることで、思考をまとめようとしているのだろう。本来ならば二人の助手が務めるべき仕事を、今は自分が務めている。

――それでわたしを秩父に呼び出したのか。

そのことが、陶子には嬉《うれ》しかった。

まだ未熟な二人の助手とちがって、海千山千の骨董《こっとう》の世界で生き抜いてきた自分には、それなりのしたたかさと狡知《こうち》がある。

「彼らはたたら（炉）の温度を、炎の色によって観測する。そのために目を傷《いた》めやすいんだ。だから一つ目小僧はたたら製鉄を意味する妖怪譚《ようかいたん》ともいわれている」

「では、不埒な若者というのは製鉄技術者である、と」

「そうなると《ホドの淵》の意味が変わってくる」

女性器の古い言い回しが転化したものではなく、《ホド》は《火処》ではないのか。

まさしくこれは製鉄を表す物語ではないか。

「では、どうして妙見なのですか」

「そこがわからない。ひとつの謎《なぞ》が解けたと思ったら、まったく別の謎が待っている。

まるで」

那智が唐突に言葉を切った。

ここでは煙草が吸えないから、といって、那智はくるりと背を向けた。どうやらニコチンの補給をしなければならない限界点が訪れたらしい。

近くにホテルをとってあるから、そこで話の続きをしようじゃないか。

歩き出した那智の背中がそういった。

ラウンジの店員に無理をいって作らせたマティーニを一口ふくむなり、那智の眉間《みけん》にくっきりとしわが浮かんだ。

「やはり……お気に召しませんか」

「無理をいっておいて、文句をいうのもなんだが」

この場に店員がいなくてよかったと、陶子は思った。那智の冷たい視線で射抜かれては、当分悪夢にうなされるに違いない。笑いをこらえながら陶子は、生ビールを口にした。

「ところで先生、先ほどなにかいいかけませんでしたか」

「あれか。阿久仁村遺聞を見ているとね、なんだか記紀に立ち向かっている気分になる」

「ずいぶんとスケールの大きな話ですね」

「もしかしたら、遺聞はわたしたちが考えるよりもはるかに深い謎を秘めているかもしれない」

「滝さんも同じことを口にしました」

「そういえば、彼は元気でやっているのだろうか」

「今は、悠々自適の毎日だそうです」

「それはうらやましい」

マティーニに再び手を伸ばそうとしたが、那智の手はグラスに届く前に引っ込められた。

「そういえば、もうひとつ頼んでおいた件だが」

「長火鉢を競《せ》り市に出した骨董商ですね」

それはすぐにわかったのだが、彼に委託した人間まではちょっと、と陶子はいった。こうした世界にはなにかと決め事が多い。場合によっては個人のプライバシーにかかわることも少なくない。

「そうか、難しいか」

「口が堅いのは、われわれにとっては美徳なのですよ」

「あるいは……いや、よしておこう」

陶子には、那智の飲み込んだ言葉を正確にトレースすることができた。

古物にはいわく由来といったものが常につきまとう。それが、筋のよいいわくであれば新たな価値として、金銭に反映させることができる。

だが、逆の場合も多い。しかも相当に。

たとえば不幸な死に方をした人間の持ち物であったりすると、価値を大幅に下げることとなる。特に自殺、あるいは事件に巻き込まれた挙句に、などといういわくは、なるべく隠蔽《いんぺい》しておきたくなるのが骨董商ならずとも人情であろう。

「たぶん、冬狐堂さんほどの腕の持ち主が探れないとなると……そうであればあるほど、暗いいわくがあるということになるのだろう」

「先生の勘が正しければ、まず長火鉢の元の持ち主はわからないでしょうね」

「ならば別の方法を考えるしかないか」

那智が、細く長い紫煙を唇から吐き出した。

あの長火鉢、もう売れてしまっただろうか。

ふと、那智がつぶやいた。

「どうしたのですか」

「阿久仁村遺聞が隠されていた長火鉢だ。あれはもう売れてしまったのかな」

「さあ、それはどうでしょう」

「調べることは可能だろうか」

「それは、たいした手間ではないでしょう」

「できれば買い入れたいものだ。もしかしたら古い長火鉢だから、家紋が入っているかもしれない。特別誂《あつら》えならばなおさらだ」

わかりましたと、陶子は即答した。知り合いの旗師に頼んでみます。わたしは表立って動かないほうがよいでしょうから。

そういうと、那智が意を決したようにマティーニのグラスを手に取り、中身をぐっと飲み干した。

3

西洋一《にしよういち》、四十九歳。日本を代表する自動車メーカーの系列会社に勤務。休日を利用して骨董店を回る骨董マニア。ただし、古物商に必要な二つの鑑札――古物商許可証・古物行商許可証――を有し、それを利用して妻に民芸品および骨董の店を持たせているから、完全なるアマチュアとは言い難い。幾度か競り市で見かけたことがあるが、自らを「少しは目端が利《き》く」と自負している、いかにも半可通《はんかつう》らしいところが今度の仕事にはうってつけといえた。

箱根湯本の駅からタクシーで十五分ほど、宮ノ下にある西洋一の妻が営む店舗を陶子は訪ねた。「ごめんください」と、店内に声をかけると、

「どうぞ、お入りなさい」

薄暗い店内から張りのある声が返ってきた。それに従うと、店の奥に結城紬《つむぎ》の絣《かすり》をそつなく着こなす男が座っている。

「西さんですね。お電話を差し上げた宇佐見です」

「驚きましたよ、お電話を頂いたときには」

まさか名高い冬狐堂さんから、わたしのような半素人《しろうと》に仕事の依頼とはと、一応は謙遜《けんそん》して見せる坊主《ぼうず》頭の西だが、その目には好奇心とも猜疑《さいぎ》心《しん》ともつかぬ光が張り付いていた。

「さっそくですが」

と、話を切り出そうとすると、西は唐突に立ち上がり、お茶でも淹《い》れましょうといった。——まったく……こうした連中は。

半素人ほど、玄人《くろうと》を試したがると、陶子は胸の裡《うち》で苦笑した。

「結構です。お構いなく」

こんな狭い店内で、熱い茶の入った湯呑《ゆの》みなど出して良い道理はない。なにかの手違いで湯呑みを倒そうものなら、商売ものに被害を与えることになるからだ。その意味をこめた「お構いなく」という言葉を、西は瞬時に理解したらしく、にやりと笑って腰をおろした。

「さすがに噂《うわさ》どおりですねえ」

「どうせろくでもない噂でしょう。すぐに人をだましたがる性悪狐《しょうわるぎつね》、とか」

「いえいえ。とびっきりの目利きにして美貌《びぼう》の女狐」

「それは決して誉め言葉ではありませんね」

「悪名もまたひとつの称号ですから」

　こうした言葉をさらりといってのける図々《ずうずう》しさも、今度の仕事に適任といえた。

「電話で簡単にお話ししておいた件ですが」

「下北沢の雅蘭堂さんの店で、長火鉢を購入してほしいという」

「はい」

　そこがわからないと、西が首をかしげた。

　冬狐堂と雅蘭堂。いずれもこの世界では知らぬものとてない目利きの旗師と古物商だ。しかも二人は個人的にも古くからの知り合いと伝え聞く。ならばどうして自分のようなダミーを仕立てねばならないのか。

　そこがわからないと、西は同じ言葉を口にした。

「知り合いだからこそ、表に立ちたくない事情があるのです」

「まさか、裏絡みではありませんよね」

　裏絡みとは、すなわち犯罪もしくはぎりぎりの取引のことをいう。会社員の顔を持つ西にとっては、人生の致命傷ともなりかねない取引などごめんだと、その目がいっている。

「まさか、ご迷惑は決してかけません」

「でもなあ、冬狐堂さんにはいろいろと」

「ダーティーな噂がある、ですか」

「ええ、まあ……いえ決して疑っているわけではないのですがね」

「ご心配なく。知り合いといっても仕事は仕事ですから。同時に、知り合いとは互いの手の内を知り尽くしているということでもあるのですよ」

「なるほどねえ」

「ですから、わたしが直接買い付けるとなると」

陶子は、そこであえて言葉を切った。

自分が買い付けるとなると、雅蘭堂の越名はそこに付加価値を見出《みいだ》すことだろう。そうなると値段交渉がやりづらくなる。相手の足元を見てなんぼの商売だからと、言葉の裏にこめたつもりだった。

本来、旗師の仕事とはさほど派手なものではない。ひとつの商品を骨董商から骨董商へと動かし、一万、二万の利ざやを稼ぐことで成り立っている。

——けれど西のような男ならば。

言葉の裏を勝手に理解し、大きくしてくれるはずだと、陶子は読んだ。それがこの世界に足を半分突っ込み、玄人気取りをしたがる人間の常だからだ。

果たして、

「もしかしたら、とんでもない価値のある長火鉢なのですか。由緒《ゆいしょ》来歴が高貴な家柄の品物であるとか」

「そう考えていただいても結構です」

「あるいは……誰かの依頼を受けて、それもとんでもない身分の人物の依頼で動いているとか」

「そう考えていただいても結構です」

「やはり、噂どおりの食えない狐ですね、あなたは」

といったやり取りののち、西は大きくうなずき、「やはり性悪狐ですかね」と笑った。

「わかりました。お引き受けしましょう。およそどれほどの仮値を設定しましょうか」

「できれば二十（万）以内で」

三割があなたの取り分。もちろん経費抜きで。

仮に二十万で長火鉢を買い取ってくれれば、そこに三割増した二十六万で陶子が引き取るということである。

「ただし、すでに雅蘭堂さんが商品を売り抜けている場合は、経費プラス五万ということで、いかがですか」

「承知しました。どこかの市で情報を聞きつけた半玄人のふりでもして、店を覗《のぞ》いてみましょうよ」

「すべてお任せします」

これは手付けですと、三万円入った封筒を置いて、陶子は店を出た。

——あともう一人。

詰めの手は多いほうがよいとつぶやいた声は、向かい風に消された気がした。

小田急線を降り、新宿のビアホールに到着したのは午後四時過ぎだった。

「お待たせしてしまいましたか」

ホールの隅に約束の人物の顔を見つけて、陶子は声をかけた。

「僕もつい今しがたついたばかりです」

背広姿の若い男がいった。若いといっても三十はとうに過ぎている。

中屋《なかや》隆司《りゅうじ》。電機部品メーカーに勤務するサラリーマンである。三ヶ月ほど前に、陶子が贔屓《ひいき》にしている田園都市線池尻大橋《いけじりおおはし》駅近くのバーで知り合った。旧知のバーマンと西洋骨董について話をしているときに「失礼ですが」と話しかけてきたのがきっかけだった。

　父親が骨董趣味で、幼き頃よりガレージセールや素人も参加可能のフリーマーケットを連れ歩かれたという。それが高じて、今では本人もそうしたものに興味を持っているのだと、中屋はいった。その口調があまりに初々《ういうい》しく、かつてこの世界に踏み込んだばかりの己の姿を見た気がして、なんとなく話相手になった。友人のカメラマン横尾硝子《よこおしょうこ》なら「若い男に興味を示すのは熟女の証《あかし》」とでもいうのだろうが、それはそれでかまわない。二度ほど専門の競り市につれてゆき、あまり値の張らないティソ（スイスの時計メーカー）のロックウォッチなどを勧めて購入させたこともあった。

「最近は池尻の店にも顔を出していないみたいですね。マスターが心配していましたよ」

　中屋が、すでに注文していたビールジョッキを口にしながらいった。頬にさした赤みから察するに、すでに二杯目、三杯目であることは明らかだった。

「ごめんなさいね、待たせたみたいで」

「気にしないでください、宇佐見さんのご用命とあれば、閉店を過ぎても表で待っていますから、自分は」

たいした用事ではない。下北沢に雅蘭堂という骨董店があるから、そこで長火鉢を手に入れてくれないか。もちろん、十分な謝礼はする。どうしても自分が動けない理由があるので、代理を務めてくれないか。ただし、宇佐見の名前も冬狐堂の名前も出してもらっては困る。たまたま雅蘭堂に立ち寄った骨董マニアが、筋の良い長火鉢を見かけたのでそれを買い取ったふりをして欲しい。余計な値切りも不要。相手の言い値で買い取って欲しい。

箱根の西ほどに、策を弄《ろう》する必要はなかった。

三十枚の一万円札が入った封筒を手渡し、

「これよりも高値ということは考えづらいけれど、そのときは立て替えておいてください。すぐにお支払いしますから。それからこれは謝礼です」

といって、別に三万ほど入った封筒を差し出した。

「いいのですか。それくらいのことで」

「安心してください。われわれは帳尻《ちょうじり》の合わない仕事はしないのですよ」

「店に品物がなかった場合は」

「そのときはそのときでかまいません。購入資金だけ返していただければ」

「それはいけない。あなたは僕の師匠です。師匠からろくな仕事もしないのにお金を受け取るなんて」

「気にしないでください。そうそう、神田の骨董店に、良い筋の硝子《ガラス》絵が出ていましたっけ。たぶん五、六万で手に入るでしょう。その足しにでもしてください」

その店ならば、冬狐堂の名前を出してもかまわない。店主には以前にちょっとした貸しがあるから、勉強してくれるでしょう、というと、中屋は子供のように笑って封筒をバッグにしまいこんだ。

その足で池尻大橋のバーを訪ねると、スツールに横尾硝子の姿があった。

ドライではないマティーニをロックスタイルで、とオーナー兼バーマンに注文し、硝子の隣に腰をおろした。

「忙しそうだね」

「この商売は自転車操業だから」

そういったとたん、硝子の視線がまっすぐに自分の目に寄せられるのを感じた。なにかあったねと、その目が語っている。横尾硝子との付き合いは五年や十年ではきかない。時にはともにトラブルに巻き込まれたこともあった。一枚の青銅鏡にまつわる事件では、二人はまさしく戦友であった。

そして今また陶子と蓮丈那智は、例の事件が投げかける闇《やみ》に飲み込まれようとしている。

——この人を巻き込んではならない。

那智が二人の助手をそうさせたように、陶子もまた横尾硝子を闇から遠ざけることをその場で決意した。

「ベルモットを少々多め、代わりにビターを効かせるのだったね」

バーマンの言葉にうなずき、視線をテーブルに落とした。

「フン、だんまりかい。まあ、いいだろうよ」

「なんでもないよ、硝子さん」

「その言葉、トラブルメーカーが口にすると、説得力がないなあ」

ところで、と声をかけたのはバーマンだった。

陶子さん同様、蓮丈先生もすっかりとお見限りだが、元気にしているのだろうか。

聞きようによっては、陶子に助け舟を出してくれたといえなくもない一言だった。

「お元気そうですよ。最近はずいぶんと面白いことを調べているみたい」

「あのお人が興味を持つものが、面白くなかったことは一度もないがね」

「なにせ、異端の民俗学者ですから」

「今は、なにを」

「それがね、なんと邪馬台国《やまたいこく》でしかも、内藤君の研究とも重なる……」

といってから、己のうかつさに気がついた。

いつの間にか横尾硝子が煙草《たばこ》を取り出し、火をつけていた。

深々と煙を吸い込み、唇と鼻から同時に吐き出した。

「……そうか、蓮丈先生がらみか」

蓮丈那智は決して知らぬ仲ではない。陶子にとっても硝子にとっても、である。しかし古物商と民俗学者はしょせんは相容《あいい》れぬ存在である。互いのテリトリーを離れての付き合いならばそれもありだが、陶子が那智の研究テーマまで知っているはずがない。ましてや内藤三國の研究と重なることなど、知っていることそのものが奇異としか思えない。

硝子の吐き出す煙が、そういっている。

「あのねえ、硝子さん」

「そいつは難儀だねえ。まったく」

「………」

「どうしたのかね」と、やや戸惑いの声を発したのはバーマンだった。

本人は助け舟を出したつもりが、どうやら誤って泥舟を出してしまったことに気づいたらしい。しかも、である。

そういえば以前内藤君が店に来たときのことだが、彼に話しかけてきた初老の男がいてね。蓮丈先生の研究室に、ナントカ村遺聞という古文書があるかないか、たずねていたようだが、とバーマンはいわずもがなの言葉を口にした。

「陶子、ゲロしちまいなよ」

「ゲロだなんて、そんな品のない」

「まさか、あの事件がぶり返したんじゃないだろうね」

横尾硝子は、陶子もバーマンも見ることなくいった。そしてまた、煙草を一服。人差し指と中指に煙草を挟んだまま、硝子は続けた。

もう何年も前のことになるが、この女はある事件に巻き込まれ、一時は古物商の鑑札までなくしたことがあったんだ。蓮丈先生と内藤助手が絡《から》んでいるとなると、その事件以外には考えられない。

ちがうかね、と問い詰める硝子の言葉に、陶子はうなずくしかなかった。

「で、どうなっているんだ」

「わからない。那智先生にもよくわかっていないみたい。ただ彼女がいうの。とてもよくない予感がする、と」

「じゃあ、間違いない。あの人の勘は神がかりだ」

それにしても、と硝子がいった。

よくよく業《ごう》が深いんだ、あんたも那智先生も。

「お出しよ、そのナントカ遺聞とやらを」

持っているのだろうと、口調がいっている。答えることなく陶子は、バッグからコピーを取り出した。

「阿久仁村遺聞……と読むのかい」

そういって硝子の目が、無言のまま紙面を追い始めた。

4

『阿久仁村遺聞　第十二話
これは村の古い老人からの聞き書きでござりまする。
村を囲む三山は昔は《大ばみ三山》と呼ばれたげな。それぞれの麓《ふもと》には八王子権現《ごんげん》様が祀《まつ》られておったというが、今はもうそのかげも見当たらんとよ。八王子ちゅうがは不動明王の八人の侍者んこって、せいたか童子、こんがら童子、えこう童子、えき童子、あのくたら童子、しとく童子、うんばぎあ童子、しょうじょうびく童子んことじゃが、修験道《しゅげんどう》では不動明王んこつぁ牛頭天王《ごずてんのう》ちぃいよるけんど、出雲神道《いずもしんとう》では牛頭天王ちゃあ須佐之男命《すさのおのみこと》んことげな。じゃから八王子権現ちゃあ、須佐之男命の八人童子を祀った社《やしろ》のことじゃったとか。権現様を祀っておった百姓の村田某《なにがし》の家に伝わる話によれば、阿久仁村におわした牛頭天王様はたいそう気性の荒い神様で、何事かあれば蛇神と化してお怒りの赤い炎を口から吹き出し、あたりを焼き尽くしたげな。そんときは村のもの総出でうちわを扇ぎ、真っ赤に焼けた天王様をいさめたげな。あるいは八王子権現様はそんときの名残やもしれんのう』

研究室に運び込まれた二つの長火鉢を見ながら、蓮丈那智が眉間《みけん》に深いしわを刻んだ。指にはメンソール煙草。デスクにはいつ手を伸ばそうかとその機会を待つように、ステンレスのボトルが置かれている。

――タンカレーのマラッカジンだな、たぶん。

陶子はボトルの中身を推し量った。

蓮丈那智が研究室でそのボトルを取り出す姿を初めて見る。すなわち、それほどに心の動揺を制しかねているのだろうかと、ふと思った。

「これは、どう考えればよいのでしょうか」

問いに答えはなかった。

三日前のことだ。

西、中屋の両者から荷が送られてきた。いずれにも同様のメッセージが添えられていて、そこには「お役に立てたことを嬉《うれ》しく思います」と書かれていたのである。

「二人を使者に立てたのだね」

「はい。そのほうが自然に見えると、考えました」

「冬狐堂の名前は伏せておいて、だ」

「もちろんです」

「結果として二つの長火鉢が、君のところに運び込まれた」

那智の視線が、これは偶然だろうかと問うている。

陶子は黙ったまま、首を横に振った。

いずれも職人の腕を示すに十分な明治期の名品であった。長火鉢そのものは決して珍しいものではない。しかしそこには《格》と呼ばれるものが厳然と存在する。これほどの名品は、めったにお目にかかれるものではない。ひとつは桜材、ひとつは檜《ひのき》材を用い、いずれも木目ひとつにも手を抜かぬ、十分な仕事が施されている。

「家紋そのほかは？」

「なんの痕跡《こんせき》もありません」

「そうか、無駄足だったか」

「ですが」

といって、陶子は言葉を詰まらせた。

これほどの長火鉢ならば、どこの骨董屋《こっとう》に持っていっても十二分すぎる商売をすることができる。那智は、火鉢からその出所を探ることができるかもしれないといったが、それが無駄になっても、陶子に損はない。

——けれど。

それが問題なのだと、陶子はいいかねていた。

「どうした」

「いえ、べつに」

「という顔をしていないように見受けるが」

問題は価格であった。

西は二十二万、中屋は十九万で長火鉢を買い入れている。

「実は、値段が」

「それほどの出費をさせてしまったのかな」

「逆です。買入価格が安すぎるのです」

陶子の目で見て、二つの長火鉢は安く見積もってもそれぞれ五十（万）前後の価値がある。火床の銅張りもきちんとした仕事によって修復され、いつでも使用可能な状態に仕上げられている。これほどの出来ならば、あるいはもう少し額を上乗せしても、引き取る業者は三つや四つではきかないのではないか。

「それは悪いことかね」

「商売上は、美味《おい》しい仕事といえるでしょう」

だが、それをしてのけたのが、雅蘭堂であることが問題なのだというと、那智の眉間に再びしわが刻まれた。同時に、デスクのボトルについに手が伸びた。キャップがひねられると、ジン特有の芳香が、室内にぱっと飛び散った。

「そういうことか」

「そういうことです」

雅蘭堂は決して無能な古物商ではない。いや、都内でもめったにいないほどの目利《めき》きといってよい。その男が、儲《もう》けを度外視するような仕事をするはずがない。古物商の良心とはそういうものだ。適正な商売物を適正な値で捌《さば》く業者がいる。それを手に入れる買い手がいることこそが、実は真のお宝発見なのである。

「先生はどうお考えですか」

「あの越名君が、あえてこのような暴挙に出たか」

「やはり、先生もそうお考えになりますか」

越名集治は、あらかじめ長火鉢を用意していたのではないか。それも全国の骨董店、競《せ》り市に周到に手を回して。今回、陶子は二人の使者を用意した。だが、陶子が三人の使者を用意すれば三つの長火鉢が、四人ならば四つの長火鉢が陶子の手に入る仕組みになっているとしか思えなかった。

「しかし！　どうしてあの越名さんが」

自らの欠損を覚悟して、そのようなことをしなければならないのか。

陶子の問いに対する那智の答えは、きわめて冷静で、残酷だった。

越名集治は、阿久仁村遺聞とそこに隠された秘密について、隠蔽《いんぺい》する側についたということだ。ありとあらゆる手段を講じ、そしてわれわれの手の内を周到に読み込んで、彼は迎撃態勢を整えている。

すなわち。

「雅蘭堂・越名集治はわれわれの敵になったということだ」

考えようによっては、これほど恐ろしい敵はいない。

そういって蓮丈那智が、ステンレスボトルを口に運んだ。

その様子を見て、陶子は思い切ってたずねてみた。

「先生、阿久仁村遺聞とは、いったい」

「なにか、というのかね」

「越名さんをそこまで変えさせるほどの秘密があるのですか」

「……ある。たぶん」

だが、それ以上の質問を那智の表情が許さなかった。

不動明王が牛頭天王。牛頭天王が須佐之男命。呪文《じゅもん》のように那智が同じ言葉を繰り返した。須佐之男命は確かに海神であり、蛇神でもある。神仏習合を考えれば仏教の不動明王と国津神である須佐之男命が同一視されても不思議はないのだが。だが、蛇神の象徴である八岐大蛇《やまたのおろち》は須佐之男命に退治され……そこから三種の神器の一つである草薙《くさなぎ》の剣が出現し……。

「封印されるべき真実を記録するには法則性が必要なんだ」

陶子はなにもいわなかった。秩父《ちちぶ》神社のときと同様である。

蓮丈那智は深い思索の海を航海しようとしている。そこには第三者の言葉など必要がない。

「たとえば主客を逆転させる」

悪を善に善を悪に逆転させて、記録させる。

「たとえば、時代を変える。登場人物の名前を変える」

赤穂事件から「忠臣蔵」が生まれた経緯がそうだ。大石内蔵助《おおいしくらのすけ》は大星由良之助《おおぼしゆらのすけ》に。

時代は江戸から室町時代に変換されている。

仮に阿久仁村遺聞が同じ構造を持つならば、そこには一定の法則性がなければならない。だからこそ、法則性を知らぬものにとっては単なる失われた村の記録でしかない物語が、法則性を知るものにとっては、恐ろしく、禍々《まがまが》しい真実の記録となりうるのである。

言葉の断片はやがてひとつの結び目となり、さらに連なって紐《ひも》となる。

蓮丈那智が自らのこめかみをこつこつとたたき、続いてスチールの本棚からいくつかのファイルを取り出した。

「これが……関係しているのか。あるいは」

一つ目のファイルには「吉備《きび》津《つ》神社縁起」と書かれている。二つ目は「吉備《きび》津《つ》彦《ひこ》神社縁起」と。

「同じ神社の縁起ですか」

と思わず口にすると、那智が唇をゆがめるように笑った。

「ちがうよ。ちがう神社なんだ」

「確か吉備津彦というと、桃太郎伝説のモデルですよね」

「そう。もしかしたら先に真実にたどり着くのは、彼らかもしれないな」

「内藤君と佐江さんですか」

「そう、彼らは今、鬼の来た道の途上にある」

虚空《こくう》を睨《にら》む那智の顔が、陶子にはまた端正な仏像に見えた。

第四章　鬼　来　道

1

これは、といったきり内藤は言葉を失った。それほど凄《すさ》まじい夕暮れの光景だった。今しも沈もうとする夕日に瀬戸内海が照り映えている。真紅の光の海を、行き交う船の黒い影がゆっくりと切り裂いてゆくさまは、とても現実の景色とは思えぬほどだった。それは佐江由美子も同じらしく、形のよい唇を半開きにしたまま、夕景に見入っている。あるいは魅入られているというべきか。この間まで訪れていた、田畑が続く田園風景とは明らかに異なる解放感だった。

「なんだか疲れを忘れてしまいそうな景色ですね」

「ああ、まったくだ」

「温羅《うら》もこの景色を見ていたんでしょうか」

「そのころは、海がすぐ近くまで迫っていたそうだよ」

総社《そうじゃ》市のかなりの部分が瀬戸内海の入り江であり、そのため、海上から鬼ノ城《きのじょう》を眺めると島のように見えたのではないかともいわれている。

「それで、鬼が島伝説が生まれたのですか」

「まあ、あくまでもここ鬼ノ城が、温羅の山城であるという仮説にのっとれば、の話だが」

鬼ノ城は一九七一年、山火事をきっかけに中腹の列石が発見され、古代山城であることが確認された。六六〇年、百済《くだら》が唐と新羅《しらぎ》の連合軍によって滅ぼされた事件を機に、大和政権は朝鮮半島進出を目論《もくろ》むが、白村江《はくすきのえ》の戦いで連合軍に大敗。彼らの進攻に備えるために造られた山城であるといわれるが、正式な記録はない。ただ、鬼ノ城の名は吉備《きび》津神社の縁起に温羅と吉備津彦の伝説として存在しているのだが。

発掘調査が進むに連れ、その規模の大きさが人々を驚かせた。山全体を取り囲む形で石垣が築かれ、その全長は約三キロにも及んでいる。東西南北それぞれに城門が備えられ、西門近くには角楼と呼ばれる防御施設がある。

二人は昨夕岡山県総社市に到着した。その夜は駅前のビジネスホテルに一泊し、今朝早くから鬼ノ城を歩き始めたのである。

この地を訪れる人のために設置されたビジターセンターから、遊歩道を四百メートルほど登ると、そこが鬼ノ城最大の城門である西門だ。遊歩道と呼ぶにはいささかきつい山道が、城壁に沿う形で設けられている。

——佐江さんには少しきついかも。

と内藤は思ったが、意外にも佐江由美子の足取りはしっかりとしていた。角楼を背にして南門へ、さらに東門、そこから左へそれて城内を横断する形で再び西門へと戻ってきたのだが、彼女の歩みが衰えることは最後までなかった。

それまで夕日に見入っていた由美子が突然、表情を変えた。

「東門近くに、鍛冶《かじ》工房跡がありましたよね」

「相当に古い野だたらじゃないかと思うんだが」

「やはり彼らは製鉄をおこなっていた、と」

「司馬遼太郎がね、著作の中でこんなことを書いているよ」

それは彼が刀鍛冶の老人から聞いた話であるという。老人によれば雲伯《うんぱく》——出雲《いずも》と伯耆《ほうき》のこと——の国境より産出する砂鉄はことのほか上等で、手に載せただけでも結構至極な感じがする、とか。

「要するに、中国山地が良質の砂鉄産出地帯であるということでしょう」

明治になって鉄鉱石が輸入されるようになるまで、国内製鉄業の基本はまったく変わりないといってよい。砂鉄に木炭の粉を混ぜ、それを燃焼させることで砂鉄を溶解し、そこで不純物を取り除いて、ケラと呼ばれるものを取り出すのである。ケラに金偏に母という漢字が当てられていることからも、それが製鉄の基本であるといえるだろう。

「でも、わたしが読んだ本では、朝鮮半島から渡来したばかりの製鉄技術は鉄鉱石を使っていたと」

「まあ、技術とともに素材としての鉄鉱石も当然輸入されただろう」

それに出雲地方では、ごくわずかだが鉄鉱石が産出するという。それを利用したかもしれないと内藤がいうと、佐江由美子が微《かす》かに首をかしげた。

「鬼ノ城が温羅の居城だとして、そこではたたら製鉄がおこなわれていた。一方で吉備津神社の縁起によれば、温羅は百済から渡来した王子であるという」

なんだか、鬼の来た道がうっすらと見えてきませんか、と由美子がいった。

——鬼の来た道……か。

夕日に照らされる由美子の頰をまぶしく見つめながら、内藤は小さな戸惑いを覚えた。


タクシーで総社駅まで戻った二人は、食事をかねて近くの居酒屋に入ることにした。

「なにせ瀬戸内は魚がうまいというからね」

「あのお、これもやはり経費で落ちるのでしょうか」

「情けないことをいってくれるなよ。この店くらいなら僕が……」

といいかけ、メニューに書かれた値段を見るや、内藤は言葉に詰まった。居酒屋とはいえ、うまい瀬戸内の魚となれば、相応の値がつけられるのは当たり前。当たり前だと言い聞かせながら、ふと教務部の高杉の顔を思い出した。

——領収書を持っていったら、怒られるかな。たぶん怒られるだろうな。

「冗談ですよ、冗談。割り勘にしましょう、内藤さん」

「はなはだ情けないのですが、よろしくお願いします」

本当に、情けなかった。己の立場の弱さと、ふがいなさを、真剣に呪《のろ》いたくなった。

「ところでね」と、口調を変えて佐江由美子がいった。

「先ほどの続きですか」

「そうです。温羅のこと」

「僕も少し思いついたことがあります。温羅と吉備津彦……いえそのころはまだイサセリヒコノミコトですね。彼らの闘いについて気になることが」

吉備津神社縁起によれば、温羅は変幻自在の鬼神であり、イサセリヒコノミコトもたいそう苦しめられたとある。宙に放ったミコトの矢は、ことごとく温羅の矢によって打ち落とされ、敵の陣地には届かなかった。そこで一計を案じたミコトは、二本の矢を同時に放った。すると一本目は打ち落とされたものの、二本目の矢が温羅の片目を貫いた。流れる膨大な血潮によって近くの川は真紅に染まり、それが血吸川《ちすいがわ》の名の由来であるという。「その部分がどうしたのですか」

「温羅は片目を失います。この話どこかで聞いたことがありませんか」

「そういえば……」

「はい。たたら製鉄職人は、炉の中の温度を炎の色で確認します」

そのために職人の中には片目を失うものが多かったという。たたら職人を指すともいわれる「だいだらぼっち」が、一つ目なのはそのためだという考証もあるほどだ。

一つ目小僧の妖怪譚《ようかいたん》もまた、同じことを意味しているという説もある。温羅、鬼ノ城、たたら製鉄の痕跡《こんせき》というキーワードがそこでつながりはしないか。

そういうと由美子が大きくうなずいた。

「温羅の流した血潮によって真っ赤に染まった血吸川も、なんとなく炉から流れ出る真っ赤な熔鉄《ようてつ》を思わせますね」

「つまり、鬼ノ城を居城にしていたとされる温羅の一族が、製鉄を生業《なりわい》にしていたことを後世に伝えようとして」

そのとき、内藤の思考の海原に、小さな稲光が走った。なにかとなにかが、結びついた気がした。しかしそのなにかがわからない。蓮丈那智の言葉を借りるならば、内藤に与えられた数少ない能力の一つ、余人をはるかに凌《しの》ぐ高い直感力の発露なのだが、唇からは、

「どこかで似たような話を聞かなかったか」

と、頼りない言葉が漏れるのみだった。

温羅は長い戦いの末についにミコトの軍門に下り、自ら名乗っていた「吉備冠者」の名前をミコトに捧《ささ》げて、その首を打たれる。以来ミコトは大吉備津彦を名乗ったと、縁起にはある。

「どうしてミコトは吉備津彦を名乗ったのだろう」

「そういえば内藤さん、前にも同じことを口にしていましたね」

「うん。鬼神の名前を皇族の皇子が名乗るのはおかしいと」

もしかしたら温羅は悪鬼などではなく、正真正銘の王ではなかったか。しいていうならば吉備王国という国の王。その称号が「吉備冠者」ではないのか。温羅の討伐伝説は、中央政権による吉備王国抹殺の事実を示しているとすると、筋道ははっきりする。

――とすると……。

内藤はようやく稲光の正体を悟った。

「出雲神話における国譲り神話だ！」

出雲神話によれば、大国主命《おおくにぬしのみこと》は天孫降臨に先立ち、天照大神《あまてらすおおみかみ》に国を譲ったとされる。高天原《たかまがはら》系神々が、政治的折衝により出雲系神々から支配権を接収したいきさつとも解釈されている。隠退した大国主命を祀《まつ》ったのが、出雲大社である。

「まさに温羅討伐の伝説は、大国主命と天照大神との間に交わされた国譲り伝説の別バージョンじゃないか」

「本当にそっくり」

しかも地中に埋められた温羅の首は十数年もうなり声を上げ続ける。だが、ある夜、吉備津彦の夢枕《ゆめまくら》に立った温羅は、これからは国の吉凶を占う霊となろうと告げるのである。これが吉備津神社に今も伝わる鳴釜《なるかま》神事の由来である。

温羅はミコトに対してこういう。

若《も》し世の中に事あれば竈《かまど》の前に参り給《たま》わば、幸あれば裕《ゆた》かに鳴り、禍《わざわい》あれば荒らかに鳴ろう、と。

恨みを抱いて死んでいった温羅の荒御霊《あらみたま》は、なにゆえ和御霊《にぎみたま》に変貌《へんぼう》したのか。

この点でも、隠退した大国主命のその後と、よく似てはいないか。

その息子建御名方神《たけみなかたのかみ》は力比べに負けて両腕を引きちぎられ、諏訪《すわ》に逃げ込んだところを捉《とら》えられてその地に幽閉された。それが諏訪神社である。自身も支配権を奪われ、出雲大社に祀られるのであるが、これも形を変えた幽閉と考えられなくもない。

「そして温羅の場合は」

「吉備津神社内の御釜殿《おかまでん》に祀られていますね」

これもある意味で怨念《おんねん》の幽閉といえるのではないか。大国主命も温羅も、わが身に迫った理不尽に対して深い恨みを抱かぬはずがない。ならばこそ簒奪者《さんだつしゃ》たちは彼らを恐れる。恐れるあまり、そして己が所業を正当化するために彼らを祀るのである。恨みをこの世に撒《ま》き散らしてはいけない、我らに仇《あだ》なしてはならない。

「幽閉、あるいは封印、ですね」

「この二つの例を比較すると、運命の相似形を感じるね」

例は他にもある。菅原道真《すがわらのみちざね》もまた、そうした御霊《ごりょう》の系譜に身を連ねる一人である。大宰府に左遷《させん》され、失意のままにその地で一生を終えた彼は、死後まもなく都に仇なす怨霊と化した。そこで彼を祀り、封印したのが京都の北野天満宮である。

「でも」といったまま、由美子が唇を引き結んだ。

「どうかしたのかな」

「基本というか、根本に疑問があって。そもそもわたしたちは、どうしてここにいるのでしょうか」

「どうしてって。じゃあ君は那智先生の指令に逆らえるとでも思っているのかい」

もしかしたら、君のほうこそ明智光秀になろうとしているんじゃないのかと、冗談めかしていうと、佐江由美子の顔色が変わった。荒ぶる神の逆鱗《げきりん》にふれることを本気で恐れるかのように、首を大きく横に振る。

「そんな恐ろしいこと、考えたこともありません」

しかし、疑問は残ると、由美子は続けた。

蓮丈那智が現在取り組んでいるのは、邪馬台国《やまたいこく》ではなかったか。確かに阿久仁村遺聞の一件があって状況が混乱しているのは事実だが、それだけのことで脳細胞の活動に支障をきたすような那智ではない。

「どうして先生は、わたしたちをこの総社市に送り込んだのでしょうか」

「そういえば、そうだね」

温羅と吉備津彦の伝説は、大国主命による国譲り伝説とよく似ている。相似形をしているといっても良い。

——もしかしたら、先生は……。

「そうか、鬼ノ城が真に温羅の居城である必要はどこにもないんだ」

そうつぶやくと、由美子が目を丸くした。

あなたはなにをいっているの。だったらこれまでの論争はなんだったのと、非難の光を帯びている。それはそれで十分に魅力的なのだがと、不埒《ふらち》なことを思いつつ、内藤は自分の思考の収束に努めた。

「そう。鬼ノ城の真の姿は、迫り来る唐・新羅の軍勢に備えた山城であっても、別にかまわないじゃないか」

大切なのは、そこに別のエピソードをつけくわえるという行為だった。いや、エピソードこそが主役であるべきだった。かつてこの地には温羅という名の鬼神が住み着き、悪行の限りを尽くしていたが、イサセリヒコノミコトという人物が現れ、これを討伐した。しかし現実はちがう。実は温羅はこの国の正統なる王で、イサセリヒコノミコトこそが、その覇権を奪った簒奪者であった。読む人が読めば十分に推察可能な事実を物語にこめ、後世に残したのではないか。そして物語は後世の人々に受け継がれ、やがて現実に存在していた鬼ノ城という遺跡と結びついて、今に至る。

「そのことを那智先生は、われわれ自身の手で推察させようとしたのではないかな」

「まだ、よくわかりませんが」

「同じエピソードが国譲り伝説なんだ。つまりこの二つの伝説は、どちらも一つの事実から派生した物語なんだよ」

「一つの物語というと」

それはたぶん、といって、内藤はぬるくなった生ビールを喉《のど》に流しこんだ。

頭の芯《しん》に冷たいものが押し当てられた気がした。

「それはたぶん、邪馬台国の滅亡について、だと思う」

そういいながら内藤は、頭の中でなぜか阿久仁村遺聞のことが鈍い光のように明滅しているのを感じた。

2

翌日二人はレンタカーを借りて吉備津神社へと向かった。前の日タクシーを利用したのは、あくまでも地理に不案内なせいであり、日ごろのフィールドワークではそのような贅沢《ぜいたく》など許されるはずがない。

助手席に座る由美子がいった。

「吉備津神社は古代吉備国の総鎮守でしたよね。本殿は二つの屋根をつなぎ合わせて一つにした比翼入母屋《ひよくいりもや》造り、別名を吉備津造りと呼ばれ、その珍しさから国宝に指定されているとか」

「さすがに下調べが行き届いている」

「モバイルPCを持ち歩いていますから」

それにいつなんどき那智エマージェンシーコールがかかるかもしれませんしと、由美子がつけくわえた。

──那智エマージェンシーコールといえば……。

「そういえば佐江さん。昨夜、那智先生からメールが届いたでしょう。添付されていたテキスト、読みましたか」

「もちろん。秩父《ちちぶ》神社の妙見菩薩《みょうけんぼさつ》と、阿久仁村遺聞十三話に書かれた女人妙見の関連について」

「もしかしたら、あの話はたたら製鉄に関連しているかもしれないとも、書かれていたね」

「ここでもたたら製鉄ですか」

「そして那智先生は以前、こういいきった。邪馬台国の謎《なぞ》は酒と鉄とで解き明かすことができる、と」

「那智先生のいう邪馬台国の秘密って」

「一つには邪馬台国滅亡に至る過程でしょう」

でも、と由美子がいった。

魏志倭人伝《ぎしわじんでん》のどこを見ても、邪馬台国が滅んだとはかかれていない。卑弥呼《ひみこ》が死に、壱与《いよ》がそのあとを継いだ。彼女もまた魏国に朝貢したと書かれて、魏志倭人伝はその記述を終えている。

「それに先生はこういいました。邪馬台国などどこにもなかったのではないか、と。そもそも邪馬台国がなければ謎もありません」

「あの人のいうことを、あまりまっすぐに受け止めないほうがいいですよ。まったくどんな思考回路が作動しているんだか。おまけに性格が歪《ゆが》んでいます」

「その人に長年仕えているのは、いったい誰ですか」

「……僕です」

それはそれ、これはこれとして、例の遺聞について気になる点がいくつかあると、内藤はいった。

『阿久仁村遺聞　第三話

村に伝わるコヘイジの話をいたしやす。コヘイジは親孝行な若者で年老いた母を大切にしておりました。山池衆《やまいけ》というたいそう危険な仕事をしておりましたのも、すべては母のためでございました。母に楽をさせてやりたい、うまいものを食べさしてやりたいと、その一心でコヘイジは危ない仕事に励んでおりましたそうで。そのコヘイジが山崩れにあいゆくえがわからなくなったそうでありまする。母親の悲しみは大変なものでまもなく寝付いてしまったときいております。それもいたしかたのないことでありましょう。村では心無い子供らが、

コヘイジ死んだ お山にのまれて死んだ
今頃どこでどうしておるやら
遠い海のかなたで眠ってござる
このようなざれ歌まで歌ったそうにございますな。まことに哀れなことでございます。

ところがある夜。そのコヘイジが母親の夢枕に立ったそうにございます。おっかあ、心配はいらんぞよ。俺は今、遠い美保の海で漁師をやっておるからなんも心配いらんぞよ。なんとも不思議な夢をみたことよと、周りの人にこれを話すと、ならば俺が確かめてやろうとそのもの、美保に出かけたそうでございます。すると、本当に美保の海で漁師を営むコヘイジとであったそうで。のちにコヘイジが母親を呼び寄せ、仲良く暮らしたそうな』

『阿久仁村遺聞 第八話

阿久仁村にはその昔から山池衆と呼ばれるものがたいそうおったなあ。山を切りくずすのがその主たる生業であった。切りくずした崖《がけ》は土砂としてそれぞれが川に流しておったかな。おかげで海に近い村の海べりに小さな島ができたほどじゃよ。嘘《うそ》ではない嘘ではないぞ。彼らは手に手に鍬《くわ》をもちて山へと入り木を切り倒し崖を掘り崩したいそう危ない仕事をこなしておった。ひどい年には五人も十人もけが人や死人を出したそうな。それに拠《よ》りてか彼らは気こそ荒いがみな一様に信心深くそれぞれが懐《ふところ》に仏の像を入れておりて朝な夕なに信心しておったよ。あるとき一人の若者が桂《かつら》の木の下で昼弁当を使ったのちに仏の像を拝んでおったところ性悪の野狐《のぎつね》が現れてその像をくわえて持っていってしもうたんだと。もちろん若者は野狐を追いかけたがナニ人の足で野の獣に追いつくなどできようはずがないものなあ。若者はたいそうに怯《おび》え悲しんだがどうにもならん。仕方なしに仕事場へと向こうたがどうにも恐ろしゅうてならん。そのときじゃった突然切りくずしておった崖がその若者を押し流してしもうたんよ。ああまさに仏罰が当たったんじゃなあ。誰かが救うもかなわず若者は皆の前からあっという間に消えてしもうた。そうそう山池衆は仏のことを金子様と呼んでおったなあ』

阿久仁村遺聞のコピーは、蓮丈研究室の三人がそれぞれ所持している。

指定された箇所の話にざっと目を通した由美子が、

「これがどうかしたのですか」

といった。

「おかしな点というか、謎は二つあると思う」

「一つ目はわかります。話の順番がおかしいという点ですよね」

「うん。僕には第八話で土砂に巻き込まれた若者が、第三話に登場するコヘイジに思えてならないんだよ」

「確かにそう考えても不思議ではありませんが、断定はできないと思います」

そういわれてしまうと身もふたもないのだが、と内藤は苦笑した。

しかし、こうも考えられるのではないか。

阿久仁村遺聞はあえて順番を入れ替えて記述されているのではないか。もちろんそれは遺聞に隠された秘密を守るためだ。似たような記述が第二話と第七話にも見ることができる。村に伝わる鏡についての記述である。第三話、山崩れで土砂に流されたコヘイジが第八話では無名の若者となっている。すべては話の順番に整合性を見つけられなくするための作為ではないか。

そしてもう一つ、と内藤はいった。いいながら、不思議な高揚感に胸が震えるのがわかった。同時に、うら若い佐江由美子とこうして一つ空間を共有しているというのに、気の効いたせりふ一つ思い浮かばぬわが身を、半ば諦観《ていかん》した。

「もう一つの謎は、山池衆と呼ばれる男たちのことなんだ」

「きこりならば、山を崩す必要はありませんよね」

「いや、木を切り出すことも重要な仕事の一つではあったでしょう。けれど彼らの本当の目的は」

「というと、もしかしたら砂鉄の採掘ですか」

できればその台詞《せりふ》、自分でいいたかったのだがという思いもあったが、内藤は首を縦に振った。

たたら製鉄で重要なのは、質のよい――不純物の少ない――砂鉄をいかに得るか、である。その手法は一般的に《鉄穴流《かんな》し》と呼ばれ、風化した花崗岩《かこうがん》などの山際《やまぎわ》に水路を作り、山やがけを崩した土砂を水路に流すのである。水路の途中に大池、中池、乙池、樋《ひ》の洗い池と呼ばれる溜池《ためいけ》に流すことで、比重の重い砂鉄と比較的軽い土砂とを分離する。

「ああ、それで山池衆ですか」

「そんな気がするんだ。さらにいえば、山池衆が流した土砂が、海まで流れて島を作ったというくだりがあるだろう」

「ちょっと大げさですかね」

「とんでもない。十分にありうるんだ」

そこのバッグから、僕のモバイルPCを出して、これからいうとおりに操作して欲しい。

そういって、内藤はハードディスクに保管されている資料を、画面に取り出してもらった。

「これは！」

「古代の島根県だよ。見ての通り、現在の島根半島は、その昔は日本海に浮かぶ島だったんだ」

宍道《しんじ》湖、中海はもともと海峡で、それを取り囲む形で地形が変化し、現在の姿となった。

「まさか、それが鉄穴流しによって海に流入した土砂のせいだと？」

「あくまでも、一つの仮説だが」

現在の出雲平野、弓ヶ浜のいずれも斐伊川《ひいかわ》、日野川の下流地域にあたり、その上流では上質の砂鉄が産出することで知られている。とするなら、かなり大量の土砂が日本海に流入したと考えても、おかしくはない。最初は小さな洲《す》のようなものであっても、それが核となってやがて土地といえるものにまで成長する。

「それともう一つ。山池衆が信仰している金子様と呼ばれる仏像だが」

由美子がなにかをいおうとするのを、掌《てのひら》で押しとどめた。

お願いですから、これだけはいわせてください。

「中国山地系製鉄民族が信仰する、金屋子神《かなやごがみ》のことではないだろうか」

金屋子神は、記紀には登場しない神である。たぶん古代において、製鉄民族はそれぞれの地域でそれぞれの神を信仰していたのではないか。記紀には石凝姥命《いしこりどめのみこと》が、冶金《やきん》の神として記述されている。

「遺聞に記述されている若者は、桂の木の下で弁当を食べた、とありますね」

製鉄民族にとって桂の木は聖なる木である。金屋子神は天から降臨する折、桂の木を伝ってやってくるとされているからだ。

「つまり二つの話は、阿久仁村に砂鉄採掘の技術者がいたという意味がこめられているのではないかな」

「でも、どうしてそんな回りくどい記述をしたのでしょうか」

「それこそがつまり、那智先生が考証を試みようとしている遺聞の秘密、謎だと僕は思う」

阿久仁村遺聞全二十五話には、それぞれエピソードが隠されている。キーワードといってもいい。これらを抽出し、ゆがめられた時系列を矯正することで、秘密は白日の下に晒《さら》されるのではないか。

「そこまでして隠さねばならないもの、あるいは残さねばならないものって」

「もしかしたら背後にとてつもなく大きな意志があるのかもしれないね」

やがて車は吉備津神社に到着した。

参道の石段を登りつめると本殿。そこから左回りに回廊をたどると御釜殿《おかまでん》へといたる。

「ここで鳴釜神事がおこなわれるのですね」

「うん、正式には御釜殿鳴動《めいどう》神事というらしい」

科学的にはさほど大きな謎ではないのだろう。大釜という金属製の半球体になんらかの力を加えることによって発生する共鳴現象ではないのか。

「内藤さん、いっていましたよね。どうして温羅の荒御霊《あらみたま》は和御霊《にぎみたま》へと変貌《へんぼう》したのか、と」

「半ば答えはわかっているような……気がするよ」

「どういうことですか」

「温羅は無理やり和御霊にさせられてしまったんだ」

というよりは、もともと鬼神としての温羅などというものは存在しなかった。征服者が被征服者のことを妖怪《ようかい》、魑魅魍魎《ちみもうりょう》にたとえる例は少なくない。それは日本の歴史の中で珍しいことではない。

しかし、と内藤はいった。

「このケースには別の意味があると思う。鬼神・温羅がいたんじゃない。温羅は死して後に鬼にされたんだ」

「それは、だから」

「鬼はね。隠れるという字にONという発音を与えたこと、それがさらに転訛《てんか》してONIになったという説がある。同時に隠れるとは、すなわち死を意味してもいるね」

つまり鬼神・温羅とは、すでに死んでしまった温羅そのものを指していることになる。だからこそ征服者である吉備津彦は彼を無理やり和御霊に昇華させる必要性があったと、内藤がいうと、由美子が、「なんだかとても残酷ですね」と、答えた。

「うん、とても残酷なんだが……」

「まだ、気になることがあるのですか」

吉備津神社の主祭神はいうまでもなく大吉備津彦命である。

「そこが逆に気にかかってね。本当にそれで温羅の魂は静まるのだろうか」

「確かに。本殿に征服者である吉備津彦がいて、自分は社内の片隅に追いやられていますものねえ」

吉備津彦の夢枕《ゆめまくら》に立った温羅はこうもいっている。

ミコトは世を捨てて後は霊神と現れ給《たま》え。吾《われ》は一の使者となって四民に賞罰を加えん。

「要するにあなたにおつかえしますといっているのさ」

それで、と内藤は続けた。

「思ったのさ。もしかしたらここに祀《まつ》られているのは、吉備津彦は吉備津彦でも、四《し》道《どう》将軍の一人として吉備国に派遣されたイサセリヒコノミコトではなく、温羅その人。元祖吉備津彦こと吉備冠者ではないのか、なと」

「どうしてそんなことを」

「ここから少しはなれたところに、吉備津彦神社がある」

大化の改新以後、吉備国は備前、備中《びっちゅう》、備後《びんご》に分割される。そのせいで神社も分けられたらしいが、吉備津彦神社には奇妙な伝承がある。

「大吉備津彦の姉が倭迹迹日百襲姫命《やまとととひももそひめのみこと》であると伝えられているんだよ」

「倭迹迹日百襲姫命というと、確か奈良県三輪の箸墓古墳《はしはか》に埋葬されているという？」

「そう。そして彼女こそは邪馬台国の卑弥呼ともいわれている」

邪馬台国畿内《きない》説を構成する有力な要素の一つである。いわく箸墓古墳こそが卑弥呼の死後作られた塚である、と。

「本当にそんな言い伝えがあるのですか」

「うん。吉備津彦神社には確かにそう伝えられているんだ。大吉備津彦命の姉は卑弥呼だと」

昨日、内藤は温羅伝説と大国主命による国譲り伝説は相似形であり、それは邪馬台国の消滅という事実から派生した二つの伝説であるといった。そのことを考え合わせると、吉備津神社、吉備津彦神社に祀られているのは温羅本人とすべきではないか。怨霊 調伏《おんりようちようぶく》の方程式に照らし合わせても、筋道がすっきりと通る。

「筋道ということであれば、もう一つの筋道もすっきりとする」

「どういうことですか」

「つまりね、ヤマタイコクを滅ぼした一族がヤマトコクを名乗り、キビノカジャを滅ぼした人物がキビツヒコを名乗る。己の正当性を後世に訴えるためにね」

あるいは己の所業を覆《おお》い隠すために、と内藤はいった。

でも、と由美子が首をかしげた。

「あのときから疑問に思っていたんです」

「なにが」

「だって、天照大神の天岩戸《あまのいわと》隠れは卑弥呼の死を意味するエピソードでしょう」

けれど、大国主命から国を譲り受けるのはその天照大神本人ではないか。矛盾が生じることになる。

「それはあくまでも一つの仮説に過ぎないでしょう」

「そうなんですが」

「もしかしたら、主客を逆転させたのかもしれない。天照大神は高天原系神々の一人とされている。それがもし、本当は出雲系神々の長であったとしたら」

「出雲系から高天原系への変換、ですか」

「国譲りを正当化するには、もっとも適した方法だとは思わないか」

そして出雲系神々と称されるものたちこそが、邪馬台国そのものではないか。少なくとも蓮丈那智はそう考えていると、内藤は確信した。そして密《ひそ》かなる感動で胸を震わせた。

——ああ、ついに吾、蓮丈那智の領域に達せり！

が、感動も絢爛《けんらん》たる高揚感も、

「ふむ、なかなか良くできた考察だがBプラス、いやAマイナスぐらいはあげてもいいか」

という、蓮丈那智の一言ですべて霧消した。

3

岡山駅近くのホテルにチェックインしてすぐに、内藤が那智から命じられたのは「まともなバーを確保しておくこと」だった。

なんでも秩父で相当にひどいマティーニを飲まされたらしい。那智曰《いわ》く。あれ以来、舌の感覚が少しおかしい、のだそうだ。

もちろん逆らうことは許されない。インターネットを使い、すぐに繁華街のバーを見つけて予約を入れた。

「ご苦労だったね」

「それにしても先生、いったいどうしたんですか」

「助手が果たして成果を挙げているか否《いな》か、確かめに来たといっても信用しそうにないな」

「はあ……まあそうですね」

「私自身の目で確かめたくなったのさ。鬼ノ城も吉備津神社も」

ホテルのラウンジでコーヒーを飲みながら、那智がいった。

佐江由美子は、疲れているようなので、食事の時間まで部屋で休んでいる。本人は「大丈夫です」と言い張ったが、那智がそれを許さなかったのだ。そこに何かしら理由があるように思えたが、あえて疑問を口にすることはなかった。

「ところで先生、いつから吉備津神社にいたのですか」

正確には、いつから由美子とのやり取りを聞いていたのか、である。

「朝一番の新幹線で岡山に到着した。すぐに吉備津神社を訪れたら、君たち二人がいるじゃないか」

もしかしたら鬼ノ城と吉備津神社を結ぶ表のライン、吉備津彦による温羅討伐のラインとは別のラインを見つけたのかと思って、しばらく前から聞き入っていた。だが、もう一度初めから話してくれないか。

那智の言葉にうなずき、内藤は話を始めた。

吉備津神社も吉備津彦神社も、本当の祭神は温羅そのものではないか。

「それが怨霊調伏の方程式に則《のっと》っている、か」

「僕はそう考えたのですが」

那智の眉間《みけん》に深いしわが刻まれた。

メンソールの煙草《たばこ》が、その指の間でいたずらに灰になってゆく。

機嫌が悪いわけではないのは十分に承知しているが、それでも不安の波紋は少しずつ、少しずつ内藤の精神を蝕《むしば》んでいった。脇《わき》の下に気持ちの悪い汗の感触があった。

「どうして吉備津神社と吉備津彦神社は創建されたのだろう」

「ですからそれは温羅の怨念を封じ込めるために」

「果たしてそうかな。君の意見では出雲大社も同じ目的で創建されたということになるね」

「はい、そう考えています」

出雲大社の主祭神は大国主命だが、実はそこに主客の逆転が用いられ、国を譲る側と譲られる側がきれいに入れ替わった。

「だとすると、出雲大社に封印されたのは卑弥呼のほうである、と」

「少し、飛躍しすぎでしょうか。なんとなくそんな気がしないでもなかったのですが」

「悪い癖だ。自分の考察を簡単に捨てるんじゃない」

そんな気にさせるのは、いつもあなたでしょう。

と、これまたいつものごとく言葉にすることなく、胸の裡《うち》でつぶやいた。

「あの社殿がどうも」といったまま、那智が再び沈黙した。

那智が気にする社殿といえば、吉備津神社であろう。二つの屋根をつなげて作られた比翼入母屋《ひよくいりもや》造りの社殿。二十五年の歳月をかけ室町時代の応永三十二年（一四二五）に完成と案内板にあった。

「気になりますか、それほど」

「実物を見るのは初めてだが、相当に珍しい形だね」

「ですから国宝に指定されているわけで」

そういう建築学的な問題ではない、いや、まんざらそうでもないか、と那智にしては歯切れのよくない言葉が重ねられた。

「そうか、もしかしたらその当時はまだ、人々の記憶がかすかに残っていたのかもしれないな」

「記憶ですか」

「うん。現在の吉備津神社の原型だよ。それを創建し祀った人々の記憶だ」

内藤には、那智の言葉の真意を推し量ることができなかった。それは「Bプラス、あるいはAマイナス」という評価にどこかでつながっていることだけは、確かなのだろうが。


食事を終えると、今度は由美子のほうから「先に部屋に戻っていいか」と言い出した。昨日の山歩きの際、汗をかいたのがよくなかったかもしれない。それに中途半端《はんぱ》に眠ったせいで少し熱っぽいと、由美子はやや疲れた顔でいった。

「それがいい。顔色もよくないようだ」

那智の言葉に「すみません」といって、由美子はホテルに帰っていった。

予約を入れておいたバーに到着すると、那智は、

「ドライではないマティーニを。ジンはあればマラッカジン、なければ普通のタンカレー、ベルモットはノイリープラットを」

と、スツールに腰をおろす前に注文した。

「よほどたちの悪いマティーニを飲まれたのですね」

「これまでの人生で摂取した中では三本の指に入るできの悪さだった」

残りの二本がどこの店なのか、いずれ聞いてみようと思った。さぞや辛辣《しんらつ》な言葉の鉈《なた》で、店の名前とバーマンを切り裂くに違いない。そして那智の言霊《ことだま》は、二者に大いなる禍《わざわ》いをもたらすことだろう。

——哀れなる子羊たちに神の手が差し伸べられんことを。まあ、自業自得《じごうじとく》なんだけどね。

「先ほどの話の続きなんですが」

「社殿のことかな、それとも古人に伝えられた吉備津神社創建者たちのかすかな記憶についてだろうか」

「両方です」

バーマンが差し出したマティーニを一口すすり、那智の唇からほっと吐息が漏れた。それがなにかのスイッチになったようだ。

「ミ・ク・ニ。君はどう思う。吉備津神社の原型であるものを祀った人々は、どういった立場にあったのだろうか。いや、彼らはどのような目的で、吉備津神社を創建したのだろうか」

「そりゃあ、温羅の怨念を封じ込めるために」

「本当にそうだろうか。ではもう一つたずねる。比翼入母屋造りと呼ばれる建物にはどのような意志がこめられていたのだろうか」

「おっしゃっている意味がよくわかりません」

まるで日本酒でも飲むような勢いでグラスの中身を飲み干し、お代わりを注文した那智が、そのまなざしをまっすぐに内藤に向けた。とたんに脈拍数が急上昇し、大量のアドレナリンが全身を駆け巡った。

ごめんなさい、ごめんなさい。お願いですからそんな目で僕を見るのはやめてください。

思わず目を伏せようとしたが、目に見えない鎖によってがんじがらめになるのをはっきりと感じた。

「わたしにはこう思えたんだ。あの社殿は最初から二人の主祭神を祀るために造られたものではないか、と」

「どういうことですか」

「つまり、二人の吉備津彦があの神社には祀られている。一人は温羅、あるいは吉備冠者と呼ばれた吉備津彦、もう一人は温羅を征伐し、その覇権を簒奪《さんだつ》した吉備津彦」

「ですから、それは僕も考えたことでして」

「君は温羅本人が祀られていると考えたのだろう」

「確かに……そうでした」

「だが、それはちがうと思う。温羅はあの神社に怨霊として封じ込められたわけじゃない。あくまでも吉備国の王として崇《あが》められるために祀られているんだ」

「では、もう一方の吉備津彦は」

「平和で温暖な吉備国を侵略し、無理やり国を奪った悪人、悪霊として封じ込められているんだ」

「じゃあ、四道将軍の一人であるイサセリヒコノミコトを」

「ああ。彼らが実在するか否かはこの際問題ではない。古代倭国でそのような事実があり、それが伝説として残されたのだろう」

といっても証拠があるわけじゃない。まあ、それが民俗学の限界でもあるのだがと、那智が酷薄そうな笑みを浮かべた。

「では出雲の国譲り伝説はどうなるのですか」

「あれは、君の考えたことが正しいと思う」

「なんだか、こんがらがってきました」

「別に難しい話ではないさ」

出雲伝説は支配した側が己の都合のよいように伝説を残した。そして吉備津神社は、邪馬台国を滅ぼされ、散り散りになった人々、中でも製鉄に従事していた人々が残したと考えればつじつまは合う。

「ところで」と那智が口調を変えていった。

なにか不審な出来事はなかったか。

その言葉で内藤は、那智がこの地に現れた理由を知った。

携帯電話やメールではやり取りのできない事態が発生したのだろう。できれば早急に確認し、手を打たねばならない出来事にちがいない。

「なにが……あったのですか」

「うん、それなんだが」

実はね、と那智が言葉を継いだ。

「下北沢の雅蘭堂が、突然店を閉めてしまったんだ」

「越名さんが？　どうして」

「それがよくわからない。宇佐見君の話によると、周囲になにも知らせずに店のシャッターを下ろしてしまったそうだ」

あとには「しばらく休業します」と、張り紙が一枚残されていたという。

「それでは、どこか地方に仕入れに出かけたわけではないですね」

「それが少し気になった」

気のせいであればよいがとつぶやく那智の言葉に、内藤はかすかに嘘《うそ》の匂《にお》いをかいだ。

『阿久仁村遺聞　第四話

鬼三郎《おにさぶろう》地蔵の噺《はなし》をはじめるにあたり申し伝えたきことこれあり。これはなにぶん村の秘事にかかわりしこと故《ゆえ》ゆめゆめ他言するなかれ。鬼三郎地蔵とは村の塞《さい》にあり。鬼方を向きて神通力の限りを尽くし、悪鬼羅刹《あっきらせつ》より村を守るを使命とするものなり、と今に伝わりし。そもそも村に仲悪《あ》しき二人の兄弟あり。兄を鬼三郎、弟を鬼四郎《おにしろう》ぞいう。鬼三郎は山にて獣を狩り、鬼四郎は川にて魚を捕りて食らうものなり。ある日鬼四郎いわく。われも一度は山にて獣を捕りたければ、兄よ汝《なんじ》の弓を貸し給《たま》え。兄、渋れども、弟の懇願なればこそと、これを貸しあたう。鬼四郎喜び勇んで山に入るもいつしか道に迷い日はくれ、恐ろしき夜となりたり。闇夜《やみよ》になす術《すべ》もなく、手持ちの餅《もち》も食い尽くしたり。夜には夜の神あり。夜の神鬼四郎に囁《ささや》きたり。夜は恐ろしきものぞ。獣も悪鬼と化すぞ。早くこの場を立ち去ることそ、大事なり。なれど鬼四郎、闇に縛られ足を動かすこともあたわずただ震えるばかりなり。ふたたび夜の神の囁けり。兄より借りし弓を燃やすべし。闇夜の一灯となりて汝を村へと導くであろう。それはかなわじ。兄の大事にしたる弓なれば。ならば闇に食い尽くされるか。二度再び里に戻れぬがそれでよいか。囁きいや増せばやがて鬼四郎に悪心発せり。それもやむなしと兄が弓に火をともし、里へとたどりついたれば、鬼三郎これを口汚くののしることいとはげし。鬼四郎に向かいて、汝里に住むことを許さじ。これよりは根の国にて暮らすべし。以来兄と弟は国をたがえて暮らし、二度再び会うこともなしと世に伝うるなり。いつか鬼三郎地蔵尊と化し、根の国に向かいてこれを討つべしとぞ言い残すなり』

『阿久仁村遺聞　第五話

北山に安置されておられた帝釈天《たいしゃくてん》様は、上古の頃より里の守り本尊なりと聞き及んでおりまする。古き言い伝えにいわく、鬼林山を望む地の里のものは皆帝釈天様の子供であるのだから、すべからくこれを敬わねばならぬ、と。さすれば帝釈天様もまた吾《われ》らを久遠《くおん》の闇より守り給うものなり。私は父より言い伝えを聞いたのですが、父は爺《じい》さんより、爺さんは曾爺《ひいじい》さんより、伝えられたことであります。さて北山の帝釈天様にはもう一つ、不気味な言い伝えが残されておりまする。帝釈天様はこの世に唯一《ゆいいつ》無二のものであらねばならず、したがって天に日輪も月も一つしかないように、決して二つの帝釈天様を奉じてはならぬ。若《も》しそのような天をも恐れぬ振る舞いするものあらば、帝釈天は必ずやお怒りになり、その報いは里のすべての者に降りかかるであろうと。ところが里に不埒《ふらち》な若者が一人おりましてな。そのようなことなどあろうはずがない。所詮《しょせん》は木で作った仏像ではないか。お前たちのように迷信にしがみついておるばかりではどうしようもない。その曇りきった目を覚ましてやろうと、あろうことか密《ひそ》かに帝釈天様のお像をもう一体作らせ、夜中に密かに山へ運び込んだのでござりまする。それはもう里は大騒ぎであったそうで。無理からぬことで、慌《あわ》てて家財をまとめ、村を出てゆこうとしたものもあったとか申します。けれどなにぶんにも山ぶかい里でありますから、簡単には出てゆくことができませぬ。不埒な若者は高笑いしていったそうにござえます。それ見たことか、なにも起こらぬではないか。お前たちはそろいもそろって阿呆《あほう》ばかりだ。知恵者はこのわし一人だ。その高笑いが終わるか、終わらぬかの時でありました。里を取り囲む山々がいっせいに鳴動し始めたのでございます。帝釈天様の怒りの唸《うな》りでありました。そうして山は崩れ川は氾濫《はんらん》して阿久仁村は人も里もこの世から消えてしまったのでございます』

内藤三國は夢の中にいた。

夢で自問自答を繰り返していた。

鬼三郎と鬼四郎兄弟の話を、どこかで聞いたことがある。そうだ、海幸彦《うみさちひこ》と山幸彦《やまさちひこ》の話を変形させたものじゃないか。兄から借りた釣り針を海に誤って落とした山幸彦は、やがて海神国にいたって、そこで針を取り戻す。海神から授けられた呪《のろ》いの言葉を用いて、兄海幸彦を懲《こ》らしめるという話に、実によく似ているではないか。鬼四郎が追いやられた根の国とは古事記に記述のある根の堅洲国《かたすくに》のことだろう。地下深くに存在する異界、死の国である。また、大祓《おおはら》えの祝詞《のりと》によれば現世のあらゆる罪と穢《けが》れの集まるところ、とされているはずだ。とするならば、鬼四郎は死の国に追いやられたのであろうか。あるいは鬼三郎によって殺害された事実を意味しているのだろうか。

――そしてもう一つ……確か根の国というのは。

出雲地方を表す古い地名ではなかったか。考えてみればこれもまたおかしな話ではないか。どうして出雲地方と死者の国が同じ言葉で言い表されるのだろう。これでは、出雲地方が死者の国であると断言しているようなものだ。

夢の中に、佐江由美子が登場した。

「あるものにとって、出雲が死者の国であったからでしょう」

「あるものとは？」

「出雲から国を譲り受けたものたちです。古事記の編纂《へんさん》にあたった一族といってもいい」

古事記に記述されているほどに、国譲りが平穏におこなわれたはずがない。そこには目を覆《おお》わんばかりの殺戮《さつりく》がおこなわれたのではないか。大国主命の息子である建御名方が力比べのあげくに両腕を引きちぎられたエピソードがそれを指し示している。それまでは栄えに栄えていた出雲地方は、ある瞬間から死者の国と化した。では、阿久仁村遺聞の第四話は、国譲りの事を指しているのだろうか。

「どうもしっくりこないなあ。どうしてそんな話を村の民俗誌に残したのだろうか」

「あるいはもっと単純な話かもしれませんよ」

「うん。僕もそんな気がしてならないんだ」

「というと、あの一件ですか」

「二つの県はかつて併合されたことがあるよね」

「ええ、明治の初期です」

「いったんは島根に併合された鳥取県が再び置かれるのは明治十四年だったか、十五年だったか」

阿久仁村は鳥取県に存在した村である。そして出雲は島根県。しかし古代にまで遡《さかのぼ》れば、出雲とは広くあたり一帯を指す言葉であったはずだ。いつしか二つは別の国となり、幕末のころは尊皇攘夷《そんのうじょうい》の鳥取と朝敵佐幕の島根は藩として異なる道を選んだ。にもかかわらず、明治維新に功績のあった鳥取が島根に併合されてしまった。当然ながら島根に対する鳥取の県民感情が、よかろうはずがない。鬼四郎が追いやられた場所を、根の国と表現したのもそうした悪意の表れかもしれない。

「この第五話もまた破天荒な話だよね」

「そうですね、阿久仁村がいきなり消滅する話ですから」

「この先も、物語は続くんだよ。にもかかわらず第五話で消滅させてどうする気なんだろう」

「第一、村そのものが消滅したのであれば、これを語っているのは誰なんでしょう」

「うん、そのことを考えてみたんだ。要するに村の生き残りということだろうが……」

果たして、そうだろうかと内藤は自問した。

第四話は明らかに海幸彦・山幸彦の話を下敷きにしている。それぱかりではない。実は第五話の下敷きになっている話についても、内藤は気づいていた。

かつて大分県の別府湾に、瓜生島《うりゆうじま》と呼ばれる島があったとされる。そこに祭られている恵比寿《えびす》様の顔が赤く染まると、島は沈むという言い伝えがあった。ある男がいたずら心を起こして恵比寿様の顔を赤く塗ると、島は本当に沈んでしまったという伝説が残されている。瓜生島など実在しなかったという意見も多く、いまだに謎《なぞ》に包まれた島なのである。

「つまりね、阿久仁村遺聞の作者は古事記にも民間伝承にも通じた、とんでもない知識人ではないかと、考えてみたんだ」

「じゃあ、内藤さんはあの遺聞がただ一人の作者によってかかれたものであると？」

「あまりに作為めいた構成を考えると、そんな結論が導き出されるのだが」

「一体誰でしょうか」

「それがわかれば苦労はないし、作者はそれを隠すために工夫を凝らしているともいえる」

「そうですよねえ」

佐江由美子がうなずいたところで、内藤は目を覚ました。

4

どうした、目が腫《は》れぼったいようだが、という那智の言葉に、内藤はあいまいに笑って応《こた》えるしかなかった。夢の中で、夜を徹して由美子と論議をしていましたなどといおうものなら、どのような視線が返ってくるか想像するまでもない。

その由美子が食堂に姿を見せた。

おはようございます、昨夜はどうもお世話になりましたといおうとして言葉を止めたのは、己の妄想の愚かさに気づいたからではなかった。

「どうしたのですか、顔色がずいぶんと悪いようだが」

「なんでもありません。少し寝付かれなくて」

「それはよくないなあ。早めにチェックアウトして、新幹線に乗りましょう」

その前にレンタカーの精算を済ませてきます。ついでに薬局によってなにか薬を、といおうとした内藤を、蓮丈那智が掌《てのひら》で制した。

「悪いが精算ではなく、延長の手続きをとってくれないか」

「どうしたんです、先生」

「いまからわれわれは出雲に向かう」

「はあ出雲ですか……って、まさかあの出雲ですか」

「他にはないだろう、島根県出雲市に向かうんだ」

「大学の講義はどうするんですか」

「ここに来る前に休講届けを出しておいた。代わりにレポートの課題を出しておいたからなんら問題はない」

問題は大いにあります。そのレポートの採点をするのは誰ですか。採点いかんによっては、多くの学生の恨みを買うことになるでしょう。深い深い恨みです。その矛先を向けられるのは一体どこの誰だと思っているんですか。

などなど、いくつもの疑問と怒りが湧《わ》き上がったのは一瞬のことで、内藤はすぐに諦観《ていかん》した。言葉にしても詮無きこととなれば、無駄なエネルギーを費やすことはない。

「佐江君とはここで別れよう。体調が思わしくないようだから」

那智の言葉に佐江由美子が大きく首を横に振った。

「お供させてください。本当に単なる寝不足なんです。わたし一人をおいてゆかないでください、お願いですから」

「しかし」

由美子のあまりに頑《かたく》なな態度に、内藤はふと違和感を覚えた。

——この感覚……どこかで。

それが雅蘭堂の越名に抱いた感覚と同質であることに気づいて、内藤の違和感は不審感へと変容した。それを顔に出さず——のつもりで、

「出雲ならば電車のほうが速いでしょう」

岡山からなら、伯備《はくび》線の特急やくもを利用することができる。不慣れな道路を車で移動するよりも効率がよいと、内藤は説明したが、

「いや、向こうでも足を確保しておきたいからね」

と那智に一蹴《いっしゅう》された。

「というと、他にもどこかに行くつもりですか」

「それがフィールドワークというものだろう」

そういわれてしまうと内藤に返す言葉は存在しなかった。

岡山から出雲へは岡山自動車道と米子自動車道を乗り継いで米子にいたり、そこからは山陰自動車道を使うことになる。不慣れな道路を車を使って移動するよりも、と内藤はいったが、実際はカーナビゲーションを使うほどのこともなかった。

なによりも、天候はまことに温暖で日差しは明るく、窓から進入する風がまた心地よかった。

「やはり正解でしたかね、車での移動が」

そういいながら内藤は後部座席に座った那智の表情を窺《うかが》った。瞑目《めいもく》したまま背もたれに寄りかかる那智からなにも応えはないが、それはいつものことであるから特に気にする必要はない。那智の脳髄の中でどのような光が明滅しているのか、それは余人が知りうるものではないからだ。

気になるのは助手席に座る由美子だった。彼女もまた沈黙を守り続けて、その唇は動く気配すらない。沈黙と沈黙によって板ばさみになった己を、内藤はひしひしと感じるばかりだった。

——かなわんなあ。

と、幾度めかの呟《つぶや》きを胸の奥深い部分で繰り返したときだった。突然、

「先生は今、邪馬台国を追いかけているのですか、それとも阿久仁村遺聞を追いかけているのですか」

由美子が口を開いた。

なにを言い出すんだ、そんな恐ろしいせりふを、といいかける内藤よりも早く、

「それがわたしにもよくわからないんだ」

これもまた信じがたいせりふを、那智が口にした。

二つの事象がどこかで繋《つな》がっている気がするのだが、その細い糸がいまだ判然としないでいる。濃いもやの中を歩いているような気がするよと、決して偽りではない口調で那智は続ける。

「阿久仁村についてこれ以上調べるのは、よくないと思います」

「どうしてそんなことを」と、内藤は思わず二人の間に割って入った。

「あの村では昔、恐ろしい事件が起きたんです」

一村惨殺《ざんさつ》事件。

由美子が口にした言葉はあまりにさりげなく、それゆえにこそ、内藤に大きな衝撃を与えるに十分といえた。

「一村惨殺って……それはどういうことですか」

「むかし、あの村に三郎伍という若者がいたそうです。彼に鬼が取り付き、一村すべてを惨殺したのです。彼はまず実の祖母を惨殺し、それから次々に村民を殺戮して回ったそうです」

「馬鹿《ばか》な、そんなことがあってたまるものか」

「でも、本当にあったんです」

三郎伍は黒い詰襟服にゲートルを着用、二本の懐中電灯を鉢巻で両のこめかみにくくりつけ、黒ずくめの鬼と化して殺戮を重ねていったのだと、由美子は哀願にも似た口調でいった。

そのとき、那智の薄い唇が動いた。

「佐江君。君はそれをどこで聞いた。いつ聞いた、誰の口から聞いた」

一切のあいまいな答弁を許さない口調だった。場合によっては口舌《こうぜつ》の刃《やいば》でそのものを切り裂きかねない、恐怖に満ち満ちた口調、ともいえた。

車内の空気が凍《い》てつき、一瞬固化した空気が次の瞬間砕けたかに思えた。

「いや、それは、あの……」

由美子の頬に正真正銘、掛け値なしの恐怖が張り付いた。

——おや!?

どうやら恐怖が由美子の雰囲気、あの不審な空気を追い払ったようだと内藤は感じた。「それはつまり、昨夜……雅蘭堂さんが」

「越名君がどうした。詳しく話してみなさい」

青ざめた唇を震わせながら——当然といえば当然だが——由美子が話したのは、こういうことだった。

昨夜のことだ。昼間の疲れが出たのか、ベッドでうとうとしていた由美子の携帯電話に越名から連絡が入った。どうしても相談したいことがある。今夜時間を作ってもらえないだろうか。ことは蓮丈那智にも内藤三國にも、場合によっては冬狐堂宇佐見陶子にも累《るい》が及ぶやもしれない重大事だ。必ず時間を作って欲しい。

「そうか、食事のあと、一人でホテルに帰っていったのは」

「はい。雅蘭堂さんに会うためです」

「そこで、阿久仁村で起きた出来事を聞いたのか」

「とても怖かった。話の内容も、越名さん自身も。でも聞いているうちにこの話は真実だ、阿久仁村遺聞にこれ以上近づいちゃいけないという気持ちになって」

「それだけ君の感受性が豊かであるということだ。そしてそのことを十分に知りぬいた上で、彼は君を仲間に引き入れようとしたのさ」

これが内藤君ならばそうはいかない。奇妙に直感力が冴《さ》えているうえに疑い深く、また被害妄想のきらいがあるから、うまく丸め込めるとは限らない。

と、誉めているのかけなしているのか判別不能の言葉を那智は口にした。

しかし、と那智は深く腕組みをした。腕組みというよりは己が身を抱きしめるようにも見えた。

越名集治はそのことを誰から聞いたのだろう。いつ、どこで。

果たしてその事件は真実なのか、もしかしたら越名の創作ではないのか。

その呟きを聞きながら、那智のいった「なにかの異変」とはこのことだったかと、
内藤は納得した。

「越名さん、いったいどうしたのでしょうねえ」

「わからない。確かなのは、彼が阿久仁村遺聞の真実を追求してほしくはない一派に与《くみ》しているということだろう」

「もしかしたら、越名さんが敵に回ったということですか」

そういうと、那智の口から宇佐見陶子に依頼した長火鉢の一件が語られた。

そして再び、車内には沈黙が甦《よみがえ》った。

——ああ、沈黙が僕を責める、責めさいなんで切り刻む。

息苦しさに耐え切れなくなった内藤は、

「これから出雲に向かうということは、やはり那智先生は邪馬台国が出雲地方にあったとお考えなのですか」

と話しかけてみたが、

「どうかな」と、那智の言葉はにべもない。

ようやく正気にかえったのか、いつもの表情に戻った由美子が、

「けれど先生は以前、邪馬台国はなかった、と」

「そういう可能性も捨てきれないといっただけさ、なによりも」

わずか二千字の記述でしかない魏志倭人伝のみを使って、邪馬台国の位置を割り出そうとすることが、そもそもの間違いなのだと、那智はいった。

「魏志倭人伝は当てにならないと？」

沈黙の恐怖から解放された内藤がいった。

「誰もそんなことはいっていない。いかに西晋の陳寿が自身の目で見たわけではなく、伝聞によってあれを書いたとしても一国の正史であることには変わりがない。闇雲《やみくも》に疑うことは、これもまた理性的な行為ではないだろう」

「そりゃ、そうですがねえ」

そういいながら、内藤は昨夜の夢のことを考えた。

阿久仁村遺聞について、である。もしかしたらあの遺聞を書き残した人間は、恐ろしいほどの知的な能力を備えていたのではないか。古事記や大分の瓜生島伝説を下敷きに話をこしらえ、さらには別の秘密を隠しておけるほどに。

——そして……。

由美子が越名から聞いたという一村惨殺事件にも、どこか下敷きがあったような気がしてならなかったが、それがどうしても思い出せなかった。

ふとバックミラーを覗《のぞ》き込むと、那智の唇がかすかに動いているのが見えた。

倭人は帯方の東南の大海の中にあり……始めて一海を渡りて千余里にして対馬国に至る……又南に一海を渡ること千余里……一支国に至る。

どうやら魏志倭人伝をそらんじているらしい。

東南して陸行五百里伊都《いと》国に至る……東南して奴《な》国に至る百里……南して投馬《とうま》国に至る水行二十日……南邪馬台国に至る女王の都するところなり。水行十日陸行一月なり。

邪馬台国を特定するための地理資料として用いられ、そして諸説を生み出す原因ともなっている、通称・陸行水行《りっこうすいこう》の部分である。この解釈の違いによって、邪馬台国論争はいまだ決着をみないといっても過言ではない。

いつもながらの化け物じみた那智の記憶力のよさに驚いていると、なにを思ったのか、

「……あれは……一九三八年五月二十一日の出来事であったよな」

口調まで変えて、那智がぼそりとつぶやいた。

夏目漱石の名作ホラー「夢十夜」の中で、背負ったわが子に突然話しかけられる男の恐怖が、内藤の中で生まれた。

「そうです。確かにあれは一九三八年の出来事でございました」

同じ恐怖を肌で感じたのか、由美子が、

「なにをいっているんですか、お二人とも」

と、声を震わせた。

続いて、くぐもった那智の笑い声。内藤もそれに従った。

「なるほどねえ、あの事件がモチーフでしたか」

「ミ・ク・ニ」と身を乗り出した那智が内藤の耳元で囁《ささや》いた。

人の心をかき乱すに十分な、ある意味でのミラクルボイスだった。

「君にもわかったようだ」

「ようやく思い出しましたよ」

「わたしにはなにがなんだかわかりません」と、由美子がただ一人焦《じ》れた。

「実際にね、あったんだよ」

後に津山三十人殺しと呼ばれる事件が、一九三八年五月二十一日、岡山県の西加茂村——現・津山市——で発生した。

「津山三十人殺しですか」

「うん。動機は今もってよくわからないのだが、村の青年が祖母をはじめとして村民三十人を殺戮《さつりく》し、自らも命を絶った」

「それって、もしかしたら」

「よく似ているだろう。君が越名さんから聞かされた話に」

津山三十人殺しをモチーフにして、横溝正史は名作『八つ墓村』を書き上げたとされる。この事件は映画化もされているし、いくつかのルポルタージュの対象にもなっている。

「じゃあ、わたしが聞いたのは」

「たぶん、津山の事件を下敷きにして、越名さんが作った創作だと思われる」

「でも」といいながら、由美子が激しく首を横に振った。

ちがうと思う。あの話をする雅蘭堂さんの表情は、とてもではないが創作を話す人間のそれではなかった。幾分つりあがったまなじりと、震えるような声。暗い熱気にうなされる口調は、どう思い出してみても本気だった。

「だからわたし、信じてしまったんです」

「もしかしたら」

といったのは、那智だった。

それが、越名君の変貌《へんぼう》を解き明かす鍵《かぎ》かもしれないね、といった那智の声は、奇妙に湿っぽく聞こえた。


二〇〇〇年。発掘調査により出雲大社境内から、巨大な柱の痕跡《こんせき》が発見された。三本の巨木を束ねる形で作られた柱の痕跡は、それまで伝説とされていた古代出雲大社の姿を実証するものとなった。すなわち木造建築としては世界に類のない、高さ四十八メートルにも及ぶ超高層建築の存在である。

「三本の巨木を束ねるといっても、もちろん縄ではないですよね」

由美子の質問に内藤は答えた。

「当然です。鉄の輪を使用したと考えられます」

「でも、どうしてそれが高さ四十八メートルもの超高層建築の柱であるとわかるのですか」

「たぶん、柱の下の土の成分を分析したのでしょう」

土は、長く重量がかかると粘土に変わる。その含有水分量を分析することによって、柱一本にかけられた重量がいかほどであったか、計算することができる。青森県の三内丸山遺跡の巨大掘立柱建築もそのような分析から再建されたと聞いている。

「でもね、出雲大社の場合、あまりの巨大さに幾度も倒壊したという記録が残っているんだ」

「つまりは、当時の技術力に見合わない、背伸びに背伸びを重ねた建築物であったということですよね」

「そう。古代の日本民族の建築技術が、世界的に見ても抜きん出ていたという現実もすごいが、そうしたものを建設しようとした意志に大きな謎《なぞ》を感じるね」

内藤の言葉に、

「ふふっ、相変わらず直感の鋭いことだ」といったのは那智だった。

「ここは、ありがとうございますというべきシーンですよね」

「もちろんだ」

なぜ、そこまで背伸びをしてでも巨大高層建築を作らねばならなかったのか。作らねばならない理由があったからだ。

国譲りを要求する天照大神に対し、大国主命はいう。われは国を確かに譲ろう。ただし、われを祀《まつ》る建築物を作れと。それが出雲大社の起源である。

神楽殿《かぐらでん》に備えられた巨大な注連縄《しめなわ》の下に立ち、それを見上げた由美子がいった。

「ここまで大きいと、なんだか生き物みたい」

「一説によると、この注連縄は海神の象徴、竜を表しているともいわれている」

「それって、竜蛇のことですよね」

「うん。大国主命と海人《あま》族の関係は、よく知られているね」

古代出雲は農作物に恵まれた土地であると同時に、海人族の繁栄を誇った土地でもあった。日本海の豊富な海洋資源は、人々の暮らしを潤《うるお》すと同時に、独特の信仰と文化を生み出してゆく。

「やはりそうか。那智先生は……」

「どうしたんですか」と由美子は問うたが、内藤はそれには答えなかった。

「先生は、やはり邪馬台国は出雲にあったと考えているのですね」

かつて繁栄を誇った出雲国。それこそが邪馬台国ではなかったか。海の幸山の幸に恵まれ、それればかりか当時最強の兵器の原料であった砂鉄さえも産出する大いなる王国。

「男子は大小となく皆黥面文身《げいめんぶんしん》す……でしたよね」

「内藤さん、それって魏志倭人伝の一節じゃありませんか」

「うん。邪馬台国の男たちは、老いも若きも皆全身に刺青《いれずみ》をしていたという記述だよ」

同時に刺青は、海人族の文化的特長でもある。

「まだ、あるよ。魏志倭人伝にはこうも書かれている。卑弥呼の住まいについて、宮室・楼観・城柵《じょうさく》、厳《おごそ》かに設け常に人あり、とね」

どこかの建物と似ていないだろうか。そういうと、由美子が目を見張った。

「それって、古代出雲大社じゃありませんか」

「そうなんだよ。だとすると巨大高層建築の謎も解明することができる」

出雲大社こそが、覇権を高天原系神々――すなわち大和朝廷――に譲った卑弥呼の墓なのである。しかもそれは、卑弥呼を永遠に封じ込めるための機能を持っていなければならない。人智《じんち》をはるかに超えた技術力を結集し、当時としては遠く天空のかなたに等しい高さ四十八メートルもの出雲大社は、こうして建造されたのである。当然のことながら、大和朝廷にとって卑弥呼は、いつ復活するやもしれない怨霊《おんりょう》である。技術力の無理が露呈し、出雲大社は幾度となく倒壊している。それでもこれを再建せずにはいられなかった。

「じゃあ、いまの形になったのは」

「怨霊への恐れが、時代を経るにつれ薄まったのだろうね」

それもあるがもう一つ、と那智がつけくわえた。

「それほどの建築物を作るだけの材木が、調達できなくなったからだろう」

「地上四十八メートルといえば、楽に十五階建てマンションに相当しますからね」

「では、卑弥呼が死んだのち作られた塚というのは」

「まあ。常識的に考えるなら、出雲大社の背後に位置する八雲山だろう」

二人の会話を聞いていた由美子が、ぽかんとした顔つきになっている。

無理もない。ごく短いやり取りで、長く歴史学界をにぎわせ続けた邪馬台国論争を結論にまで導いたのだから。はたして、

「本当にこれで問題はすべて解決したのですか」

と、由美子はいった。

――いや、それは違う気がする。

長年、那智の元で助手を務めたことで培《つちか》われた勘が、違うといっているのである。

那智はまだ、隠されたカードを懐《ふところ》にしまいこんでいる気がしてならなかった。

5

那智の言霊《ことだま》によってわれを取り戻した、佐江由美子の食欲は気持ちのよいほど旺盛《おうせい》だった。瀬戸内海を有する岡山とはまたちがった、日本海の海の幸がテーブルに並んでいる。それが見る間になくなってゆく。

「なるほどそうだったのですか。出雲の国譲り伝説は、征服者である大和朝廷が作り上げたもので、岡山・鬼ノ城の温羅伝説は邪馬台国滅亡から逃れた製鉄民族が、大和朝廷の横暴を語り継ぐために残した伝説ですか」

すごいですねえといいながら、由美子の箸《はし》は止まることなく、テーブルの皿から皿へと飛び回っている。

「それを解き明かすのが民俗学の奥深さですね」と、何気なくいった一言を、内藤は激しく後悔した。こうした無責任で、上っ面《つら》をなぞるような一言を、最も忌《い》み嫌う人物が目の前にいることを忘れた己の愚かさが、呪《のろ》わしく思えた。

恐る恐る目を上げ、その人物を見ると、そこに鉄の視線がはっきりと感じられた。寸鉄人を刺すごとき叱責《しっせき》を覚悟したが、

「そうだ、確かに奥深い」

と、意外な一言が返ってきた。

「山口県下関市に、実に興味深い伝説が残されているんだ」

今度は山口県ですか。まさかそこにまで足を伸ばそうというのではないでしょうね。視線に哀願をこめて訴えると、それを読み取ったのか、「心配しなくていい」と那智はいった。

那智によれば、下関市のはずれに鬼ヶ城山という山があるという。

「鬼ヶ城山ですって？」と声を上げたのは由美子だった。

「そこに面白い伝説があるんだ」

なんでも鬼ヶ城山には鬼が住んでおり、人々を困らせていた。だがあるとき、里よりさらってきた娘と戯《たわむ》れていた鬼は、猟師の放った矢で片目を打ち抜かれ、あっけなく死んでしまった。

「それって、鬼ノ城の温羅伝説そのままじゃないですか」

「しかも、下関の鬼ヶ城山は、日本書紀に記述のある長門城《ながとのき》ではないかともいわれているんだ。事実山の中腹からは石塁が発見されている」

「それはもしかしたら」

「ああ、白村江《はくすきのえ》の戦いで敗れた大和朝廷が、敵の追撃を防ぐために造ったとされる山城の一つだ」

それもまた鬼ノ城の言い伝えにぴったりと重なっている。

「確か柳田国男は鬼とたたら師の関係について……」

内藤は自らの記憶をたどった。柳田国男はこういっている。

鬼とはすなわちたたら師、製鉄民族のことである。

常に炉に接しているために、その肌は赤く焼けただれ、髪の毛は熱で縮れている。上半身裸で褌《ふんどし》一丁の姿はまさしく鬼である。そして炉の温度を炎の色で判断するために、片目を失いやすいのだ、と。

「ちなみにね」と、那智が歌うようにいった。その声が船を死の淵《ふち》へと導くセイレーンの歌声に聞こえた。

下関市は山口県の西の端だが、東の端である岩国市錦町《にしきまち》という場所にも、あるんだよ。

なにがって。決まっているじゃないか、鬼ヶ城山が。

内藤は、那智が隠し持っていたカードの正体を見た気がした。

「もちろん山口県も中国山地の一部ですから、砂鉄は採れたのでしょうね」

由美子の問いに那智がうなずいた。

「防府《ほうふ》市には多々良《たたら》という地名も残されているよ」

「鬼が製鉄民族を指す言葉ならば、山口県に鬼の伝説が残されていたとしても不思議はないのでは」

いや、ちがうんだよと内藤は割り込んだ。

確かに山口県もまた砂鉄の産地であるなら、製鉄民族を示す鬼の伝説が残っていてもおかしくはない。けれどどうして鬼はこの地でも、片目を矢でいられて殺されるのだろうか。ただ単にたたら師たちが片目を失いやすい職業であるなら、それこそ片目の鬼がいたという伝説だけで十分ではないか。目を射抜かれて死ぬというモチーフまで類似するにはそれなりの理由があるに違いない。

「岡山の鬼ノ城・温羅伝説が、邪馬台国の生き残りである製鉄民族の残したものなら、同じく別の生き残りグループが山口県に流れ着いて」

「それもちがうと思う。温羅伝説はなんのために語り継がれたのだろう。それは邪馬台国を滅ぼし、勝手に大和朝廷を名乗ったものたちへの呪詛《じゅそ》ゆえでしょう。ならば下関の鬼ヶ城山にも同じモチーフが生かされなければならない」

――まさか那智先生は……。

一つの可能性の光が内藤の中に灯《とも》るのと、

「やあ、これは珍しいところで」

と背後で声がかかるのがほぼ同時だった。

振り返るとそこに雅蘭堂の越名集治と、見知らぬ坊主頭《ぼうず》の男が立っていた。

「ああ、越名さん。どうしてここに」

内藤の問いに「仕事ですよ、買い付けの」と、越名がそっけなく答えた。

「そうか。仕事の合間にうちの助手におかしなことを吹き込んだというわけか」

と、これもまたそっけなく、けれど言葉の端々に冷たい殺気を滲《にじ》ませながら那智がいった。

「おかしなこと、とは……心外ですね。長年のお付き合いゆえの忠告のつもりでしたが」

「ありもしない殺戮譚《さつりくたん》が忠告？　また異なことをいう」

「どうしてありもしないと言い切れるのですか」

二人のやり取りが、言葉の刃《やいば》による切り合いに思えた。近づけば即座に巻き込まれ、真っ先に切り殺されそうで、「あのですね」と、仲を取り持つことさえためらわれるほどだ。実際に仲を取り持ったのは、坊主頭の男だった。

「越名さんよ、この別嬪《べっぴん》さんを俺に紹介してくれないのか」

「そうだったな。こちらは東敬大学民俗学教室の蓮丈那智先生。助手の内藤君と、同じく佐江由美子さんだ」

「はじめまして、箱根でけちな古道具屋をやっている西です」

そういって男が古めかしい布製の財布から、名刺を取り出した。

西洋一、という名前と店の屋号、連絡先のみが書かれているそっけない名刺だった。

それを一瞥《いちべつ》して、「ならば聞こう」と、那智が切り合いの再開を宣言した。

かつて阿久仁村で起きたとされる一村惨殺《ざんさつ》事件についてである。

「この話、どこから持ってきたのかね」

少なくともわたしは、そんな事件のことを耳にしたことがない。それに、事件そのものが昭和初期に岡山で発生した津山三十人殺しに酷似しているのはなぜか。犯人の姿形までそっくりというのは、いささか作り物めいてはいないか。いや、過ぎているともいえる。

那智の舌鋒《ぜっぽう》はあくまで鋭かった。

「それは……たぶん、何者かの意志が働いて、惨殺事件が隠蔽《いんぺい》されたのでしょう」

「何者とは誰だ」

「たとえば時の権力、とか」

「惨殺事件といえどもたかが村の事件だ。どうして権力が、それを隠す必要がある」

「それはちょっと……」

「いいだろう。では最後の質問だ」

事件が隠蔽されたと仮にしよう。

そういう那智の口調がわずかに変わったことを、内藤は見逃さなかった。本来の那智ならば、時の権力の意図、隠蔽の必要性をさらに深く追求するのではないか。民俗学とはそうした本質に根ざす学問でもあるからだ。

——先生が矛先を変えた？　まさかね。

だが、那智の最後の質問は、別の意味で本質的だともいえた。

「隠蔽されたはずの事件のことを、どうしてキミはそこまで詳しく知っているのだ」

「それは」といったきり、越名は言葉を継ぐことができなくなった。

将棋でいうところの「詰み」を内藤は確信した。

それは西も同じだったかもしれない。

「しまった。付く相手を間違えたか」と、苦笑交じりにいったからだ。さらに、

「なるほどねえ。どうやら冬狐堂さんの軍師は蓮丈先生だったか」

といって、坊主頭を二度三度と掻《か》いた。

「冬狐堂さん？　どうして宇佐見さんの名前がここで出るんです」

「内藤君といったね。君はなにも知らなかったのかい」

「はい、不覚ではありますが」

「冬狐堂さんはね、俺を使って雅蘭堂さんから長火鉢を手に入れようとしたのさ」

「長火鉢というと、もしかしたら阿久仁村遺聞が隠されていた、あれですか」

「らしいな。詳しくは聞かされていないんだが。だが雅蘭堂さんが俺に回してくれたのはどうやら別物だったらしい」

しかも、と西がまた薄く笑った。

越名さんはそれを見越していたらしい。冬狐堂が長火鉢を引き取る算段だと見越して、それに近いものを用意して、俺に回した。いや、あるいは別の同業者が動いていた可能性もあるな。なにせ相手は冬の性悪狐《しょうわるぎつね》だから。

「なんだ。気づいていたのか」と、越名がはき捨てるようにいった。

「当たり前だ。それほど半素人《しろうと》に見えたかね。あんな捨て値であのレベルの長火鉢を回せば、誰だって他に意図があると、気づくくさ」

だからあんたにつくことに決めたんだ。少しはうまい商売になるかと思ったんだが、とんだ思惑違いだったか。

口調からして、西は阿久仁村遺聞のことも、そこで繰り広げられたとされる惨劇についても、なにひとつとして知らないのだろう。ただこうした業者のみが持ちうる勘働きによって、越名集治に与《くみ》することを決めたに違いない。

「答えをまだ聞いていないのだが」

那智の言葉が、再びあたりの空気を切り裂いた。

一村惨殺の話は誰から聞いた。それともあれは君の創作なのか。

内藤は越名の額に玉の汗が滲んでいることに気がついた。

「誰からって、いや、断じて創作ではありませんが」

「思い出すんだ。創作でないなら君はどこかでその話を聞いたはずだ」

「確かにわたしは……」

再び越名の言葉は止まった。止まったまま、今度は頭を抱えた。

「誰から聞いたわけでもない。しいていうならば、わたしは経験したんです。わたしは……三郎伍《いつく》となって村の人々を殺して回った。最初に祖母を殺害した。あれほどわたしを慈しんでくれた祖母を、後に残すのは不憫《ふびん》であろうからと、鉈《なた》で一撃して」

「おい」と、西が越名の肩を揺さぶった。

越名は身体《からだ》を震わせ、その場に座り込んだ。その唇から、

「……裏鬼道……御霊《みたま》おろし」

という低い声が漏れた。

第五章　箸《はし》　墓《はか》　抄《しょう》

1

やっぱり卑弥呼《ひみこ》の墓？　奈良・箸墓古墳
死亡と築造の時期一致（朝日新聞、平成二十一年五月二十九日付）

まだ覚めやらぬ頭でぼんやりと新聞を眺めていた内藤は、見出し文字を追うなり、飲みかけの牛乳を盛大に噴き出した。

「んな、馬鹿《ばか》な！」

後頭部をハンマーでどつかれた気がして、内藤の脳細胞は完全に覚醒《かくせい》した。

「ええっとお、古墳時代の始まりとされる箸墓古墳（奈良県桜井市）が築造されたのは240〜260年という研究を国立歴史民俗博物館がまとめた……って」

ハンマーは幾度となく、また容赦なく内藤を打ち据えた。

「国立歴史民俗博物館って、歴博のことじゃん」

他にどこがある、いやありません、千葉の佐倉市にある国立博物館です。もう一人の内藤と無限にも似た問答を繰り返しながら、

――もしかしたら、先生の機嫌が最悪に。

更なる悪い予感に内藤は慄然《りつぜん》とした。

箸墓と卑弥呼の死後に築造された墳墓とが同一であるという説は、古くからある。先日訪れた岡山にある吉備津彦《きびつひこ》神社でも、箸墓に埋葬されているとされる人物を卑弥呼とした上で祭神の一人に加えている。

――しかし、歴博がそれを認めたとなると……。

ただの仮説ですまなくなるのは、自明の理である。

歴博研究メンバーは、放射性同位元素によって箸墓周辺から採取された土器を測定

し、年代を導き出したという。

大学に向かう道々で内藤は新聞を求め、それぞれの記事を比較した。

研究棟の階段を上りながら、内藤は大きくため息をついた。

ドアの前でさらに大きなため息をついた。それでもなおドアノブに手をかけるのをためらっていると、「なにをしている！」と、語気鋭く那智の声が投げかけられた。

――……おや!?

語気鋭くはあれど、怒気は含まれていない気がした。

「おはようございます」といいながらふと那智のデスクを見ると、数紙の朝刊が積まれていた。

「ほお、君も読んだのか」

内藤が手にした複数の朝刊に目をやって、那智がにやりと笑った。

「とんでもないことになりましたね」

「そうでもないさ」

「しかしこれで、邪馬台国《やまたいこく》畿内説《きないせつ》はかなり有力になったのではありませんか」

「そうでもないさ」と、那智が同じ言葉を口にしたとき、ドアが勢いよく開けられて、由美子が駆け込んできた。

「見ましたか、今朝の新聞！」

どうやら由美子もまた、内藤同様の不安を抱えて、やってきたらしい。

「それにしても」と那智が、薄い笑いを浮かべながらつぶやいた。

佐江君、美味《おい》しいコーヒーを淹《い》れてくれないか。

いつの間にかその頬には、酷薄そうな笑みが浮かんでいる。不機嫌な那智も恐ろしいが、この手の笑みを浮かべる那智はもっと恐ろしい。容姿端麗の鬼姫が、獲物《えもの》を前に浮かべる笑みといってよいのではないか。

「歴博も大胆な結論を導き出したものだ」

「確かにそうですよね。放射性同位元素のC14を使ったとしても、それだけで年代測定が可能なのですか」

「不確定要素はそれだけじゃない」

たとえば、と那智が人差し指を宙に躍らせた。一切の不純物を取り除き作られた、精密な加工品を思わせる指だった。

「魏《ぎ》志《し》倭《わ》人伝《じんでん》によれば倭国男性は老いも若きもすべて刺青《いれずみ》の習慣があったと」

「それは古代海人《あま》部族の習慣ですよね」

「すべてではないが、かなりの確率で邪馬台国の中に海人族が混じっていたことが想定される。あるいはその習俗が残っていたといっても良いだろう」

「そうですね、奈良県はわが国でも数少ない海なし県ですものね」

と、良い匂《にお》いのするコーヒーカップを手にした由美子が、話に参加した。

まだある。いつか邪馬台国は酒と鉄によって解き明かすことができるといっただろう。

那智は、続けた。

「そのためにはまず、肥沃《ひよく》な土地が必要だ。酒を常飲できるほど醸《かも》すためには膨大な穀物が必要だからだ。そしてそこには鉄器がなければならない。鉄器こそは古代における最高にして最強の利器なのだから」

確かにそうですねと、由美子が答えた。

だが奈良県からはほとんど砂鉄が産出されない。広大な土地もなく、盆地特有の気候は酒米作りに適しているとはとてもいいがたい。どう考えても魏志倭人伝が説くところの倭国のイメージではない。

「先生は魏志倭人伝についてかなり懐疑的な意見を持っておられると感じていましたが」

由美子の問いを「今も変わりないね」と、那智はかわした。

だが、とその唇がいうのを内藤は予測し、予測は現実となる。

そもそも魏志倭人伝とはなにか。

その質問は、内藤と佐江由美子の二人に向けられたものだった。

「それは三国志の中の一つの資料であり」

「魏・呉・蜀《しょく》の史書であって」

内藤と由美子が、先を競うようにいった。

では二人に問う。魏志倭人伝は、誰がために書かれたものか。何者に書き残されるべき宿命を持つ文書であったのか。

「陳寿は誰のために魏志倭人伝を書き残したのだろうか」

「それは……」といったきり、内藤は言葉を失った。

そもそも正史とはなんだ。記紀はなんのために作られた。それを突き詰めてゆけば、魏志倭人伝のもう一つの顔が見えてくる。

矢継ぎ早の質問に、内藤も由美子も答えることができなかった。同時に、那智の質問が自分たちに投げかけられているかに見えて、実はそうでないことを内藤は知っていた。

「正史とは、その国の正義を主張する目的で作られる」

と同時に、正統を主張するために作られる。さらにいえば、その国の優秀性を他国に示すために作られる。

「いわゆるプロパガンダだ。魏志倭人伝も記紀も突き詰めるところ、すべてはここに帰結するんだ」

ましてや三国志の時代ならば、といって那智は言葉を切った。

「改めて問う。魏志倭人伝とはなにか」

三国志は全六十五巻の中国正史である。「魏書」「呉書」「蜀書」に分かれ、魏書三十巻の最終巻「烏《う》丸《がん》・鮮卑《せんぴ》・東夷《とうい》伝《でん》」の一部が魏志倭人伝である。東夷伝そのものは東のシベリア、満州、朝鮮、日本にかけての狩猟・農耕民族を取り上げている。東夷伝が取り上げているのは七つの部族。その最後の部族こそが倭人である。

「奇妙だとは思わないか。この構成が」

「どういうことですか」

「当時の中国……三国覇権を相争う時代の中国の魏にとって、倭人はそれほど重要な存在であっただろうか」

「それは当時の倭国が、中国の正史に登場するほどの存在ではなかったという意味ですか」

「けれど魏志倭人伝は実在する」

同時に、倭国は中国の正史に書き残されている。

「なぜだろうか。不思議だとは思わないか、内藤君」

邪馬台国が九州説と畿内説に分かれるには一つの理由がある。それが魏志倭人伝に記されている「陸行水行」の一節である。末盧《まつろ》国が今の唐津に近い松浦であることは、考古学的に証明されている。そこからの行程がさまざまな憶測と学説を生み出していたのである。

「やはり重要だったんだよ。邪馬台国という国の存在が」

「それはつまり」

邪馬台国論争の中でしばしばあげられる疑問の一つに、果たして当時の日本に魏志倭人伝に記述されるほどの規模の国家が存在していたか否《いな》か、がある。すなわち魏志倭人伝誇張説である。

そのことを内藤は思い出した。どうやら由美子も同じ説を思い出したらしい。二人は視線を交わし、そしてうなずいた。

「つまり魏志倭人伝でもっとも必要な記述とは」

内藤の言葉を由美子が引き継いだ。

「東海のかなたに倭人と呼ばれる国家があり」

「その国は鉄器をも製作できる能力を有していて」

「神事に繋《つな》がる酒をも自由に醸すことのできる高度な文明を持っていた、ということにしたかったのですね」

そしてと、もう一度二人は視線を合わせた。

「その国は魏国に朝貢をして、ということは魏国の属国であり、親魏倭王の金印を与えられるほどの存在であることを、あえて正史に書き残すことが目的だった」

ならば「陸行水行」の記述が曖昧《あいまい》であることも説明がつく。あえて曖昧にしたのである。魏国の正統性、優位さを示すためには、倭国はできるだけバーチャルであったほうが良い。もちろん完全に架空の国家であってはならない。確かに存在するが、その存在位置はなるべく不確かで、そう、人の噂話《うわさ》程度には伝わるが、魏以外の国の人々が実際に訪れて実態を確認できないようにしておくことが望ましい。

「それで先生、邪馬台国は存在しなかったかもしれないなんて、いったのですか」

「うん。あくまでも魏志倭人伝の中に記述されるほどの国家ではなかったのではないか、という意味においてだが」

使い尽くされ、もういい加減に使い飽きた言葉を内藤は再び思い浮かべた。

――この人の頭の中は、どうなっているのだろう。

永遠に追いつくことのできない背中を、幾度めかに見た気がした。

「ところで話は戻りますが、じゃあ、歴博はどうして、あのような発表を」

まるで突っ込みどころ満載じゃありませんかと、由美子が唇を尖《とが》らせた。

「それだけじゃないですよ、突っ込みどころは」

「まだあるんですか」

「うん。箸墓は確かに古墳時代初期の前方後円墳なんだが」

箸墓が卑弥呼の墳墓であると主張する人間の中には、前方後円墳の円墳部分について、魏志倭人伝に記述される卑弥呼の墳墓と規模がほぼ同じと指摘するものがいる。

「なんですか、それは」

「笑うしかないね。前方後円墳は日本独自の墳墓形態なんだが、それを方墳部分と円墳部分に分離させて論じてどうする。じゃあ方墳部分には別の人物が埋葬されているとでもいうのだろうか」

「じゃあ、歴博はそんな不確かな根拠で、あれほど重大な発表をしたのですか」

「まあ、学界というところはいろいろある。魑魅魍魎《ちみもうりょう》の住処《すみか》ともいわれているし」

由美子が小首をかしげた。なにかの記憶をたどっているようだった。

「やはり黒塚古墳の発見が大きく影響しているのでしょうか」

「それもあるだろうね」

由美子がいったのは、平成十年に奈良県天理市の黒塚古墳から出土した三十四枚にも及ぶ銅鏡のことである。三角縁神獣鏡《さんかくぶちしんじゅうきょう》三十三面、画文帯《がもんたい》神獣鏡一面こそが、一時ではあるが卑弥呼が魏から下賜《かし》された百枚の鏡ではないかと、騒がれた。今でもその説を唱える学者が少なくないと、内藤も耳にしたことがある。

「いずれにせよ」と、那智が再び悪魔的な笑みを浮かべた。

箸墓イコール卑弥呼の死後に築造された墳墓であることは永久に証明されることはないのだから。

そういってメンソール煙草《たばこ》に火をつけた。

「どうしてですか、先生」

という問いに、那智が煙草の火を、内藤に向けた。

説明して差し上げなさいということである。

「それはね、佐江さん。箸墓古墳に発掘調査が入ることは、たぶん未来永劫《えいごう》ないからです」

「どうしてですか」

「それはね」とふたたび同じ言葉を口にしながら、内藤はかすかな心の痛みを覚えた。

箸墓の所管が宮内庁であるからです。宮内庁は自らの所管の墳墓の発掘など決して許しません。江戸時代の盗掘屋ならいざしらず、今の宮内庁の管理はそれはそれは厳しく、とても無理なのですよ。

「じゃあこれから先も」

「はい。宮内庁が発掘調査の許可を下ろすことは、まずありません」

天皇陛下がにわかに考古学に興味を持たれ、どうしても箸墓を調査したいと言い出されても、役人はたぶんにこやかに笑って首を横に振りますよ。

もちろん例外はある。

はるか明治の昔、県令（知事）でありながら恐れ多くも仁徳天皇陵を落ち葉掃除の名目で盗掘し、副葬品を掠《かす》め取ったとんでもない男がいた。いや、実はその男が仕掛けた不埒《ふらち》に巻き込まれましてね、かってひどい目にあったんですよ。もうずいぶんと昔の話ですが。

そのとき、那智のデスクの電話が内線を告げた。

短いやり取りののち、受話器を置いた那智が「珍しい客だ」といった。

「だれですか」

「西洋一。どうしてもわたしに会いたいと、大学の受付に来ているそうだ」

「西って、あの胡散臭《うさんくさ》い男ですか」

「まあ、多かれ少なかれ、ああした職業は胡散臭いものだよ」

「陶子さんも、ですか」

「そうでなければ生きてはいけない世界らしいから」

「もしかしたら、なにか依頼したのですか」

「さあ、ね」

内藤は知っていた。出雲《いずも》のホテルで錯乱状態になった越名を頼むと、西に伝えたときのことだ。那智は確かに彼となにごとかを打ち合わせている。その時間は決して長くはなかったが、那智ならばいくつかのキーワードを効果的に伝えることができる。くどくどと説明することはないだろう。西洋一という男が、それに応《こた》えられるだけの能力を有していれば、の話ではあるが。

まもなくドアがノックされた。どうぞと内藤がいうと、坊主《ぼうず》頭の西がのそりと姿を現した。カーキ色の綿のパンツにポロシャツといったいでたちは、出雲の時とはまた違った印象を与える。

「どうもご無沙汰《ぶさた》しています」

と、愛想笑いを浮かべているが、その目が笑っていなかった。

「なにかわかったのだろうか」

那智の一言で、内藤は自分の推測が正しかったことを知った。

西洋一になにごとかを依頼したのである。そして西のような男は決して善意だけでは動かぬ人種だ。そこに報酬があればこそ、その額によって優秀にも無能にもなる。ちなみにいうと、すでに蓮丈那智研究室の本年度の予算は使い果たしている。改めて、外部に取材協力費の名目で支払う資金は、まずない。

「先生すみません。これは先生の個人出費でしょうか。それとも」

教務部との折衝役だけは、どうかご自身の裁量で、といいかけると、

「代金は先払いしてもらっているから安心するがいいよ」

と、西がいった。

「先払い。じゃあ那智先生の個人出費ですね」

「というわけでもないのだがなあ」

信州の古民家を紹介されたのだと、西が今度は満面の笑みを浮かべながらいう。それも那智の紹介状つきで、三軒ばかり。しばらくはいい商売ができそうだと、西の笑みは絶えることがなかった。

「先生、大丈夫ですか」

本来、古物商と民俗学者は相容《あいい》れぬ存在である。天敵といっても良い。那智が冬狐堂や雅蘭堂と親しく交わっているのは、ある意味で奇跡だった。その古物商に古民家の情報を流すということは、研究者の恨みを買うということである。その意味での「大丈夫ですか」なのだが、

「心配ない。当分は民具の民俗学には手を出さないから」

那智の言葉には微塵《みじん》のためらいも罪悪感も感じられなかった。

「越名氏の山陰地方における足取りはつかめたのだろうか」

那智がいうと、西洋一は内ポケットから革張りの手帳を取り出した。

「雅蘭堂は、まず山口県に向かっている。そこで知り合いの古物商を尋ね、オランダ更紗《さらさ》を仕入れている」

そこから米子に向かい、レンタカーを借りていずこかに向かっている。

「いずこか、とはまた抽象的な」

「それはたぶん、阿久仁村に向かったのではないでしょうか」

と内藤は口を挟んだ。

「阿久仁村？　またその村の名前が出たな。いったいその村がどうしたんだ」

「いや、それは」と、内藤は口ごもった。

「まあいい。その途中、立ち寄ったドライブインで食事をして、岡持ちを仕入れた」

珍しいことではない。われわれの商売であれば、と西がつけくわえた。

ただしその夜、駅前の居酒屋で食事の最中に越名に話しかけてきた男女がいる。旧知の間柄ではないようだと、店の人間が証言してくれた。ややあって三人は店を出て行った。

「よく、そんなことまで覚えていたね」

「男がね、初老の男なんだが、話し方が奇妙だったと店員はいうのさ」

「特殊な方言でも？」

「いや、言葉のリズムがね、なんだか歌うようにというか、思わず聞き入ってしまうような話し方をしていたそうだ」

そして、と西が語気を強めた。

「確かに見たんだと。女が雅蘭堂のビールグラスになにかの錠剤を入れるのを」

「なにかの錠剤！」と、内藤と由美子が同時にいった。

どうやらそれが裏鬼道とかいう得体のしれない業の正体かもしれない。

そうつぶやいたのは那智だった。

「裏鬼道ですか」

「いかにも謀略史観あるいはオカルティズムの信奉者が思いつきそうな名称じゃないか」

「まるでどこかの伝奇小説にでも書かれていそうですね」と、佐江由美子がうなずいた。

「では先生はそんな技はありえない、と？」

オカルティズムは愚者が用いることを許される最後の麻薬である。魔薬と言い換えてもかまわない。蓮丈那智の口から言葉を変え、症例を変えてしばしば語られるある意味での真理である。

「たとえばメスカリンだ」と、那智は立ち上げていたコンピュータを操作して画面を指差す。

メスカリンはメキシコ産のさるサボテンから抽出されるアルカロイド系毒物で、これを服用すると多彩な幾何学模様の幻視やめまい、時間感覚のゆがみを体験する、とあった。

「君の先生、ずいぶんと詳しいな、奇妙なことについて」

小声でいって、西洋一が指で内藤の腰の辺りをついた。口調のどこかに「アブナイ人物じゃないのか」という響きが感じられて、なんとなくおかしかった。

「そうでもない。幻覚剤は本来宗教目的で使用されることが多いから」

「民俗学というのは、いったいどういう学問なんだ」

「要するによくわからない事実と事実をつなげて仮説を立てる。しかしそこに証明はない」

「結論を求めないで、それで学問といえるのか」

「うん。今日までそういうことになっている」

そういいながら内藤は別のことを考えていた。

別の意味での裏鬼道。というよりは卑弥呼がおこなっていたとされる鬼道について、であった。鬼道について多くの学者が、鏡が用いられたのではと仮説を立てている。

鏡の世界は左右が逆転した、この世ではありえない世界である。そして鏡を操るものこそが、この世ではない世界を操る資格を有するのだ。鬼道とは呪術《じゅじゅつ》の一種であったろうから、人の精神の自由を奪わねばならない。

——そこに大量の酒が使用されていたのではないか。

酩酊《めいてい》によって卑弥呼は「衆を惑わ」していたのではないか。

そう考えると、越名にかけられた業もまた、ある意味で鬼道といってよいのではないか。

鬼道と裏鬼道は、どこかでシンクロしている。ならば邪馬台国と阿久仁村もどこかでシンクロしているということなのか。背中にいいようのない戦慄《せんりつ》を覚えた。

「どうした三國」

「いえ、なんでもありません」

阿久仁村が邪馬台国の流れを引いているなどと口にしようものなら、鉄の視線に晒《さら》されるであろうことは火を見るよりも明らかだから、内藤は黙って下を向いた。

「それに」と那智が西に向き直った。

西は居酒屋の店員から聞き出している。二人の男女が奇妙なリズムで雅蘭堂に話しかけていたことを。

「この証言にも引っかかる」

「言葉で相手の意識を操るということですか」

――それはもしかしたら言霊《ことだま》ということでしょうか。いっいや、そのようなことは断じて考えておりません。

「うん。つまりは言霊だよ」

「はい？」

言霊は日本独特の考え方といってよい。言葉にしたものには霊威が宿り、それを実現する力があるとされる。嘉永《かえい》年間から安政にかけて《言霊指南《ことだまのしるべ》》という活用書まで著されたこともある。

「なにも不思議がることはない。たとえば心理カウンセラーなどは、現代の言霊師といっていいだろう」

「そういえばそうですね」

彼らはまず、患者の心を開くことを心がけていると聞く。そのための会話テクニックがあるそうだからと、内藤は納得した。

「まずは雅蘭堂の警戒心をほどき、そして幻覚剤で完全に催眠状態にしてしまう。さしずめ邪悪な催眠療法士の手口といったところか」

そして越名の脳には、ありもしない一村惨殺《ざんさつ》の模造記憶が刷り込まれてしまったと、那智はいった。朦朧《もうろう》とした越名に、岡山県津山で発生した惨殺事件の記事でも読ませたかもしれない。あるいはその特殊な語り口調で繰り返し繰り返し、話しかけたかもしれなかった。

「どうしてそんなことをしなければならないのですか」

「一義には越名君を味方につけるためだろう」

「味方につけてどうするんです」

「それがわたしにもよくわからないんだ」

「すると、ここからはまた俺の仕事になるのかな」と、西がにやりと笑った。

「そういうことだ。越名君の行動をそれとなく見張ってくれないか」

「まあ、いいだろう。そのかわりこれは別料金だ」

どうせ本業は暇だからといって、西は立ち上がった。

「本業って、どちらですか」という内藤の問いに、

「どちらもだよ。自動車メーカーの社員としても、古物屋の親父《おやじ》としても。まあ、しいていうならサラリーマンの方か」

とても善人とはいいがたいし金高によってはいつでもどちらにでも転びそうな西だが、憎めない一面があるのかもしれないと、内藤は思った。

2

やはり、箸墓イコール卑弥呼の墓という説には無理があるのではないか。

特に黥面文身《げいめんぶんしん》のくだりが内藤にはひっかかるのだった。黥も文も刺青《いれずみ》を表す言葉だ。世界でもっとも古く、確実に刺青をしていたと確認されるのは、一九九一年アルプスで発見された五〇〇〇年ほど前の狩人のミイラ、通称アイスマンである。日本では縄文時代中期以降の土偶に、目の下に八の字を描くように描かれているのが刺青ではないかとされている。これが黥面である。こうした遺物は日本各地、しかも海沿いの場所で多く発見されているが、畿内ではまだ出土例がない。

一方、文身は胸や腕に幾何学的な模様を描き、それは一説によれば竜蛇の鱗《うろこ》をさしているという。竜蛇は蛟竜《こうりゅう》ともいい、海の守り神であり、また天かける竜の意味もある。魏志倭人伝の一節に倭人がもぐり漁法による漁をおこなっていたと記されていることからも、箸墓が卑弥呼の墓であるはずがない。

図書館で資料を調べながら、

「こりゃあ……いったい……」

内藤は思わずつぶやいた。

「どうしたのですか」と、隣で資料の検索機を扱っている由美子の問いに、しばらくは答えることができなかった。ややあって、

「いや、この研究なんだけれどね」

内藤が指差したのは、縄文中期から見られる黥面土偶の研究論文だった。

「なんだか、こんな絵柄の漫画を見たことがありますね」

「うん、僕も彼の漫画を愛読しているんだが、いや、そうじゃなくてね」

その研究論文の執筆者が意外な人物だった。

「あれ、この人もしかしたら、歴博の」

「そうなんだよ。歴博の研究員なんだ」

「不思議なこともありますね」

そうでもないと、内藤は腕を組んでいった。

学界という場所は、さまざまなベクトルが渦巻いている。たとえ同じ組織にいても、それだけで一枚岩とはいえないことも多々ある。

「だからね、同じ歴博の中でも箸墓と卑弥呼の墓の関係について、懐疑的な意見もあると、僕は思うんだよ」

たとえば黒塚古墳である。

若《も》しそれが魏より下賜《かし》された銅鏡の一部であるなら、黒塚古墳こそが卑弥呼の墓ではないのか。確かに天理市と桜井市は隣接しているが、卑弥呼と銅鏡とが分離すべからざる関係にあるなら埋葬も同一地点でなければならないし、そうでないならその理由がなければならない。歴博の中にもそうした疑問を抱く研究員がいてもおかしくはない。

——あるいは……。

と内藤は思った。

「歴博の中にも、先生と同じ考えを持っている人がいるのかな。先生ほどでないにせよ、かなり近いベクトルの持ち主が」

「というと、例の魏志倭人伝に関する考察ですね」

「うん。魏志倭人伝そのものにかなり違和感というか、疑いを持っている人が、ね」

「あの説を聞いたときにはびっくりしました。だって」

那智はいう。魏志倭人伝がいったい誰のために書き残されたものであるかを考えねばならないと。もちろん、後世の日本人のために書かれたものではありえない。あれが政治的意図のもとに残されたことを考えれば、その記述が曖昧《あいまい》なのも十分に納得できるではないか、と。だとすれば、あきらかに海人《あま》一族を思わせる記述についても、疑問をさしはさむ余地はある。倭人、邪馬台国人は海洋能力にすぐれ、いつなんどきでも魏に援軍を送ることができると、周辺国に誤解させたかった。

「それなら、邪馬台国が畿内にあってもおかしくはない」

「海人族であるとされる邪馬台国が、実は山の一族であった。それは確かに大変なカムフラージュでしょうが」

「納得していない顔つきだね。実は僕もそうなんだが」

「なんだ」

そこまで偽りを書いてしまうと、今度は信憑性《しんぴょうせい》に欠けることになる。あくまでもバランスが大切なのだと、内藤は思う。

「それとも一つ」

「なんですか」

「実は……例の阿久仁村《あぐにむら》遺聞についてなんですが」

「ずいぶんと話が唐突だね」といいつつ、内藤はかすかな胸騒ぎを覚えた。実は、といいたいのは、むしろ内藤だった。鬼道と裏鬼道の奇妙な共通性に気づいて以来、胸の中に生じたしこりが少しずつ大きくなるのを感じていた。

「先生のお話を聞いて以来、阿久仁村遺聞について気になることがあって」

由美子は続けた。

阿久仁村遺聞についても、魏志倭人伝同様にその成立過程を考察すべきではないのか。そうすることで、あの奇妙な文書の意味が解き明かされるのでは、と由美子はいった。

「つまり、あの文書を誰が何の目的で製作したか、ということですか」

「はい。一ついえるのは、あの文書が製作されたのはさほど古いことではありません」

「僕も同意見だ。文語体も奇妙にぎこちないし、仮名遣いには明らかに現代的なところがある」

「それに明治までの文章はほとんど句読点がありませんよね」

「そのようなことから考えて」

言葉を続けようとした内藤の背後から、「昭和のはじめだろう」と、蓮丈那智の声がした。

「先生、どうしたのですか」

「どうしたもこうしたもない。研究室の助手が二人、資料を調べに行くといったまま、いつまでも帰ってこない。そのような不実な助手ならば、手元においておく意味がない」

そういいながらも那智の機嫌は決して悪くないと、内藤は顔色を読んだ。

——けれどなにかがある、ないはずがない。

蓮丈那智の機嫌の良さは、すなわち己への理不尽を意味していることは過去の経験から推し量ってまず間違いない。

「三國、君は阿久仁村遺聞の製本について、どう思った」

「どう思ったといわれましても……和綴《わと》じ本で紙質は当然ながら和紙でした。文字は毛筆による手書きです」

「そこから導かれる結論は」

「ああ、そうか。あの本は一部しか作られなかったということですか」

「そうだ。扉頁《とびらページ》に施されたエンボス加工から考察しても、たぶん複数作られたものではない。つまり誰か特定の人物に向けて、阿久仁村遺聞は作られた」

「決して、失われた村の記録などではなかったと」

「記録さ。君がいうところの廃村の記録だ。民俗誌だよ」

でも先生は今、といいかけて内藤はふと口をつぐんだ。

――メッセージだ。あれは廃村の記録であると同時に、何者かに届けられるべき機能を持つメッセージなんだ。

そのとき由美子が口を開いた。

「ところでどうして昭和のはじめなのですか」

「うん。研究者としては許されざることだが、現物が手元にある間にちょっとしたいたずらを試みた」

那智いわく、阿久仁村遺聞の頁の一部に水をたらしたのだそうだ。そんな無茶なことをという言葉さえ思い浮かばぬほど、那智の流儀に飼いならされた自分を、内藤は胸の裡《うち》で密《ひそ》かにあざ笑った。

——だって仕方がないじゃない。那智先生だもん。

「で、どうなりました」

「クロマトグラフィーについては」

「顔料の分析方法だと聞いていますが。ああ、そうか」

と、内藤は納得した。ペーパークロマトグラフィーで使用される試験紙と和紙は、非常によく似た性質を持っている。紙面に水をたらすことによって、那智は遺聞の紙質そのものを試験紙にしたのである。

「どうなりましたか」

「合成の墨汁であることが判明した」

天然由来の墨汁と違って、合成の墨汁はさまざまな顔料を混合して作られる。ペーパークロマトグラフィーにかけると、その成分が抽出されるのである。

けれど、と内藤は不審感を覚えた。

「それってあまりに安易過ぎやしませんか」

「どういうことですか、内藤さん」と、由美子が問うた。

阿久仁村遺聞には明らかに古色が施されていた。煙にいぶしたか、あるいは化学薬品を使用したか。そして人工的に施された古色とは、贋作《がんさく》者の常道である。そのようなものたちが果たして安易に合成の墨汁を用いるものだろうか。

「それすらも、阿久仁村遺聞製作者の意図であるとしたら」

那智が、冷めたような口調でいった。

「どうしてそんなことを！」

「伝えたかったのさ。あるものがあるものに。阿久仁村が廃村となったいきさつを、今もなお知るものがいる、と」

ここでは煙草《たばこ》を吸えないからかなわない。どこか表に行こうといって、那智が立ち上がった。

『阿久仁村遺聞　第二十一話

遠い国からの旅人の話でございます。それはそれは高貴な出のお方が村を訪れ村人こぞりてたいそう歓迎したそうでございます。旅人もまた喜び幾日もとどまりて村を楽しんだそうにござります。ところが村の邏卒《らそつ》で飯岡某《いいおかなにがし》なるもの突然うわごとのように旅人は禍《わざわい》の運びぬしなりといい歩きあまつさえ禍絶つべしとて腰のサーベルを抜きて旅人に襲い掛かったのでございます。幸いなことに旅人の傷軽く何事もなしとして村から去っていったのでございます。けれど村長は知っておりました。旅人は決して村人を許さずその額に受けた傷跡のことを深く恨みてこれをいつかあだなさんと誓ったことを。なお飯岡某については監獄に収監されましたがその後のことはよくわかりませぬ。風の便りに聞きますれば監獄内で怪しき死を遂げたとか』

『阿久仁村遺聞　第十六話

北のはてに国ありき。寒き寒き国なりき。人性険しく貪欲《どんよく》にして猛悪なり……』

天井に向かって煙草の煙を吐き出しながら、

——これはどう考えてもあの話だよなあ。

内藤は思った。

阿久仁村遺聞第十六話はこのように続けられる。

北の国の人々は皆貧しい。すべてはその極寒の気候によるものだ。大地は冬の間凍りつき、農具さえも拒む。湖も海も凍りつくほどだ。そしてかの国の冬は恐ろしく長い。貧しさゆえに暖かな大地を持つ人々がねたましい。そんな時、村長の夢枕《ゆめまくら》に観音様が現れて、彼等を導くのである。南を目指せ。そこには冬でも決して凍りつくことのない、湖が海がある。南を目指せ、南を目指せ。村長の指示に従い、人々はやがて南へと続く道を作り始めた、と。

阿久仁村遺聞の第二十一話に隠されたエピソードは、大津事件に違いない。明治二十四年五月、ロシア皇太子ニコライが、滋賀県大津の町であろうことか皇太子警備の巡査・津田三蔵によって襲撃を受け、額を傷つけられたのである。そしてその二十日後、ニコライはシベリア鉄道建設を記念するひと鍬《くわ》をウラジオストックの大地に打ち込んでいる。第十六話はロシアの民の永遠の悲願である、南下政策を示すエピソードだろう。決して凍ることのない港、不凍港こそは彼等が望んで止《や》まないものだった。逆にいえば、不凍港さえあれば、彼等の世界戦略は大きく動くこととなる。ことにアジア大陸における覇権は間違いなく有利となる。それに代わるのがシベリア鉄道だ。

これが完成しさえすれば兵力も物資も自由に運搬することができるのだ。

問題は、なにゆえそれが阿久仁村遺聞の中に書かれているか、である。そして続けて書かれるべき二つの話が、なぜ十六話と二十一話に分散されているのか。同じような疑問は以前にもあった。

「やはり、先生が言うように配列がゆがめられているのか」

ならば、と内藤はさらに考えを進めた。

配列がゆがめられているならば、ゆがめるための法則がなければならない。それがないとゆがめられた配列を矯正する事がかなわないからだ。

昼間、那智が別れ際《ぎわ》に内藤と由美子に申し渡したのはそのことだった。阿久仁村遺聞に用いられた歪曲《わいきょく》の法則を探し出すこと。民俗学を研究するに当たっての、良いトレーニングとなるだろう。そんな一言までつけくわえたことからも、すでに那智がその謎《なぞ》を解いていることはほぼ間違いない。

「絶対に性格がゆがんでいるな」

むしろそこにこそ法則性を見出《みいだ》したいと、内藤は本気で思った。

3

研究室に出勤すると、那智のデスクに月刊のオピニオン誌が置かれていた。そこに目をやると、同時に自分を見つめる那智の視線と奇妙な具合に絡《から》み合ってしまった。左の胸の辺りがずきんと痛んだが、もちろんそこに恋愛らしき感情などあるはずがない。鉄の視線に心臓が悲鳴を上げたに違いなかった。

「どうしたんですか」

「面白い記事が載っているよ、読んでごらん」

そういわれて目次を開くと、すぐに言葉の意味が理解された。

箸墓古墳を卑弥呼の墓とする新聞記事――というよりは歴博の研究グループが発表した内容についての反論が、三人の歴史学者と考古学者の鼎談《ていだん》という形で掲載されているのである。曰《いわ》く。箸墓を卑弥呼の墓とするならば日本書紀に書かれた記述との矛盾はどう説明するのか。日本書紀には箸墓は倭迹迹日百襲姫命《やまとととひももそひめのみこと》の墓であること、そしてその由来が書かれている。また炭素14年代測定法では百年ほどのずれが生じる場合もあり、卑弥呼の死亡推定年代と一致するとはいいがたい、とも書かれている。

「魏志倭人伝についての言及もありますね」

「うん、わたしとはいささか異なる意見だが、当然のことだろう」

「ああ、箸墓古墳が宮内庁の管理下にあることを憤慨していますねえ」

「いくら考古学界が気勢を上げてもこればかりはどうにもならない」

蟻《あり》の一穴を決して許さないのが、宮内庁である。それがわかっていても、なおかつ口にせざるをえない彼等の苦衷《くちゆう》の一端を見た気がした。

「もうすぐ西君が来る予定だが」

「いてもいいのですか」

「君も気になるだろう」

という言葉が終わる前に、ドアがノックされた。

部屋に入った西洋一は、細いストライプの背広の上下だった。坊主頭《ぼうず》のうえにはボルサリーノがちょこんとのっている。これはこれで十分に怪しい。なんともイメージを固定しづらいキャラクターであるとしかいいようがなかった。

「なんだか売れないジゴロみたいですよ。それも相当にヨレヨレの」

「うるさいよ、これでも服装には気を遣っているんだ」

それは気遣いのベクトルが相当にずれているといいたかったが、あえて口にはしなかった。

「で、越名君の様子はどうだ」という那智の問いに、西は首を横に振った。

「仕事仲間を悪くいいたかないが、彼はどうやら壊れているようだな」

「壊れているとは尋常の物言いではないな」

「事実だから仕方がない」

あれから西は仕事を休み、越名に張り付いたらしい。同業者でもあるのだから、そこに不自然さはない。同じ市に顔を出したところで、またそれが度重なったところで「最近はよく会うな」の一言で片付けられる。そうやって西は、三箇所の競《せ》り市で越名を観察したのだと報告した。

「どんな具合に壊れているのかな」

「まず、値の付け方がでたらめだ。箸《はし》にも棒にもかからない駄物に高値を付ける。かと思えば正真物に、クサんでいるといちゃもんをつける。今じゃ競り市の嫌われ者だ。あいつ自身がクサんでいると、噂《うわさ》される始末だ」

クサむとは、筋のよくない商品のことを指すと、以前越名から聞いたことがあった。中には贋作物も含まれるらしい。そんな越名など見たくはないと、内藤は本気で思った。眠り猫のように細い目の奥には、いつだって叡智《えいち》の光があった。どこかのんびりしていようでいて、薄い刃物の鋭さを胸に秘めている。それが越名集治ではなかったのか。

「どうも妙だな」

「だからこそ、俺に調べさせたのだろう」

「そうじゃないんだ。仮に彼がマインドコントロールを受けているとしても」

そういって那智が、自らの額を拳《こぶし》で打った。

「どうする、もう少し続けるか」

「そうしてもらおうか。どうも気になって仕方がない」

もちろん別料金になるが、と西がいうと、那智はデスクから封筒を取り出した。その中身を西は見るなり、小さくうめき声を上げた。「これはもしかしたら」というと、那智がゆっくりとうなずいた。覗《のぞ》き込むと、そこには日本でも有数の老指物師の連絡先が書かれている。よくいえば仕事にこだわりぬく、悪くいえば頑固者、一徹者で知られ、気に入った仕事しか手を付けないことで有名な人物だった。そこには那智の紹介状まで入っていた。

古くからの知己である西洋一君を紹介する。よしなにお願いするしだいである。

「先生、どうしたんですか。どこで知り合ったんです」

那智に問うと、「ふふふ」と不敵な笑いのみが返ってきた。

古民具を扱う骨董《こっとう》商にとって、指物師の仕事はある意味で生命線となる。出来不出来によって値が変わることはもちろん、どれほどのクラスの指物師を抱えているかによって、古物商の格まで変わるのだそうだ。それもまた、いつか越名に教わった知識だった。

小躍りする勢いで西が帰ってゆくと、

「コーヒーを淹《い》れてくれないか」

と那智がいった。そのときになってようやく、内藤は研究室に由美子がいないことに気づいた。

「そういえば佐江さんは」というと、一時間ほど前に今日は休むからと電話連絡が入ったと、那智が答えた。

「珍しいですね」

「どうも風邪を引いたらしい、といっていたが」

コーヒーを淹れながら内藤はかすかな不安を覚えた。岡山でも同じことがあったからだ。那智もそのことを思い出したのか、火のついていないメンソール煙草を唇で弄《もてあそ》んでいた。

「確かに気になるね。あとで彼女の住まいを訪ねてくれないか」

「ぼっ、僕がですか、佐江さんのうちを僕が訪ねるのですか」

「わたしは今夜、冬狐堂と会う約束があるんだ。君しかいないだろう」

「独身女性の部屋を独身男性が訪ねるんですよ」

カップを受け取った那智がコーヒーを一口すすり、デスクに置いて内藤の肩をがっしりとつかんだ。「ミ・ク・ニ」と、耳元で囁《ささや》かれる。すると己の思考が停止することを誰よりもよく知っている内藤だった。

――それはまるで、後催眠暗示にも似ていて。

一瞬のひらめきが、内藤の中に生まれ、「先生!」と我知らず叫び声をあげた。

「どうした」

「なんだかわかった気がします。もしかしたら越名さん、後催眠暗示をかけられているのではありませんか」

そういうと那智が肩から手をはずし、胸の前で組んだ。

後催眠暗示は催眠状態中の被験者に暗示を与え、目が覚めたのちに暗示どおりの行動をとらせる、一種の催眠術である。越名は謎の男女によって模造記憶を埋め込まれただけではなく、後催眠暗示までかけられているのではないか。

「君の直感力には、驚かされるな。なるほど、それならば説明がつく」

「確か、暗示は言葉であったり映像であったりすると本で読んだことがあります」

「君はいったいどんな本を読んでいるのかね、日ごろ」

そのお言葉はちょっとだけ心外です。僕が佐江君を口説くためにおかしな催眠術の入門書でも読んでいると思われるのですか。そんなことはありません、暗示による人心掌握は民俗学にとって、重要なテーマであると信じて……。

「どうした、表情が固まっているぞ」

「あの、以前にちょっと奇妙なことを思いつきまして」

つまり鬼道と裏鬼道の相似についてである。どちらも人心の掌握法であることに変わりはない。マインドコントロールといっても良い。どうして二つの時代を経てこのような二つの術が存在するのだろうか。もしかしたら邪馬台国と阿久仁村とはどこかでつながっているのではないか。

「もちろん、オカルティズムなどではなく、そこに論理的なつながりがあったとしたら、とふと思ったものですから」

「面白いね、続けてごらん」

「すみません、本当に思いついただけで。まだ考察にまでは至っておりません」

さらにいえば、と内藤は思った。そこにこそ内藤が研究に手をつけた廃村の民俗学と、那智の考える邪馬台国を結びつけるなにかがあるのではないか。

「ああ、そういえば佐江さんの話でしたね。すみません、話の腰を折ってしまいました」

「いいんだ。その件は」

「じゃあ、彼女の部屋を訪ねなくても」

いいんですかと、少しばかりの寂しさを覚えつつ、内藤はいった。

「意味が違う。いいといったのはその方面における君の信頼度は他の誰よりも高く、堅いという意味だよ」

「要するになんの心配もしていないと？」

くるりと踵《きびす》を返した那智の背中が、雄弁に内藤の問いを肯定していた。

渋谷区松濤《しょうとう》＊－＊－十六　ガーデンパレス七〇一号。

履歴書から書き写した由美子の住所を追い、内藤は歩いた。松濤といえばあまりに有名なお屋敷街で、実際に目に付くのは豪華な一軒家ばかりであった。

——七〇一号というからには、少なくとも七階建てのマンションということですね。

それだけでも、二階建てのハイツに暮らす自分とは、大いに生活環境が違う。なにせ彼女の妹は、天才とも呼ばれる有名シンガーだからと、心のうちで言い訳をいくつあげても、劣等感はいっそう内藤を苛《さいな》むだけだった。

たぶんオートロック式のマンションだろう。

うちは1DKだが、彼女の部屋はきっと3LDKはあるだろう。いやもっと部屋数は多いかな。もしかしたら妹さんと同居していて、部屋には専用のスタジオまであったりして。

そうした想像がすべて正しかったことを、実際に由美子の部屋に招き入れられて知った。

「すごい……ですね」

五十平米はありそうなリビングに通され、内藤はため息混じりにつぶやいた。

「税金対策で妹が買ったんですよ。わたしの給料じゃ、とてもとても」

「それは十分にわかっています」

でもね、といいかけて内藤はやめた。なにをいっても愚痴になる、愚痴はねたみに変わりやがて憎悪《ぞうお》へと昇華する。そのような自分を見せたくはなかった。

「ところで、お加減はどうですか。先生も心配していましたよ」

「ごめんなさい。たいしたことはないんです。ただ」

そういいかける由美子の視線がリビングセットのテーブルに向けられた。

そこに例のオピニオン誌が置いてあることに気づき、

「あなたも見たんですか」と内藤はいった。

「はい。新聞広告で知って」

「どうでした。かなり遠慮会釈《えしやく》なく歴博の発表を非難していたでしょう」

歴博の研究メンバーの一人は新聞発表で「これで箸墓が卑弥呼の墓であることは間違いなくなった」とまで明言している。そこに反発が生じ、今回の記事に至ったのだろう。

「朝一番に近くの書店を開けてもらって、雑誌を購入しました。大学に行く前に読んでおこうと思って」

「で、どうしたのですか」

「急に恐ろしくなってしまったんです。邪馬台国の研究が」

というよりは、邪馬台国に挑もうとする蓮丈那智研究室に所属していることが、というのが正直なところではないか。それでなくても那智の研究は学界では異端とされている。だが日ごろの異説論文と、邪馬台国では注目度において格段の差がある。歴博の研究者でさえも、こと邪馬台国についてはいっせいに反発の火の手が上がったほどだ。

「阿久仁村遺聞も謎《なぞ》が多いし、それに恐ろしい。邪馬台国についても、まるで地雷原でフォークダンスを踊るに等しい。そう考えたら、どうしても気が滅入《めい》ってしまって」

「地雷原でフォークダンスは良かったですね」

けれど、と内藤は続けた。

そんな非難につぶされるほど、蓮丈那智はやわではない。それはあなたもよく知っているではないか。彼女をつぶすことができるのは抗しがたい病魔か、突然の事故。あるいは不意の通り魔以外にはあるまい。そう励ましたつもりだったが、由美子の顔色はさえないままだった。

「しばらく……研究室を休みますか。先生には適当に理由をつけておきます」

「でも、それじゃあ内藤さんが」

「大丈夫ですよ」

それくらいでしぼむほど、僕もやわではありません。なにせ長年先生の下で助手を務めているのですから。

それだけ言い置いて、内藤は由美子の部屋を辞した。

表に出ると、空には星が瞬《またた》いていた。

研究者として、悩みの岐路に立つ時期なのかと、内藤は思った。そこからどの方向に足を踏み出すのか、それは由美子以外の誰にもわからない。

——なんだか、すごく頼りになる先輩みたいだな、今日の俺は。

そこに、

「おや、内藤先生ではありませんか」

と声をかけられた。

「あなたは……榊原さん」

「ちょうど良かった。たまにはどうです、一杯」

榊原紀夫が盃《さかずき》を口に持っていく仕草で、誘いかけた。

二人が連れ立って向かったのは渋谷から田園都市線に乗って次の駅、池尻大橋《いけじりおおはし》にあるバーだった。分厚い木製のドアを開けると、バーマンの香月《かづき》が「おっ」と小さく声を上げた。

「ご無沙汰《ぶさた》しています」

「珍しいな。今日は二人連れか」

そういって榊原を一瞥《いちべつ》した香月がほんの一瞬、眉《まゆ》をひそめたのを内藤は見逃さなかった。が、それを問いただすことなくスツールに腰をおろし、「黒ビールをパイントグラスで」と告げた。

「ではわたしも同じで」と、榊原。

「英国スタイルでいくのかな」

という香月に、内藤は苦笑しながら首を横に振った。英国スタイルで、とは黒ビールを常温で嗜《たしな》むことを指す。ずいぶんと前のことになるが、勧められるままに試してみたが、それでなくとも癖のある黒ビールは、内藤の口に合う飲料ではなかった。少なくとも日本人である自分にとって、ビールとはいずれの種類によらず、きんきんに冷やして飲むべしという教訓をそのときに得た。まもなく二人の前に供されたグラスを目の前に掲げ、かちりとあわせて、

「ところで榊原さんは、どうしてあの場所に」

と問うてみた。榊原は藤沢で小さな古書店を営んでいると、この店で出逢《であ》ったときに聞いている。

「ああ、旧家のご主人が亡《な》くなりましてね、その蔵書を処分したいと電話をいただい

たものですから」

「なるほど、あのあたりはお屋敷が多いですからね」

掘り出し物はありましたかというと、榊原がちょっと戸惑う仕草となった。

「難しいですな。ほしい書籍はあったのですが値段がちょっと」

決して相手に足元を見られているわけではないのだが、その値で仕入れて、自分の店で捌《さば》けるかどうか自信がないと、笑った。

「他の書店にまわすということはできないのですか。骨董《こっとう》の世界ではそのようなことがあると聞いたことがあります。その道の専門業者もいるとか」

「意外ですな。先生はその方面もお詳しいのですか」

「古い知り合いがいるもので」

本来なら民俗学者と骨董商は犬猿の仲、不倶戴天《ふぐたいてん》の敵であるべきなのだが、ある事件をきっかけに知り合いとなり、その付き合いが今も続いている。

「……今も……ねえ」

という榊原の物言いが、たぶんに含みを持っているようで少し気になった。

――そういえば。

那智は榊原の存在にも疑問を抱いていたことを思い出した。あるいは意識的に内藤に近づいたのではないか。だからこそ、阿久仁村遺聞のことを口に出したのでは、と。

「ひとつお聞きしたいことがあるのです。榊原さんは、阿久仁村遺聞のことをどこでお知りになったのですか」

「阿久仁村遺聞？　そんなことをいいましたかな」

「ええ、確かに。この店で偶然お会いした折に」

そうでしたかな、と首をかしげる榊原に対する猜疑心《さいぎしん》が、レベルを一段階あげた。

たぶん、どこかの頒布会《はんぷかい》で耳にしたのでしょう。ちょうど内藤先生の講義を受け始めたばかりで、民俗学に興味を抱いていたものですから。その書名を耳にして、もしかしたら内藤先生か蓮丈先生のお手元にあるのではと、軽く考えたまでですよ。深い意味はありません。

そういわれてしまえば納得するしかない。榊原の言葉には毛ほどの矛盾もないのである。

だが、と内藤は思った。

「それほどの価値があるものなのですかね」

「さあ、現物を見てみないことにはなんともいえません。確かに、そうした古文書のファンは多いのですよ。古書にもいろいろと好みがありましてね」

初版本マニア、鉄道関連図書マニア、地図図版マニア、などと立て板に水の勢いで榊原は説明する。そこにも疑いをさしはさむ余地はなかった。故《ゆえ》にこそ内藤の疑いはますます強く、深くなってゆく。

「阿久仁村遺聞ですが……ええ、先生の手元にありましたよ」

とたんに榊原の眉間《みけん》に、小さな皺《しわ》が生じた。それはすぐに元に戻ったのだが、内藤は自ら仕掛けた餌《えさ》に、彼が食いついたことを確信した。

「ありました……というと、今はもう」

「はい。さる古物商から譲り受けたのですが、事情がありまして手放しました」

「それは残念なことを、一度拝見したかったものです」

「けれど蓮丈那智が見たところ、あれは明治期に書かれたもののように見えますが、実は後世になって作られたのではないか、と」

「というと、贋作《がんさく》ですか」

「とも、一概にはいえないようです」

たとえば、と内藤は続けて、古事記を例に挙げた。古事記は天武天皇の命により稗《ひえ》田阿礼《だのあれ》が暗誦《あんしょう》した帝紀および先代の旧辞を、太安万侶《おおのやすまろ》が元明天皇の命により撰録《せんろく》して七一二年に完成させたものだ。

「だからといって、古事記が贋作とは誰にもいえません。いえるはずがない」

「いわれてみればそうですな。では蓮丈先生は、阿久仁村遺聞もまた同じような性格を持っているとお考えなのですね」

そういいながら榊原が分厚い革のビジネスバッグから取り出したのは、岩波文庫版の古事記だった。昨日今日手に入れた代物《しろもの》ではないことは、表紙のささくれかたですぐにわかった。

「なるほど古事記は確かに面白い書物ですな」

「ずいぶんとご熱心に」

「すべては内藤先生のおかげですよ。このわたしの目を開かせていただいた。民俗学というフィルターを通すと、古事記もまたさらに面白く、興味深く」

そして、といった榊原の目が奇妙に歪《ゆが》んだ笑みを浮かべた。

そもそも古事記とはどのような性格を有した書物なのでしょうか。

歴史の流れを年代に沿って記述するのが編年体。替わって人の伝記、その周辺をたどってゆくのが紀伝体。日本書紀が前者であり、古事記は後者である。では正式な日本史の歴史書が、どうして二つの異なった体裁でつづられねばならなかったのか。あえていえば、歴史書というかぎり編年体で記されるべきではなかったか。しかし史実は違う。古事記もまた第一級の史書として後世に読み継がれているではないか。では、古事記の存在意義とはどこにあるのか。

榊原の問いに、というよりは問い詰めに内藤は完全に言葉を失った。

紀伝体は多くは中国の正史に見られる記述方法で、帝王一代の年譜を本紀とし、民族や個人の伝記を列伝、その他の分野を志・表として取り扱う。その積み重ねによって歴史現象を語る方法といっても良い。

「ですから、大陸文化の薫陶《くんとう》深い倭国としては、その手法を採らざるを得なかったのではないでしょうか」

しどろもどろになりながらも、内藤は答えた。

「なるほど、そういう考え方もありますな」

「榊原さんは、他にも意味があると？」

紀伝体でなければならなかったのはなぜか。それはといいながら榊原が古事記のページをめくる。

「たとえばこの部分です」

「これは……天岩戸《あまのいわと》隠れですね」

『故《かれ》ここに天照大御神《あまてらすおおみかみ》見畏《みかしこ》みて、天《あめ》の石屋戸《いわやと》を開きてさし籠《こも》りましき。ここに高天《たかま》の原皆暗く、葦原中国《あしはらのなかつくに》悉《ことごと》に闇《くら》し。これによりて常夜《とこよ》往《ゆ》きき。ここに萬《よろず》の神の声は、さ蝿《ばえ》なす満ち、萬の妖《わざわい》悉に發《おこ》りき。ここをもちて八百萬《やおよろず》の神、天の安《やす》の河原に神集《かむつど》ひ集ひて、高御産巣日神《たかみむすひのかみ》の子、思金神《おもいかねのかみ》に思はしめて、常世の長鳴鳥《ながなきどり》を集めて鳴かしめて、天の安の河の河上の天の堅石《かたしわ》を取り、天の金山の鉄《まがね》を取りて、鍛人《かぬち》天津麻羅《あまつまら》を求《ま》ぎて、伊斯許理度賣命《いしこりどめのみこと》に科《おお》せて鏡を作らしめ……』

弟である須佐之男命《すさのおのみこと》の度重なる狼藉《ろうぜき》に心を痛めた天照大神は、天岩戸に隠れてしまう。天照大神は太陽神であるから、たちまちこの世は闇《やみ》と化し、さまざまな妖《あや》しい出来事が起きたのである。そこで困った神々が一計を案ずることになる。鶏を集めて一斉に鳴かせ、さらには一枚の鏡を用意するのである。そこから始まるのがあまりにも有名な天宇受賣命《あまのうずめのみこと》による本邦初のストリップショーである。

「なるほどストリップショーですか」

「失礼、学究の徒にあるまじき発言でありました」

「いやいや、若いというのは本当にうらやましい。しかしそれよりも」

伊斯許理度賣命に鏡を作らせるくだりを、榊原は指差した。

「内藤先生、古事記において初めて鏡が登場するのは、まさにこの箇所なのですよ」

「そうかもしれませんね」

「どうしてなのでしょうか。どうしてこんなにも唐突に鏡が登場するのでしょうか」

古事記の内容からすると、鏡もまた策略の一つとして描かれている。

天宇受賣命によるストリップ、もとい妖艶《ようえん》にして滑稽《こっけい》な踊りを見ながら陽気に笑い転げる神々の様子を、岩屋にこもる天照大神は不審に思う。太陽神である自分がいないのだから、地上は闇に包まれているはずではないか。どうしてあんなにも陽気に騒いでいるのだろう。おまけに一日の始まりを告げる鶏まで鳴いている。もしかしたら新たな太陽神が降臨したのではないか。そのことを表の神の一人に問うと、そうだという。そこで岩戸をそっとあけ、表をうかがう天照大神の前に差し出されたのが、件《くだん》の鏡である。そこに映るわが身を見て、天照大神は仰天。もっとよく見ようとして岩戸を開けたところを、力自慢の天手力男神《あめのたぢからおのかみ》が引っ張り出してしまうのである。

「おまけに神々が用意した器物の中には、勾玉《まがたま》もあるのです」

なるほどと内藤は納得した。大和朝廷の象徴であり、のちに三種の神器となる器物のうちの二つまでがこの箇所で登場していることになる。

「騒ぎの元凶となった須佐之男命は、罰としておびただしい品物を差し出させられ、手足の爪《つめ》を剝《は》がれて高天原を放逐《ほうちく》されることになります」

「須佐之男命の流離譚《りゅうりたん》が始まるのですね」

まず食料を求めて須佐之男命は大氣津比賣神《おおげつひめのかみ》を訪れるが、彼女が口や尻《しり》から食物を取り出すのを見て激怒、これを殺したところ神の体からさまざまな穀物が生え出て、五穀の始まりとなるのである。

「問題は次の段落です」

「八岐大蛇《やまたのおろち》を出雲で退治するのですね。そしてそこで得られるのが、これもまた三種の神器の一つ、草薙《くさなぎ》の太刀です」

「字数にして約千八百文字。たったこれだけの分量で、国家の象徴である三種の神器の起源が語られ、なおかつ農業の発展による国家の安定という、重要事項が記述されているのです」

古事記という書物がいかに複雑な仕組みを持っているか、これだけでも容易に察することができる。

とはいえ、内藤にはいまひとつ榊原がいわんとするところがよくわからなかった。どうしてそれが古事記が紀伝体でなければならない理由に繫《つな》がるのか。

「たとえば天照大神が、実は卑弥呼のことではなかったかという説は」

「もちろん知っています。天岩戸隠れが実は日食のことであるとか、岩戸から出てきたのは天照大神本人ではなく、二代目の女王・壱与《いよ》ではなかったかという説も」

すべて佐江由美子からの受け売りであるが、それはあえて口にしなかった。

「だとすると、どうしてそこに鏡が必要なのでしょうか」

「それは……卑弥呼は魏よりの百枚鏡を持っているわけで」

「じゃあ、どうしてそう記述しないのでしょうか。大切なのは岩戸の表にいる神々が、鏡を作ったという点にあるのではありませんか」

背筋に、正真正銘の寒気を覚えた。無意識に口にした黒ビールの苦味さえも、わからなくなりそうだった。榊原がなにをいおうとしているのか。理解を理性が拒むような気持ちになった。

「じゃあ、天岩戸隠れとは」

「はい。人心を縛り付けるための器物こそが鏡でした。だから邪馬台国の覇権を奪おうとするものたちはどうしても鏡を手に入れたかった。けれどそれが容易ならざることは彼らも承知。しかしついに彼らは鏡を作り上げることに成功したのです」

「すると、あの話は」

「用済みとなった卑弥呼をこの世から抹殺したという話ではありませんか」

「でもそれは……」

内藤の脳細胞が、反論を試みるべく猛烈な勢いで活動を始め、記憶の中からさまざまなパーツを取り出した。

蓮丈那智の仮説によれば、出雲大社こそが卑弥呼（の怨霊《おんりよう》）を封じ込めるための建築物であるという。地上四十八メートルという当時としては超高層建築物も、その怨念があまりに深いが故の、古代人たちの畏怖《いふ》がこめられている、と。

「どうかしましたか、内藤先生」

という榊原の声が、どこか遠くで聞こえた。

古事記によれば、須佐之男命は八岐大蛇を退治したのち、櫛名田比賣《くしなだひめ》と結ばれて出雲に都を設ける。

――やがて出雲国は子孫の大国主命《おおくにぬしのみこと》に譲られて……。

「やはり、それはおかしいと思いますよ」

「どこが、ですか」

「出雲国の基礎を築いた須佐之男命は、その覇権を大国主命に譲ります」

物語はやがて国譲り伝説へと繋がってゆく。大国主命にそれを迫ったのは、ほかならぬ天照大神ではないか。

「つまり、その時点まで天照大神は生きていたことになる、とおっしゃりたいのですね」

という榊原の目は笑っていなかった。

簡単なことですよ、内藤先生。天照大神が死んでいてはまずいでしょう。

こともなげにいう榊原と蓮丈那智の顔がどこかで重なる気がした。

「つまり、生きていることにしなければならなかったと」

「はい。だから天岩戸隠れ以降、彼女は表の舞台から姿を消してしまいます。詔《みことのり》を出したりはするけれど、彼女自身が表の舞台に立ってなにかをするということはなくなるのです。これこそが、彼女がすでにお隠れになっているという証拠ではありませんか」

「しかし」

「ここで原点に戻りましょう。なにゆえ古事記が紀伝体で記述されねばならなかったか」

「編年体ではなぜまずかったのか、ということでもありますね」

「そうです、編年体ではどうしても矛盾が生まれてしまうのですよ」

仮に天照大神が卑弥呼のことであるとする。天岩戸隠れは、卑弥呼イコール邪馬台国の滅亡を書き記したものだ。そしてそれはやがて国譲り伝説へと書き継がれるのだが、そこには時間的な矛盾が生じてしまう。

「あくまでも編年体で記述すると、ですが」

「そういうことか。紀伝体ならばあくまでも天照大神個人にまつわる記述と、大国主命個人にまつわる記述とを分類して書き記すことができるんだ」

「さすがです、内藤先生」

さらにいえば、と榊原がつけくわえた。

ひとつの事実を、紀伝体ならばいくつかに分割し、しかもエピソードを歪めて別の話に作り変え、別々の物語にちりばめることも可能ではありませんか。それならば、時間軸が多少ずれていようとも問題はない。天照大神に関する記述で邪馬台国の滅びが記録されたとしても、大国主命に関する記述で国譲りを述べ、それが邪馬台国から大和国への覇権の委譲を示すエピソードとして記述されていても問題がないということだ。この場合、卑弥呼は大国主命という記号に置き換えられ、天照大神は大和朝廷そのものであり、その皇統の正統なる始祖として記述されている。主客の逆転だ。

「分割および変換された記憶……ですか」

榊原が、恬然《てんぜん》と笑った。

その笑顔を見ながら内藤は、

——似ている……。

主客の逆転、時間軸の歪み、そうした構造が阿久仁村遺聞と共通している気がして、内藤は新たな戦慄《せんりつ》を覚えた。

4

「分割および変換された記憶、ね」

紫煙を吐きながら那智がつぶやいた。その唇が、「面白い」と動いたようだが、あるいは気のせいかもしれなかった。

「で、その榊原という男、どんな人物だった」

「どんな人物か、といわれましても」

問われて内藤は、言葉に詰まった。香月のバーでは榊原のあまりの博識に圧倒されて、その人物像を見極めるどころではなかった。

「どうして阿久仁村遺聞のことを知っていたのか、どうしてあんなものに興味を持つのか、あれが後世の偽物であることを知らなかったのか」

立て続けに浴びせられる問いに、内藤は己の体が三分の一スケールに縮まった気がした。

なによりも、と那智の口調がいっそう強くなった。

「榊原という人物と、雅蘭堂が米子で遭遇した神崎とかいう人物の関係はありやなしや」

「どういうことですか!」

「ふと思っただけだ。あるいは二人は同一人物かもしれないと」

「どこからそんな突拍子もない考えが浮かぶのですか」

「偶然が過ぎるからだよ」

越名集治が阿久仁村遺聞を手に入れたという偶然。那智の研究室に遺聞を持ち込んだという偶然。香月のバーで内藤と榊原が出逢《であ》った偶然。

「まあ、米子で越名君が神崎と出逢ったのは偶然ではあるまいが」

「あれは必然ですか」

「かなり以前から、動向を探られていたのだろう。阿久仁村遺聞を取り戻すために、ね」

「そして後催眠をかけて味方に引き入れた、と先生は考えているのですね」

「その理由は、まだ判明しないのだが」

そして再び内藤は榊原と出逢った。これもまた偶然というなら、神様はずいぶんと大盤振る舞いをしたとしか考えられない。けれど、すべてが必然のなせる業だとしたら、神崎と榊原の間にもなにかしらの繋がりがあってしかるべきではないか。

「それで、同一人物説ですか」

「あくまでもわたしの仮説に過ぎないが」

そこへ佐江由美子が姿を現した。心なしか覇気にかけているように見えて、

「どうしましたか。まだ体の調子がよくないのではありませんか」

というと、由美子は笑みを浮かべて首を横に振った。

コーヒーを淹《い》れますといってデスクを離れた由美子の背中が、小さくなっている気がした。

「彼女、邪馬台国に手を触れることについて、少々ナーバスになっているようで」

「どうして？」

「う〜ん、なんといったらよいのか」

邪馬台国は、古代史入門者には実に魅力的な謎《なぞ》を有している。それだけに諸説があって、容易に解決の糸口を見つけられないジャンルでもある。たとえば先ごろの、箸

墓古墳イコール卑弥呼の墓説である。国立歴史民俗博物館という名の権威が発表したにもかかわらず、その成果が認められているとは、とてもいいづらい状況に今もある。

「まあ、大学の卒論に邪馬台国などを選ぼうものなら、たちまち担当教授に呼び出されてテーマの変更を迫られるだろうな」

「でしょう。だから彼女、ちょっとナーバスに」

「あれこれいわれるのはわたしだ。君たちには関係ない」

それはないでしょうと、内藤は心の中で舌を打った。那智が学界から白い目で見られるのはいつものことだから、それこそ「関係ない」で済む。しかし、である。そのことが元で学界から追放されるとなると話は別だ。異端が過ぎて学界に身を置く場のなくなった研究者の元で働いていた助手など、どこが雇い入れてくれるというのか。

──そのところが、わかっていないんだよなあ。

コーヒーカップを載せた盆を運びながら、

「そういえばどうなるのでしょうね。箸墓古墳の話題」

由美子がいった。

「どうにもならない。成り行きに任せるしかないだろう」

「でも先生。場合によっては先生の研究だって」

「うん。今以上に決定的な証拠が発見されたら、あるいは中断かもしれないな」

新たな煙草《たばこ》に火をつけ、吐き出した煙が「それも仕方がないだろう」といっている。そもそも那智が邪馬台国に興味を持ったのは、その場所がどこにあるかではなかったのだ。邪馬台国とはどのような国家だったのか、民俗学の観点からアプローチを試みようとしたのが、すべての始まりだった。

今回の歴博による発表も、単に土器に付着していた煤《すす》の鑑定結果を基にしているに過ぎない。煤から燃焼に使用された薪《まき》の伐採年代を割り出したのである。さらにいうならば、薪の伐採年代を割り出したところで、イコール土器の製造年代とは限らない。現代と違って、どこかで買ってくるというわけにはいかないのである。土器といえどもかなり大切に使用されたことは想像に難くない。そうなると年代の誤差がますます大きくなる。

「もしかしたら大きな花火を学界という名の闇夜《やみよ》に一発、ぶち上げただけで終わってしまうかもしれないよ」

と由美子に話しかける。

「うまいことをいうな、内藤君」

那智が底意地の悪そうな笑みを口元に浮かべていった。それは悪魔の愛想笑いといっても過言ではなかった。

「もしかしたら先生も、同じことを」

「まさか、そんな不遜《ふそん》な発言をわたしはしない」

「はいはい。心の中で確信しているだけですね」

ところで、と那智が話題の矛先を変えた。

「例の榊原とかいう男だが、実に面白い考えを持っている」

「古事記が一つの事実を分割し、紀伝体という隠れ蓑《みの》によって巧妙に隠しているということ、あれですね」

二人の会話についてゆけず、小首をかしげたままの佐江由美子に、内藤は香月のバーで交わした会話の内容を簡単に説明した。

「うん。だがそこにはひとつだけ問題がある」

那智の目が挑戦的な光を帯びた。獲物《えもの》を狙《ねら》うときの猫の目である。あるいは魂を売り渡す契約書にサインを迫るメフィストの目でもあった。

「僕もそのことを考えました」

確かに榊原の説は魅力的で、ある一面で古事記の真実を語っているような気がしてならない。だが、古事記に施された仕掛けはあまりに複雑で、短い時間の流れを経ただけで、仕掛けそのものが人々の記憶から失われてしまうのではないか。榊原の話を聞きながらすぐに思い浮かべたのが、その疑問だった。

「となると、仕掛けの内容をすべて把握していて、それを後世に伝える人物がいるはずですよね」

「ああ。口伝《くでん》に間違いない。文章として残しておくにはあまりに危険だ」

古事記は天皇家にとっての教科書であるという説がある。時に歴史の教科書、時に詩歌の教科書、そして性教育の教科書として機能していると、その説は説く。その説に倣《なら》うならば、古事記は大和朝廷の陰の歴史書であるといえるだろう。

「では、その口伝はいつ途絶えたのか、ですね」

「あの」と、由美子がためらいがちに口を挟んだ。

先生のハードディスクの中を整理しているときに見た、「秘供養《ひくよう》」というファイルがそれに当たるのではありませんか。

そういわれて、内藤は己の不明を恥じた。

秘供養は、東北のさる村に伝わる「供養の五百羅漢」に関するフィールドファイルである。村の集落からはるかに離れた場所に、その五百羅漢はあった。天明の大飢饉《だいききん》で餓死した人々の供養のために立てられた羅漢像だが、奇妙な点がいくつかあった。

像が風化しやすい砂岩質の岩に彫られていたのはなぜか。なぜ人里はなれたところに置かれていたのか。供養が目的なら集落内に安置し、いつでも供養できるようにすべきではないのか。そもそも羅漢を祀ることで餓死した人々を供養できるのか。那智は、推理した。これは飢饉のときに起きた悲劇を秘めている。その記憶はあまりに忌《い》まわしく、だからこそ人里はなれたところに羅漢は置かれ、記憶そのものが風化するのを待っているのだ、と。だからといって、忌まわしい事実を消し去ることは出来ない。記憶を刻みつつ、風化を待つ。それがあの五百羅漢なのだと。当然ながらファイルはお宮入りとなった。

「そうか、最初からその仕掛けを風化させることが目的で古事記は作られたんだ」

「Aプラス。榊原の説が正しければ、の話だが」

「もしかしたら先生、最初から気付いていたんですか」

「いったろう、記紀は一筋縄では扱えないと」

「いや、そうじゃなくて」

そういって、内藤は次の言葉をためらった。

先生ははじめから気付いていたのでしょう。古事記と阿久仁村遺聞とがほぼ同じ構造を持っていることに。

そうとしか考えられないと思ったが、それは言葉にはならなかった。

大学の正門を出たところに、狐目《きつねめ》の教務部主任こと高杉が待っていた。

「おや、どうしたんですか」

「飯でもどうか、と思ってナ。雨でも降るんじゃないか、なんていいなさんなよ」

すみません口にするところでした、と内藤は胸の裡《うち》で頭を下げた。

小田急線で新宿に出て、高杉が「たまに贅沢《ぜいたく》する」という天ぷら屋に入った。桜材を漆で仕上げたという酒器が並べられ、カウンター越しに次々に供される天ぷらを堪《たん》能《のう》したところで、

「なにかありましたか」

と、内藤は尋ねた。高杉が自分を食事に誘うなどという経験はかつてない。すなわちなにかがあったということではないのか。

「実はな。ちょっと困ったことが二つばかり」

「二つも、ですか」

「一つ目はたいしたことじゃないんだ」

高杉の話によれば、さる大学の民俗学研究室からクレームが入ったらしい。そこは

古民具を専門に収集・研究することで有名なのだが、と言い置いて、

「おたくの蓮丈研究室は、うちの大学の研究室に喧嘩《けんか》を売っているのか、とな」

そういわれて、内藤の脳細胞にピンとはじける金属音が響いた。

「もしかしたらそれって」

「うん、西とかいう古物商が、主に東北の民家を根こそぎ荒らしているようだ。これが実に的確な情報を持っているらしく、あちらの研究者をいたるところで出し抜いているとか」

以前、越名のことを調べさせた代価として、那智が古民家を紹介したのを思いだした。そこから触手を伸ばして、片っぱしから当っているのだろう。やはり喰えないヤツだ。

「もしかしたら西さん、那智先生の名を出したのですか」

「さすがにそこまではしない。だが、その西君が出し抜いた民家のいたるところで、那智先生らしい人物が浮かび上がったんだと」

曰《いわ》く。以前にも民俗学者がたずねてきて、あれこれ古い話を聞いていったことがある。どこの大学のなんとかいう先生だが、えらく別嬪《べっぴん》でそれで記憶に残っていると、家の主人が目じりを下げたらしい。

「そりゃあ、那智先生以外には考えられない」

「だろう。向こうさんもすぐにぴんと来たらしい。それでうちにクレームが入った」

鱧《はも》の天ぷらをほおばりながら高杉がいった。

——むう。確かにたいしたことではないな、今のところ。

高杉の口調と仕草から、そう判断した。

「まあ、その程度のことでしたら偶然に過ぎないと」

「向こうさんにそういっておいた。互いに忙しい身だ、くだらんクレームは時間の無駄だ、とね」

「納得しましたか」

「するしかないだろう。向こうだって確証があるわけじゃないんだ」

ただし西とかいう古物商にはそれとなく釘《くぎ》を刺しておいてくれ、と高杉はいった。

さて、問題は次なんだがと、冷酒の盃《さかずき》をぐいと空けて黙り込む。その顔から笑みの一切が掻《か》き消えた。まっすぐな視線に晒《さら》され、内藤は思わず背筋を伸ばした。

「佐江君のことなんだが」

「どうかしたのですか、彼女」

「それを聞きたいのはこちらのほうだ。なにかトラブルでもあったのか」

「別に、そのようなことはありません」

「まさかセクシャルハラスメントなんてことはないだろうな」

冗談じゃないと、内藤はこれまた桜材の一枚板で作られたカウンターを拳《こぶし》で打った。

それができるくらいならといいかけて、急速に気持ちが萎《な》えるのを感じた。

「だろうなあ」という高杉の一言が、さらに追い討ちをかける。

「それで、佐江君がどうしたんですか」

「困ったことになったよ。今朝のことだが彼女が休職願いを出した」

「はい？」

「だから休職願いを出したんだ。一身上の都合と書かれていた。期限は未定」

「そんな馬鹿《ばか》な！ だって彼女とはつい先ほどまで研究室で話をしていたんですよ」

休職などはおくびにも出さなかった。まさかという気持ちはもちろん那智とても同じだろう。唐突というにはあまりに唐突過ぎる。

――ヤマヒトにさらわれるわけでもあるまいに。

食べたばかりの天ぷらの余韻も冷酒の酔いも醒《さ》めて、あとにひどく苦いものが残った。

どこをどう歩いたかも覚えていないのは、やはり天ぷら屋で摂取したアルコールが急速に回り始めているからだろうか。それでも内藤の脳細胞はあくまでも冷静……のつもりだったが、それさえも錯覚でないと言い切る自信はなかった。気がつくとそこは鬱蒼《うっそう》とした木々に囲まれた公園で、渋谷区松濤《しょうとう》の鍋島松濤公園であることを理解した。水銀灯の淡い光が、周囲を柔らかく包んでいた。黒い木陰の向こう側に見えるのは由美子の住むマンションで、明かりが灯《とも》っているのはまさしく彼女の部屋だった。

部屋を訪ねたかった。そして問い詰めたかった。なぜ今になって休職なのか。蓮丈研究室に不満があるならどうか打ち明けてほしい。それが出来ないのは、ひたすらに怖いからだ。問いかけに返ってくる答えが、である。

――蓮丈先生にはなんら不満などありません。あるのはあなたに、です。

その答えを想像しただけで、我知らずのうちに「ああっ！」と悲鳴にも似たうめき声が唇からもれた。

「これじゃまるで、ストーカーですな」

ベンチに腰掛けたまま、ふと漏らした己の言葉に、内藤は震撼《しんかん》した。こんなところを巡邏《じゅんら》の警察官に見られたらどうなる？　まずは氏名、職業、住所を尋ねられ、なぜ住まいとはまったく方向の違う鍋島松濤公園のベンチに座り込んでいるのかを問われるだろう。いえ、実は近くのマンションに同僚が住んでおりまして。それならどうして訪問しないのか、ですか。そこにはいろいろ事情がございまして、ここで迷っているところなのです。

——間違いなく派出所に呼ばれ、蓮丈先生のところに身元確認の連絡が行くな。ついでに佐江由美子にも確認の電話が入ることだろう。突然の警察からの電話に驚く由美子。そこから浮上する、同僚男性の邪《よこし》まな恋情。ああ、日ごろから奇妙な言動が目立つ人ではあったが、まさかわたくしにそのような聞くもおぞましい感情を抱いていたとは。蓮丈研究室からは見限られ、それはひいては大学からも放逐されることを意味しているから、ここに立派な社会からの脱落者内藤三國クンが誕生することになる。

「まさしく負の連鎖ですなあ」

そう口にして、再び内藤は奇妙な気分になった。

——負の連鎖？　そういえば……。

思い出したのは阿久仁村遺聞のことだ。もしかしたら阿久仁村遺聞とは、ひとつの集落の誕生から繁栄、そして消滅に至るまでを記録したものではないのか。そしてその過程は誰にも知られてはならない。否《いな》、それを記録する者がいることさえひたすらに隠さねばならない。なぜか。集落の消滅に至るまでの過程、大きくいえば消滅の理由を秘密にしなければならなかったからだ。

「だったら、阿久仁村という名前さえも伏せてしまえばよいではないか」

いや、それはだめだと内藤は自らを否定した。地図にその名は刻まれているし、村が無くなったとはいえ、全村民が消滅するわけではない。たとえば、その時期だけ他の場所に出稼ぎに出ている者もいたことだろう。岡山県の津山で発生した大量殺戮《さつりく》事件においても生き残りがいて、その中にはたまたま集落を留守にしていて難を逃れたという人もいたはずだ。

そこで再び内藤の思考は、別のベクトルへと向かった。

佐江由美子は岡山で雅蘭堂の越名から、阿久仁村消滅が惨殺《ざんさつ》によるものであったと聞かされ、一時は越名の側につこうとした。だが、十分すぎるほどの理性を有する由美子を、そこまで怯《おび》えさせるにはそれなりの要素、リアリティという裏づけがあったからではないのか。

「もしかしたら、阿久仁村における大量殺戮そのものは事実だったのではなかろうか」

すなわち消滅に至るまでの過程である。

阿久仁村は実在した。これは動かしようがない。そこではるかな昔から製鉄を営む者たちがいた。鉄がもたらした繁栄。だがある理由から村は消滅への道をたどり始める。その総仕上げが第三者による大量殺戮である。ほぼ全滅ではなかったのか。だが、村民の中にわずかに生き残った者たちがいた。彼らは村の悲劇を誰かに伝えるために、しかし誰が伝えたかがわからないように絶妙の工夫を凝らして阿久仁村遺聞を作り上げた。

「だが問題がないではない、な」

明治六年、軍部の作成した地図に阿久仁村はしっかりと記載されている。明治九年に島根県と鳥取県が合併し、鳥取県は一時消滅する。これが再置されるのが明治十四年。その後に作成された地図から阿久仁村の名が消えているから、消滅は明治七年から十四年までのどこかであることは確かだ。

しかし蓮丈那智は阿久仁村遺聞が昭和に入ってから作成され、そしてわざと古色がつけられたことを看破している。

「それも説明できないことはないか」

たとえば本来の遺聞は村の消滅直後に作成されたが、そのオリジナルは失われてしまった。ところが昭和にはいって、再び阿久仁村遺聞の存在が必要となったがために、複製が作られた。

「じゃあなんのために、誰のために」

誰のために、と言葉にして、自分が闇《やみ》に向かって独語していることに内藤は気付いた。

――怪しいな、限りなく怪しく不審な人物だな。

それこそ、こんなところを巡邏の警察官に見られでもしたら、負の連鎖どころか流《る》転《てん》の坂道をとんとん拍子に転げ落ちること間違いない。

「鶴亀、ツルカメ」と立ち上がろうとした内藤の背後から、

「ちょっとすみません」

響きの良い女性の声が投げかけられた。婦人警官による巡邏がないわけではなかろう。ましてやストーカーの疑いのある不審人物であれば、なおさら対応は厳しいことになるだろう。一瞬のうちにそう考え、走って逃げるか、素直に尋問に応じるか、迷った挙句に内藤は声のほうへと向き直った。

「間違っていたらごめんなさい。もしかしたら内藤三國さんではありませんか」

声の主は婦人警官ではなかった。それどころか、内藤のよく知っている人物……のはずだがその物言いがどこかおかしい。

「もしかしたらもなにも、ええっと」

眼の前にいるのは佐江由美子であった。日ごろは後ろで束ねている髪を今日はほどいているし、服装もややくだけているが、それでも佐江由美子であることは間違いない。

「内藤さんではありませんか」

「はい、仰《おお》せの通りわたくしが内藤三國本人であります」

我ながらとんちんかんな受け答えをしていると思いつつ、改めて由美子を見た。酔いがよほど回っているのか、由美子の顔が少しだけ歪《ゆが》んで見えた。というよりも優秀なコピーを見ている気がした。

「やはり内藤さんでしたか。いつも姉がお世話になっています」

「というと、もしかしたら、ああっ！」

「はい。妹の佐江久美子《くみこ》です」

由美子の妹が天才シンガーの呼び声も高い、与弧沙恵《くみこさえ》であることは知っていたが、会うのは初めてだった。あまりに姉から聞いていた風貌《ふうぼう》にそっくりなのでつい声をかけてしまいましたと、笑みを交えて語る久美子の唇を内藤はぼんやりと見つめることしかできなくなった。ある意味での思考停止だなと、頭の隅でぼんやりと認識した。

「どうしたのですか、姉になにか御用でも」

「はっ、はあ、実は少々確認したいことがありまして」

「そうでしたか、残念ですが姉は今いません」

「お出かけですか」

「旅行に出かけると置手紙がありました」

置手紙とはずいぶん古風な習慣ですねというと、佐江久美子は嫣然《えんぜん》と微笑《ほほえ》んで、昔からそうなんですよと答えた。その唇の動きに、また心の揺れを覚えた。

「ところで、お姉さんからなにか聞いていませんか」

「というと？」

「佐江由美子さんは、大学に休職願いを出されたのですよ」

「ええ、聞いています。しばらく自分の行く末を見つめたい、と話しておりましたよ」

「たとえばですね、研究室に不満があるとか」

特に同僚から不快な思いをさせられているとか、とは口に出せなかった。しばらく小首をかしげたのちに、「もしかしたら」と久美子がいった。心当たり、お気づきの点があればなんなりとと促す内藤に、

「詳しいことはわかりませんが、民俗学って特殊な学問だそうですね。姉は答えのない学問の行き着く先になにがあるのだろう、と口にしたことがありました」

それは、といったまま内藤は言葉を継ぐことができなくなった。

たとえば数学の世界、物理の世界には必ず目標がある。たとえ今は解決できなくとも、ゴールは必ず存在している。たとえゴールはないという結論に達したとしても、そこには謎《なぞ》と論理による解決はある。民俗学と同じジャンルに位置する歴史学にも、真実という名のゴールがある。どのように逡巡《しゅんじゅん》しようとも、学者は真実に向かって地道に歩き続けることが出来るのだ。だが民俗学にはそれがない。事実はあっても真実が見つからないのだから。民俗学者はたどり着く場所を持たない永久の放浪者だ。

たとえばここに一人の男がいる。たとすれば、男の収集物はすでに立派な民俗学上の資料であり、男もまた在野の民俗学者といってよい。

そんなことがおこるのも民俗学ならではである。

——そこに迷いが生じたか、彼女。

そう思うと少しだけ、痛ましいものを内藤は感じた。

第六章　記紀考

『阿久仁村遺聞　第二十五話

仲は良い様、仲は悪い様。

鬼三郎と鬼四郎は互いのことなど知らんふりをしながらそれなりに暮らしておったげな。じゃが悪いことにそのころ天の神さんがお隠れになって、世が大いに乱れたそうじゃ。天と地がひっくり返されるような騒ぎになったんじゃと。そもそもワ天の神《い》さんがお弱りになった折のことじゃった、西から吾《われ》も天の神ナリと申す別神現れ出でて天の神さんに戦《いくさ》を仕掛けたげな。そのとき鬼三郎西の神さんに力を貸し鬼四郎天の神さんに力を貸したんがいけんかった。天の神さんあえなく戦に敗れてお隠れにナリ西の神さんが新たに天の神さんになったげな。そこで新たな天の神さんさいころば振ったとさ。ひぃふぅみぃの目が出たならば鬼三郎の領地を鬼四郎に与えてやろう。四の目より六の目ならば鬼三郎に鬼四郎の領地をくれてやろう。鬼四郎は焦《あせ》ったげな。もともとの天の神さんに力を貸した吾に新たな天の神さんが領地など譲ってくれるものか。あれはいかさまサイコロよ。四五六より他に出る目はないと。そこで鬼四郎考えた。夜中にこっそりさいころを入れ替えてしもたんじゃなあ。これが決めてじゃった。新たな天の神さんが振ったさいころは三の目で止まり鬼三郎の領地は鬼四郎のものになったそうじゃ』

『阿久仁村遺聞　第二十話

泣きうさぎありてはなにに泣く
なにに泣いて目を赤くする
遠い昔が恋いしゅうて泣いてござる

それはまだうさぎの国が賑《にぎ》わっておって
田畑に稲があふれ川には魚が泳ぎ
うさぎが毎日歌って暮らせる昔でござる
ところがあるとき山の神様こういうた
栄えるものには罰を与えねばならぬ与えねばならぬ
罰を与えねばこの世が終わりを迎えるからじゃ
こうしてうさぎの国は和邇《わに》の国と相成った
それがかなしゅうて泣いてござる
遠い昔に戻せるならば二度再び歌など歌わぬものを
遠いお空に誓うてみても
うさぎの泣き声ばかりが唸《うな》りまするとか』

『阿久仁村遺聞　第十五話

割れた鏡の話をいたしまする。阿久仁村の藤堂《とうどう》家には一枚の鏡がございました。サテどれほど古いものかは知るところにはあらねどともかくも古い鏡でござりました。

それがある朝真っ二つに割れてしまったのでございます。すわこれこそ凶事の前触ナリと藤堂の家のものども顔を青くいたしましたがナニもとをたださせば藤堂の本家二つあり。長年争いがあるとき巫女《みこ》の血筋それはそれはたいそうな家柄の血筋にて長《おさ》も一目置くほどの家よりご沙汰《さた》あり。これよりは双家仲良くひとつになるべしと。その証《あかし》に二つの鏡あえて割りこれを一つにあわせたのが藤堂家の鏡であったとか。サテもう一枚の鏡があるはずであろうと申されますか。サテもサテもそれは道理。なれど半欠け同士の鏡これを合わせてもう一枚の鏡を作りしかあるいは半欠け共々打ち捨てられしかについてはわたくし一切知り申さぬ』

1

人はなにゆえ記録を残そうとするのか。記録とは記憶の封印かそれとも後世へのメッセージなのか。蓮丈那智ならば「両方だろう」と即座にいってのけることだろう。事実《秘供養《ひくよう》》のファイルではそう結論付けている。

——しかし。

と佐江由美子は思う。どうしても納得が出来ないのである。感情を理屈で制御できないといってよい。

たとえば阿久仁村遺聞である。作者はこの文書でなにを後世に伝えようとしているのだろうか。恐ろしく手の込んだやり方で作られたこの文書になにを託しているのか。教務部に休職願いを提出した日、蓮丈研究室で交わした会話の中にそのヒントが隠されている気がした。すなわち古事記に秘められたメッセージについて、である。

古事記の成立は西暦七一二年、日本書紀は八年後の七二〇年である。このことがそもそも気になっていた。一般的には記紀と称され、この二つを対比することで歴史学者は古代の姿を再現しようとする。いずれの書も天皇の命令によって撰録《せんろく》された第一級の資料である。

——そこがよくわからない。

のだった。どうしてそのような天皇の勅命によって編纂《へんさん》された資料がわずか八年の間に二種類も作られねばならなかったのか。かたや紀伝体の記述方法を取り、一方は編年体という、まったく違う記述形態を持つこともまた疑問のひとつだった。もちろん、蓮丈那智ならば「八年の間になにかがあったのだろう」というに違いない。それは理解できる。なにがあったかは別の考察にゆだねるしかないが、それくらいの仮説ならば由美子にも思いつく。疑問は、

――なにかの出来事がおき、古事記を改める形で日本書紀が作られたのならば、どうして古事記を焚書《ふんしょ》にしなかったのか！

この一点だった。

天地《あめつち》初めて發《ひら》けしとき、高天《たかま》の原に成れる神の名は天之御中主神《あめのみなかぬしのかみ》。次に高御産巣日神《たかみむすひのかみ》。次に神産巣日神《かみむすひのかみ》。この三柱の神はみな獨神《ひとりがみ》と成りまして身を隠したまひき。

から始まる古事記だが、一般的には天地創造から推古天皇までの歴史を繙《ひもと》いているとされる。が、よくよく見ればその大半は出雲《いずも》神話に割かれ、推古天皇に至ってはわずか五十文字あまりの記述に過ぎないのである。すべては古代出雲国を記録するために作られ、残りは悪い言い方をすればつけたしなのではないかと思われるほどだ。ならば古事記が日本書紀の登場とともに焚書にされなかったことの説明がつく。記紀は二つの国家の歴史を記しているのだ。

――かつてこの国には二つの国家が存在していた。

ひとつは出雲を中心としたいわゆる出雲王国。そして大和朝廷である。古事記は出雲王国から大和朝廷への覇権の移動を意味する《国譲り》をクライマックスにすべく編纂され、その前後を付け足すことで完成した。

「だとすると」と口にしたときに、

「お待たせしました」

と背後から声をかけられたことで、由美子は自分がいる場所が下北沢の喫茶店であることをようやく思い出した。

「ああ、越名さん。いえ、わたしもつい先ほど来たところですから」

気にしないでくださいといおうとしたが、越名の視線がテーブルの上でびっしょりと結露しているアイスティーのグラスに向けられていることに気付いて、唇を引き結んだ。

「すみませんね。店を出る寸前に商用の電話がかかってしまって」

そう快活に話す越名の頬が、岡山で会った頃に比べて青黒くげっそりと削《そ》げ落ちていることで、内藤から伝え聞いた言葉がいやおうなしに実感された。

雅蘭堂・越名集治は壊れつつある。

古物・骨董《こっとう》の世界はまったくの門外漢だから、その商売に関することはよくわからない。古物商の西の話では、ここのところ越名は商売でしくじりを重ねているそうだ。

そのために個人の信用をずいぶんと落としている。かつては目利《めき》きと呼ばれた男だけに、信用の下落はよりいっそうの死活問題となる、らしい。

テーブルの対面に座った越名が「同じものを」とウェイトレスに注文した。

「少し痩《や》せたみたいですね」

「そうですか、今年は夏バテがひどかったもので。やはり年ですかね」

内藤君は元気ですか、那智先生は相変わらずでしょうが、といったありきたりの挨《あい》拶《さつ》は長くは続かず、しばらく二人の間に沈黙が横たわった。硝子《ガラス》のように固化した空気にひびを入れたのは由美子だった。こうして越名を呼び出したのはほかならぬ自分なのだからという、使命感があったわけではなかった。

「わたし、鳥取県にいってきました」

「それはまた……那智先生の命令ですか」

越名の目じりに緊張が滲《にじ》んだ気がした。いえ、違います。あくまでも個人的な理由で、といってもその緊張の色が薄まる気配はなかった。

「大学に休職願いを出していってきました」

「休職願いとは穏やかではありませんね」

「どうしても知りたかったのです。阿久仁村のことが」

「ですから、そのことは岡山で話したはずです。あの村は一人の青年の狂気によって全滅したのですよ」

「では、どうしてその事実が記録されていないのでしょうか」

「仕方がないでしょう。明治もまだ初めのころの事件ですし」

それに鳥取県は地方都市である。当時はまともなマスコミも存在しなかっただろうから、その記録が残っていなくともおかしくはない。

淡々と語る越名に「それは違います」と由美子は断言した。

「どう違うのですか」

「まともなマスコミがないからこそ、人々は記録しようとします。たとえば古事記が稗田阿礼《ひえだのあれ》という一人の人物の記憶に頼ったように」

「稗田阿礼とはずいぶんと懐《なつ》かしい名前ですね」

「たとえ話です。けれど人は自分の記憶をなにかの形に変えて後世に伝えようとするものです。現に」

そういって由美子はテーブルに阿久仁村遺聞のコピーを取り出した。

一瞬、越名の表情を窺《うかが》ったがそこに特別な変化は見られなかった。

「現に、こうして阿久仁村の言い伝えを書き残した文書があります」

「僕も読みましたよ。しかしこれって……現実のことやら単なる言い伝えやら、噂話《うわさ》に過ぎないものもあるし、荒唐無稽《こうとうむけい》な御伽噺《おとぎばなし》もあるし、記録というよりは単なる覚書でしょう」

「だからこそ！　もし本当に三郎伍なる青年が村人を殲滅《せんめつ》したのなら、そのことをなんらかの形で書き残しているはずではありませんか」

「確か、阿久仁村の滅亡については」

「はい。遺聞の第五話にあります。帝釈天《たいしゃくてん》の怒りに触れた阿久仁村は人も里もこの世から消えてしまうのです」

「それが事件に関する記述なのでしょう。ええっと、民俗学上でいうところの記号の一致ですか」

帝釈天すなわち三郎伍であり、その怒りに触れたために村人は抹殺された。越名の口ぶりに再び由美子は「それも違います」と否定の言葉を口にした。

帝釈天とは梵天《ぼんてん》とともに仏法を守る守護神である。

「村の破壊者である三郎伍が、守護神と同一の記号を持つはずがないのです」

「そういわれてみてもなあ、僕は専門家じゃないから」

確かに民俗学の世界では、ある記録について、主客の逆転、善悪の入れ換えといった事がしばしばおこなわれていたと捉《とら》えられている。しかしあくまでもそれは記録を曖昧《あいまい》にし、権力者の目をごまかすためにおこなわれるに過ぎない。その根底にあるものまで変えてしまったのでは意味がない。それは記憶ではなく虚偽でしかなくなってしまう。

「でも遺聞によればある若者がいたずら心を起こして帝釈天の像を複製したと。それが帝釈天の怒りを買って村は滅亡したことになっているはずだが。ならばその若者が三郎伍を表す記号ではないかな」

「すると今度は帝釈天という記号が宙に浮いてしまうのです。帝釈天はなにを意味しているのか」

なぜこのような話の中心に帝釈天を持ち出したのか。

これはむしろなにか重要なもの、唯一《ゆいいつ》無二にして複製を作ることが許されぬものを作ってしまったために、村が殲滅させられた事実をもとに作られた話と考えるべきではないか。

「だとすると」という越名の頬に、かすかに赤みが甦《よみがえ》った。それを見逃すことなく、興味深い話はまだある、そういって由美子はコピーを何枚かめくった。

阿久仁村遺聞の第四話。鬼三郎地蔵にまつわる話である。

そして同じく第二十五話。これは最終話ではあるが、鬼三郎と鬼四郎兄弟のそれぞれの領地をめぐる争いについて語られている。

続いて第二十話。泣きうさぎがかつての自分たちの国を思って泣くという、散文詩だ。

さらに第十五話は二つの鏡を一つにしたという話。

「これらがどうかしましたか」

「まず第四話ですが、鬼三郎と鬼四郎兄弟の話です。これについては内藤さんが面白い見解を述べています」

阿久仁村遺聞の作者は、どうやら古事記に深い造詣《ぞうけい》があるらしいと、岡山から帰ってきた直後に内藤は語った。二人の兄弟の話の根底には古事記に語られる《海幸彦・山幸彦》の物語があるようだ。その話を借りて、もともと仲の良くない集落、あるいは国について述べようとしたのではないか。しかも作者は第五話において、大分県の別府湾に沈んだ幻の島、瓜生島《うりゅうじま》伝説をも利用している。相当な知識人だったことがそこから推察される、といったのだ。

「それから第二十五話ですが、鬼三郎と鬼四郎の領地が合併する話です」

「鬼四郎がいかさまさいころを使って兄の領地を奪うという」

「はい。ここで大切なのは、あくまでもそれが鬼三郎の言い分であるということです。

鬼三郎にしてみればそれはいかさま以外のなにものでもなかった」

さらに大切なのは、領地の取り合いの根本には天の神さんと西の神さんとの戦《いくさ》があった。勝ち組に寄与した鬼三郎にしてみれば、この採決は不当でしかない。どうして鬼四郎に自分の領地を奪う権利があるというのだ。これはいかさま以外に考えられないではないか。

「まず、天の神さんと西の神さんとの戦についてですが。よく似た話をご存知ありませんか」

「いや、別に」

「遠い昔の話ではないのですよ。これ、明治維新を表しているとは思いませんか」

「とすると、天の神さんというのは……江戸幕府！」

「はい、西の神さんは討幕軍です。とすると、鬼三郎と鬼四郎という兄弟は」

島根県と鳥取県を指しているのではないか。幕末当時、尊皇攘夷《そんのうじょうい》の旗の下に倒幕に参加した鳥取県は、明治維新後になぜか佐幕朝敵の島根県に合併吸収されてしまう。

「鳥取県の人々にとってはさぞ無念だったことでしょう」

「なるほどそれでいかさまですか」

「そうとしか考えられなかったはずです」

以後、島根県は大いに栄え、元鳥取県民は困窮を極めたという。元鳥取藩の関係者たちは、必死になって鳥取県復活の嘆願を続けたはずだ。これ以上困窮すればすなわち乱となりかねない。

「それが第二十話の泣きうさぎの話です。ここで鬼三郎すなわち元鳥取県の人々は泣きうさぎという記号に変換されるのです」

見事な変換としかいいようがない、と由美子がいうと、越名が大きくうなずいた。ならば第十五話の二面の鏡をひとつに合わせたという話も読み解くことが出来る。もともとは二面の鏡であったものがひとつになり、それがまた二つに割れたということは、

「明治十四年、鳥取県と島根県は再び分割されるのです。ここでは鏡が二つの県と同一の意味を持つ記号ですね」

次々と記号を換え、阿久仁村遺聞は幕末から明治にかけての鳥取県と島根県の相克を物語っている。

——ただ……。

阿久仁村遺聞では、その物語の端々に鏡が登場する。これはなにを意味しているのか。第十五話では、二面の鏡を割ってひとつの鏡を作るのだが、そうなると双方に半

分ずつの鏡が残ることになる。それについては知らないと、まことにそっけない終わり方をしている。それぞれの家宝であった鏡の一部である。用済みだからぽいと捨てるわけにはいかないだろう。細かい点かもしれないが、由美子にはそれが気になった。

「いやあ、面白い話でした」

でも、と越名が表情を変えた。どうしてそんな話を僕にするのですかと、アルカイックスマイルを浮かべる越名に、由美子はかすかな戦慄《せんりつ》を覚えた。

「どうしてって、それは阿久仁村遺聞を研究室に持ち込んだのは越名さんですから」

「けれど僕は一介の古物商ですよ」

「でも、岡山では」

「ええ、いいましたよね。阿久仁村についてはこれ以上深入りをしてはいけないと。だからこそ、あなたにあの村で起きた惨劇を教え、那智先生を抑えてくれと」

本当は内藤君でも良かったんだが、彼はあまりに小心者過ぎてね、と越名は笑みのままいった。戦慄が少しだけ増した。

「ですから、あの村で三郎伍なる青年が虐殺《ぎゃくさつ》をおこなった事実はないと」

「どうしてそういいきれるのですか。阿久仁村遺聞にその記述がなかったというだけで」

「それでは遺聞の意味がないからです」

圧倒的な威圧の風が、越名から吹いてくるのを由美子は感じた。

由美子が研究室に休職願いを出し、阿久仁村の記録を求めて鳥取に出かけたのは、自分がこの問題からどこかで取り残されていることを感じたからだ。邪馬台国《やまたいこく》と阿久仁村、ひいては内藤が研究を進めている廃村の民俗学とはどこかでつながりを持っている。それはそんな気がするといったレベルではなく、限りなく確信に近いことを由美子は本能的に嗅《か》ぎ取っていた。二人に追いつくためにはそれなりの準備と行動、そして考察が必要だった。越名に連絡を取ったのは、いわば果実のおすそ分けのようなものだったかもしれない。あなたが知っている阿久仁村の惨劇は、実はなかったのですよ。由美子はそういいたかっただけだ。那智の口から、もしかしたら越名は、鳥取で出逢《であ》った男女からおかしな術、彼らがいうところの裏鬼道をかけられたのではないか、裏鬼道とは薬物を利用した後催眠である可能性が高い、と聞いている。ならば幻でしかない惨劇の記憶を、論理的考察で解き明かして見せれば、その術は解けるのではないか。単純にそう考えて越名に接触を試みたことを、由美子は後悔した。

「どうしたのですか、回答になっていませんよ。どうしてそんな話を僕にするのですか」

「それは……」

越名が氷だけになったグラスの中身をストローでからからとかき回す。いつまでもいつまでも回し続ける越名を見ていると、息が詰まりそうになった。そのとき。

「それはね」といったのは、由美子ではなかった。

「那智先生！　どうしてここに」

由美子の言葉が届かなかったのか、歩み寄った蓮丈那智は越名の耳朶《じだ》に唇を近づけ、なにごとかを囁《ささや》いた。すると越名のアルカイックスマイルが消え、

「まさか！　そんな馬鹿《ばか》なことはありません！」

と強い言葉が発せられた。

二人を目の前にして、由美子は完全に言葉を失った。

この光景をどこかで見聞している、と由美子は思った。

――そう、あれは確か日本書紀の中に。

イザナギノミコトの最愛の妻イザナミノミコトは、火の神を生んだことで命を落とす。妻を慕うあまりイザナギノミコトは、死者の国である黄泉《よみ》の国を訪れるのである。

妻はいう。すでに黄泉の国の食べ物を口にしてしまった自分は、もはや地上へは帰れ

ない。しかしこの国を支配する神に相談してみるから、しばらく待ってもらいたい。その間、自分の姿を決して見てはならない。その禁忌を犯し、櫛《くし》に火をつけて見たものは無残に腐れ果てた我が妻であった。あまりのおぞましさに黄泉の国を逃げ出したイザナギノミコトを、怒り狂ったイザナミノミコトは追いかける。そして地上と黄泉の国の境目である泉津平坂《よもつひらさか》、ここに千引《ちび》きの岩を置いて、地上と黄泉の国を完全に分けてしまうのである。

ただし日本書紀にはさまざまな補足があって、その中に奇妙な神が登場する。それが菊理媛神《くくりひめのかみ》である。彼女は全国白山神社の祭神であるが、イザナギノミコトの逃避行の途中、泉津平坂に唐突に現れ、イザナギノミコトになにごとかを告げるのである。イザナギノミコトはそれを大変に喜んだ、とある。だが菊理媛神がいったいなにを告げたのか、その内容に触れた補足文はどこにもない。

果たして菊理媛神はなにを語ったのか。

それよりも、菊理媛神はどうしてその場所にいたのか。地上と黄泉の国の境、泉津平坂で、なにをしていたのか。

ああ、と由美子は納得した。どうして菊理媛神のことなど思い出したのか。その場面と、突然現れて、越名になにごとかを囁いた蓮丈那智の姿が、オーバーラップしてしまったのである。

――でも、それだけでは……。

那智は菊理媛神ではありえない。また、越名もイザナギノミコトではありえない。確かに那智は越名になにごとかを囁いたが、それを越名が喜んだ気配はない。むしろマイナス感情をあらわにして驚いたではないか。

いや、そうした表層上の問題ではないと、由美子はさらに思考を深めた。

菊理媛神は日本書紀にただ一度だけ登場する女神で、その出自も確かではない。一説にはイザナギノミコトとイザナミノミコトの口論を仲裁したとも解釈されているようだが、確証はどこにもない。

――ただ……!!

ある古文書に菊理媛神らしき記述があることを、由美子は思い出した。

秀真伝《ほつまつたえ》がそれである。景行《けいこう》天皇が神代以来の政道の根源を示した長歌体のものとされるが、ただしこの古文書は歴史学の中ではほとんど顧みられることのない、偽書とされている。富士山麓《さんろく》に高天原が存在していたとする「宮下文書」や、いやいや、高天原は越中にあり神代の昔日本は世界の中心であったとする「竹内文書」、これによく似た世界観を記した丹波綾部《あやべ》の「九鬼《くかみ》文書」、朝廷に滅ぼされた蝦夷《えみし》の隠された歴史を繙《ひもと》く「東日流外三郡誌《つがるそとさんぐんし》」などとほぼ同じポジションに位置する古文書である。歴史学の世界では論外とされる文書で、空想物語風のファンタジー扱いを受けてはいるが、民俗学では違う視点からこれを研究する人々もいる。

すなわち、何故《なにゆえ》こうした荒唐無稽《こうとうむけい》な古文書が生まれたのか、を研究するのである。ある研究者は宮下文書について、「水利が大きく関係していたのではないか」と述べている。昔も今も水利は生活を支える大きな利権である。ましてや宮下文書が偽作されたと推察される近世は、水利は生命線といっても過言ではない。富士山を源とする水系への有利性を主張するために、この文書が偽作された。すなわち神代の昔からこの山麓には高天原があって、我らは代々その恩恵を受けしものである。ならば他の誰よりも優先的にこの水系を利用する権利を有している、とするものだ。

偽書でなくとも、世に伝わる古文書は大方この要素を含んでいると、蓮丈那智は常日ごろから主張している。日本書紀はしょせんは覇者の都合の良い歴史でしかありえないし、

——魏志倭人伝《ぎしわじんでん》だって。

邪馬台国を記す唯一の文書にしても、それは倭人のために書き残されたものではありえない。三国による覇権争いの中で、少しでも魏に有利なようにゆがめられた形で

残された古文書であると、以前那智がいったではないか。

魏志倭人伝から秀真伝へ、秀真伝から菊理媛神へ、菊理媛神から日本書紀へ、連想が連想を生み出していったのではないかと、由美子は自己分析をした。もちろん、連想の最後に位置しているのが阿久仁村遺聞であり、そこに連なる越名集治であることは間違いない。

そのとき由美子の思考に新たなピースが加わった。

阿久仁村遺聞に書かれた話のひとつである。漢文調で書かれた物語は、どこかで菊理媛神に繋《つな》がる部分を持っているような気がした。

阿久仁村遺聞第十四話である。

その昔阿久仁村からほど近い場所に、たいそう栄えていた集落があった。はるか南の国から移動してきた人々は、いつの間にかその地に根をおろし、海の幸山の幸を得て栄えた。集落の長は女性で、心やさしくすべての民に愛されていたが、ある日禁忌に触れてしまい、山の奥深くの洞窟《どうくつ》に幽閉されてしまった。長く幽閉の時代が続き、集落の人々はなんとか長を救い出そうとしたが、それもかなわなかった。そこに一人の流浪《るろう》する予言者が現れた。これもまた女性であった。予言者はたった一人で山の奥深くに分け入り、長が幽閉される洞窟の前に立つと、なにごとかを囁いた。

話はここで終わっている。

女性予言者はどこからやってきたのか。そしてなにを囁いたのか。長は果たして救出されたのか。阿久仁村遺聞はなにも語ってはいないのである。その部分と菊理媛神とが奇妙な形で重なっているように思えた。

「どうした、佐江君。急に黙り込んで」

不意に額になにか冷たいものを当てられ、由美子は我に返った。目の前の那智が手にしているのはグラスに浮かんだ氷だった。

「あっ、ああ……那智先生。そういえば越名さんは」

「とっくに帰っていったよ。急ぎの用ができたらしい」

わたしも帰ってしまってもよかったのだが、石像と化した君を置いてゆくのが忍びなくてね、という那智に「それはあなたの姿を見てしまったからですよ、まるでメドゥーサを見た人々のごとく」と返そうとして、思わず口をつぐんだ。よいか悪いかの判断はさておき、思考形態が内藤三國に酷似していることに気づいたからだ。

「越名さんが急用？ もしかしたら先生が囁いたことに関係しているのですか。いや、そうなのですね」

だが、那智は薄い笑みを浮かべたままなにも応《こた》えなかった。

真夏といえどもアイスコーヒーを決して口にしようとはしない那智は、今日も大きめのカップでホットコーヒーを飲んでいる。

「なにを考えていたのかい」

ポツリと漏らした言葉の効果は絶大で、由美子は脳細胞の中にしんと冷たいものを感じた。思考の乱流は沸騰《ふっとう》するお湯のようなものだ。そこにひとさしの水が注がれたように、思考が整然とするのを覚えた。まず質問がいくつか、といい置いて、

「どうして日本書紀が完成した時点で、古事記は焚書《ふんしょ》にならなかったのでしょうか」

「する必要がなかったからさ、というよりはできなかった」

と那智がメンソール煙草《たばこ》に火をつけながらいった。

古事記は実に巧妙な形で製作されている。それはひとつには、太安万侶《おおのやすまろ》という天才の存在を無視してはならない。彼は古事記を編纂《へんさん》する際に、精緻《せいち》極まりない手法をもってこれに臨んでいるのだ。

「そしてその作業にはもう一人の天才が必要だった」

「稗田阿礼ですね」

「そうだ。太安万侶を編集の天才とするならば、稗田阿礼は記憶の天才だ。たとえばA4の紙を想定してみたまえ」

そこに書き残すことのできる文字量には、どれほど極小の文字を用い、最新鋭のプリント技術をもってしても限界が存在する。これがコンピュータのメモリーに置き換わったところで、容量に限界があるという点においてはなんら変わりがない。

「ところが、人の脳細胞には限界がない、と？」

「現時点で、人間の脳に匹敵するコンピュータは存在じない」

人間の脳をコンピュータに置き換えると、高層ビルひとつ、あるいは二つ必要とされる、などという技術者もいるが、それはしょせん言葉の遊びに過ぎない。人間の脳という、医学と科学の最先端、最後の暗黒大陸とも呼ばれているものを、簡単に再現できると豪語するならそれを試してみればよい。

「試した科学者がいないとはいえないだろう。だが、それが成功したという情報は少なくともわたしは知らないが」

「では、稗田阿礼の脳細胞は、膨大な量の情報を持っていた、と」

「たぶん、そうした特殊能力をもってして、朝廷に仕えた一族なのだろう」

「確か稗田阿礼は女性であったという説があるのでしたよね」

江戸時代の国学者、平田《ひらた》篤胤《あつたね》が唱えた説である。天宇受賣命《あめのうずめのみこと》を祖とした稗田阿礼は、女性であったと説いたのだ。実地重視の史観からいえば相手にされるものではなかったが、それを受け継いだのが民俗学の巨人、柳田国男だ。彼の影響は大きく、今でも稗田阿礼女性説を唱える学者は存在する。

「男であったか女であったかは別にして……これはあくまでもわたしの直感に過ぎないのだが、稗田阿礼は盲目であった気がするよ」

「本当ですか」

「あくまでも直感だといっただろう。だが神がかりしたような記憶力を代々維持するためには、人はなにかを失わなければならない。そんな気がした」

「代々というと、まさか生まれてまもなく視力を奪われた、ということですか」

「驚くほどのことではないさ。呪術《じゅじゅつ》のひとつと考えるならば、ね。中世錬金術師たちが、等価交換の法則を真理と考えていたように」

人は外部から受ける情報の大半を視力に頼っている。それをあえて奪うことで、記憶力を補強するというのか。

けれど、と由美子は思った。古事記の序文にはちゃんと記述されているではないか。

時に舎人《とねり》ありき。姓《うじ》は稗田、名は阿礼。年はこれ廿八《にじゅうはち》。人と為《な》り聡明《そうめい》にして、目に度《わた》れば口に誦《よ》み、耳にふるれば心に勒《しる》しき。

目に映ったものはすぐにそれを口にし、耳に聞こえたものは心に記憶するということだろう。その質問を口にしたが、那智は煙草をくわえたまま、あらぬ方向に視線を泳がせるだけだった。二本目の煙草が灰になり、三本目に火をつけながら「やはり天才だったのだな」といって、由美子を見た。とたんに息が苦しくなった……気がした。

「太安万侶という人物はやはり天才だよ」

「先生を唸《うな》らせるほどの、ということですか」

「内藤君が、例の榊原という男から面白い話を仕入れてきた」

「古事記には複雑極まりない記述方法が、時に一つの話を分割して記述するような手法が取られている、という」

「そうだ。でもそれだけではない。たとえば八岐大蛇《やまたのおろち》に関する記述だが」

後世の歴史学者がさまざまな解釈を試みている。たとえば須佐之男命《すさのおのみこと》に助けられる櫛名田比賣《くしなだひめ》は水田を表しているとすれば、八岐大蛇は荒れ狂う大河を示している。八岐大蛇退治とは、大掛かりな治水工事の事を指しているという説。あるいは山肌を這《は》い回る姿はたたら製鉄を指していて、だからこそ切り落とされた尾から、草薙《くさなぎ》の剣が現れたという説。

「さらには八岐大蛇とは邪馬台国そのもので、これこそが邪馬台国滅亡に至る記録であるという説も、あるのですよね」

「まあ、異論中の異論ではあるが、ね」

だがこれがすべて正しいとしたら、と那智が口にしたとたん、由美子は今度こそ本当に息苦しさを覚えた。周囲の光景が色褪《いろあ》せたものになり、その中に極彩色の光を放つ那智がいる気がした。

「先生、まさか」

「そのまさかなんだ。太安万侶は一つの記憶を分割し、変換させて記述したのみならず、ひとつのエピソードに複数の記憶を封じ込めたんだ」

これを天才といわずしてなんという。那智が細く吐き出す煙草の煙がそう告げていた。

最初から気付くべきだったと、那智が囁くようにいった。

稗田阿礼の頭脳には膨大な量の情報が秘められている。が、それらをすべて記述するには記録媒体の情報量は限られている。しかも、情報の中には表に出すには危険すぎるもの、決して人目に触れてはならぬものがある。そこに太安万侶の煩悶《はんもん》があったのではないか。記録者として安易に情報を隠蔽《いんぺい》することが許せぬ己、覇者の走狗《そうく》として彼らに都合の良い史書を編まねばならぬ己。二つの己によって板ばさみとなった太安万侶は、ついに最良の手法を編み出した。

「でも先生、それを成し遂げた太安万侶は天才かもしれませんが、それでは意味をなさないと思います」

「前に研究室で話したことがあったね」

「ええ。古事記はあらかじめ忌《い》まわしき記憶を風化させるために作られたのではないか、と」

たとえば八岐大蛇退治が大規模治水工事だとする。これは十分に記録に値する出来事ではないのか。たとえ複数のエピソードがこめられているにせよ、記録に値する出来事とそうでないエピソードを仕分けし、正確に後世に伝えるものがいなければならない。そうでなければこのエピソードは存在価値そのものを失ってしまうのではないか。いわばサブテキストがなければ、あるいは暗号の乱数表というべきものがなければ、古事記の意味はなくなってしまう。

「乱数表か、面白いことをいうね」

「ありがとうございます。誉められているのかどうか、よくわかりませんが」

「もちろん誉めているさ。ところで稗田阿礼架空人物説については」

「そのような説があることだけは」

「それが答え、だよ」

稗田阿礼に男性説があり女性説があり、また架空人物説がある。那智の直感によれば稗田阿礼盲目説がある。

「そうか、稗田阿礼そのものが乱数表でありサブテキストなのですね」

彼の頭の中には古事記の原点となった情報がすべて詰まっている。彼さえいれば、時がたとうとも古事記に秘められた真実をいつでも取り出すことができる。その使命は彼の一族が代々引き継いでゆけば永劫《えいごう》となる。

——ただし、そこには大きな危険がある。

為政者がそのことに気付いた場合、彼らが真っ先になさねばならないのが、

「稗田阿礼および一族の抹殺、ですね」

「そうだ。だからこそ太安万侶は彼の実像からなるべく遠い記述を残すことにした。あるいは記憶能力者集団Xを守るために、稗田阿礼なる人物を捏造《ねつぞう》したんだ」

「じゃあ、古事記編纂の八年後に日本書紀が編纂されたのは」

「為政者の誰かが古事記の真実に気がついてしまったからだろうね」

あるいは、と那智がいった。

X一族内部に内紛がおき、為政者側に寝返ったものがいたかもしれない。当然のことながら一族郎党は、反逆者の汚名を着せられ、虐殺《ぎゃくさつ》されただろう。そののち、新たな史書としての日本書紀が編まれた。

「ところが、新たな史書が完成しても為政者たちは古事記を焚書にすることができなかったんだ」

「どうしてですか」

「ここでも太安万侶の知略が機能した」

古事記は恐れ多くも天武天皇の勅命によって編纂《へんさん》された最古の正史である。これを焚書にすることなどおいそれとはできない。しかも、古事記が一部しかないとはかぎらない。写しがあった場合、そしてそれを目にする者が不必要な疑問を抱くやもしれぬ。

「そうですか、恐ろしい話ですね」

「まあ、証明できるわけもない話だがね」

民俗学ではしばしば、柳田国男型・折口信夫《おりくちしのぶ》型という言葉が使われる。実存と実地、採取を旨《むね》とする柳田民俗学。その多くを直感に頼り、直感を元に実証してゆく折口民俗学。そのどちらにも当てはまらず、どちらをも兼ね備えた蓮丈那智は、

――やはり蓮丈那智型としかいうことができないのだろうなあ。

それが手を伸べようとして届かぬ高みにあることを実感して、由美子はため息をついた。

「どうした、佐江君。ため息は内藤君の専売特許だと思っていたが」

「いえ、なんでもありません、それよりも」

と、先ほどの連想とも妄想ともいえない繋《つな》がりについて、話を始めた。

気になるのは阿久仁村遺聞の第十四話である。断言することはできないが、阿久仁村遺聞全二十五話はかなりの部分である出来事を象徴する形で描かれているのではないか。明治維新における騒乱や、鳥取県と島根県の合併、そして分割について、などなど。

「でもこの第十四話は」と、那智の記憶の中に阿久仁村遺聞の全文が刻まれていることを確信しつつ、由美子はいった。果たして、

「確かにこの話は全体から浮き上がっているね」

「この話のモチーフはたぶん、天照大神《あまてらすおおみかみ》の天岩戸《あまのいわと》隠れですよね」

「それに、君のいうとおり菊理媛神の要素も加わっている」

そういって、那智がくぐもった笑い声を漏らした。いつだったか内藤が「先生の笑

みは悪魔の契約書そのものだ」と、真顔でいったことを思い出しつつ、心の中で大きくうなずいた。

「果たして村の女長《おさ》はどんな禁忌に触れたのだろう。また、女予言者はいったいどのような言葉を告げたのだろう」

「それがわからないのです」

だから質問しているのですといおうとしたが、それは那智の掌《てのひら》によって遮られた。

「もしかしたら阿久仁村遺聞を作った人間は、相当な曲者《くせもの》かもしれないねえ」

「太安万侶みたいに、ですか」

「うん。あるいは彼の眷属《けんぞく》かもしれない。いや正統なる後継者かな」

「まさか、太安万侶の一族の末裔《まつえい》ですか」

「そんなことはないと思うが」

腕組みしたまま、那智がすっと目を閉じた。メドゥーサが菩薩《ぼさつ》に変身した。

そのまま、形のよい唇が「で、鳥取はどうだった」と何気ない口調でいった。

「どうしてそのことを！」

「君が休職願いを出す前の日に、君のデスクにガイドブックが置いてあった」

「そうだったんですか。なにもかも承知だったのですね」

「なにか収穫はあったのかい」

「…………」

「そうか、なにもなかったか。それでこれからどうする気だ」

これからも単独で阿久仁村遺聞を調べるのか。あるいは民俗学の研究者としてどうするつもりなのか、それはこの学問を続けるや否《いな》や、を含めての「どうする気だ」なのだろうが、由美子には答えられなかった。

「まあ、いい。ゆっくりと考えることだ。人生はあまりにも長い。時に立ち止まることも必要だろうよ」

まだ時間はいくらでもある、どこかの老いぼれ学者とはちがって。

と、那智が謎《なぞ》のような言葉を口にした。

「誰ですか、それ」

「ん？　いや、人は老い先が短くなると、どうも気が短くなるらしい」

「あの……まさか箸墓《はしはか》古墳について、あの、それはちょっと」

那智の言い分は火を見るよりも明らかだった。

箸墓古墳についての発表は衝撃的だったが、以来まともな反応がほとんどない。こうした場合、象牙《ぞうげ》の塔の中では二通りの考え方がある。いや、二通りしかないといってよい。ひとつはあまりに完璧《かんぺき》すぎて、反論のしようがない場合である。ただしこの場合、その説に便乗する論文が雨後の筍《たけのこ》のごとく発表されるのが常である。いや、これくらいの研究ならば自分がとっくに到達していた、といった類《たぐい》の論文だ。今回、それがない。もうひとつは、これがいちばん辛辣《しんらつ》なのだが、反論するに値しない、といった意見が大勢を占めている場合だ。無視、シカト、どういってもかまわないが、象牙の塔の住人には多分にゆがんだ幼児性があるようだ。

「相変わらず寸鉄人を刺すようなお言葉ですね」

「仕方がない、事実は事実だ」

そっけない表情の那智だが、それが自分を慰める言葉であることに不意に気付くと、いつの間にか涙が止まらなくなっていた。

2

阿久仁村遺聞の第九話のことを、内藤は考えていた。

『阿久仁村遺聞　第九話

其は神のことなればこそ言葉はありき。言葉すなはち教へなり。神に二つのおもてあり。村人をば慈《いつく》しみ、ねぎらひ、幸おほくあたへたるなり。人もまたこれを敬ひあがめたるなり。神に二つ目のおもてあり。神は悪逆無道の権化《ごんげ》にてござ候《そうろう》。神に二つ心あり。人々より敬はれたるをよいことに悪心呼び覚ましたり。使ひ神に言ひ渡したるなり。吾《われ》は欲す。神々《こうごう》しき我が心の証《あかし》を吾は欲す。村人に作らせるやうしかと申し付けたと。使ひ神それに従ひて村人に宣託す。よき心のものどもよ神に従へ。神々しき心の証作りたまへ。村人それに従ふことあくまでも従順なり。村人あまねく神の子なりと告げられ歓喜高じて気を失ひし者もあり。さて神々しき心の証とはなんぞと村人考へたり。あるものいはくそれすなはち神を写した面なりと。このものまさしく然《しか》りとてはものもなり。早速に面打ちのものども集めたり。神はこの世のものならず。されば人にもあらず。もちろん獣にもあらず。岩にあらず草にあらず水にあらず風にあらず。さうしてやうやく打ちあがつた面をば使ひ神に捧《ささ》げたり。使ひ神もたいそうたいそう喜ばれたり。なれど神悪心発す。神が神たる所以《ゆえん》わが心の神々しきたる所以人が知るとはなにごとぞ。神怒りて村人をことごとく誅殺《ちゅうさつ》せしむべしと使ひ神に命じたり。使ひ神それに深くうなづいたり』

中学時代に読んだ漫画を思い出した。それは内藤がのちに大学で民俗学を学ぶきっかけになったといっても過言ではなく、今も本棚に鎮座している。その一節に書かれた言葉を思い出したのである。古代人にとって神とは神々しいばかりではなかった。時に禍《わざわ》いをもたらす恐ろしい存在でもあったのだ。のちに心改め善心に立ち返る須佐之男命でさえも、高天原では悪行の限りを尽くしている。阿久仁村遺聞第九話も、そうした神の気まぐれと残酷さを伝える一文であるといえるだろう。

だがそれだけではない気がするのはなぜだ。人でもなく獣でもなく岩でもない。草でも水でも風でもないとはどんな面だ。そもそも本当に村人は面を打ったのだろうか。これは面ではない他のものを作ったということを表しているのではないか。

——そのために村そのものが誅殺された、とすると。

内藤はなおも考え続けた。その場所が研究室ではなく、大学の存在する狛江《こまえ》市と川崎市とをつなぐ橋の上であることさえも忘れて、阿久仁村遺聞のコピーを眺めつつ思考を深く深く掘り下げていった。無論、背後から走りくる自転車に乗った女子高校生が、携帯電話を片手に友人と和やかな談笑を交わしていることなど知るよしもなかった。

ひゃああああああああ！

甲高い叫び声は当然、内藤自身のものではなかったが、それが自らの心の悲鳴に聞こえた。次の瞬間、腰の後ろに強い衝撃を受けた。あまりにも無防備すぎて、体が反応することができなかった。衝撃は衝撃のまま内藤の下半身に襲い掛かり、下半身は素直に衝撃のまま反転した。反転しつつ前のめりとなり、欄干《らんかん》にぶつかると、内藤の体は欄干を乗り越えて、宙へと放り出された。

――確か前にもこんなことが。

それは越名集治と廃村めぐりに出かけた折のことだった、崖《がけ》の斜面を転がり落ちたときも同じように……と思い出しながら、眼前に迫る多摩川の川面《かわも》を見たのが、内藤の最後の記憶だった。

左大腿骨《だいたいこつ》骨折。左の肋骨《ろっこつ》三本損傷。左側頭部および左頸部《けいぶ》損傷。全治二ヶ月。

「要するに左半身で川面の衝撃をすべて受け止めた、ということかね」

目が覚めると、目の前に那智と佐江由美子がいた。丸一日以上寝ていたらしいが、悪魔と天使の出迎えに、感動すべきか絶望すべきか迷っていると、

「まったく運がいい。医者がいっていたぞ、奇跡に近い、とね」

「どういう意味で奇跡なのでしょう」

ずきずきと痛む顎《あご》を無理やり動かしていうと、

「一昨日の雨で多摩川が増水していてね、それがクッションになった」

それでも、落下の衝撃で気を失ったのだから、そのまま流されてしまえば、今ここに内藤三國と那智の師弟対面はありえなかったろう。橋の真下にいた河川敷ゴルファーが事故の現場に居合わせたからこそ内藤は無事に救助され、こうして病院のベッドに傷ついた身体《からだ》を休めていられるのである。

聞けばなるほどと納得するしかない説明だが、心のどこかに釈然とすることのできない己がいることも確かだった。

さらにもうひとつ幸運が、と那智がいった。

どうやら橋の上で内藤をど突き倒したのは女子高生であったらしい。自転車に乗ったまま携帯電話を使用していた彼女の、明らかな前方不注意だった。無論、内藤にはなんら過失はない。

「ところが女子高生の父親が、保険会社に勤めていて」

といったのは由美子だった。内藤に落ち度がないとすれば、休業補償、慰謝料といった金銭は、親である自分にすべて降りかかることになる。そこで稼業《かぎよう》でもある保険屋根性を丸出しにした父親は、内藤の側にこそ責任があると難癖をつけようとしたらしい。だが携帯電話の通話記録が歴然と残っているうえに、取調べに当たった狛江署にはかつて那智の教え子であった人物がいた。

「結局すべてが逆効果となって、君には想定外の補償金および慰謝料が支払われることになる」

代理人となってすべての交渉に当たってくれたのが那智本人であったと、由美子から聞かされ、納得すると同時に、女子高生の父親に降りかかったであろう不幸を思うと、少しだけ不憫《ふびん》な気がした。

「そりゃあ……どうも。お手数をおかけしました」

「しかも、だ」

「まだあるんですか、幸運というやつが」

「君がこのような状態だから、当然のことながら佐江由美子君の休職願いは取り下げられた」

「それって……やっぱり幸運ですか」

ところで、といって由美子がトートバッグから新聞のコピーを取り出した。日付は今日。目が覚めたばかりの内藤は、当然ながらまだ目を通していない。

『強まる畿内説　纏向《まきむく》遺跡から大型建造物遺構発見』

　急いで記事を追うと、奈良県桜井市の纏向遺跡から発見された遺構は、東西百五十メートル、南北百メートルにわたって区画を整地して立てられたものらしい。しかも纏向遺跡は例の箸墓古墳の北側八百メートルというきわめて近距離に位置している。

「どう思われますか」との由美子の問いに、内藤は沈黙した。

「もしかしたら、これって決定的な証拠ですか」

「いや、そんなことはない。そんなことはないが……」

　そもそも纏向遺跡は邪馬台国畿内説のひとつの牙城《がじょう》であった。発掘調査は今も全体の五パーセントに過ぎないが、出土する土器の三十パーセント前後が別の地域から運び込まれたものではないか、とされている。このことから日本最古の都市構造を持っていたと推測され、それが邪馬台国畿内説の柱のひとつとなっている。

「纏向遺跡がある意味で非常に古い形の都市構造を持っていたことは確かなんだ」

「だからそれが邪馬台国ではないので……しょうか」

「そう断言するのはあまりに早計に過ぎると思う」

由美子の言葉がどこか歯切れが悪いのは、そばでメンソール煙草《たばこ》をふかして沈黙する、那智の姿を意識しているからに違いない。病室は禁煙です、いえ、携帯用の吸殻入れを持っているか否《いな》かはまるで関係がありません、などといっても煙草の火を消すような人物ではないから口にはしないが、それでも那智の沈黙はいささか不気味でもあった。彼女がその記事を読んでいないということはありえない。あるいは由美子が記事のコピーを取出すのを待っていたのではないか。さらに言えば、記事を読み終えたのちの内藤の発言を精査しているのではないか。

口の奥に生唾《なまつば》が湧《わ》くのを感じた。

水を一杯、と由美子に頼んでグラスを受け取り、喉《のど》を潤《うるお》して、

「たとえば出雲神話だよ」

「出雲神話ですか。いきなり飛躍しましたね」

そうじゃないと、内藤は説明を始めた。

出雲神話のみならず、古事記に記された神話の多くは、しょせんはフィクションに過ぎないというのが津田左右吉《つだそうきち》以来の歴史学者の趨勢《すうせい》を占める意見であった。もしも古事記説くところの出雲王国（王朝）なるものが実在していたなら、それに見合う考古学的資料が残されていなければならない。それが見つからない限り、出雲王国など

というものは物語の中にのみ存在が許される幻獣のようなものだ。

「ところが一九八四年、とんでもない遺跡が発見された」

「もしかして荒神谷《こうじんだに》遺跡ですか」

内藤は、うん、と首を縦に振った。

島根県斐《ひ》川《かわ》町の神庭《かんば》の荒神谷遺跡から、実に三百五十八本もの銅剣と六個の銅鐸《どうたく》、銅矛十六本が出土したのである。

「それまで全国から出土した銅剣は三百本あまりだったから、出雲の一遺跡からこれほどの数の銅剣が出土したことは、ある意味で奇跡といえた」

銅鐸文化圏と、銅剣・銅矛文化圏という言葉を昔教わっただろうというと、由美子はうなずいた。一般的に近畿を中心としたのが銅鐸文化圏、九州を中心としたのが銅剣・銅矛文化圏とされている。

「出雲はこの二つの文化圏の特徴を兼ね備えているんだ」

「それは、出雲にいかにすぐれた文化圏が存在していたかという、証明なのですね」

「もう少し、すごいことだと思う」

「すごいことって？」

「荒神谷遺跡から出土した銅剣はね、あたかも埋葬されるように整然と並べられた形で出土したんだ」

決して不用になったからそこにうち捨てたような状態ではなかったと、内藤がいうと、由美子の眉間《みけん》に一瞬深い皺《しわ》が刻まれた。

「どういうことですか」

「ここから先は僕の私見だよ。もしかしたら荒神谷遺跡は、文字通りひとつの文明を埋葬した場所ではなかったろうか」

「つまり銅剣の文明を滅ぼした新たな文明というと」

「鉄の文明ではなかっただろうか」

それまで出雲の地に栄えていたはずの銅剣・銅器文明を、鉄器文明が滅ぼした。滅ぼされた銅器文明の墓標こそが荒神谷遺跡なのではないか。

「というように」と那智が話に加わった。

弥生《やよい》時代の終わり、すでに日本にはいくつかの高度な都市文明が存在していたと考えられる。吉野ヶ里遺跡然《しか》り、もっと時代を遡《さかのぼ》れば縄文期の三内丸山遺跡然り。畿内のどこかに都市文明があったからといって、それすなわち邪馬台国と結論付けるのはあまりにも性急なのだ。

「と、内藤君はいっているんだ」

那智の言葉に内藤は激しく動揺した。もしかしたら自分は誉められているのだろうか。それとも次なる言葉で、いつものように完膚なきまでに叩《たた》きのめされるのだろうか。

「……あの」

「心配しなくていい。十分すぎるほどに誉めているのだから」

「ところで先生、気になることがひとつ」

雅蘭堂の越名にいったいなにを囁《ささや》いたのか、という由美子の言葉が内藤には理解できなかったが、越名に関するなにかであることは確かなようだ。

「うん、それなんだが。ちょっとね」

言葉の切れの悪さとは裏腹に、那智の眼が挑戦的に光った気がした。

「なにか企《たくら》みましたね、先生」と、状況がわからぬままに内藤は断言した。

「さすがに勘がいい。だがたいしたことじゃないよ」

そのとき病室のドアがノックされ、返事を待たずに古物商の西が入ってきた。

「よう、色男。大変な目にあったな」

という西の手には、フルーツバスケットが下げられていた。

「われながら古臭いとは思ったがな。ナニ、古物商だからという洒落《しゃれ》じゃないんだが」

この日の西の服装は濃紺の作務衣《さむえ》に、江戸時代の火消しが羽織っていたものとおぼしき刺し子の長半纏《ながばんてん》。筋の良い物であることはひと目でわかるが、いかにも病室にはそぐわない。病室はおろか、この姿が似合うのは博物館の展示ケースの中だけではないか。あるいは浅草あたりなら、外国人観光客に喜ばれるかもしれない。

はたして。

「この格好で浅草を歩いていると、外人客に話しかけられるんだ。記念撮影に応じて、ついでにジャパニーズアンティークの店でも紹介してやれば、ひどく喜ばれる」

「まさか、浅草あたりに点在するいんちき骨董《こっとう》商を紹介して、バックマージンでも取っているのではないだろうな」

「なにがわるい」

「やっぱりなあ。あんたと付き合っていると、自分の人品骨柄が悪くなるような気がするよ」

内藤がいうと、西は気にするなとそっけなく答えて、自ら持ち込んだフルーツバスケットから白桃《はくとう》を抜き出した。やはり病気と怪我《けが》のときには桃だよな。ああ、この男にもデリカシーはあるんだ。てっきり内藤は自分のために桃を剝《む》いてくれるものとばかり思ったが、礼をいう前に西は白桃を自分の口元へと運んで、いきなりかぶりついた。

「やはり病気見舞いは白桃だよな」

「皮くらい剝いたらどうですか」

「気にするな。肉でも魚でも、もちろん果実でも皮ぎしがいちばんうまいんだ」

二人のやり取りを聞いていた那智が「で、なにかわかったか」と、口を挟んだ。半纏の袖《そで》で滴《したた》る果汁を拭《ぬぐ》い、

「奴《やっこ》さん、たいした猟犬ぶりを復活させやがった」

「そうか、まださほどに目は曇っていなかったか」

「ああ、例の長火鉢を手に入れた競《せ》り市の会主に、まず話を聞きにいった」

「それから」

「その後、いくつかの同業者をあたって回ったようだ」

そういって西は、業者の店舗の所在地をいくつかあげていった。中には相当に危ない商売を専門にしている業者もあるらしく、「荒事にならないのは、越名が気働きを利《き》かせているせいだ」と、西は半ば感心しつつ、半ば嫉妬《しっと》しつつといった口調でつぶやいた。

「それは那智先生、越名さんに囁いた言葉に関係しているのですか」

由美子の言葉に那智がうなずいた。

「なんといったのですか、彼に」という幾度めかの問いに、那智が唇をにやりと歪《ゆが》めた。「たいしたことはいっていないよ。ただね」と内藤のことを「ミ・ク・ニ」と呼ぶときの響きを滲《にじ》ませて、

「こういってあげたのだよ。今回の一件、どうやら君もわたしも誰かに嵌《は》められたようだ、とね」

「それはまた、きつい一言を」と内藤は絶句した。

嵌められる。古物商にとってこれほど忌《い》まわしくも屈辱的な言葉はない、といつか越名に聞いたことがある。目が利く、利かないはこの世界の習いだが、それはあくまでも善意の取引の場合だ。そこに悪意が存在すると話は別になる。古物骨董《こっとう》の世界には「目利き殺し」という言葉もあるそうだ。冬狐堂・宇佐見陶子に聞いた話だ。目利きが目利きを騙《だま》す、そのために使われるいわば裏技、あるいは騙しの行為そのものをこう呼ぶのだとか。目利き殺しに引っかかったとなると、それは古物商にとって死活問題となりかねない。罠《わな》を嚙《か》み破ってこその目利きだからだ。悪意と善意が綯《な》い交《ま》ぜになって混沌《こんとん》世界を形成しているようなものだからと、そのとき陶子は笑いながら話

してくれたが、その目が決して笑っていないことに気付いて、内藤は背筋に寒気を覚えたものだ。冬の狐《きつね》の異名をとり、目利きで知られる冬狐堂にも、苦い経験があったのだと、確信した。

「なまじの鞭《むち》よりも効果があると思ってね」

「そりゃ、そうです」

「いつだったか、宇佐見君に長火鉢の出所を調べてもらったことがある」

「ええ、聞きました。でもそれは難しい、と」

「だから彼女には、雅蘭堂から長火鉢そのものを手に入れられないかと依頼したんだ」

「そのときに活躍したのが、この俺だよ」と、西が話に割り込んだ。掌《てのひら》には二つ目の白桃がある。

だがそれも失敗した。越名が施した巧妙な仕掛けを破ることができなかったのである。

「だから考えた。いっそのこと彼自身に長火鉢の出所を調査させよう、と」

「それで、あんな言葉を」

「賭《か》けでもあったのさ。彼に施された後催眠があまりに深いと、この企ては成功しない」

「逆に、さほど深くなく、古物商としての本能が勝っていれば」

「うん。それに彼はすでに幾分かの疑いを持ち始めたようでもあった」

かくして、越名は雅蘭堂という名の猟犬となった。

それで越名集治は今いずこ。那智の問いに西が、

「山口県山口市。同業者を訪ねたようだ。そのまま市内のホテルに滞在しているよ。あそこは質の良い温泉もあるからな」

と答えた。

内藤君の傷の具合に障《さわ》るだろう。そろそろお暇《いとま》しようじゃないか、といった那智に、西が作務衣のポケットから手帳を取り出して、

「ひとつ報告を忘れていたよ、山口へ立つ前に越名は病院にいっている。それも数度にわたって」

「どこか悪いのだろうか」

いや、と西が笑った。ただしあまり善意の感じられない笑顔だった。

「精神科。しかも催眠療法の専門医だ」

それを聞いた那智の表情に浮かんだのもまた、西と同様の笑顔だった。

3

ゆっくりと半身を露天風呂《ぶろ》の湯に沈めながら、

「さて、これからどうするか、だな」

越名はほかに客が誰もいないことを確かめて、つぶやいた。

気持ちがいい。長い間こわばりきった身体《からだ》の細胞の一つ一つがゆっくりと溶け出すようだった。手も足も弛緩《しかん》する喜びに、震えている。あるいは身体と心を縛り付けていた見えない糸が、ほどけて湯に溶け出す。

山口にやってきたのは、澤村老人に会うためだった。ところが店は閉まっていて、周囲の話を聞けば店を閉めてもう一週間以上になるという。あらかじめ連絡を入れておけばよかったが、電話は不通。抑揚のない女性の声で、お客様の都合により通話ができません、ときたもんだ。携帯電話などという文明の利器をあの男が持っているはずもなく、結局は宙ぶらりんのまま山口の街に放り出されることとなった。

市内の骨董《こっとう》店を覗《のぞ》けば、それなりの商売をすることができる。都会と地方では骨董の価格にもそれなりの差が生まれるからだ。土地柄による嗜好性《しこうせい》によっても、差は生じる。そうした価格差を利用して利ざやを稼ぐのも、骨董屋の仕事の一つだ。そうして数日を過ごし、澤村の帰宅を待つという選択肢もある。

「それにしても澤村の爺《じい》さん、どこに消えちまったのか」

仕事柄、古物商は地方を回ることが少なくない。今の越名自身がそうであるようにだ。しかし近年、持病の神経痛が悪化したとかで、澤村が遠出をすることはまずないと聞いている。近隣で開かれている市を回るのがせいぜいだ、とも。一週間も店を閉めるとは、尋常ではない気がした。

――それとも……開店休業の店がついに閉店したか。

そもそも得体の知れない老人だった。年齢不詳、経歴不詳。すねに傷もつ輩《やから》の多い世界で、自らの過去を語りたがらない連中もいるのだが、澤村の場合は特にそれが顕著だった。駅前の裏通りにいつ店を構えたのかを知る者さえいないと、別の同業者から耳にしたとき、越名の中に小さな違和感が生じた。

――まるで過去のない老人。いや別の世界から紛れ込んだ妖怪《ようかい》じゃないか。

同時に鳥取に行く前、澤村老人を訪ねたときの記憶が甦《よみがえ》った。あのときの奇妙に奥歯に物の挟まった物言いは、もしかしたら老人がなにかを知っている故《ゆえ》ではなかったか。それを聞き出す目的で山口県までやってきたのだが、

「このありさまじゃあなあ。そういえば」

ふと、越名の脳裏に別の記憶が甦った。

──阿久仁村遺聞にも、似たような話があったっけな。

『阿久仁村遺聞　第二十二話
　キメウナル老人ノ話
　黒姫山ナル場所ニ東屋《あずまや》アリ　キメウナル老人住ミテ久シクナルナリ　老人齢《よわい》モ知レズ生マレモ知レズ　親ナク子ナク兄弟ナシ　イツヨリソコニ住マヒシカ誰モ知ラヌトカ首ヨリ小サキ鏡掛ケタリ　東屋ニ集ヒシ子ラヲ愛《め》デルコトナニヨリモ深シ　子ラニ語リタルコト常ニ同ジクシテ　吾《われ》遠キ国ヨリイデシ王ノ末孫ナリ　鏡ハソノ証《あかし》ナリ　遠キ国ソレハ神ノ国ナリ　イツカ吾阿久仁村ヨリ出《い》デ次ナル（以下、遺聞の一部の破損によって判読不能）』
　キメウ（奇妙）なる老人とは、まさしく澤村老人ではないか。とすると、彼はどこか異国より流れ着いて、山口に居を構えたのだろうか。

「ばかばかしい」と、越名がつぶやいたとき、浴室と露天風呂とを仕切るドアが開く音がした。どうやら別の客が入ってきたらしい。お先に失礼と立ち上がろうとして、越名は言葉を失った。新たな客は女性だった。しかもよく見知った顔だ。精神の奥深いところで、みしりと軋《きし》む音がした。

「あんた……」

「お久しぶりですね、越名さん」

女性は米子で出会った神崎秀雄の連れ、豊子だった。

——お久しぶりか、よくもまあ、いけしゃあしゃあと。

精神の軋む音が、小さな怒りの炎に変化した。

「ここの露天風呂は混浴ではないはずだし、それに貸切でもない」

「貸切にしてもらったんですよ」

「どうしてそんなことができる」

「越名さんがチェックインした直後にフロントと交渉しました。幸いなことにこのホテルには他にいくつかの浴場があります。それにウィークデーで宿泊客も少なかったものですから、特に問題なく」

「なるほどね」とはいってみたものの、納得したわけではなかった。金ずくではない、別の力が影響しているのではとも考えた。

当然のことながら豊子の全身に着衣はなく、またその事実を隠そうともしていなかった。水面の下に形のよい乳房と、南天の実のような乳首がゆれて見えた。米子で出会ったときは気付かなかったが、白い肌が透き通るように張り詰めている。

「あまり見ないでください」

「露天風呂を勝手に貸切にした挙句、裸の付き合いをするために入ってきたのでしょう」

見ないでくださいという言葉とは裏腹に、豊子の表情に羞恥心《しゅうちしん》は見て取ることができなかった。その目はむしろ挑戦的ですらあった。

「僕を……つけてきたのですね。いや、あなた方には特別に動かすことのできる目があるのですね」

「はい」といった言葉には、強い自信が滲んでいる。

だってあなたには勝手に動き回ってほしくないのです。わたしたちのためにもっと本気で働いてもらわねば。

「それは困りましたね。僕には僕の立場がある、生活がある、仕事がある」

「お金の面ならば心配はご無用ですよ。生活に困らないだけの額をご用立てできると思います」

「やはり、別の力が加わっているということですか」

「どうお考えいただこうともかまいません」

「だが、そうはいかないんです。そうした圧力が、なんというか、苦手というか、嫌いというか、憎らしいというか」

「仕方がありませんね」と豊子が越名の目の奥を覗きこむように顔を近づけた。唇と唇を合わせることが目的ではなかった。

「越名さん、思い出してください。裏鬼道・御霊《みたま》おろしの夜のことを」

どこかで聞いた声の響きだと思った。

――そうか、あれは那智先生が内藤君を呼ぶ際の……。

なるほど蓮丈那智こそが卑弥呼《ひみこ》の末裔《まつえい》であったかと、二重に納得すると、心に少しばかりゆとりができた。強がりをいってみたものの、若い女性の裸身を目の前にして平静でいられるほど心も肉体も枯れてはいなかった。

「どうしたのですか、思い出さないのですか」

豊子の声にわずかに焦《あせ》りが混じった。さらに顔を近づけ、今度は本当に唇を合わせながら、越名の内臓の奥深くに直接声を吹き込むように「裏鬼道・御霊おろしを」と囁《ささや》いたが、越名の精神は平静を保ったままだった。

「もう、効かないんですよ、その業《わざ》」

「えっ！」

「後催眠というそうですね。心に刻み込んだ暗示を、あるキーワードや現象によって発動させる催眠術だとか。考えようによっては恐ろしい業ですよ」

「どうしてそれを」

「かなり以前から、自分の身体《からだ》に変調があることには気付いていました」

だが、その原因がわからなかった。時折、記憶が切断されることに気付いたときには、将来への不安で夜も眠れなくなったほどだ。もしかしたら若年性のアルツハイマーではないのか。自分はこうして徐々に精神的な死を迎えるのではないか。脳ドックにも通った。ペーパーによる検査も受けた。だが自分の脳のどこにも異常が見られないとわかったとき、ひとつの疑問が生じた。もしかしたら精神の面でどこかに傷を負っているのではないか、と。

「そこで、知り合いの医師に相談してみたんです。この人がまた目が利《き》かないくせに骨董好きでしてねえ。よく尻拭《しりぬぐ》いをしてあげるものだから……いやそんなことはどうでもいいが。彼がもしかしたらと、専門医を紹介してくれたんですよ」

いくつかの治療ののち、どうやら自分に後催眠がかけられていることが判明した。

「後催眠の事実が判明すればあとは芋づる式というやつですか。別の催眠療法によって過去へと遡《さかのぼ》りました。あなたがたと出会った夜ですよ。そこでわが身に起きたことを思い出し、ついにキーワードまでたどり着いたのです。それが《裏鬼道・御霊おろし》という言葉だった」

そこまで突き止めればあとは簡単だった。簡単といっては語弊がある。後催眠は長い時間をかけなければ完全に解くことはできない。

「でもね、キーワードを入れ替えることは可能なんです。そこで僕がこの国で決して聞くことのできない言語をキーワードにしてもらいました。あなたにはずいぶんと電話で操られましたが、もうその心配はなくなりました」

なにがお久しぶりだ、と心で悪態をついたのはそのためだった。携帯電話の着信履歴を確認してすぐにわかった。自分は見知らぬ番号の相手と幾度も通話しているのである。公衆電話からその番号に掛けてみると、出たのは若い女性だった。

「あなたですよね、豊子さん。もっとも電話口では別の名前でしたが。須田麻弥子《すだまやこ》さん」

「…………」

唇を引き結んだままの麻弥子を見ながら、越名はまた別のことを考えていた。

もしかしたら卑弥呼が衆生《しゅじょう》を惑わしたという鬼道も、似たような業であったかもしれない。専門医の話によれば、越名にかけられた後催眠には、薬物が使用された形跡があるという。だが薬物は決して現代特有のものではない。古代でもアルカロイド系の薬物ならば、植物を処理することで十分に得ることは可能だ。たとえば、とその医師はいった。そうした薬効成分を含んだ植物をすりつぶし、酒に浸す。アルコールは今でも抽出媒体として利用されるほどだから、数日後には幻覚成分をたっぷりと含んだ薬酒が生まれるのだ。これを皆で回し飲みしたら、アルコールの作用と幻覚成分の作用で、人々はトランス状態に陥るのではないか。集団催眠の効果もあるかもしれない。

ついこんなことを考えてしまうのは、蓮丈那智の影響だろうと思った。

「ところで麻弥子さん。お聞きしたいことがひとつあります」

その言葉にわれに返ったのか、あるいは急に羞恥心の波にさらわれたのか、乳房を片手で隠しながら、

「なんでしょうか」

消え入るような声でいった。

「駅前の骨董屋《こっとうや》で澤村という爺さんがいます。もう一週間も行方が知れないのですよ」

もしかしたら行方を知らないかと問うと、麻弥子は首を横に振った。

「本当ですか」

「澤村さんは、われわれの側の人間ではありませんから」

「われわれの側の人間？　それってどういうことですか。あの阿久仁村遺聞をめぐって二つの立場の人間が錯綜《さくそう》していると」

「これ以上は聞かないでください。あなたがもうこちら側の人間でなくなった以上、それを知ることはあまりにも危険です」

あなたに術を施したことについては謝ります。本当にごめんなさいと、頭の上でまとめていた黒髪がほどけ、湯につかるのを厭《いと》うことなく、麻弥子は頭を下げ続けた。

それでも越名は釈然としなかった。

頭のどこかで、違う、違うと叫ぶ声が鳴り響いた。

歴史に「たら・れば」はありえないが、こんなにも歯がゆい思いをしたのは初めてだった。なぜ最初から素直に協力を求めなかったのか。裏鬼道などという邪術を使ってまで自分をコントロールしようとした神崎も麻弥子も、ぶん殴ってやりたいほど腹立たしい。事情さえきちんと説明してくれたなら、ことによったら協力だってできたかもしれないではないか。

そのとき越名の中で、なにかがすとんと落ちた。

「そうか。澤村の爺さんがあなた方と逆の立場にあるということは」

麻弥子たちは阿久仁村遺聞を表の世界から消し去りたい立場にある。だとすると澤村老人たちのグループは阿久仁村遺聞をどうしても表の世界に出したい立場にあるはずだ。うまく競《せ》り市を操作すれば、例の長火鉢は半ば必然的に越名が競り落とすことになる。それは可能か、否《いな》か。

──可能だ、数人の競り人と主催者がグルになれば。

越名の嗜好《しこう》は極《ごく》簡単な調査で判明するだろう。そしてそこに阿久仁村遺聞を隠しておけば、越名の性格と人脈からして、遺聞はこれまた必然的に蓮丈那智の元に渡る。そして蓮丈那智という異端の民俗学者は、そこに秘められた謎《なぞ》を解かずにはいられない。

「では、那智先生たちが阿久仁村遺聞の謎を解いたら」

その先がどうしても読めなかった。読めないながら、あまり面白くはない結論が待っていることだけは直感することができた。それだけは防がねばならない。

「麻弥子さん。非常に不本意だが、僕はあなたの協力者になりましょう」

「本当ですか！」

「あなたやあなたの仲間のためじゃない。僕の仲間のためです」

ただし、これから先おかしな術を掛ける事はなしにしてくださいよと、越名は念を押した。

その夜、越名は麻弥子を伴って神崎秀雄と合流した。といっても、神崎という名前も、それが本名であるという保証はどこにもない。

「先ほど麻弥子から聞きました。どうやらわたくしどものお力になっていただけるそうで」

「あなた方の出方にもよるのだが」

「もちろん、そうでしょうなあ」

ホテルの地下にある中華料理屋で、紹興酒の瓶を片手に神崎がいう。その顔にぺったりと張り付いた笑みが、不気味といえば不気味だった。が、そうした手合いと相対するのは日常であったから、越名はあまり気にしなかった。

「では話してもらおうか。例の阿久仁村遺聞に隠された秘密を」

「……」

「その沈黙はどういう意味だ」

自分はそちら側の味方につくといったはずだ。それともわたしの言葉が信用できないというのだろうか。あるいはなんの重みも持たないとでも。畳み掛けるように問い詰めても神崎の沈黙に変化はない。麻弥子が間に立ってとりなそうとしても、沈黙は磐石《ばんじゃく》の重みとともにその場を支配し続けた。

――仕方がないか。

越名は話の矛先を変えることにした。

「蓮丈那智先生は、やがて阿久仁村遺聞の謎を解き明かすだろう」

いや、もうすでに解き明かしているかもしれない。彼女の能力は常人をはるかに凌《りよう》駕《が》している。ことに謎に接するとき、その脳細胞はあらゆる障害を排除し、しがらみをかみ破り、そして真実の扉をこじ開けるだろう。いささかのブラフをこめてそういうと、

「わかっていますよ。だからわたしたちはあなたを取り込もうとした。大事に至らぬよう、制御の役目を務めてもらうためにね」

「なるほど、そういうことか」

「学者という人種は……どこか子供じみていて、困ったものだ。与えられたおもちゃを決して手放そうとしない、まさに子供ですな。しかも自ら解き明かした謎は、どうしても公《おおやけ》の場で発表しようとする」

世の中とは断じてそのようなものではない。公にしてはならないことは数多くあるはずなのに。と、神崎は言葉の端々に苛立《いらだ》ちを滲《にじ》ませながらいった。

「いや」といいかけて、越名は言葉を濁した。蓮丈那智についていえば、決してそのようなことはない。現に彼女のフィールドファイルには、世間に公表できない内容がいくつも残されている。いわば裏のファイルのようなものだ。それがいえなかったのは、頭のどこかに予感があったのかもしれない。

「だが、彼女が謎を解き明かしてしまったらどうする」

「そのときはあなたの出番です。蓮丈先生を説得してください」

「それはどうかな。説得に応じるような人ではないのだが」

荒事はごめんだよと釘《くぎ》を刺すと、神崎が唇を歪《ゆが》めた。

「ご心配なく。わたしも乱暴は嫌いです」

「よくいう。おかしな術をかけたくせに」

「荒事が嫌いだからあのような方法をとりました」

すました口調で神崎がいった。それに、あの秘密にさえ気付かなければと、唇が動いたのを越名は見逃さなかった。

「あの秘密とは、なんだ」

「気にしないでください。いわば、阿久仁村遺聞の秘密を解き明かすための鍵《かぎ》ですよ」

「その口調から察するに、やはり遺聞の秘密を明かす気はないようだ」

「知らないほうがよいからです、あなたのためですよ」

「一つだけ教えてくれないか。もしかしたら阿久仁村遺聞は、明治時代にチベットを目指した僧侶《そうりょ》に関係しているんじゃないのか」

その一言が、神崎の表情を一変させた。それまで被《かぶ》っていた笑顔の面をかなぐり捨て、初めて人間の面構《つらがま》えとなった。

「どうしてそれを！」

「やはりそうか。そんな気がしていたんだ」

もう何年になるのかな、と越名はいった。一枚の銅鏡をめぐる事件は、冬狐堂・宇佐見陶子を発端として周囲の人間を巻き込んだ。蓮丈那智も内藤三國も、そして自分も。

「なんとなく今回の一件、その流れを引きずっているような気がしてね」

「なんということか。そうか、それで連中は……」

といったまま、神崎は唇をかみ締めた。

「どうしたのですか」と問うたのは麻弥子だった。が、それに答えることなく、神崎は、「出よう。場所を変えるのだ」といって立ち上がった。

どこか別の店にでも行くのか、あるいはホテルの部屋に戻るのかと思ったがそうではなかった。神崎が案内したのは、人気《ひとけ》のない児童公園だった。

「ずいぶんと風流な場所に案内してくれるじゃないか」

「まあ、たまにはよいでしょう。あそこに」

と指差す先に、古びたブランコがあった。都合のよいことに三つの横木が風に揺れている。三人はそれぞれが横木に腰掛け、途中のコンビニで買い求めておいたカップ酒のふたを開けた。

「越名さんは読んだことがおありですかな、司馬遼太郎の」

と、神崎はある作品名を口にした。日露戦争をテーマに、これを知略の限りを尽くして勝利に導いた兄弟と、周辺の人々を描いた作品である。

「ああ、もうずいぶんと昔のことになるが」

「実はね、あの作品、司馬遼太郎が生前に決して映像化を許さなかったそうですよ」

「聞いたことがある。だが最近、公共放送がついに映像化したとか」

「ずいぶんと話題のようですねえ。けれど、どうして作者は映像化を許さなかったのでしょうか」

それは、と答えて越名は小首をかしげた。

たぶん司馬遼太郎は誤解されることを恐れたのではないか。物語は日清戦争勝利後の日本人の高揚感、不当な三国干渉などを丁寧に描き、同時に南下政策を取るロシアの動きへと移りゆく。司馬遼太郎が描きたかったのは、列強国によって次第に追い詰められる日本の姿であり、その苦しみの中に一片の希望を見出《みいだ》しながら、日露戦争へと突き進んでゆく日本人の苦悩ではなかったか。戦争に正義などあるはずもないが、それでも故国を死守するために敢《あえ》て戦いの道を歩んだ日本。そしてそんな運命に翻弄《ほんろう》された当時の若者たちの青春群像である。だがそれは、意識的に読み違えてしまうとあの戦争の正当性と、日本人の優秀さのみを強調することになってしまう。司馬はそれを恐れたのではないか。彼の中では日露戦争までの日本軍と、それ以降の日本軍は別物に映っていたかもしれない。事実、日露戦争に勝利してのち、日本は国を挙げて軍国主義へと突っ走ることになる。

「その元となったのが日露戦争だと、誤解されることを恐れたのかな」

「たぶん、そんなところでしょう」

日露戦争という史実には、さまざまなエピソードが詰まっている。対ロシア政策として通商条約を結ぼうとするものがあれば、英国との同盟を結ぼうとするものもいた。司馬作品にはそうしたエピソードが丹念に描かれている。

「けれど、それだけではなかったのですよ」

「それが、チベットを目指した僧侶だな」

「本人は知りませんでしたが、彼は明治政府がチベットに向けて放った密使でした」

チベットにもう一つの皇軍を作る。あまりに壮大な計画は日英同盟の成立とともに水泡に帰したが、百年の時を経て越名たちを巻き込む事件として甦《よみがえ》ったのである。

「そのことと阿久仁村遺聞が関係しているということか。いや、それはおかしいぞ。古文書は専門外だが、それにしたって時代の古い新しいくらいは目が利《き》く。あれはどう見たって百年も前の代物《しろもの》ではなかったぞ」

「よくおわかりですなあ。あれは昭和に入ってから作られました」

神崎が、カップ酒をあおって、次のカップに手を掛けた。

「どういうことだ」

「昭和六年。いわゆる満州事変の勃発《ぼっぱつ》以来、大陸における日本の立場は、微妙になります。同時にそれは欧米列強の注目を集める結果にもなるのです。やがて……」

国際連盟からの脱退、ロンドン海軍軍縮会議からの離脱。日本は戦争色に染められていった。そして昭和十六年、アメリカのハル国務長官によって突きつけられたいわゆるハル・ノートによって、日本は太平洋戦争へと突入する。

「軍部の中には日露戦争の夢をいまだに見ている馬鹿《ばか》もおったようですが、上層部のほとんどは戦争の長期化は日本にとって不利であると認識しており、それが敗戦につながると予想していたものもいたようです。そんなときでした、別の意味で日露戦争の悪夢がよみがえったのは」

「つまり……チベットと同盟を結び、第二の皇軍をそこに駐留させるという計画が？」

神崎が力なく笑って、首を横に振った。

そうだろうと思った。歴史に詳しくはない越名にも、それくらいのことはわかる。一時はアジア大陸のかなりの部分を制圧したものの、やがて泥沼のような戦闘の中で多くの兵士が無残に死んでいったことくらいは知っている。チベットに皇軍を置いたくらいで、どうなるものでもないだろう。

「同盟を結ぶことにより、チベットを皇族の亡命先にしようとしたのです」

「それはつまり……国体の維持という意味か」

「だが、反対するものが多かった。あらゆる意味で、反対するものもいた。彼らは一計を案じたのです。明治政府が日露戦争に直面したとき、なにをしたのか。密命を成就《じょうじゅ》させるためになにをしてのけたのか。すべてを闇《やみ》に葬《ほうむ》ったつもりになっているやもしれぬが、どっこい記憶はしっかりと残っているのだ、と」

そのものたちが作り上げたのが阿久仁村遺聞だと、神崎はつけくわえた。

「だがどうして今になって、また阿久仁村遺聞が。あれを表の世界に引き出そうとしている連中の目的はなんだ」

神崎から答えはなかった。

「どうした、また沈黙か。先ほどのあんたの反応から、その連中がかなりの精度でリサーチをかけていることはわかるよ」

自分や蓮丈那智について、である。かつて銅鏡をめぐるトラブルに巻き込まれた自分たちだからこそ、彼らはターゲットに選んだ。より必然的に、謎の解明へと向かうようにである。

――すなわちそれは……。

彼らを仮にグループAとしよう。グループAには相当な財力と調査能力があることを示している。それは神崎たちのグループにもいえることなのだが。

「昔……」と、ふいに神崎がつぶやくようにいった。

四十年も昔のことですが、この場所に二人の少年が腰掛けていたのですよ。ともに紅顔の中学生。性格のまるで違う二人でしたが奇妙に馬が合いましてね。どちらが馬でどちらが乗り手かは、まあ言わぬが花でしょう。放課後、遅くまでこうしてブランコに乗りながら話をしたものですよ。主に将来のことでしたな。一人の少年は、将来は小説家になりたいといっていた。特に好きなミステリーを書きたい、とね。もう一人の少年は音楽家になりたがっていましたよ。そのころは確か、フルートの先生についていたのではなかったかな。音楽大学を出てドイツに留学してみたい、なんて話もしておりましたなあ。

「二人はその後どうなった」

「その後ですか……その後は」

神崎が両手で顔を覆《おお》った。

4

それは遠い昔のこと。ずいぶんと好きだった歌手が、教室の窓から見える風景を歌っていたと、思い出した。

——教室の窓から見る秋はいつも不思議に光ってた——そんな歌詞だったかなあ。

病室の窓から見えているのは、青い空であった。風に乗った白い雲が流れてゆく。

「片雲の風に誘われて漂泊の思いやまず」

そうつぶやいて、内藤は我が頬を伝う熱い液体に気付いた。

不慮の事故で入院してすでに二週間。一日二時間のリハビリを除いて、この病室はあまりに広すぎ、あまりに静か過ぎ、そしてあまりに退屈すぎた。身体《からだ》を動かそうにも左半身のいたるところがギプスで固められて、寝返りを打つことさえままならない。電動のリクライニング機能を使って上半身を起こすのが精一杯だ。

入院当初こそ、那智を始めとして関係者が見舞いに来てくれたが、二週間目ともなると足の運びがぴたりとなくなった。

「ははは、このまんま誰も見舞いに来なくなって、んでもって研究室に戻ったらデスクもなくなってて、教務部に行ったらいつの間にか辞表が受理されてたりなんかして」

言葉にしてみてそれがいかに恐ろしく、残酷な事柄であるかに気付いて内藤は背筋を凍らせた。不自由な身体をひねってサイドテーブルのバッグを布団《ふとん》の上に移動させた。中から新書サイズの本を取り出した。最後に那智がやってきたとき、置いていったものだ。

「それにしても、先生。なんでこんなものを」

表紙には《アトランティス伝説　その謎《なぞ》と研究》とある。いわずと知れたアトランティスに関する書籍だ。といっても、謎の金属オリハルコンやら超古代文明やらといった類《たぐい》の書籍ではない。プラトンが記した対話篇の中でアトランティスがどのように語られているか、あるいは後世の人間がこれをどのように解釈していったかを、系統的に述べた研究書である。「身体が動くようになったら読んでみるといい」という、那智の言葉が思い出された。

「アトランティスねえ」

一万二千年前、大西洋上に栄えた謎の文明。堕落した人々に鉄槌《てっつい》を下すことにした神によって、一夜にして没してしまったとされる大陸。

コンッコンッとドアをノックする音が聞こえた。とたんにまた涙腺《るいせん》がだらしなくゆるむのを内藤は感じた。同時になぜだかわからないが、本を布団の中にしまった。

「どうぞ」と声をかけるまでもなく、病室に入ってきたのは由美子だった。

「ああ、よくきてくれました。もう退院まで誰も来てくれないんじゃないかと、ふてくされていたところでした」

「大袈裟《おおげさ》すぎですよ、内藤さん」

いや、でもね、といいかけて、内藤は由美子が手にしている新書サイズの書籍に気付いた。

「それってもしかしたら」

「ああ、これですか。先生に貸してもらったのですよ。暇なときでよいから読んでおくようにと」

「もしかしてアトランティスですか」

「どうしてわかるのですか。ああっ、じゃあ内藤さんも」

答えの代わりに、掛け布団の中から本を取り出した。

「そうか、君のところにも同じ本がいったということは」

頭の奥で脳細胞が、しんと冷却するのを感じた。脳髄のどこかに刺しこまれた氷の塊が、だれきった細胞を引き締めるようだ。

由美子にも同じ書籍をもたせたということは、これは断じて暇つぶしではない。いわば那智が二人に与えた課題だ。

「そういえば、どこか似ている部分があるな」

「なにが、ですか」

「うん、アトランティスと邪馬台国《やまたいこく》って」

どちらも古代史の中でのみ生息する幻の文明国家である。もちろん邪馬台国とアトランティスでは年代的に比べようがないのだが、多くの学者がその謎に挑んでいる点においても、相似形を見出《みいだ》すことができる。

「でも、アトランティスってSF小説の題材でしょう」

「そんなことはないよ。専門家による学会が何年かに一度開かれているくらいだから」

「だって、大西洋にそんな大陸が沈んだ形跡はないと、本で読んだことがあります」

「確かにね。プレート・テクトニクスの考え方をもってすれば、そうなるだろう」

かつて世界の五大陸はひとつであり——パンゲア——、それがプレートの移動によって分離したという説、それがプレート・テクトニクス理論である。プラトンが示すほどの規模の大陸ならば、その痕跡《こんせき》がどこかになければならない。もっとも……プラトンは大陸とは表現しておらず、島といっているにすぎないのだが。

「だからアトランティスが実在したと主張する学者は、その失われし大陸がどこにあったのかを、盛んに論議している。この点も邪馬台国とよく似ているね」

ミノア文明説、アイルランド説、トロヤ説、南極説まである。しかし今もって決定打は出ていない。だからこそ、その熱が冷めることがないともいえるのである。

「なんだかわたしにはぴんと来ないのですが」

「魏志倭人伝《ぎしわじんでん》に描かれる邪馬台国と、プラトンの対話篇に描かれるアトランティス。そこにこめられた真実がなんであるか、見極めなければならないんだ」

民俗学にその傾向は顕著なのだが、歴史学者の中には「すべての伝説には真実が隠されている」と頑迷に信じ込む人々が少なくない。けれどそれが高じると、伝説はすべて真実であると解釈しかねない危うさを秘めていることを忘れてはならない。

いつの間にか演説口調になっていることに気づいて、内藤は言葉を切った。

――どこかが違っている。

蓮丈那智という特殊能力の持ち主が、いまさらそんな説教くさいことなどいうものか。では、なぜ彼女はアトランティスの研究書など託したのか。

「ところで、先生は？」

「三日前から九州に出張です」

「出張って、そんな費用がどこにある。うちの研究室はすでにカラッケツのはずだが」

「いえ、すんなりと補充されましたよ、わたしが教務部に行くと」

「んな、あほな！ ゆっ、許さんぞあの狐目《きつねめ》」

「なにかいったかな」と、ノックもせずに入ってきたのは、狐目の担当者本人だった。

全身に負った傷が、いっせいに疼《うず》き始めた気がした。

「元気そうでなにより、ところで」

君の進退伺いについて相談したいのだが、と言葉が続けられる気がして、内藤は唇を震わせた。

「なんでしょうか」

「君は中屋隆司という人物を知っているかい」

「………？ いや知りませんね」

「だとすると、那智先生の個人的な付き合いということになるな」

「ちょっと待って下さい。その名前なら聞いたことがあります」と、由美子が会話に割って入った。

中屋隆司は骨董《こっとう》マニアではないか。冬狐堂を通じて蓮丈那智の依頼を受けた人物が、確かそのような名前であったと記憶する、といった。

「その中屋がどうしたのですか」と問うと、

「うん、少し困ったことになった。どうやら警察の世話になっているようだ。しかも、だ」

身元保証人として、那智の名前を挙げているという。

「いったいなにをやらかしたのですか、その中屋という男」

「どうやら古書店の主人ともめたらしい。口争い程度ならなんということはないんだが、相手の胸倉をつかんで暴言を吐いたとか」

「それで警察沙汰《ざた》に？」

それを聞いて内藤はかすかな不審感を覚えた。骨董屋にせよ古書店にせよ、独特の価値観を現金の額という数値に置き換えるのが仕事だ。場合によっては思いがけない金額のやり取りがあると聞く。そうなるといさかいは日常茶飯事で、荒事に及ぶこともあるようだ。だからといって、すぐに警察の介入を許すほど、単純な世界ではないはずだ。下手に被害者を名乗れば、逆に藪《やぶ》をついて蛇、ということもありうるからだ。しかも中屋は那智の名前を出している。

「先生がらみのことで、中屋は古書店主人ともめたということですか」

「そういうことになるだろう」

「なにがあったのか、気になりませんか」

「もちろん気になる。そうか内藤君は僕に身元引受人になれというのだな」

「無理でしょうか」

「いや、なんということもない。警察の話によれば起訴するにも値しない案件なのだそうだ。ただし一応は署に連行したから、誰か身元引受人がほしいという程度のことのようだ」

「どうかお願いします」

そういって頭を下げると、左のわき腹がずきんと痛んだ。

中屋が冬狐堂とともに病室にやってきたのは翌日のことだった。

「今回は災難でしたねえ」

冬狐堂が、鞄《かばん》から桐箱《きりばこ》を取り出しながらいった。少し前の競《せ》り市でよいものが手に入ったからといって、サイドテーブルに置いたのは小さな香炉だった。古伊万里《こいまり》のよいものだからといわれても内藤にはよくわからないが、冬狐堂がそういうのだから間違いはないのだろう。別の箱から香を取り出し、火をつけるとまもなく病室内に落ち着いた香りが漂い始めた。それを待っていたかのように、中屋がぴょこんと頭を下げて「初めまして」といった。

「僕の災難もさることながら、中屋さんも大変な目に遭われたようですね」

「いやあ、ちょっとだけやんちゃしてしまいまして」

「いったいなにがあったのですか」

「実は」と、中屋が少しだけ声の調子を落として話を始めた。

冬狐堂の依頼を受けて、中屋は雅蘭堂で長火鉢を買い取った。だがどうやら首尾はよくなかったらしい。中屋には中屋なりに、請け負った意地がある。どこがどうよくなかったのか、冬狐堂にしつこく問い詰めたところ、ついに根負けした彼女が、本当の依頼主が那智であったことを明かしたのである。

「珍しいですね、冬狐堂さんにしては」

「根負けしたといっては骨董商失格ねえ。でもね、もう一人ぐらい協力者がいてもいいかなと思ったのも事実」

「それで僕はいいました。冬狐堂さんの仕事なら、僕はいつだって手駒《てごま》になってみせる、いや、ならせてくださいと」

胸を張って中屋がいった。

どうやらそのとき、冬狐堂は長火鉢から出てきた阿久仁村遺聞のことを、あくまでも概要ながら伝えたようだ。

「そうしたら彼、いたく興味を持ってしまってねえ」

「だって面白いじゃありませんか。明治時代に忽然《こつぜん》と地図から消えてしまった村。そのことを書き記した謎の古文書。そう思いませんか、内藤さん」

「と、いわれてもなあ。確かに研究者にとっては面白いんだが」

他の人にとっては、とてもではないが金を生みそうにない話でしかない。そういうと、中屋は大きく首を横に振った。

「あくまでも、個人の趣味です。僕は邪馬台国にも大いに興味があります。纏向《まきむく》遺跡に関する報道資料および箸墓《はしはか》古墳に関するあらゆる資料をそろえているほどです」

また、左のわき腹がずきんと痛んだ。

「それで、古書店でなにがあったのですか」

「そこです！」と中屋が大声を出した。お願いだから静かに、傷に響くからといっても、聞き入れられそうにないので、黙って拝聴することにした。

「見つけたんですよ、出張で出かけた埼玉県の古書店で」

「なにを見つけたのですか」

「額装された仏画です」

さほど古いものとは思われなかったが、なかなか筋の良いものであったらしい。図柄は妙見菩薩《みょうけんぼさつ》。中屋が注目したのは、妙見菩薩の足元に小さく書かれた文字だった。

「なんと書かれていたと思います。これがびっくり、かなり崩してありましたが、確かに《阿久仁》と書かれているじゃありませんか」

「そんな馬鹿《ばか》な！」

妙見菩薩は北極星を神格化した菩薩であって、ヒンドゥー教の火の神であるアグニとはなんら関係ない。

「でしょう。ということはこの妙見菩薩は例の阿久仁村となんらかのつながりを持っているということじゃありませんか」

店主に値段を問うと、高価とはいいがたいが、手持ちの金では少々足りない。そこで手付けを打って、後日取りにくるからと、店を出たのである。

とはいっても中屋の本業はサラリーマンだ。埼玉県はたまたまの出張先であったから、次の休日を待たねばならなかった。

「そこでトラブル発生というわけです。残金を持って店に出かけたら、絵はもうないというじゃありませんか」

「そりゃあ、ひどいね」といったのは冬狐堂だった。手付けを受け取っておいて、品物はもうないでは、すまされないのがこの稼業《かぎよう》なのだろう。

「まあ、聞けば理由も納得できるんですが」

何でも、あの絵はさる旧家のものだが、道楽息子が黙って持ち出し、古書店に売り払ってしまったらしい。そういうわけだから買い戻させてほしい。もちろん色はつけるし、手付けを打った人にそれ相応の詫《わ》び代を上乗せしよう。

「でもね、あの店主の物言いが気に入らなかった。手付けに上乗せするんだから文句はあるまいと、鼻で笑うような態度が気に入らなかった。そこでつい、ね」

そういう中屋の武勇伝を、内藤は聞いていなかった。

——妙見菩薩と阿久仁村の関係。妙見は北極星を神格化した菩薩で、北極星の別名は……確か北辰《ほくしん》。

内藤の中で光がはじけた。

『阿久仁村遺聞　第十話

貧しき村は数多けれど、宝谷、笠木《かさぎ》、印賀などありき。同じく貧しき村に、男ありき。貧しき家の二男にして某《なにがし》なり。長兄いわく兄嫁いわく。吾《われ》貧しければ己の生くる道すでになし。家を出《い》でて汝《なんじ》の道探すべしと。男ほとほと困りて村はずれの鎮守の森にて祈りたり。われに道を与えよと。三日三晩の祈りの朝に男の前に身正すの地蔵尊現れ出でたり。なりは確かに地蔵尊なれどもいと醜きお顔にてまさに暴面なり。地蔵尊いわく男よ山の奥より黒金掘れ。掘りたる黒金にて真金吹け。吹きたる真金にて鏡なせ。吾は醜き暴面なれど地蔵尊なり。地蔵尊の功徳《くどく》多き尊顔映し出す鏡なせ。ならば汝に身正す地蔵尊の霊力授けるなり。身正す地蔵尊の霊力すなわち神仏の祝福なりと。男それより山に入りたり。百貫の黒金より一貫の真金吹き六寸三十匁の鏡を得たり。なれどそこにうつせし身正すの地蔵尊やはり暴面なり。男三百貫の黒金より八十匁の真金を得たり。五寸二十匁の鏡を得たればすでに息も絶え絶えとなりにけり。これを奉じていわく我が魂《たま》ぎえの時近づけり。南無《なむ》地蔵尊御照覧《じぞうそんごしょうらん》あれ。地蔵尊現れ出でて鏡を覗《のぞ》くなり男でかしたるなり。これぞ魔鏡ぞ汝に身正す地蔵尊の霊力確かに与えたるなり。世の宝物はすべて汝のものとなれり。男清清《すがすが》しき心持にて目覚めたり。ふと手に取りたる小石たちまち黄金色に変じたり。よくよく見ればまさしく黄金なり。

木に触ればこれも黄金に。掌《てのひら》にて水汲《く》めばすなわち砂金に。男狂喜乱舞す。この世の宝すべて我が手に得たり……』

これはギリシア神話のミダス王伝説を焼きなおしたものだな。内藤はそう思った。同じ内容のコピーを覗いていた由美子も同様の意見を持ったらしい。

「小アジア・フリギアの王にして触れるものすべてが黄金に変わることを望んで、これを叶《かな》えられる。しかし食べ物までがすべて黄金と化したためにディオニュソスに救いを求めた、でしたよね」

「王様の耳はロバの耳、で知られる王様の名前もミダス王だね」

結局は自らの強欲によって身を滅ぼしかけるミダス王ではあるが、ディオニュソスに救いを求めることで助かっている。

「でも阿久仁村遺聞に登場する男はというと」

「そうなんだ。彼は決して救われることはなかった」

遺聞にはこうある。男いつしか里より消えたり。その行方知る者誰一人としてなし、と。

「そもそも男は決して強欲などではなかった。貧しい家に生まれ、食い扶持《ぶち》を減らすために実の兄によって追い出された身だよね」

「なんとか自らの身を立てる道を探すべく、彼は神仏にすがった」

そこに登場するのが身正す地蔵尊である。醜い暴面の地蔵尊は、自らを美しく映し出す鏡を作れと男に命じ、それが完成するや、彼を破滅に追い詰める能力を与えて消えてしまう。霊験あらたかどころか、人の恩を仇《あだ》で返す悪の化身ではないか。

「しかも」と内藤は言いよどんだ。

男が山中で行ったのは明らかに「鉄穴流《かんな》し」による砂鉄採取法であり、そこから生み出された金属によって鏡を作ったことになっている。これは断じて個人でできる作業ではない。つまり「男」というのはあくまでも物語上の記号であり、実際にはある集団を指しているのではないか。

「つまりある集団が神仏あるいはそれに近い存在にそそのかされて鏡を作り、そのために自滅に追い込まれたというのが、この物語の趣旨であると？」

「しかも、その鏡は決して存在してはならない鏡なんだ。醜い身正す地蔵尊の顔でさえも尊い御姿に映し出すような」

あるいは醜い陰謀を清く正しい正義の姿に変えてしまうがごときといいかけて、内藤は口をつぐんだ。この世に存在してはならない鏡を作った者たちは、彼らそのものもこの世から消えてしまわねばならない。残酷ではあるが、それが自然の摂理であろう。そもそも阿久仁村遺聞全二十五話の中で、鏡に関する記述は非常に多い。そこにすべての鍵《かぎ》が隠されているのではないか。

「でも疑問があります。どうしてその話が第十話なのでしょう。この話だけではありません。阿久仁村遺聞は話の順番をひどく意図的にゆがめている気がしてならないのですが」

「うん。まさしくそこなんだよ。そのヒントは、中屋君が埼玉の古書店で発見したという仏画にあると思う」

「そういえば、二日前にお見舞いに来られたとか」

「冬狐堂さんと二人して、ね」

そこで中屋は「阿久仁」と書かれた妙見菩薩の仏画を発見したという。タイミング悪《あ》しく買い損ねたといっていたが、内藤はそこにも少なからず疑問を抱いている。どういうことですか、と問う由美子に、

「中屋君はタイミング悪しくといったが、僕にはいかにも作為的に思えてならない」

「妙見菩薩の仏画が、ですか」

「すべてのことが、だよ」

一連の出来事の始まりは、雅蘭堂の越名が手に入れた謎《なぞ》の古文書、阿久仁村遺聞に端を発している。

「そもそもこのことからして作為的ではなかったかと考えてみたんだ」

「……？」

骨董の世界の流通システムを熟知していれば、越名が阿久仁村遺聞を手に入れるように仕向けることは決して不可能ではない。越名から蓮丈那智へというルートも、極《ご》く自然に生じるだろうし、事実そうなった。

「じゃあ、阿久仁村遺聞は意図的に越名さんを通じ先生に渡されたと」

「そうすることにより、遺聞に秘められた謎を解読させることが彼らの目的なんだ。大切なあるいは謎そのものは、すでに彼らによって解読されているのかもしれない。大切なのは蓮丈那智という異端の民俗学者、それも学会の権威におもねることもなく、ただひたすらに我が道を行く孤高の第三者によって謎が解読されることで、より広く遺聞の謎を知らしめることができる」

一方で、それを良しとしないグループが存在する。彼らは遺聞の存在そのものを時代と歴史の波の下に隠しておきたい。だからこそ越名に近づき、遺聞を取り戻す工作を仕組んだのである。

二つのグループの力関係は今のところ拮抗《きっこう》していると考えてよい。しかも双方ともに相当な情報収集力を有している。

「つまりわれわれは常に双方の監視下にあると考えるべきなんだ」

「それが事実だとして、どうしてわれわれなんですか。どうして越名さんなんですか」

なぜそのようなことにわれわれが巻き込まれねばならないのか。由美子の疑問と質問は当然であり、得体の知れない苛立《いらだ》ちの源泉でもあるのだろう。

「それは」と内藤はいったん言葉を止め、そして冬狐堂を含めたメンバーが、かつて巻き込まれた事件をかいつまんで説明した。

「われわれはあの事件に潜む闇《やみ》を垣間見《かいまみ》ている。だからこそ今回も巻き込まれたのだと、思う」

「じゃあ、中屋さんも？」

「たぶんね。同じように監視下にあるのではないだろうか。彼が立ち寄りそうな古書店に妙見菩薩の仏画があったというのも、果たして偶然だろうかね」

「けれど彼はたまたま所持金が足りなかったから、手付けを打ったと聞きましたが」

「そんなことは交渉次第でどうにでもなるさ。ああした店では、売値の表示を敢《あえ》て出さないところも多いからね」

中屋が仏画を見つける。値段の表示がないから店主に尋ねる。あんたならいくらの値をつける？　店主の言葉に、中屋は答える。そこに七割ほども上乗せした金額を答えれば、その場での売買はまず成立しない。だが、仏画の記憶だけは中屋の脳細胞にしっかりと植えつけることができる。まして彼が手に入れる寸前に仏画そのものが消えてしまえば、記憶はますます鮮明になる。

「じゃあ、仏画を用意したのは、阿久仁村遺聞の秘密を世に出したいグループの仕業ですか」

「そう考えるのが妥当ではないかと」

「すごい洞察力ですね。まるで那智先生が乗り移ったみたい」

由美子にそういわれたとたん、内藤は言葉に詰まった。「いっ、いやそれはね……つまり」といいながら左わき腹に鈍い痛みと脂汗《あぶらあせ》が滲《にじ》むのを感じた。

昨夜遅くのことだ。というよりは早朝に近い時間に、枕《まくら》もとの携帯電話が震えた。マナーモードの着信音である。発信者が蓮丈那智であることを確かめ、内藤は通話ボタンを押した。

山口県に飛んでいる越名君から非常に興味深い連絡が入った。念のために君にも知らせておく。そちらはそちらでなにか進展はあっただろうか。せっかくの長期休養だ。ベッドディテクティブを満喫しているのではないかと思ってね。その成果を聞かせてほしい。

「とまあ、相変わらず人の都合もへったくれもない詰問《きつもん》口調でして」

「じゃあ、阿久仁村遺聞が意図的に越名さんから那智先生に渡ったというのも」

「それは越名さんの推理です。ああ、仏画に関する推理は那智先生から」

「なんだ。感心して損しちゃいましたね」

「いや！　そんなことはありません。負傷じゃなかった不肖内藤三國、身体《からだ》はいかに不自由しようとも、脳細胞はフル回転しています」

そういって内藤は、別のコピーをファイルから抜き出した。

「これは遺聞の中扉を斜光撮影したものですね」

「うん。奇妙な三つのエンボス模様が写っているだろう」

ひとつはカタカナの「ヒ」。ひとつは漢字の「三」に、そして三つ目はひらがなの「く」に似てはいるが、それぞれが横に倒されていて、本来備わっているはずの意味を不明にしている。

「その意味がわかったのですか」という由美子の言葉の裏に「一人で考えたのです

か」という疑惑がこめられている気がして、内藤は痛むからだの傷のことも忘れて、

「もちろんです」

胸を叩《たた》いて、次の瞬間意識を手放しそうになった。

「みっ、妙見菩薩《みょうけんぼさつ》は北極星あるいは北斗七星を神格化した菩薩で、国土を擁護し災害を滅除するともいわれています」

埼玉県の秩父《ちちぶ》神社は古くは秩父妙見と呼ばれていたほどだから、そこにある古書店に妙見菩薩の仏画があっても、なんら不思議はない。だが仏画に「阿久仁」の文字が書かれていたとしたら、そこにはまったく別の意味が生じるのではないか。

「御存知のように、北極星は天空にあって不動の星であります。故《ゆえ》にこそ中国の道教では最高の神として奉《たてまつ》られ、天皇大帝と呼ばれることもある。これが天皇という言葉の起源ともいわれています」

そこまでいうと、由美子にも言葉の意味が理解できたらしい。

「では、この三つの記号は」

「はい。北辰という漢字の右半分ではないでしょうか」

北辰という二つの漢字をそのままエンボス加工で表してしまったら、その意味は簡単に判明してしまう。だからこそ製作者は、敢て二つの漢字の半分のみを遺聞の中扉

に刻み込んだ。

「では、北辰の二文字はなにゆえ転倒しているのか。北辰は常に不動の場所に位置していなければなりません。だから製作者はいっているのです。北辰を不動の場所に戻せ、と」

「不動の場所?」

「二文字をきちんと読み解くためには、文字を右回りに九十度傾けなければならないのです。これこそが阿久仁村遺聞に残された二十五話の正しい配置図である、と」

歴史の闇に咲く大輪の花の正体を解き明かす、ベッドディテクティブ。その醍醐味《だいごみ》を満喫したつもりではあったが、由美子の表情がそれを許さなかった。

「なにか疑問でも」

「おっしゃることはわかるのですが。仮に阿久仁村遺聞そのものを九十度右回りに傾けたところで、なにか意味があるのですか」

隠し文字でも潜んでいるのならばいざしらず、文書そのものを傾けたところで意味がないのではないか。もしそこになんらかの意味を見出《みいだ》そうとするならば、二十五の話をある法則に従って並べ替え、それをさらに九十度の角度をもって傾けてこそ、初めて読み取ることができるのではないか。では「ある法則」とはなにか。

口調こそ静かだが、由美子の言葉には絶対的な重みがあった。

「ある……法則ですか。確かに」

一時高揚したはずの自意識が、簡単につぶれるのを内藤は自覚した。

ひとつの謎が解けると直後に次の謎が待ち構えている。ロシア名産のマトリョーシカでもあるまいにと、半ばふてくされつつ胸の奥で悪態をつくと、ふと阿久仁村遺聞と記紀のイメージがどこか遠いところで重なった。

――やはり、似ている。どこが？　それはよくわからないが。

自問自答する姿を哀れに思ったのか、由美子がサイドテーブルのフルーツバスケットからりんごを取り上げた。いかがですかと仕草で問いかけるのへ、内藤は小さく「ありがとうございます」とだけ答えた。

以前、研究室でも気付いたことだが、佐江由美子は小型のナイフを実に巧みに使う。まるでナイフの柄を媒体にして、指と刃先が完全に一体化したかのような滑らかな動きをする。小型ナイフにかぎらず、普通の包丁であっても同じように扱うであろうことは容易に想像できたが、残念なことにその場面を見る機会は今にいたってまだない。

りんごの真紅の表面に当てられたナイフの刃が、一瞬のよどみもなく踊り始めた。くるくると均等な幅で皮が解けるように剝《む》かれ、赤いリボンとなって白い皿にとぐろを巻いてゆく。どこか、本物の蛇に見えなくもなかった。

――くるくると、くるくると……そういえばずっと以前、俺は考えたのだっけ。ヤマタノオロチはヤマタイノオロチのことではなかったか、と。古事記に残されたあの記述は大和朝廷が邪馬台国を滅ぼしたことを示すものではないか。けれどそれはあくまでも言葉遊びの領域を出ることかなわず、いつの間にか自身が忘れてしまっていた。だが、八岐大蛇《やまたのおろち》伝説がたたら製鉄をイメージして作られたとしたら、話はそのベクトルを変えることになる。製鉄民族であった邪馬台国を、倭の一族が滅ぼしたことになるのではないか。

つるりと白い肌を晒《さら》したりんごの果実を、白い皿の上で器用に切り分け、フォークで突き刺して由美子がそれを内藤に差し出した。

「ああ、ありがとう」

「もっと剝きましょうか。今度は梨《なし》でも」

「いや、これで十分」

「どうしたんですか。なんだか目が据わっていますよ。まるで意識だけが別の世界に飛んでいっているみたい」

「別の世界はよかったな」

ほとんど口先だけの会話を交わしながら、確かに内藤の意識は別のところをさまよっていた。

ある学説にいわく。八岐大蛇伝説は、大規模な河川工事を示しているという。毎年のように氾濫《はんらん》し、田畑を飲み込む暴れ河を護岸工事その他の技術によって制した偉業を、怪物退治のエピソードに託したのだ、と。

「いや、もっとプリミティブに考えてもいいんじゃないかな」

「えっ？　なんですか」

「八岐大蛇伝説だよ。もっと素直に考えてもいいんだ。純粋に八岐大蛇は自然災害であると考えて……ちがう！　自然災害などではない。もっと人工的な、けれど必然的な災害であると。それゆえにこそ八岐大蛇は退治されなければならなかった」

「あの……内藤さん！」

製鉄民族が必要としたのは砂鉄ばかりではない。その数十倍にも及ぶ木炭と材料である材木だ。彼らがたたら製鉄をおこなった後には、荒涼たる禿山《はげやま》が残ったことだろう。本来山が持つべき保水能力を根こそぎ奪われ、わずかな雨量でさえも簡単に土砂崩れを起こしてしまう危険な山々。田畑のみならず人々の命さえも呑《の》み込んだであろう土砂崩れこそが、八岐大蛇ではないのか。

「誰も邪馬台国を愛してなどいなかった」

「どうしたんですか、内藤さん」

「製鉄民族とはすなわち移動民族を意味しているんだ。滅びの遺伝子をその場所に植えつけ、その赴くままにひとつの土地を食い荒らして、去ってゆくんだ」

その集団が歴史に出現したのはいつのことであったろうか。

全身に刺青《いれずみ》を入れ、魚介類を素もぐりで採取していたという限り、集団が南方系の一族であったことは間違いない。彼らは日常的に酒を嗜《たしな》み、それを醸《かも》すだけの農産物を産出する農業技術をも備えていた。それを支えたのは、製鉄技術である。農具として生産力を支え、武具として他国の侵略を許さない殺戮《さつりく》機能を支えた鉄器。だがそこには大きな陥穽《かんせい》があった。鉄器を作り続けるためには、彼らは移動民族となるしかなかった。北部九州から中国地方にかけて、砂鉄の生産量はほぼ一定している。彼らに必要だったのは、木材であった。次々に周囲の山を丸裸にし、そして去ってゆく集団。それは彼ら以外の集団にとって脅威以外の何ものでもなかったはずだ。誰もその侵攻を止めることはかなわず、ただ見守るしかなかった。

「だが、ついに彼らを阻止する存在が現れたとしたら」

「もしかしたらそれが出雲《いずも》一族ですか」

「うん。そんな気がするよ」

そのときになって、ようやく内藤はわれに返った。

「あれ、今なにかいってましたっけ」

「那智先生の生霊《いきりょう》がほんの少しだけ、憑依《ひょうい》していたようです」

「いやだな、からかわないでくださいよ」

「本当ですよ。けれど、どうして突然あんなとっぴな発想が生まれたのですか」

「と、いわれましてもねえ。自分でもよくわからない。ただ」

「ただ？」

日本人の中には根強い滅びの美学とでもいうべきものがある。かつて邪馬台国という名の女王国家が存在し、しかしそれはいつしか歴史の中に埋もれてしまった。仮に邪馬台国と大和朝廷を別に考えるなら、邪馬台国はまさに滅びの運命をたどったことになる。それが日本人の美学の琴線に触れぬはずがない。悲劇の邪馬台国、権謀の限りを尽くしてこれを滅ぼした倭の一族。そこには明確な正邪の境界線が存在している。

「でもね、今回のことについて……それは阿久仁村遺聞のことを含めてなんだが。歴史は正邪によってのみ判断されるべきものではない要素があるはずだと、改めて考えてみた。するとね、邪馬台国が滅ぼされたのなら、そこにはもっと至極まともな理由があったのではないか、とね。単に権力闘争ばかりではない理由が」

「つまり、邪馬台国は周囲にとっては邪魔者、というよりは悪魔のような集団でしかなかったのではないかと？」

「うん。僕の考えすぎだろうか」

そういって内藤は、色の変わりかけたりんごの果実を口に運んだ。そのかすかな酸味と甘みに舌を濡《ぬ》らしながら、胸の奥深くに湧《わ》き上がる違和感を押さえかねた。

古事記は八岐大蛇についてこう語る。

その目は赤いほおずきに似て、ひとつの身体に八つの頭と八本の尾をもつ。またその身には苔《こけ》と檜《ひのき》や杉をまとい、八つの谷と尾根をわたるほどの身の丈である。

まさしく土砂崩れといってよいのではないか。それも信じられないほど規模の大きな、古代国家の規模を考えるならば、一国を傾けるほどの土砂崩れである。

すでに消灯時間を二時間以上も過ぎ、カレンダーの日付も変わったというのに、内藤の目ははっきりと見開かれている。これまで、大きな病に倒れたことも、今回ほどの事故に巻き込まれたこともなかった内藤にとって、病院生活はすべてが新たな経験といえた。その最たるものが点滴である。初めて知ったが、点滴とは一般名称であって、固有名詞ではないらしい。患者の症状や病状によって、中身は調整されるのだそうだ。いまだに病人食の域を出られない内藤には、点滴に栄養補助剤が添加されていると、介護士が教えてくれた。そのせいか、夜になっても睡魔がどこか遠くで笑っているような、意識と無意識のはざ間で浮遊する夜が幾日も続いている。

「眠れませんか」

それが現実の声なのか幻聴なのか、判断がつかなかった。男の声なのか女の声なのか、年は若いか、老いているか。判断しようとする気持ちも微《かす》かで、

「ええ、眠れませんね」

と、半ば無意識の中で答えた。

自分でもよくわかりませんがといい置いて、どうして昼間はあんなことをいってしまったのか、と内藤は笑った。とぐろを巻くように剝かれたりんごの皮が、奇妙な連想となっていつの間にか八岐大蛇への考察につながってしまった。

「それはね、あなたがいつも記紀のことを、そして邪馬台国のことを考えているからですよ。古代ギリシアの哲学者が二千年も前に看破しています。思考は常に細く、そして自由にしておけ。たとえるならば、藁《わら》の穂先に結びつけたカブトムシのようなものだ。自由に飛びまわらせておけば、いつか自然に頭の上に降り立ってくれる」

男の声に、内藤はもう一度笑顔で答えた。

「本当にそうでしょうかね」

そういって、枕の下から小さな器物を取り出した。

512MBのICレコーダー。二百時間以上の録音が可能の機種である。

「どうしてそんなものが!」

男の声が、急に現実味を帯びた。

同時に病室の電灯が室内を照らし出した。

5

佐江由美子は、忙しく動いていた。なにせ内藤が入院してしまい、蓮丈那智研究室の助手は、由美子だけになってしまったのだ。資料をそろえたり学生の対応をしたり、普段内藤がこなしていることまでもが由美子の担当となったのだから、忙しさは並みではない。

「大変だったろう。大丈夫かい」

講義後、一段落ついてから、那智がそういってきた。

「なんとか慣れてきましたが、行き届かなくてすみません」

由美子は淹《い》れたてのコーヒーを那智に差し出しながら、答えた。そのコーヒーは、極上のアロマを放っている。コーヒーメーカーは那智がポケットマネーで購入したものだ。生豆を自動的に焙煎《ばいせん》、粉砕して、三十分ほどで炒《い》りたて・挽《ひ》きたて・淹れたてと、三拍子揃《そろ》った最上級のコーヒーを作り上げる機械である。

ともかく、一人でやってみて二週間。どうにか慣れてきたが、二人分を一人でというより、内藤がこなしていた仕事量そのものが、予想を超えて多く大変なものだということが分かったのだ。いかに由美子が厚遇されていたのかを、はからずもこのような形で認識したのである。

那智は机に山積みにされている資料を手に取り、目を通している。もう片方の手にはコーヒーカップがあり、そこから漂う芳香が室内に満ちていた。

「先生、あの……」

那智が顔をあげた。

「以前貸してくださったアトランティスの本は、なんのためなのでしょうか」

由美子の問いに、那智が目を向けた。その硬質な輝きは、じっと由美子を捉《とら》えている。

「考察が出来たのかな」

《アトランティス伝説　その謎《なぞ》と研究》と題されたその本は、内藤と由美子に与えられたもので、那智からの課題であった。一万二千年前、一夜にして海に沈んだ国の話である。

「本の結論にしたがうと、アトランティスの伝説は、プラトンが自分の思想を訴えるために作り上げた話であるということです。それが、現代でも、あたかも実在したかのように議論されている点が、邪馬台国と似ています」

その先を促すように、那智が由美子を見た。

「他にも、古代の話であるにもかかわらず、記述された数値が妙に具体的であったり、今も多くの人がその存在を信じているところも、邪馬台国と同様です」

「では、アトランティスはなかったと？」

由美子は一瞬顔を硬くし、うなずいた。

「内藤さんとも話したのですが、実在しなかったのに、あったかのように考えさせるのは、全《すべ》ての伝説にはなにかしらの真実が隠されていると、人々が信じているからではと思います。頑迷に盲信する人々がいるのは困りものですが、民俗学では、顕著な傾向として見られます。伝説の中の記憶を探っていくのも、民俗学では重要な手法ですから」

「では、あったと？」

「それは……」

由美子はいいよどんだ。

「ならば、邪馬台国は？」

那智の畳み掛ける言葉が、錐《きり》のように由美子に刺さった。

プラトンが描いたアトランティスがなかったとすると、同じように伝えられてきた邪馬台国も、またなかったといえるのではないか。邪馬台国についての同時代の史料は、いわゆる「魏志倭人伝」だけである。単なる伝説で、作り話だったといえないことはない。だが、そういいきってしまえないのが、邪馬台国である。アトランティス同様、諸説入り乱れて今も論議されている。

「アトランティスと同じく、邪馬台国の所在地にもさまざまな主張があります」

「じゃあ、あったのかなかったのか、どちらをとるのかね」

那智の声が、脳髄にまで響いた。

由美子は口を閉じていた。どちらとも断言できない。もしかしたらどこにでも存在し、どこにも存在しなかったのか……。

しばらくして、那智がいった。

「まあ、結論は早急といえるだろう」

その言葉に、由美子はほっとして息を吐いた。

「で、三國はなんといっていたのかね」

「邪馬台国には滅びる要素があったから、と」

「廃村の民俗学か……」

つぶやくような那智の言葉だった。内藤の説では、廃村になるにはそれなりの理由があったはずだという。

そのひとつの例えが製鉄民族だった。製鉄に必要なものは、原料の砂鉄と木炭、燃料になる大量の木材である。ゆえに、土地から砂鉄が採れなくなり、周囲の山を丸裸にしてしまうと、その土地は用済みとなる。すなわちそれまでの土地を捨てて、新たな土地を捜し求めるしかない。つまり、製鉄民族であることがそのまま廃村につながる、という説だった。それは彼らの中に組み込まれたプログラムであり、廃村に至る遺伝子が組み込まれているようなものだ、と。つきつめれば、製鉄のための集落は、廃村になるために生れた集落。廃村にするために造る集落なのである。

邪馬台国も鉄器を作っていたというから、内藤の説を借りれば、やはりこの遺伝子が国の存亡に繋《つな》がったのであろうか。

窓の外を見ると、中庭を歩いていく高杉が見えた。その高杉の後姿を見ながら、由美子は思い出した。邪馬台国の話を最初にしたとき、那智が、邪馬台国は存在しなかったのではないか、といったことを。

なぜ高杉を見て思い出したのだろう。おそらく、高杉がかつて那智と同じく学究の徒であったことを、内藤から聞いたからだろうと思われた。由美子は小さくなっていく高杉を見送りながら、邪馬台国のことを尋ねてみたい衝動に駆られていた。

第七章 解《かい》明《めい》譚《たん》

『阿久仁村遺聞 第十七話

その男、いつとはわからぬが、村に流れてきた者であつたさうであります。そのとき愛《いと》おしさうに男児の手をひいてをつたとな。なんでも高貴な血筋を引く者で、常に両の手のひらに載るくらいの勾玉《まがたま》を、そば近くに置いていたさうであります。その勾玉、乳白色にして、光り輝くさまは大層まばゆくきれいでありました。その男、皆が気づきし時は、髪を丸め、老境にさしかかりたるような翁《おきな》の姿となりて、座つてをりました。いかなるを方かと訊《たず》ねても、顔の中心にしわを寄せ、微笑《ほほえ》むばかりであったさうであります。

物静かでめつたに声をあげて笑はず、怒りもせず、争ふこともなく、村の奥にて暮らしてをりました。人々が訊ねしことには、穏やかな顔にて、どんな些細《ささい》なことにも丁寧にこたえたさうであります。男の先祖は、なんでも栄えた都に暮らしてをつて、かしずかれて日々を送られていたとか。それでも、名もなき貧しい村に住んでをつた、卑《いや》しきものであつたなどと、さまざまなことを言う罰当《ばちあ》たりな輩《やから》もをりました。

どの言が正しいのか、はたまた違うのかは不明ながら、誰もが敬い、慕ってをつたさうな。また、ある者がこれからどうすべきかと問ふと、時を待て、立つるべき時に立つものぞと、神妙な顔で答え、何度もうなずいてをつたとか。その男、年月を経てずつと同じ家に住まわっていたさうであります。男児と思われた幼子も、実は女の子であつたさうですが、実にきりりとしたお顔立ちであつたさうな。さてその男も幼子も、齢《よわい》幾つになるのか、誰も聞くことができぬまま、男はひつそりと暮らし続けたさうでありまする』

『阿久仁村遺聞　第二十三話

昔々、輝ける宝の剣ありけり。

それは対《つい》になりしもので、きわめて特異な形状の柄《え》をもちたるものなり。一振りは大きな輪を持ちし剣なり。その輪には黄色の珠《たま》を敷き詰め、黄色の糸が巻かれたり。もう一振りの剣は、波形の飾りありき。飾りには緑の珠が隙間《すきま》なく並び、長き緑の糸が巻きつけられたり。対の剣のいと美しきさまは、錦《にしき》の輝きに似ていたさうな。

しかれどこの宝の剣、いつの頃か、見失のふてしまいしよし。皆手を尽くして探したれども、その行方は杳《よう》として知れず、途方に暮れていたり。いつしか幾ら探してもなければ、作り給《たま》へばよろしからうと言い出すものあり。皆の思い、そこに落ち着きし。以来、木を切り、山を崩し、皆ただただ精進して、ことに当たりたまひし。その思い、いつしか天に届きたてまつることと、皆祈りたまふなり』

1

内藤は、病室の窓越しに青空を眺めながら、阿久仁村遺聞のことを考えていた。第二十第十七話に登場する老人は、第二十二話の老人と同一人物のように思えた。第二十二話は、「キメウナル老人ノ話」との題がつけられている。一部が破損しているため、途中から判読不能になっており、物語の続きが不明なのが残念である。だがここに出てくる老人は、いつからそこに住んでいるのかわからないが、集う子供たちを愛し、首から鏡を下げていた。第十七話では、老人は勾玉を持っている。共通するのは、年齢不詳で高貴なる出自を匂《にお》わせているところや、子供を可愛《かわい》がっていることだ。

この第二十二話につづく第二十三話は、宝剣の話になっている。特異な形状の対の剣。だがそれもいつの頃にか行方が知れなくなってしまったという。

行方が分からないといえば、鏡の行方について書かれている話もあった。たしか、第二話、「ものいふ鏡についてのおはなしのつづきです」と、奇妙な始まりかたをする話だった。つづきといいながら、第一話とはまったく関係がない。もともと一対だった火の鏡と水の鏡が引き離されて、以来行方がわからないという結末だった。

対して第二十三話のほうは、一対の宝というところまでは同じだが、剣を失《な》くしたならば作ってしまおうとする、前向きの意欲に満ちた話である。しかし、結局、剣を作ることができたのかどうかは不明だ。阿久仁村遺聞は一体にそうだが、これも宙ぶらりんで終わっているのだ。

もしかしたら、これは剣と書いてあるが、実は違うものを作る話ではないのか。阿久仁村遺聞の中には、鏡の話がたくさん出てくる。剣が重要ならば、もっと出てきてもいいはずだ。モチーフの置き換えか。本当は鏡を作ることに成功した話なのではなかろうか。

だが、鏡、剣、そして勾玉。三種の神器を連想させるアイテムが並ぶのは偶然なのか。たしか、三種の神器のうち草薙《くさなぎ》の剣は、壇ノ浦の合戦で行方知れずになり、見つかっていないはずだ。阿久仁村と壇ノ浦では、山と海でまるで方角違いだが、なにか関係があるのか。

内藤は思わず天井を向いて、息を吐き出した。謎《なぞ》だらけだ。そして、あの人物も、実に謎だらけだと思い出した。昨晩遅くに訪ねてきた男、榊原紀夫のことである。

すでに日付も変わった夜中の十二時過ぎ。眠れずに遅くまで起きていたときに、いきなり訪ねてきたのだ。よく考えなくても常識的な見舞い時間ではない。それにこの深夜、どうやって病院に入ってきたのかも、疑問であった。

「こんばんは。夜分遅くにすみません」

電灯が点《つ》けられた後に、榊原は一瞬狼狽《ろうばい》した表情を見せながらも、すぐにそういった。そして、こんな時間しか都合がつかなかったものでと、頭を下げた。

榊原には、先日、佐江由美子のマンションから出たところで飲みに誘われた。日本書紀と古事記の特性について、なかなか面白い見解を述べていた。

顔を見ると、あくまでも穏やかで柔和な印象を与えている。

「病院という場所は、ある種無防備なくらいに閉鎖されていないんですよ。夜間救急がありますからね。勝手がわかっていれば、病室を訪ねるのは難しいことでもなんでもありません」

それ以上の質問を受け付けぬような、どこか鎧《よろ》ったような笑みをたたえながら、榊原はいった。内藤の手元のＩＣレコーダーを見て、「どうしてそんなものが！」と叫んだ声が、同じ声帯から発せられたものとは思えなかった。

「どうしてここに入院していると分かったのですか」

「知り合いがたまたま、東敬大学の民俗学教室の助手が入院したといっていたもので。残念ですが、まさかと思ったことが当たってしまいましたよ」

やはりそれ以上の追及を拒むような顔で、榊原はいった。

「お体への負担が大きかったとうかがったもので、このようなものがよかろうかと」

榊原は、重そうな包みを差し出した。中身は果物のようだ。西が持ってきたような、これ見よがしのカゴではなく、包装紙で包んであるがそれなりの量が詰まっているようだ。

「お心遣いありがとうございます。このとおり体の自由が利《き》かないので、そこに置いてもらえますか」

内藤は、部屋の中央にある小さなテーブルを指差した。榊原はうなずくと、そこに荷物を置いた。それから椅子《いす》を持ち上げるとベッドの脇《わき》において、座った。

「お加減はいかがですか」

「おかげさまで、入院当初に比べると大分良くなってきました。もうすぐ車椅子で動けるようになるそうです」

「それはなによりですな」

にっこり笑っていわれると、悪い気はしなかった。

「お体は不自由でしょうが、じっくりと考え事をするには良い環境ですね。普通の人ならもてあましそうですが、先生のような学究の徒にはよろしいのでは」

「ええ、まあ」

最近、誰も見舞いに来なくて、打ち捨てられた存在になった気分ですとはいえなかった。

それに、眠れなかったのも事実である。夜の闇《やみ》を見詰めているのはつらいものだ。

「なかなかお見舞いにも伺えず、そのうえ遅い時間に申し訳ありません」

頭まで下げられては、居心地も悪い。

「本当に大丈夫ですから、気になさらずに」

ありがとうございますとの声を聞き、内藤はやはりそうかと確信を得た。

「榊原さん。あなたがここに来たのは初めてではないでしょう」

「どうして、そのようなことを。それに、何のためにそんなものを持っているのです」

榊原が内藤の手元を指差した。そこにはＩＣレコーダーがある。

「どうも妙だったものですからね」

内藤の言葉に、榊原が怪訝《けげん》そうに眉根《まゆね》を寄せた。

「気になることがあったので、念のためにスイッチを入れておいたのですよ。万が一、眠りこんでしまった時のためにね」

内藤は再生の四角いボタンを押した。スピーカーから、雑音交じりの無音が続いた。と、小さな声が聞こえてきた。

『眠れませんか』

それに応じる『ええ、眠れませんね』という声は、内藤自身のものだ。しかし、点滴のせいか、それ以外の誘因があるのか、いつもの自分の声とはどこかちがう気がした。見えない壁の向こうにいる相手に話しかけるような声である。もうひとつの声も、不定形の膜を隔てるように響いてきた。

『それはね、あなたがいつも記紀のことを、そして邪馬台国《やまたいこく》のことを考えているからですよ……』

独特の抑揚で語られた言葉。内藤の思考をどこかに誘導するかのように、その声は紡《つむ》がれていった。

「これはあなたの声ですよね」

「さあ、これだけではなんともいえませんな」

榊原が、顔色も変えずにいった。ICレコーダーを引き出したときには、随分と驚いた様子だったが、今の表情からは、心の動揺を覗《のぞ》き見ることはできなかった。

小さな声なのと、普段喋《しゃべ》る言葉とは異なる抑揚があるため、同一人物だと内藤自身にも断定できなかった。だが、会話をしていて確信した。同じ声である。それに、明かりがついたとき、病室にいたのは内藤と榊原だけだった。

「あなたは前にもこの病室に来ていますね。そして、妙なことを僕にいった」

「先生、考えすぎですよ。それに、妙なことって、いったい何です」

榊原は笑った。たしかに、考えすぎといわれれば、怯《ひる》むところはある。だが明らかに自分のものではない思考形態が、時折頭の中をよぎるのだ。今もまだ体の向きを急に変えることが難しい。動作の速度についていけず、悲鳴を上げるような体では、夜の眠りが現実と夢との境をさまようようなこともあろうが、それにしてもひどすぎた。

「たとえば、こんな言葉です――北辰《ほくしん》の二文字はなにゆえ転倒しているのか。北辰を不動の場所に戻せ。文字を右回りに九十度傾けなさい。これこそが阿久仁村遺聞の正しい配置図である……」

唐突なアイデア。由美子からは、感心とさらなる疑問を呈されたが、自分でもどこから導き出された思考なのか、不明だった。奇妙なエンボス模様が北辰の右半分だという発想は、一人で考えたものだと信じたかったが、そこに至る論理の道筋が思い出せない。それなのに、一夜が明けると、なぜか確信になっていた。

――まるで睡眠学習のようだ。

もしかしたら、とんでもない寝言などを発しているのではないかとも心配になって、バッグの底にあったICレコーダーを仕掛けてみたのだ。そして、録音に意識を集中することで、できるだけ眠りに陥るまいと努力した。

その結果、何者かに思考を植えつけられていた。榊原の独特な抑揚は、催眠術の手法なのかもしれない。録音の甲斐《かい》あって、「誰が」というところまでは押さえられたが、依然として榊原の目的は見えてこない。

「わたしは一介の歴史好きの古本屋に過ぎませんよ。それに、仮に阿久仁村遺聞を右に傾けたところで、何が変わるというのです」

榊原は、何食わぬ顔で由美子と同じ疑問を口にした。内藤は思わず眉をしかめながら、やはり一筋縄ではいかないなと、胸の内でため息を吐《つ》いた。

「あなたは阿久仁村遺聞を知らなかったんじゃありませんでしたか」

内藤の記憶では、榊原は確か最初にバーで会ったときには、阿久仁村遺聞のことを自分から切り出し、次の機会では、どこかで耳にしただけで知らない、実物すら見たことがないといったはずだ。

「いえ、先生がこの間、阿久仁村遺聞とおっしゃっていたので、興味を持ちましてね。それで、少しはわかったのでしょうか」

嘘《うそ》の匂いを感じた。だがあくまでも榊原の顔は、柔らかい。

「そんなにご興味がおありでしたか」

内藤は、不審を声に出さないようにして、いった。個室ゆえベッドサイドのランプをつけていても咎《とが》められないが、よく考えたら消灯している部屋に黙って入ってきたのだ。そして、奇妙な催眠術めいた言葉を連ねていた。おかしいことだらけだ。

「蓮丈先生の手に届いた古書ですよ」

気にならないわけがないでしょうといって、榊原が笑った。たしかに蓮丈那智の元に集まる古物の類《たぐい》には、魅力的な内容のものが多いのが事実である。

「阿久仁村遺聞は古事記と同じような性格を持っていると、蓮丈先生はお考えだったように記憶していますが」

「ええ、記紀と同じような手法で書かれたものだろうといっていました」

榊原の誘導尋問めいた質問に、内藤は乗ってみることにした。

「となると、分割及び変換された記憶が秘められ、主客の転倒や時間軸の歪《ゆが》みなどの構造を持つということですね。それはなかなかに興味深い。ぜひ拝見したいものですね」

「ごらんになったことは？」

「ありませんよ」

榊原が即座にいった。

「でも、それだけ複雑な仕掛けだったら、解明は容易ではないでしょう。謎は解けたのですか？」

「それがさっぱりです」

「となると、謎は解かないほうがよいのかもしれませんね。それほど技巧を凝らして作られたとすれば、それだけ秘密にしておきたかったということですよね」

榊原の言には、一理ある。

「書いた人間にとっては記しておかなければならないが、その反面、隠しておきたいものでもあったのではないでしょうか。その謎を解いて、表舞台に引っ張り出すべきではないように思うのですが」

「そのままにしておけということですか」

内藤がいうと、榊原は大きくうなずいた。

「謎を解くキーワードすら与えられずに、解明することは困難でしょうしね」

いい終えるや、榊原の唇の端が少し上がった。内藤はどこかむっとする自分を感じた。

「それじゃまるで、どうせ解けないから放っておけといっているようなものですね」

「ああ、お気に障《さわ》ったのならご容赦ください。それほどの難解なものならば、作った側も解かれることを望んでいないのではと、思ったものですから」

考えてもいなかった。分かりにくくするために様々な手法を使っているとばかり思っていた。だが、解読されることを望まずに、記録する必要はあるのだろうか。阿久仁村の存在は書き残しておきたいが、謎はそのままでいいということなのだろうか。

「しかし魅力的な文書ですな、阿久仁村遺聞というものは。現に蓮丈先生や内藤先生がここまで関心を持たれている。謎は解かぬともよい、だが覚えておけ。随分と高飛車な書物ですね」

榊原が笑った。内藤は、その冗句めいた言葉を素直に受け止められなかった。

「いえ、やはり謎は解いて欲しいと望んでいるはずです。どんなに忌《い》まわしい過去であろうと、それを知った上で、すべてを忘れ去れといっているように思うのです」

榊原が、ほうといった。

以前お蔵入りとなったファイルには、おぞましいとさえいえる過去を石に刻み、時と共に風化することを望んだという事件があった。記さなくともよいことをわざわざ刻み、記憶の風化を願っていたのだ。あくまでも秘するなら、記録に残さないことが一番である。記すという行為には、知って欲しいという願いが込められているはずだ。

「記紀がどんなに複雑な要素をはらんでいたとしても、未来永劫《えいごう》残されるべきものとして作られたように……。先生、そういうことでしょうか」

「構造が似ているなら、目的も似ていると考えることも可能でしょう」

内藤の言に、榊原が同意するように顎《あご》を引いた。

「起こった出来事は、それが重大であるほど、忘れ去ろうとしてもむずかしい。特に重要な大事件ならば、後世まで残されるべきもの。だが、おぞましいほどの事件なら、記したゆえに握りつぶされる恐れがあります。権力者にとって、都合のわるい場合もある。抹殺されずに後世に残すためには、それなりの技巧を施さねばなりません。あいまいに書き記せば、事実の輪郭までもがぼやけてしまう。その方法が複雑になればなるほど、事実を正確に伝えることができるというものです。そのために周到に施された仕掛けでしょう」

古事記は、仕掛けの内容をすべて把握して、それを後世に伝える口伝という方法で成立した、と那智はいった。文章で残しておくのは危険すぎるという考えからだ。となると、阿久仁村遺聞にも、口伝のようなセキュリティ・システムがあってもおかしくない。

「解読の鍵《かぎ》がなにか、が重要ですね」

榊原が、ぼそりといった。たしかに、鍵となるべき法則があるはずなのだ。

「ところで榊原さん、あなたは他の名前を使って、何か企《たくら》んではいませんか」

内藤は話題を変えた。

以前、榊原について、那智は内藤を問い詰めた。榊原なる男は、どうして阿久仁村遺聞のことを知っていたのか、どうして興味を持つのか、あれが後世の偽物とは知らなかったのか。そして、雅蘭堂が鳥取の米子で遭遇した神崎と同一人物ではないのか、と。その時、答える術《すべ》を内藤は持っていなかった。今も答えはないが、本人に問いかけることはできる。

榊原は一瞬目を見張り、顔の前で大きく手を横に振った。

「滅相もない。いったい何を根拠にそんなことをいわれるんですか」

「知人が、実にあなたによく似た人に、旅行先で話しかけられたものですから」

「その方に、わたしはお会いしたことはあるのでしょうか」

言葉につまった。榊原に会っているのは、自分だけである。神崎某《なにがし》なる人物が接近した雅蘭堂の越名は、榊原と面識はない。つまり、榊原と神崎の両者を見知っているものはいないのだ。

もちろん那智の直感だとはいえない。榊原と神崎某が同一人物だとの証拠はなにもないのだ。いや、そうであるからこそ、平気な顔で白《しら》を切り通せるのか。

越名は、阿久仁村を探索した日の夜に、米子駅前の居酒屋で、神崎秀雄と名乗る男に声をかけられた。明らかに、越名が誰か分かっていて接触したのである。同席した豊子という娘と共に、阿久仁村に住まった者の流れを引く末裔《まつえい》だと、自分たちを紹介したという。

「世の中には自分に似た人間が三人いるといいます。わたしにもいたのですな」

内藤の顔を真顔で見詰めてから、榊原は声を出して笑った。

「後学のために教えてください。そのわたしに似た人というのは、何という方です」

「神崎秀雄と名乗ったとか」

「なるほど。榊原と神崎、どことなく字面《じづら》も似ていますな」

面白がっているように、こちらを覗き込んでくる榊原に、内藤は言い知れぬ苛立《いらだ》ちを覚えた。

「榊原さん、あなたによく似た神崎という人は、阿久仁村遺聞は世に出るべきではないといっていたそうです。あなたは阿久仁村遺聞をどうしたいんですか」

「おっしゃっている意味が分かりませんが」

「あなたは、阿久仁村遺聞を表舞台に引きずり出したい、そうした方がいいと考えているんじゃないんですか」

榊原の顔に、微妙な変化があった。深夜の蛍光灯の明かりに浮かぶ、どこかのっぺりした顔には、仮面にも似た表情の乏しさがある。やはり何かを隠している。内藤は直感で思った。

「よくわかりませんね。先生は、わたしと神崎さんという方が同一人物ではないかと決めつけておられる。でも、その神崎さんは、阿久仁村遺聞を表に出したくないといっているのでしょう。わたしと同一人物なら、どうしてわたしのほうは、表舞台に引きずり出したいと考えるのですか」

そういわれれば弱い。たしかに、内藤にも確たる証拠があるわけではなかった。神崎たちに後催眠をかけられた越名が、研究室に阿久仁村遺聞を回収しに来たことがあった。その際に「阿久仁村遺聞は世に出るべきではない」といった。それは神崎たちと同じ思考だと思えたが、ひとつ疑問が残る。それは、阿久仁村遺聞のコピーには目もくれなかったことだ。秘密を秘密として保持するためには、コピーであれ全《すべ》て回収すべきだが、まるで眼中にはなかったようなのだ。

——ある程度までは、秘密を解明させたいのではないか。

それが内藤の直感だった。

「あなたは、阿久仁村遺聞が表に出るべきではないといいながらも、興味を隠していない。逆に私に奇妙な言葉を囁《ささや》いて、謎《なぞ》を解かせようとしている」

静観すべきものなら、なにもこうやって深夜の病室に現れたり、内藤と議論をすることはないのだ。それをなぜ榊原は、さまざまなことを内藤に問うのだ。

「蓮丈先生にとっても、魅力的な題材と思ったまでです。それに記紀と同じ構造を持つ書物と聞いては、阿久仁村遺聞がどんなものか、古本屋としても非常に興味をそそられますからな」

榊原が笑った。

越名は、阿久仁村遺聞は意図的に自分の手に渡され、那智の元へ届けられたのだといった。仕組まれていたことだ、と。学界の権威におもねることなくわが道を行く、孤高の民俗学者である蓮丈那智の手で謎が解明されることによって、より広く遺聞の謎を知らしめることができるからだ、とも語った。

そして、夜中に自分に語りかける榊原と思《おぼ》しき声。阿久仁村遺聞の謎を解かせようとしている。

「ならばあなたと同一人物ではないとして、神崎氏は阿久仁村遺聞をどうしたいんでしょうか」

「知りませんよ、他人のことですから」

大仰に手を振って、榊原は笑った。

「ああ、もうこんな時間です。そろそろおいとましましょう」

榊原は腕時計を見ると、急に立ち上がった。

「あ、ちょっと……」

内藤は慌《あわ》てた。正面から対決したつもりなのに、疑問はなにひとつ解決していない。だが榊原は意に介さず、飄々《ひょうひょう》とした顔を内藤に向けた。

「阿久仁村遺聞、わたしは眠らせておくのがよいと思いますが、蓮丈先生や内藤先生のためには、一日も早く謎が解けるといいですね。重大な秘密が隠されているようですから。首尾よくいくことをお祈りしています」

そういってにっこり笑うと、ふくらんだ革のビジネスバッグをひょいと持ち上げて、部屋を出て行ってしまった。まだ体の自由のきかない内藤に、追いかけることは不可能だった。

以前、声を掛けられ、連れだって行った池尻大橋のバーにおいて、榊原は記紀について力説した。そこで記紀と阿久仁村遺聞は構造が似ている、と気づいた。阿久仁村遺聞が現代において、何の意味を持つのか。榊原が阿久仁村遺聞を表に出したいのだとしたら、それによって何を得ようとしているのか。

内藤は、つい重いため息をついた。結局、榊原から真相を引き出すことはできなかった。もっと問い詰めねばと思いながらも、内藤は粘れなかった。後悔というには余りある。それは深夜という遅い時間のせいなのか、心の中で榊原の目的を断定できなかったからなのか。病室のベッドに横たわりながら、那智の怜悧《れいり》で硬質な瞳《ひとみ》に射すくめられているような気がした。

2

宇佐見陶子は東敬大学のキャンパスを歩いていた。朝一番に、蓮丈那智から電話が掛かってきた。お願いしたいことがあるので、申し訳ないがご足労願えないだろうか、都合の良い時間でかまわないのだがと、らしからぬ口調が一抹気になったが、陶子は快諾して、大学に向かったのだ。

大学という場所は、それぞれ独自の建物や道などの構造を持っていても、どこかしら根底に漂う空気は似ている。学び舎《や》としての性格と、学ぶために集う若者のかもし出すオーラが交じり合って、一つの空間を形作るからなのだろうか。

中庭のあちらこちらに、学生の姿があふれている。ベンチに腰掛けて歓談している者。芝生に座り、軽食をとっている者。バインダーを開きながら、あれこれ相談している者。それは、昔の陶子の姿に似ていた。あの頃は出口を求めるかのように、体の中に激情が渦巻き、あふれていた。時間も忘れ、課題の制作に没頭したことが幾度もあった。すでに随分と日が経《た》っているのに、その熱さがまざまざと思い出された。そして唐突に、その熱さの陰に、一つの建物が脳裏に浮かんだ。

コンクリートの講義棟を右に回り込み、長く続く芝生の道を歩いていくと、木造の西洋建築物が正面に現れる。かつて白いペンキを塗られていたであろう外観は、時の移ろいと共に枯れた味わいとなり、百年以上の時間を見事に体現した威厳ある建物として、その場に鎮座していた。

学生時代には、単なる古臭い建物としか感じられなかったのも若さゆえか。年齢を重ねれば、趣あるものとして心に響く。

陶子の記憶は一気に過去へと戻る。オークウッドの扉を開けると、眼前に螺旋《らせん》階段が現れる。きしみ音をあげる階段を上っていけば、河鍋暁斎《かわなべきようさい》の「暁斎楽画」のオリジナルが目に入る。

その奥の部屋には、かつて陶子の師であり特別な存在であった人物がいるのだ。もう何年も足を向けていないが、今でもその部屋の様子は、ありありと思い浮かべることが出来る。一種独特、などと生易しい表現ではすまない、魂を持たぬはずのものが、そう、膨大な数の『もの』が意思を持って見詰めてくるような、そんな錯覚を起こさせる空間が扉の向こうに待っている。足を踏み入れた誰もが、奇妙な感覚に囚《とら》われるのだ。

部屋の主は、知性に秀でた額《ひい》と柔和なブラウンの瞳の持ち主で、生粋の英国人ながら、研究対象はしごく日本的なものである。大学一年時の一般教養の授業で、陶子は初めて講義を聴いた。「生命に命があるように、芸術にも命がある」という言葉を、今も覚えている。彼はプロフェッサーD。そしてある一時期、陶子の『夫』と呼ばれた人物でもあった。

懐《なつ》かしさの中に、甘さと苦さが同居する記憶。いや、年月と共に後悔というものが芽生えて来はしなかったか。自分の選択は正しかったのか。そんな自問を重ねることが、成長と呼ばれる変化なのか。

陶子は軽く首を振って、視線を正面に戻した。そのような昔のことを思い出して、どうなるというのだ。

今の陶子には、そこかしこにいる学生のような浮かれた熱情も感傷もない。別の思いが陶子の中を満たしているのだ。

直感は民俗学者の大きな武器となる。ただし、それが先入観にならなければ、だ。いつか那智がそういったことがある。それは、旗師としての陶子にもあてはまる言葉だった。

古美術は、五感を駆使して集め、溜《た》めこんできた己の知識を、視覚を司《つかさど》る器官である目というフィルターを通して判断する仕事である。良いものと駄ものを見続けることによってのみ、蓄積される眼力。だがその目に見えた情報だけを頼るのではなく、時として、その判断を超えた直感が、真贋《しんがん》や本当の価値をあきらかにすることがある。

見た瞬間の違和感。目で幾ら確かめても本物と判断を下すのに、脳細胞の一部が警鐘を鳴らすのである。

だからこそ、贋作を売りつける者は、その直感を欺《あざむ》くための罠《わな》を仕掛ける。美術品を商売にする者にとって、得意分野、専門分野とは、すなわちそのジャンルに惚《ほ》れ込んでいるというのと同義だ。惚れ込んでいるからこそ、しばしば目先に狂いが生じる。その挙句、とんでもない品物を摑《つか》んでしまうこともあるのだ。

実際、陶子は嗅覚《きゅうかく》を鈍化させられて、匂《にお》いで見抜けたはずのものを摑まされたことがある。そのときは、五分《ごぶ》の仕返しをした。だが他の要素も絡《から》み、実に苦い思い出となった。時折、その事件に関わった人々が今どうしているだろうかと思い出すことがある。罠を嚙《か》み破ってこそ目利《めき》きといわれる世界の怖さを、思い知らされた事件だった。

また、普段の商いとは異なる絵の分野で、個人的な嗜好《しこう》につけ込まれて、欲で目をくらまされたこともあった。そして続く盗難騒ぎの末の、偽装の交通事故。こちらに全く非のない事件に起因した、あまりにもひどい仕打ちだった。ついに、相手方の計画に嵌《は》め込まれた陶子が、古物商の鑑札まで取り上げられるという煮え湯を飲まされた。

あの頃の数々の出来事は、悪夢となって陶子を襲うことがある。どうもがこうとも抜け出せない薄暗い空間。窒息しそうなほどの、希薄な酸素濃度。まとわりつく異質な感触。目覚めても薄ら寒い恐怖感が消えないのだ。

周囲がぐにゃりと歪《ゆが》んだような気がして、陶子は思わず歩みを止めた。深く息を吸う。苦いものが胸の中をゆっくりと降りていった。忘れたかった記憶が、今また眠りから醒《さ》める予感がした。

――阿久仁村遺聞という、古色を施された物語が、その鍵《かぎ》となるのだろうか。いや、阿久仁村遺聞が、自分をあの事件の渦中《かちゅう》に連れ戻すのかもしれない。単なる杞憂《きゆう》ではないとわかっていた。現実のこととして、確実に自分に迫っている問題なのだ。

逃げることはできない。陶子は建物を見上げた。古色蒼然《こしょくそうぜん》とした建物ではなく、近代的なコンクリート造りの校舎である。あの中で、那智が待っている。

薄い眉《まゆ》と、モンゴロイドとはかけ離れた彫りの深い顔立ちは、どことなく古代の彫刻を思わせる。椅子《いす》から投げ出された脚はすらりと伸び、そのまま身長の高さを表わしていた。

沈思する那智が、かすかに眉根を寄せた。異端の民俗学者の美貌《びぼう》は、午前の陽光の中でさえ、なお妖《あや》しげに見える。そして、周囲の温度がさらに冷えたように感じるのは、自分の錯覚なのだろうか。さっきまで閉じられていた鳶色《とびいろ》がかった瞳は、どこかに答えでもあるかのように、ゆっくりと周囲を探るかのごとく静かに動いていた。

陶子はコーヒーを一口含んで、言葉を待った。その芳香が、那智と陶子を幾重にも取り巻き、厚い雲のように漂っている。経過した時間の証《あかし》のように、コーヒーはすでに冷えていた。

催促はすまいと、陶子は思っていた。那智がこれほど考え込むのを見るのは、珍しいというより、陶子にとって初めてだった。

もともと蓮丈那智という人物は、人間関係を平穏に維持するといった類《たぐい》のことを一切考えず、思ったことをそのまま口にするタイプである。気を使って言葉を選ぶことに価値を見出《みいだ》さない。日本人離れした容貌とその怜悧な言葉が自らのイメージを歪めるとしても、そんなことに寸毫《すんごう》もかかずらう様子を見せなかった。寸鉄人を刺す言葉を誰に対してでもいうのです、相手がしがない助手であろうと、ノーベル賞学者であろうと同じです。そういったのは、内藤三國だった。

たしかにそれは陶子も感じる。気遣いから言葉を選ぶことも、相手を選ぶこともしない。しかし、完全に敵方となれば別だろうが、頭脳明晰《めいせき》な那智との会話で、陶子は嫌な思いなどしたことはない。むしろ、那智ならば何をいっても許せるとさえ思っている。その纏《まと》う雰囲気だけではない。那智の唇から、間違った言葉が出てきたためしはないのだ。

その那智が、ずっと黙っている。ありえないことだった。それほど考えあぐねているということなのか。

何本目かの煙草《たばこ》が灰となった。

「忙しいのにすまない」

那智の、どこか押し出すような声に、陶子は困惑を覚えた。

「随分と、切り出しにくいようですね」

はっきり命じてくださっていいのですよ、そういいたかったのを抑えた。私にこれこれをせよと、そう命じてかまわない稀有《けう》な人なのです、あなたは。だが、いつにない那智の声音に、それを口にするのは憚《はばか》られた。

「何を聞いても驚きませんから」

「そうか……」

那智にしては珍しく、無音の息がその唇から洩《も》れた。まだためらいの色が見える。

この事件が始まってから、那智は自分に、林原睦夫と連絡を取ってくれないかと頼んだ。あの時も、随分といいにくそうにしていた。二度も頼みごとをすることに、ためらいを覚えていたのだろう。

「どうぞおっしゃってください」

陶子は言葉を添えた。那智の口角が少しあがった。

「ではその言葉に甘えて……」

そう言って口にしたあとの言葉に、陶子は息を飲んだ。が、返事には一瞬の躊躇《ちゅうちょ》も必要なかった。

「承知しました。すぐに連絡をとりましょう」

そう答えた。造作もないことだ。これで謎《なぞ》のひとつが解けるのならば、なんということはない。那智は自分に命令すればいいのだ。陶子は、ただそれを実行するだけなのだから。

「迷惑をかけるのでは、とも思っている。それに、冬狐堂さんにとっては、嫌な思い出でしかないとも思う」

「嫌なというなら、皆同じです」

「たしかにそうだが……」

珍しいことに、那智がいいよどんだ。

「それがお役にたつのでしょう？」

「そのはずだ」

陶子は、その答えに満足した。

「ならば、どうということはありません。先生、安心して待っていてください」

陶子はそう約して、にっこりと笑った。こころなしか那智が安堵《あんど》の息を漏らしたように感じた。そして眉間《みけん》の厳しさが、やわらいだように見えた。いつもの蓮丈那智である。それでいいのだ。あなたはいつもそのままでいてください。陶子は胸の中でそう語りかけた。それこそが、蓮丈那智なのですから、と。

3

「うーん。いや、これは」

内藤は、唸《うな》っていた。一日中病室にいるのも飽きたし、理学療法士の先生からも、なるべく体を動かしたほうがいいといわれているので、車椅子で廊下に出たのだが、体中が思いのほか悲鳴を上げている。後悔の念が頭に渦巻いていた。

まずベッドから車椅子に移るまでが五分。その後、左半身に痛みを感じつつも、廊下の端までくらいわけはないと高をくくって、後悔をし始めるまでが十分。ともかくは病室を出たのだから、売店くらいまでは行ってから戻ろうと、懸命に車輪を回すうちに、ついつい声が出てしまったのだ。

傍から見ると、さほど力が要らないように思える車輪を回す手も、同じ動作を繰り返すことをたちまち拒否した。しかも内藤は左半身の負傷が著しく、下半身にくらべて自由になる左腕とて、長時間の動作には耐えられなかった。心なしか、傷がいえたはずの頭さえも、ずきずきしてきたようだ。

歯の間から洩れそうになる声を抑えながら、内藤はどうにか売店にまでたどり着いた。しかし、それだけで精も根も使い果たし、しばし休憩をしないと、物色どころか、店内に入る気にもなれなかった。

息を整えていると、子供たちが廊下の長いすに腰掛けているのに気づいた。パジャマを着ている子が一人に、Tシャツ姿が二人。入院患者と見舞いに来た友達といったあたりだろう。小学校の中学年くらいか、どこか幼さが残る男の子たちだった。

「これって、けっこうむずかしいなあ」

「そっちを動かしたら、どうなの」

「うーん、無理」

個室でひとり天井を眺めるだけの日々が続いていただけに、子供たちのかしましい声と、玩具《おもちゃ》なのか、カチャカチャと動かすBGMも意外に快い。

「じゃこれは」

一人が身を乗り出した。やっぱりポータブルゲームだよなと思いながらその声の方向を見て、内藤は意外に思った。男の子が、平べったい小さなパズルらしき物を手にしているのを、みんなが覗《のぞ》き込んでいる。ゲーム機ではなくとも、楽しそうだ。

どうにか息も鎮《しず》まってきて、内藤はようやく車椅子のタイヤのストッパーを外した。ジュースでも買って、部屋に帰るのだ。車輪に手をかけると、キッと音を立てて、動き出した。そのまま売店内に入り、ジュースとペットボトルのお茶に、ヨーグルトを膝《ひざ》の上に載せ、レジへと移動した。

売店からの帰りも難儀した。車椅子を動かすという行為には、予想外に腕の力が要るのを思い知らされながら、内藤はようやく部屋に戻ってきた。

唸り声を上げながら、病室の冷蔵庫に買ってきた品物をしまい、また唸りながらベッドへと体を移した。

思わず大きく息を吐いた。リハビリと同じくらいにきつかったと呟きつつ、テレビをつけた。真剣に見る気はないので、チャンネルも適当につけたそのままにしていた。

今日の一大事業は終わったと思うと、達成感と同時に焦《あせ》りを覚えた。入院から一ヶ月。体はようやく回復に向かっている。しかし、阿久仁村遺聞の解明は遅々として進んでいない。酷使した両腕を交互に揉《も》みほぐしてから、全二十五話、不可思議な話ばかりが綴《つづ》られているそれを、内藤は手にとった。

『阿久仁村遺聞』第十九話

昔々のころから、そこに住む衆はとても信心深い者ばかりでございました。祈りを欠かさずに、天の神、地の神、八百万《やおよろず》の神々に、常に感謝し、一心に祈っていたそうでございます。日々、人とのふれあいをおろそかにせず、ただただ平和を願い、近隣の衆とも争わず、過ごしていたそうでございます。

その山深き場所に、大きな池があったそうでございます。その池、川からの水が流れ込み、満々と水をたたえて、常に深く澄んでおりました。それがある日、村人が通りかかり、たいそう驚いたのでございます。なんと池の水がにごっていたそうでございます。不思議に思った村人、村に戻ってそれを話しましたらば、昨日の晩から娘がいなくなったと大騒ぎになっておりましたそうな。

その娘、神の声を聞き、神に願いを伝え、神通力持つおなごとして、村のために祈っていた者でございました。それが明くる日も、そのまた明くる日も戻ってこず、いつしか、その娘が池に身を投げて、それ故《ゆえ》に水にごりしかと噂《うわさ》が立つようになりました。というのも、その娘、隣村の青年と相思相愛となり、怒りし村人が、その青年を責め立てた果てに殺してしまったのでございます。村人、青年の遺体を山深きところに埋め、秘密にしておったのだが、いつしか娘の知るところとなったのでございます。

ああ、哀れなる娘。村の衆は娘を悼《いた》み、娘のために祈っておりました。清き池、にごれば、いかなる災いが村に降りかかるかも知れませぬ。神の声を聞く娘、失《う》せれば、いかなる災いあれども、神に願いを通じる術《すべ》もありませぬ。

日に夜を継ぎ、村の衆は祈り続けたそうな。そういたしましたら、とある日、その池のにごりが消え、ものをよく映すようになったのでございます。その表はすべらかで平らに透き通り、周囲の木々や空の雲をくっきりと映し出しておりましたそうでございます。皆の者、願いが神に届きしかと、大層喜んだのでございます。

それから池はまばゆいほどに輝き、希望に満ちた、崇高なまでの厳《おご》かな光を放っていたのでございます。これもひとえに、神の御心《みこころ》がなされたことでありましょう。ありがたきことでございます。ありがたや、ありがたや。村の衆が喜び、神と娘に感謝いたしたのは、いうまでもございません』

『阿久仁村遺聞　第二十四話

はるか昔のお話でございます。皆で大事にしておった宝物が、どこぞにのうなってしまった時から、村には災いばかりが起こるようになってしまったとな。その災いがひとつでも鎮まるようにと、村はずれに住む娘が一心に祈ってくれておったとな。その娘、不思議な力を持つおなごで、雨乞《あまご》いをすれば必ず雨が降り、子宝を望めば必ず授かる、神通力にすぐれたる者であったと。村はその娘の力で平和になり、皆幸せに暮らしておった。村の者、皆が娘を敬い、大事に大事にしておったと。

だがやがて日に日にその娘の力が弱くなり、ついに神さんに、なあんにも届かなくなってしまったと。村人は大層嘆き、娘はただただ口を閉ざしておったとな。なにゆえ力が失われたのかと、村人不審に思いしところ、なんとその娘、隣村の青年に恋をしておったそうな。青年も憎からず娘を思っていたと。なんということじゃろうかと、皆困りきったそうな』

この二つの話は、同じ娘の話だと思われた。だがどう読んでも順番は逆である。村の青年に恋をして神通力を失った娘が、池に身を投げたという流れになるはずなのだ。

なぜ逆なのか。

「どうすればいいんだ……」

自然と言葉が口を突いた。そしてため息を吐き出した。榊原は、あの夜以来、姿を現わさない。

唐突に右に傾けるという言葉が浮かび、思わず頭を強く横に振った。その拍子にズキンと痛みがはしり、顔をしかめた。『北辰《ほくしん》を不動の場所に戻せ。文字を右回りに九十度傾けなさい』という言葉がリフレインして、蘇《よみがえ》る。そして苦々しく思う。阿久仁村遺聞の暗号を解く手掛りが、自分が発見したのではなく、植え込まれた記憶からというのが癪《しゃく》に障《さわ》る。だが、この先の解決方法を考え出せば、腹の虫も治まるのではないかとも思われた。

「二十五話ねえ……」

つい声になった。阿久仁村遺聞は全部で二十五話ある。なぜ話が、一話から順番に続いていないのか。順番にすることに、差し障りがあるのだろうか。

第一話から順番に並べると、意図するところが分かってしまうから。それを隠すために、わざと順序を入れかえている……。内藤は思考を掘り下げていった。

記号化、モチーフの置き換え、さまざまなことを駆使して阿久仁村遺聞は書かれている。そこまでの配慮を必要としたほどの話だ。一話から順番に並べるなど、単純な方法を用いるわけがない。だが、それを本来の順番に変えるにはどうする？

法則があるはずだ。二十五話を、きちんと順序正しく並べ替える方法が、それもあっとおどろくほど、一気に入れかえられる方法が。それが傾けるということなのか。

「どうしたらいい？」

高杉は、そのあたりを汲《く》んだのか余分なことはいわず、書類鞄《かばん》から取り出した数冊の本を、内藤に差し出した。

「なんですか」

並べてみると、表紙には「御伽草子《おとぎぞうし》と邪馬台国」だの「国家誕生の秘密は民話である」やら、「素直に読もう魏志倭人伝《ぎしわじんでん》」などの、活字が躍っている。

「邪馬台国、ですか」

著者名を拾っていくと、内藤に見覚えのある名前はない。おそらく専門の歴史学者や考古学者ではなく、いわゆる在野の研究者の著作らしい。

「本調子でないときに読むものとしては、わるくないだろう。おたくの先生の研究分野でもあるし」

「ありがとうございます」

内藤は素直に礼を述べた。かつて研究者として将来を嘱望された身であった高杉が選んだ本ならば、それなりに興味深い内容であるはずだ。

「ところで、蓮丈先生は邪馬台国をどう位置づけているのかな」

「民俗学の視点からの関心しかなく、どこに存在していたかについては、興味がないそうです」

「普通、邪馬台国を研究する者は、まず場所について論じるものだがな」

那智の場合、邪馬台国はいかなる国家だったのか、民俗学の観点からアプローチを試みようとしたのが、すべての始まりだった。

「そして、邪馬台国は、酒と鉄によって解き明かすことができるだろう、と」

文明は、大勢の人間が長期にわたって住み続ける土地にしか発生しない。しかも、大量の人口を長期間維持できる食糧が存在しなければ、継続できないものでもある、とも。

「ふうむ。呪術《じゅじゅつ》的な用途にも酒が必要ではあろうが、鉄と両方とはな」

「鉄は分かりますが、なぜ酒なのですか？」

「肥沃《ひよく》な土地ではあっても、そこで暮らす人々の食用のみならず、酒を常飲出来るほどの石高を得る。それは簡単なことではなかったはずだ。酒は呪術にも用いられたが、魏志倭人伝では、常飲出来るほどの酒があった事実を伝えているしな。蓮丈先生は、なんと答えられたかね」

「酒を常飲出来るほどの米を作るには、頑丈な鉄器が必要だ。ただし、米作りも鉄器作りも、なにも邪馬台国の卑弥呼《ひみこ》の居城の近くでなくともかまわない。その二つが自然に供給されればいいから、と」

「だろうな」

高杉が満足そうな笑みを浮かべた。

「鉄器は、食糧や酒の原料となる米作りを大掛かりにするためには、必要不可欠な道具。また国を発展させるため、戦《いくさ》のための武器としても重要ですね」

「鉄器というのは、生活の質を飛躍的に向上させるものだ。そして、安定させる。他国との交易にも繫《つな》がる」

「安定、そして発展。いいこと尽くめですね」

「とはいかんだろう。砂鉄を鉄器に変えるには、燃料として大量の木材を必要とするからな。移動が必須《ひっす》だ。それに対して、稲作は定着が基本だ。移動と定着、消費と生産だ」

この二つは相反することになる、と高杉が続けた。

「蓮丈先生もいったように、文明とは、たくさんの人が長期にわたって住み続ける土地にしか発生しない。また、大量の人口を長期間支えられる食糧がなければ、維持できないものでもある。大国になればなるほど、それは膨大な量になる。邪馬台国も然《しか》りだ。生産及び増産は、国の発展のためにも民のためにも、必要不可欠な事柄である。農耕に適した土地を求め、一定地域で収穫を増すための努力をすれば、収穫量も年ご

と に増えるだろう」

「その一方で、製鉄に従事する人々は、移動を義務づけられているわけですか」

「単なる移動なら、まだいいのだが」

高杉の言葉に、那智の硬質な声が木霊《こだま》したような気がした。そして同時に、内藤の脳裡《のうり》に、またしても阿久仁村遺聞の奇妙な一節がよみがえった。

『阿久仁村遺聞　第十八話

むかしむかし、古い時代のおはなしです。そのむかし、遠くに出雲《いずも》の山を眺められる所で、猟をする翁《おきな》がおりました。毎日山で獲物《えもの》を獲《と》ることを生業《なりわい》としておりました。山に行くときはいつも犬を連れておりましたが、とある日、山深き所で犬がけたたましく吼《ほ》えたて始めました。そこは隣の山に続く道でございましたが、隣の山には絶対に見てはならぬ場所がございました。昔からの言い伝えで、背くと目はつぶれ、恐ろしいことが起こるというのでございます。翁はいくら獲物がなくとも、隣の山には決して足を踏み入れることはありませせなんだ。別の日にその道に差し掛かりますと、犬はまた激しく吼えたてまする。ですが翁は犬をなだめ、来た道を引き返すのでございます。そんなことを幾年も続けておったのですが、とある日、その道に差し掛かりましても、犬がひと吼えもしなかったのでございます。翁、不思議に思いて、その道をどんどん進みましたところ、一軒の小屋を見つけましてございます。小屋と申しても、村ではとんと見ないほどの大きなものでございました。誰が住んでいるか、中で何をしているのか。意を決して小屋を覗《のぞ》いて見ましたところ、中はがらんどうで何もなかったそうでございます。ひとの気配もなければ、鍋釜《なべかま》の類《たぐい》も見当たりません。さて面《めん》妖《よう》なことよと呟《つぶや》いて、翁は引き返してきたそうでございます。山は静かで、どこか遠くで鳥のさえずりがし、からからと、風で小石がこぼれる音が響いておりましたそうな』

見てはならぬものを覗いて目がつぶれるなどの話は、民話でもよくある。これもある種、ありがちな話とも思えた。

言い伝えに背くと目がつぶれるという表現からも、たたら製鉄との関連が窺《うかが》えた。強力な火力を扱うことから、たたら製鉄に携わる人間は視力を失うことが少なくなかったという。その事実を変換し、言い伝えを利用して人を遠ざけていたのだ。犬は、そのただならぬ人の動きを察知して吼えていたのではなかろうか。そしてこの大きな小屋は、製鉄がおこなわれていた場所が打ち捨てられたことを表しているのではないのか。

製鉄作業は、重要な秘密だったのだろう。また、人々がいなくなったのは、砂鉄を取り尽くし、木を伐採し尽くしたからではないのか。そして、新たな砂鉄の産地と木材を求めて、別の場所に移動していったのだ。最後の、風で小石がこぼれる音が響いたという表現に、昔ながらの川が荒らされ、木という木が伐採された荒涼たる光景が象徴されている。内藤には、そう思えてならなかった。

「どうかしたか」

高杉の声で、内藤は我にかえった。怪我の後遺症とでも思っているのか、少し心配そうな高杉の顔があった。小さく首を振って、内藤は問いかけた。

「邪馬台国は、どこにあったと思いますか」

高杉さん、あなたならすでに論理立てて考えているはずです。その考えを聞かせてください。内藤は目に力をこめた。

「蓮丈先生は、どこにあるといったかな」

「出雲、とおっしゃったことがあります」

那智は、邪馬台国は出雲にあったと仮定した。古事記の重要な舞台でもある出雲では、出雲ブランドの勾玉《まがたま》が既に有名だった。七世紀に作られた勾玉が、他の地方に流通して出土した例もある。

「勾玉や管玉《くだたま》は、鉄製の錐《きり》のような形状の道具で穴を開ける。通常は勾玉の両面から穴を開けていきます。しかし出雲では、片面から開ける方法が確立されていた。それは細くて頑丈な鉄器を用いていた証拠であり、当時としては高度な技術でした」

「酒と勾玉、いずれも鉄器がポイントになる」

「つまり、製鉄に力を注いでいた、と」

「の、証明にはなろう」

高杉の顔に、那智の顔がだぶった。おそらく那智の答えも同じだろうと、内藤には思えた。

「たしか二〇〇〇年、発掘調査により出雲大社境内から巨大な柱の痕跡《こんせき》が出た。三本の巨木を鉄の輪で束ねて作られた建物は、およそ高さ四十八メートルに及ぶ建築物だったという。それほどの巨大な建物をどうして作ったのか」

高杉の目には、かつて将来を嘱望された研究者として、蓮丈那智の盟友として、民俗学を探求していた頃の光が宿っている気がした。

「国譲りを要求する天照大神《あまてらすおおみかみ》に大国主命《おおくにぬしのみこと》が、国は譲るが、その代償に自分を祀《まつ》る建築物をつくれと要求した。それが出雲大社の起源ですよね」

「が、それほどの高層建築が、本当に必要であったのか」

高杉の問いに、内藤は口をつぐんだ。神話にあるからというだけでは、もちろん答えにならないはずだ。躊躇《ちゅうちょ》する内藤を見て、高杉が言葉を継いだ。

「それほど恐ろしい存在だったのだ、卑弥呼は。畏怖《いふ》と尊敬の対象だったのだ」

卑弥呼、と高杉はいった。やはり自分たちと同じ考えなのだ。出雲大社こそが、覇権を大和朝廷に譲った卑弥呼の居館であり墓であると、とらえているのだ。

「という説も立てられるが、それほど簡単じゃない。あくまでもひとつの説だよ」

高杉は、足を組み替えて、また口を開いた。

「たしかに出雲地方は砂鉄も取れるが、だからといってその地方の人々が邪馬台国の末裔《まつえい》だとは言い切れない。ま、否定もしきれないがな」

どこに邪馬台国があったのか、どの場所も決定打に欠ける、ともいった。

「奈良の黒塚古墳が卑弥呼の墓だと言われていることについては、どう思われますか」

内藤はたずねた。

一九九八年に奈良県天理市の黒塚古墳から三十四枚にも及ぶ銅鏡が出土していた。

三角縁神獣鏡《さんかくぶちしんじゅうきょう》三十三面、画文帯《がもんたい》神獣鏡一面である。それこそが、卑弥呼が魏から下賜《かし》された百枚の鏡の一部ではないかと、いっとき騒がれたという話についてだ。

「当時の権力者へ贈られた鏡なのだろう」

高杉の答えは、那智と同じだった。

「それだけの枚数が贈られるべき相手だった、ということですか」

「とはいえるだろう」

権力の象徴として贈られたであろう鏡を数多く贈ったとすれば、軽視すべからざる相手として同盟などを約していたか、危険な人物として懐柔が必要だったか。いずれにしても相手にとって重要な存在であったはずだ。

「では、高杉さんは、邪馬台国のありようをどのように考えていますか」

聞いてみた。結局、高杉の独自の考えはいまだ聞けていない。

「ストレートだね」

高杉が笑った。民俗学を志した者が、考えたことがないとは思えない。独自の論理があるはずだ。

「卑弥呼を女王として形成された、諸国の集合体の頂点に立つ集団。それが邪馬台国だ。分かりやすくいえば、江戸時代の幕府のようなものといえる。絶対権力であり、御簾《みす》の奥深くにいて誰もが会えないところなど、将軍に似ているとは思わんか？」

内藤を見詰める、どこかしら悪戯《いたずら》っけを含んだ顔つきに、思わずうなずいていた。

「鉄器で作った強力な武具を保有し、高い農業生産力で民を養い、兵を鼓舞するために大量の穀物から酒を作る。諸国連合の首都にして、中央集権的な政治権力の中枢《ちゅうすう》が邪馬台国だ。そして、その頂点に君臨し、未来を予言する者が卑弥呼だ。この時代の唯一《ゆいいつ》無二のカリスマというところだろう。しかも、ただひとりの男しか会えない人物。宇宙人かかぐや姫かと思うほど、実像は定かでなく神秘的だ。誰も会ったことがないという件《くだ》りからは、卑弥呼が実在しなかったという説すら成り立つ」

高杉は指を立てて、説明した。

「卑弥呼は存在しなかった。それを隠すために、各地を転々とせざるを得なかった。だが国の規模が大きくなり、移動が叶《かな》わなくなった。そこで出雲に行き、地上四十八メートルの巨大な神殿に閉じ込めたことにした。だが卑弥呼の出御を待つ人々がいるため、十三歳の壱与《いよ》を表に出さざるをえなかった」

にこりともせず、至極まじめな高杉の顔に、内藤はつばを飲み込んだ。よどみなく確かな口調からも、昨日今日考えた説ではないことがわかる。やはり邪馬台国は民俗学者にとって、研究対象にせずとも、追求しないではいられないテーマなのである。

「地名や遺構、出土品といった、痕跡や何かが当てはまるというのなら、乱暴な説だが箸墓《はしはか》古墳も、九州北部の福岡県山門《やまと》郡や肥後山門郷といわれていた熊本県菊池市も、大分県の宇佐も吉野ヶ里遺跡も、邪馬台国であったといえるのだよ」

たしかに、ここに邪馬台国があったと説かれている場所のどこもが、何らかの根拠を持つと同時に、証明しうる決定的な証拠がない。音が同じ『ヤマト』であるからという説など、すべて憶測の域を出ない。だからこそ、どこにでも邪馬台国だといわれる場所があるのだ。

「仮説なら、いくらでも立てられる。場所の特定は、考古学者にでも任せておくんだな」

どこか他人事《ひとごと》のような口調が那智と重なる高杉は、そういって笑った。二人ともに、場所には固執していないのだ。民俗学的な視点からのアプローチが、共通しているということだ。それでも、結果として有力なのは出雲のようだ。それほど確率の高い結果なのだろうか。それとも、研究家としての嗅覚《きゅうかく》が導く答えなのか。

内藤は、どちらとも断言できず、病室内に視線をさまよわせた。ギプスで固めた爪《つま》先《さき》の向こうに見えたテレビでは、いつの間にかニュースが始まっているようだ。あいも変わらず世の中では物騒な事件が多い。

「僕みたいに不幸な人がいるのだなあ」

内藤はつい口に出してしまった。

「どうしたね」

「いえ、なんでもありません」

思考に疲れているせいなのか。内藤は即座に首を横に振って、微笑《ほほえ》んだ。

画面にマンションと、中年男性の顔写真が映し出されていた。

「えっ！」

内藤は思わず身を乗り出した。

高杉も、内藤の視線にあわせて首を回した。内藤は慌《あわ》ててリモコンを握り、ヴォリュームを上げた。

「……宅配便の配達人が玄関先の血痕に気づき、警察に通報しました」

液晶画面には、確かに榊原紀夫の顔写真が映っている。二週間前の深夜に見舞いに来た時よりも少し若くて、笑みはなかった。おそらく証明書に貼《は》る類《たぐい》の写真なのだろう。テレビ局が伝手《つて》をたどって入手したものだろうか。

「どういうことだ」

内藤は、我知らずリモコンを握り締めていた。

「警察が調べたところ、リビングで倒れている男性を発見し、死亡を確認しました。男性は後頭部に鈍器で殴られたような痕《あと》があり、何らかの事件に巻き込まれた可能性があると見て捜査しています……」

後頭部を殴られて、殺された？

なぜ榊原が殺されなければならなかったのか。誰がそんなことを？

何かが起こっている。その事実だけが朦朧《もうろう》と頭の中をよぎり、内藤の胸の中をざわつかせていた。

4

越名は店にいた。雅蘭堂は、若者に人気の町、下北沢にありながら、繁華街から離れた住宅地の、ひどく目立たない路地の奥にあるため、今日も開店休業の様相を呈していた。

越名は軽く伸びをして、テレビのスイッチを入れた。

後催眠が解けた後も、時折体の一部が不調を訴えている。それは巻き込まれた事件の大きさゆえなのか、思いのほか体にもダメージがあったからなのか、どちらともいえなかった。あるいはただ、客のいない時間帯が続くことに、倦《う》んだだけかもしれない。

越名の稼業《かぎょう》は骨董《こっとう》の商いである。そして骨董を扱う業種には、いくつか種類がある。店舗を構えず、競《せ》り市や骨董店を渡り歩いて美術品を売りさばく旗師は、業者間の商品の流通も兼ねており、バイヤー的な存在といってもいい。顧客の注文に応じて品物を買いつける業者は、客師と呼ばれる。店舗を構える骨董商は、そのどちらも行うことがあった。

雅蘭堂は骨董の看板を掲げているが、店内を見回せば古民具がほとんどである。だが越名の眼鏡にかなったものであれば、アンディ・ウォーホルのオリジナルやジッポーのライター、切子やビスク・ドールも商いの範疇《はんちゅう》である。どんなジャンルでも越名は扱える。眠り猫のような目だといわれるが、その細い目でちゃんと見ているのだ。

それ以外に、表立ってではないが、時折、絵画のサーチャーも請け負っている。行方不明になった絵画の探し屋、である。店に閑古鳥が鳴いているからという理由だけでなく、ただ絵画を売り買いの対象にしたくないとの思いもある。裏の顔などという大袈裟《おおげさ》なものではない。アルバイト感覚の副業である。

そんな越名の重要な仕事場は、競り市であった。

古物商としての需要と供給を満たす場所であり、一個のコレクターとしての心を取り戻す場所でもある。商品を競りにかけ、値をつけ、競り落とす。その作業を、際限なく繰り返すのだ。「市には魔物が潜む」といわれる。決して警句などではない。市という場に存在する必然の法則、定理なのかもしれない。

ポーカーフェイスの狐《きつね》と狸《たぬき》が化かし合いをする場所であり、溺《おぼ》れる者から藁《わら》を取り上げる人でなしが集まる場所でもある。そんな鬼畜のような人間が集まる場所だが、そこでの思いは、さまざまである。

「自分が選んだのではない、品物から選ばれたのだ」という人もいる。良い顧客を摑《つか》んでいて、金額に頓着《とんちゃく》せず、競り落とすことのみに集中する客師もいる。落とせると踏んでいた品が、予想外に他のものの手に渡ったときの落胆。ねたみ半分、儲《もう》けを失った憤《いきどお》り半分で、嫌味を浴びせて帰るもの。自分の目を信じて値をつけた品が、他者の鑑定でとんでもない代物《しろもの》と判定されたときの驚き。

市は、そして店では、さまざまなことが起きる。

古物商に必要なのは、品物の良《よ》し悪《あ》しを見分ける眼ばかりではない。この世界にも流行というものがある。流行《はや》り廃《すた》りを見分ける、時代の風を読み取る勘も、必要な感覚器の一つなのである。五感だけでは生きていけない。古物商として生きるには、常に情報を取り入れ、五感を超えた感覚を研ぎ澄ましていなければならないのだ。そんな思いとは裏腹に、商売用としてではなく、自分が愛《め》でたいがために購入する品もある。越名は今、そんな一品を目の前に置いていた。

李朝《りちよう》白磁の筆洗い。冬狐堂こと、宇佐見陶子から手に入れた品である。ともかく景色がすばらしい。一点の瑕疵《かし》も見つけられない、まさに逸品である。特に変わった意匠などはなく、三寸少々の高さながら、実に李朝白磁の本質そのまま、充実した趣き深いものである。

冬狐堂にいくらの値をつけると聞かれて少々の駆け引きをし、五十六万円で引き取った。冬狐堂が最近手に入れたといった言葉を信じるなら、もしかしたら、越名がいった額よりも少々高めで購入したかもしれないと思った。値の変動が少ないのが陶器だが、多少の流行はある。それによって、値は上下する。

もし何年か前であれば、越名の買い値と同じくらいか、それより下の値段で入手したのではないかと踏んでいた。売値なら、百は高すぎるだろうが、九十より上をつけても捌《さば》けるはずだ。冬狐堂が越名に売った値段では、利幅はわずかか、ことによると赤である。これを持ち込んできたときは、まだ後催眠が効いていた時期だったから、越名の様子を偵察がてらやって来たのかもしれない。だからこその廉価《れんか》だったのかとも思った。だが、身辺を偵察されたからといって、気をわるくする理由はなかった。心配してくれたのでもあるし、なにより、良い買い物が出来たからというのもある。むしろ冬狐堂には悪いことをしたという気持ちが、少なからずあった。おそらくこれほどの出来なら、彼女も気に入って仕入れたのだろうと思われたからだ。骨董を扱う者は、しばしば商売以外に、自分が気に入って手放したくない商品に出くわすことがある。越名にとって、この李朝白磁は、まさにそれだった。一目惚《ぼ》れというやつだ。

越名は手に取りながら、やはり当分これは売れないなと思った。

いくら見ても惚れ惚れする。良いものは良いとしか、いいようがない。わくわくするような高揚感と、しんと静まり返った閑寂な世界を想起させる感覚がない交ぜになって、自分を包む。ゆったりとした形状が、実に良い。

越名はため息を一つ吐《つ》いて、李朝白磁を丁寧に桐箱《きりばこ》にしまった。

途端に、耳に音が入ってきた。

テレビをつけていたのである。画面を見ずとも、流れてくるアナウンサーの口調からして、ニュース番組だとわかった。

「世は殺伐としたことばかりなり、か」

思わず呟《つぶや》くようにいった越名だったが、次に聞こえてきたニュースに慄然《りつぜん》とした。

「……倒れていたのは、このマンションに住む榊原紀夫さんで、目撃者の話では、榊原さんが殺害されたと思われる時刻に、現場から立ち去る年配の男性がいたとのことです」

榊原という名に反応した。藤沢の古書店主を名乗り、内藤三國に接近してきたと聞いていた。

慌てて画面を見て、凍りついた。顔写真は、あの神崎秀雄である。神崎の名はやはり偽名だったのかとの思いと、あの男が殺されたという衝撃が、越名から言葉を奪っていた。

画面には、現場とおぼしきマンションが映し出されていた。

「……警察では、この男性が事件に関係がある可能性もあると見て、捜査しています」

年配の男性というフレーズにも、脳が反応していた。

「いったい何が起こっているんだ」

思わず携帯電話を取り、番号を呼び出そうとして、ためらった。越名が神崎と豊子に後催眠をかけられていたことを、那智は知っている。その神崎が殺された。しかも偽名を使っていた。

山口で越名は、神崎たちの味方になろうと申しでていた。だが帰京してのちは、連絡もないままであった。それがこんなことになろうとは……。自分は、この事件の中で、どのような役回りなのだろう。いやそれよりも、この異常事態を解明しないことには、のちに大変なことになる。

越名は気を取り直して、携帯電話のボタンを押した。

第八章　阿《あ》久《ぐ》仁《に》

1

入院一ヶ月を超えてから、体がだいぶ楽になった。今でもギプスをつけたままだが、寝返りひとつ自由にならなかった頃に比べれば、格段にましだ。こうしてベッドの上に座ってモバイルPCに向かっていても、ある程度の時間なら格別の痛みを訴えない体になっていた。今もネットで調べものをしていたが、さほどの痛みはまだ発していない。ただ、同じ姿勢を続けていたからなのか、背中が強張《こわば》っているのは、致し方ないといえた。

内藤は自由な手を天井にむけ、精一杯の伸びをした。見ている人がいたとしたら、おそらくその目にはこっけいなバンザイもどきに映ったことだろうと思われるが……。

それでも、少しは体の強張りがとれたようだ。内藤はほっとして、さらに肩を回しながら画面を見詰めた。

車椅子《くるまいす》での移動にも随分と慣れて、心なしか腕も太くなってきたような気がする。一日に一度は病院の中を動き回るようにしているが、自分の足で立って歩きたいという気持ちは、その度に強くなっていた。

今日も日課の「散歩」に出ようかと思った矢先に、ノックの音がした。

「どうぞ」

そう声をかけると、ドアが開いた。

「ご気分はいかがですか」

由美子の声がしたが、先に入ってきたのは那智だった。続いて由美子が入ってくる。

予想よりも早かったなと、内藤は思った。

「顔色がよさそうだな」

「ありがとうございます」

久しぶりの見舞いに、内藤は感謝の言葉を述べた。

「なにか不自由なことはありませんか」

由美子がそう尋ねてくれた。

「特にはないよ」

「遠慮せずにいってくださいね」

由美子の優しい言葉に、内藤は緩みそうになる頬を引き締めた。

「随分と熱心にやっているものだね」

那智がベッドの上を見ながらいった。パソコンの周りに、大量の本やノートが散乱している。手の届く範囲に並べたからこその光景なのだが、指摘されるとやや恥ずかしくもある。少しは片付けておけばよかったかと、多少の後悔が胸をよぎった。

「真相に迫れたようだね、ベッドディテクティブ」

「いやあ、そういわれると……」

内藤は頭をかいた。那智に面と向かうと、どこか照れてしまう。しかも、傍らには由美子がいる。

「お加減はいかがですか」

その上、冬狐堂までもが、顔を出してくれた。那智が声を掛けたのだろうか。

宇佐見陶子の手には風呂敷《ふろしき》包みがある。さして大きくない平べったい形状の何かが入っているようだ。内藤に差し出さないところを見ると、見舞いの品ではないのだろう。本来の仕事に関わるものかもしれない。

「謎《なぞ》が解けてきたという言葉を信じて来たのだが」

那智が、内藤を見つめながらいった。

「全貌《ぜんぼう》は分かりません。ただ、少し見えてきたことがあります」

それは真実である。傷が癒《い》えるにつれて、ようやく頭が働くようになった気がする。暇な時間は充分にあった。いくつかの手掛りが結びつき、自分なりに考え抜いたことを、那智にメールしておいたのだ。ゆえの、今日の訪問だ。

顎《あご》を心もち上げた那智の姿が、話を促しているようだった。

「阿久仁村の消滅について考えていました」

内藤は座りなおして、那智を正面から見た。

「廃村に至るには、通常緩やかな時間が必要です。ですが、阿久仁村は村の痕跡《こんせき》はおろか、地図からも抹消されている。しかも消滅までの過程があまりにも急過ぎます」

「君は以前、廃村のＤＮＡといっていたね」

「はい。しかし、阿久仁村の場合は廃村までの時間が速過ぎて、ＤＮＡに導かれた自然現象とは程遠い。何者かの意図が働いたとしか考えられません」

「意図だけで可能なことなのでしょうか」

思わず、といった様子で、由美子が口にした。確かに、意図だけで地図から抹殺することなどできはしない。冬狐堂も問いかけるような眼差《まなざ》しを向けていた。

「そう。その何者かには、それだけ強大な権力があったということです」

もちろん権力だけの問題ではない。その何者かに、地図から消されるほどの何事かを、阿久仁村は成したのか。あるいは……、させられたのか。

なおも問いかけたそうな由美子を制して、内藤は続けた。

「その謎を解き明かす前に、阿久仁村遺聞そのものの謎を解読したいのですが」

那智は口を閉ざして、内藤を見据えている。由美子が興奮したような顔を、内藤に向けた。

「分かったのですか」

「これから阿久仁村遺聞の謎を解いていきたいと思います」

内藤が宣言するように、那智を見た。

「楽しみだね、ミクニ」

久しぶりに耳にする、そのミクニという響きに、内藤は胸の裡《うち》で武者震いをした。

「それでは、阿久仁村遺聞全二十五話の一覧表をご覧ください」

内藤は、病院の事務室に頼み込んでプリントアウトしてもらった紙を回覧した。阿久仁村遺聞の第一話から二十五話までを、かいつまんで箇条書きに整理したものだ。

第一話　狩で道に迷った若者。女の長《おさ》に会う。阿久仁村に帰ると百代過ぎていた。

第二話　もの言う鏡のお話の続き。火の鏡と水の鏡、引き離されて行方知れず。

第三話　山崩れに呑《の》まれた山池衆の若者コヘイジ、美保の海で漁師になった。

第四話　仲の悪い鬼三郎と鬼四郎の兄弟。兄は自分の弓を燃やした弟を国から追放する。

第五話　若者が唯一無二《ゆいいつ》の帝釈天《たいしゃくてん》の像を新たに作り、怒りに触れて阿久仁村は消滅。

第六話　狐憑《きつね》きの娘、北から白い大熊が来るとの宣託。村人が白熊を討ち取る。

第七話　喜十、泉で観音様の姿が変じた鏡を見つける。村は栄え、皆これを崇《あが》めた。

第八話　山池衆の若者、野狐《のぎつね》に信心していた仏像を盗まれ、崖《がけ》崩れに押し流される。

第九話　証《あかし》を求める神に、村人は面を打つ。しかし神は使い神に、村人の誅殺《ちゅうさつ》を命じる。

第十話　地蔵尊のお告げで鏡を作った貧しい男。目覚めると、触れる物すべてが黄金に。

第十一話　捕らえた熊《くま》の処遇を巡り、西、北、南の村長が横槍《よこやり》を入れる。

第十二話　阿久仁村の牛頭天王《ごずてんのう》は気が荒く、事あれば蛇神と化して赤い炎を吹いた。

第十三話　ホドの淵《ふち》に女人の妙見菩薩《みょうけんぼさつ》が祀《まつ》られている。お堂を覗《のぞ》いた若者が片目を失う。

第十四話　南から来た人々の集落。女性の長が洞窟《どうくつ》に幽閉。流浪《るろう》の女予言者が何事か囁《ささや》く。

第十五話　藤堂家の古い鏡が割れた。元来、二つの本家の二枚の鏡を割って合わせたもの。

第十六話　北国の村長の夢枕《ゆめまくら》に観音様が。凍らない湖と海を求めて、南を目指す。

第十七話　幼子を連れ、村の奥に住み着いた老人。高貴な血筋を引き、勾玉《まがたま》を手にしていた。

第十八話　犬を連れた猟師の翁《おきな》、山中で大きな小屋を見つける。覗いてみると中は

第十九話　がらんどう。

第二十話　神通力を持つ娘が投身してから、濁った池。村の衆の祈りで、池は輝きを取り戻す。

第二十一話　うさぎの国は栄えていた。山の神様の罰で、和邇《わに》の国に。うさぎは泣くばかり。

第二十二話　遠国から高貴な方が村を訪れた。邏卒《らそつ》の飯岡某《なにがし》がサーベルで斬《き》りかかった。

第二十三話　キメウナル老人の話。自分は遠い国の王の末孫、首に掛けた鏡はその証と語る。

第二十四話　行方知れずの宝剣。村人、手を尽くしても見つからず、作ればよかろうと決する。

第二十五話　神通力に優れた娘。神に願う力が失われたのは、隣村の青年に恋したせいだった。

　　　　　西の神に与《くみ》した鬼三郎、天の神に与した鬼四郎。領地はいかさまサイコロで鬼四郎に。

「一見して奇妙なのは、各話の順番がばらばらになっていることです。明らかに同じ登場人物の話が、分断されて並べられています。たとえば、第三話と第八話に登場する山池衆の若者は、同一人物としか思えません。第四話と第二十五話も、鬼三郎と鬼四郎の兄弟が主人公の話です」

なぜ、ひと続きの話が分断されているのか。この疑問が、内藤の推理の出発点になった。

「人物だけではありません。第六話と第十一話では、大きな白い熊などが話のポイントになっていますが、これも分断されているのです」

「だが、日本には白熊は生息していない」

あくまでも冷静な那智の言葉に、内藤は勢い込んだ。

「そうです。つまり『白い熊』と『熊』は何かの置き換えなんです。阿久仁村は、明治十四年の鳥取県再置の時点で、地図から消えています。その時代背景を考慮すると、北から来る白い大きな熊として考えられるのは二つ。清、すなわち中国か、さらに北の大国ロシアです」

「日清戦争か、日露戦争……」

思い出すように由美子がつぶやいた。日清戦争とは、明治二十七年に始まった朝鮮半島をめぐる日本対大清国の戦争。日露戦争は、明治三十七年に朝鮮半島と満州南部を主戦場とした対ロシアの戦争で、アメリカの仲介により終戦交渉が行われた。

「まず第六話ですが、ここに出てくる白い熊はロシアのこと。だから北からやってくる。つまり日露戦争のことを書いているのです。しかも後半の狸の話は、大儲《もう》けと評した日清戦争をさしているのです。次に第十一話を見てみましょう。熊退治を聞きつけた三つの村が、独り占めはならんと介入してくる。結局、屈辱を覚えつつも皆の意見を聞き入れた。これは日清戦争後の三国干渉を示していると思われます。つまりこちらの熊は、せっかく手に入れた領土、遼東半島のことなのです」

「日本が下関条約で得た遼東《りようとう》半島の領有権を巡って、独仏露の三国が領有権の放棄を迫った一件のことですね」

「そう。『白い熊』はロシアを、『熊』は遼東半島をさしているのですよ」

由美子がうなずくのに、冬狐堂がその細い首をひねった。

「でも、日露戦争は明治三十七年に始まり、三国干渉は日清戦争終結後の明治二十八年。阿久仁村遺聞では、どうしてこの順番が逆になって、しかも分断されて語られているのですか」

そうなのだ。キメウナル老人の話や、神通力に秀《すぐ》れた娘の話も、あるべき順番と逆転している。同じ疑問を反芻《はんすう》しているのだろう、由美子と冬狐堂が阿久仁村遺聞の一覧表を覗き込んでいる。那智の反応を確認する勇気はなかった。

「阿久仁村遺聞は、どうしてこのように奇妙な順番になっているのか。正しい順番に戻すには、なんらかの規則性が必要でしょう」

那智の唇が、続けてと動いた気がして、内藤は手元の紙袋を引き寄せた。

「そこでヒントになったのが……」

室内にノックの音が響いた。内藤が返事をすると、ドアが横にスライドした。顔を出したのは、雅蘭堂の越名集治だった。

「遅くなりました」

その言葉から、那智にあらかじめ呼ばれていたのだとわかった。越名も最初から阿久仁村遺聞に関わっている一人だ。たしかに聞く権利がある。

「内藤君、謎がとけたようだね」

「これから阿久仁村遺聞の真の順番についてお話しするところです」

「それは玩具《おもちゃ》、かい？」

内藤が取り出した紙袋の中身を見て、越名が目を細めた。

「売店に行ったときに廊下で子供が遊んでいるのを見かけて、気になって仕方がなかったんです」

僕も売店で手に入れてきました、といいながら、内藤は透明プラスチック製の、正方形の平べったい箱を振った。カチャカチャと軽い音がする。それを、皆に見えるように置いた。1から15までの数字が書かれた小さな白いタイル状のものが、四かける四の桝目《ますめ》に並んでいる。一つだけ空いた空間を利用してタイルを滑らせ、数字が順番に、目的の配置になるように動かしていく遊びだ。15パズルとか、スライディング・ブロック・パズルと呼ばれている玩具だ。

「このパズルは四かける四の桝目ですが、これが五かける五だったらどうでしょう」

「五五、二十五。阿久仁村遺聞はちょうど全二十五話ですね」

由美子の声に内藤はうなずき、散乱した本の間から方眼ノートとボールペンを発掘した。

「五かける五の桝目を作って、そこに1から順に数字を振っていきます」

右上の隅が1、そこから下に5までの数字を書いた。次の行は6から10、続いて11から15……。左上の隅が21、左下が25になる。

「でも、これだけでは何も変わりません。そこで、もうひとつ手掛かりになったのが……」

「北辰《ほくしん》」

由美子が放心したようにつぶやいたのに、内藤がにやりと笑った。

「そう。阿久仁村遺聞の中扉に、エンボス加工されていた北辰という文字。正確には、北辰の文字の右半分で、しかも、九十度横転した形で書かれていました」

内藤はファイルを探り、中扉を斜光撮影したコピーを取り出した。

「北辰、すなわち北極星は、常に不動の場所に位置していなければなりません。この文字を本来の場所に戻すには、右に九十度、傾ける必要があります。ですが、阿久仁村遺聞の本自体を傾けても、何の変化もありません」

北辰を傾けるとは、榊原からの言葉であったが、何をどうすればいいのか、ずっと考えていたのだ。内藤は再び方眼ノートを掲げた。そして、1から25までの数字を書き込んだ方眼を、右に九十度回転させた。

「こうしたらどうでしょう。数字が横倒しになって読みにくいかもしれませんが、右上の隅が21になります」

内藤は指で数字をさし示した。一行目は21、16、11、6と続き、右下の隅が1に変わった。二行目は22から始まり、五行目の左上の隅が25、左下が5になる。内藤は、それを指でさし示していった。

「右上からの順番で、阿久仁村遺聞を並び替えてみました」
先ほどの箇条書きを置換した新たな表を、内藤は皆に見せた。

第二十一話　遠国から高貴な方が村を訪れた。邏卒の飯岡某がサーベルで斬りかかった。
第十六話　北国の村長の夢枕に観音様が。凍らない湖と海を求めて、南を目指す。
第十一話　捕らえた熊の処遇を巡り、西、北、南の村長が横槍を入れる。
第六話　狐憑きの娘、北から白い大熊が来るとの宣託。村人が白熊を討ち取る。
第一話　狩で道に迷った若者。女の長に会う。阿久仁村に帰ると百代過ぎていた。
第二十二話　キメウナル老人の話。自分は遠い国の王の末孫、首に掛けた鏡はその証と語る。
第十七話　幼子を連れ、村の奥に住み着いた老人。高貴な血筋を引き、勾玉を手にしていた。
第十二話　阿久仁村の牛頭天王は気が荒く、事あれば蛇神と化して赤い炎を吹いた。
第七話　喜十、泉で観音様の姿が変じた鏡を見つける。村は栄え、皆これを崇めた。

第二話　もの言う鏡のお話の続き。火の鏡と水の鏡、引き離されて行方知れず。
第二十三話　行方知れずの宝剣。村人、手を尽くしても見つからず、作ればよかろうと決する。
第十八話　犬を連れた猟師の翁、山中で大きな小屋を見つける。覗いてみると中はがらんどう。
第十三話　ホドの淵に女人の妙見菩薩が祀られている。お堂を覗いた若者が片目を失う。
第八話　山池衆の若者、野狐に信心していた仏像を盗まれ、崖崩れに押し流される。
第三話　山崩れに呑まれた山池衆の若者コヘイジ、美保の海で漁師になった。
第二十四話　神通力に優れた娘。神に願う力が失われたのは、隣村の青年に恋したせいだった。
第十九話　神通力を持つ娘が投身してから、濁った池。村の衆の祈りで、池は輝きを取り戻す。
第十四話　南から来た人々の集落。女性の長が洞窟に幽閉。流浪の女予言者が何事か囁く。

第九話　証を求める神に、村人は面を打つ。しかし神は使い神に、村人の誅殺を命じる。
第四話　仲の悪い鬼三郎と鬼四郎の兄弟。兄は自分の弓を燃やした弟を国から追放する。
第二十五話　西の神に与した鬼三郎、天の神に与した鬼四郎。領地はいかさまサイコロで鬼四郎に。
第二十話　うさぎの国は栄えていた。山の神様の罰で、和邇の国に。うさぎは泣くばかり。
第十五話　藤堂家の古い鏡が割れた。元来、二つの本家の二枚の鏡を割って合わせたもの。
第十話　地蔵尊のお告げで鏡を作った貧しい男。目覚めると、触れる物すべてが黄金に。
第五話　若者が唯一無二の帝釈天の像を新たに作り、怒りに触れて阿久仁村は消滅。
「これが、本来の遺聞の順番となります。第一話から話が通じないのは、このような法則で入れかえられていたからです」

皆がその表を覗《のぞ》き込んだ。第一話からの順番と、真の順番ともいうべき新しい並び順は、13を除いて、全くかみ合うことはなかった。

「阿久仁村遺聞は、けして一話から始まる話ではないんです。本来あるべき順に並び替えると、最初が第二十一話、次が第十六話、そして第十一話、第六話、第一話、第二十二話、第十七話と続きます。真の順番に並べ替えた話の流れはどうでしょう」

内藤が、周囲を見回してから続けた。

「第二十一話から第六話は、明治に入ってからの史実。第一話から第十七話には、村の成り立ちや、村での出来事を示唆《しさ》する内容が書かれているようです。そして最後は村が消滅した話となっています」

由美子が慌《あわただ》しく阿久仁村遺聞のコピーをめくった。口の中で何事かを呟《つぶや》きながら、前後のページを行きつ戻りつするのを、越名が覗き込んでいた。由美子が納得したように、顔をあげた。

「これなら、日露戦争と三国干渉も史実の通りの順番になるのですね」

「第二十一話は、明治二十四年の大津事件のことでしょう。ロシア皇太子ニコライに津田巡査が斬りかかった事件です。その二十日後、ニコライはシベリア鉄道建設に着手しました。第十六話は、このロシアの南下政策を表していると考えられます」

「すごいです、内藤さん。老人の話も、山池衆の若者も、神通力を持つ娘も、鬼三郎鬼四郎兄弟も、全部きれいに順番通りになっています」

「そして、最後の第五話で、阿久仁村は消滅するのです」

由美子の賛辞に緩みそうになる頬に活を入れて、内藤は無理矢理落ち着いた声を出した。

「これが、阿久仁村遺聞の真の配列なのです。阿久仁村遺聞は、それ自体がグリッド法暗号だったのです」

格子《こうし》状のます目に書かれた文字による暗号。それがグリッド法暗号だ。

引き結ばれていた那智の唇がほころんだ。

「さすがミクニだ」

「あ、ありがとうございます」

思わず声が震えた。感無量だ。

「ここまでが第一段階だな。なぜ阿久仁村遺聞に明治期の国際情勢が描かれているのか、そして以後の話が何を表象しているのか。それを解明しなければならない」

「はい。ひとつひとつ考えていきましょう」

内藤は気持ちを引き締め、皆の顔を見回した。

2

「真の配列に戻した阿久仁村遺聞では、最初の四つの話は、先ほど見たように明治期の国際情勢を表しているようです。しかし、日本と中国とロシアをめぐる国際情勢が、島根と鳥取の県境にあった阿久仁村とどのような関わりがあるのか。それはまだ不明ですので、先に真の配列の五番目に位置する第一話から考えていきたいと思います」

「阿久仁村の若者が山で迷って、ようやく戻ってみると百代の月日が流れていた……。浦島伝説のような話ですよね」

由美子の目にも声にも、迷いがあった。単純に昔話を焼き直しただけなのか深い含意があるのか、量りかねているような響きがある。それは内藤も同じだった。

「若者が迷い込んだ山奥の里の長《おさ》は、古式ゆかしい髪型で見目麗《うるわ》しい女性だったと書かれています。その長が語るには、自分のいる里は日本であって日本ではなく、この世にあってこの世のものならず。同じ異界でも、龍宮城《りゅうぐうじょう》とはずいぶん雰囲気がちがいます。怨念《おんねん》が籠《こも》っているというか、歴史のダークサイドを思わせるというか」

「天かける神、闇《やみ》照らす神、海統《す》べる神の庇護《ひご》にて長く栄えし里なり、とあります。これって……」

冬狐堂の声に、由美子が応じた。

「古事記か日本書紀みたいです」

「それもそうだが、ここに描かれているのは高貴な筋が本流を離れて隠れ棲《す》んでいる里、つまり一種の貴種流離譚《きしゅりゅうりたん》なんだと思う。これに続く第二十二話と第十七話に登場する『キメウナル老人』も、遠い国の王の末孫、高貴な血筋と称していますから」

貴種とは誰のことなのでしょうか。そして、その血筋と阿久仁村はどのような関係なのでしょうか、との由美子の問いに、内藤は首を振った。

「それを断定するのは、まだむずかしいと思う。それに、この話に書かれているように、本当に阿久仁村と高貴な血筋が関わりを持ったのかどうかさえ、確実ではないんだ」

「そう。ミクニのいうとおりだ。だが史実かどうかは問題ではない。そのように伝えられてきたことが重要だ」

那智の言葉は、神託のように皆を静まらせた。その指にはメンソール煙草《たばこ》があるのに、内藤は驚かなかった。ここが病室であっても、那智が気にすることはないのだ。

「一筋縄じゃ、いきませんね」

冬狐堂が、つぶやくようにいった。

「先に進みましょう。第十二話について考えてみます。阿久仁村の牛頭天王《ごずてんのう》は気性の荒い神で、何事かあれば蛇神と化して怒りの赤い炎を吹き、周囲を焼き尽くしたとあります。それを村人が鎮《しず》めたと」

「蛇神と火は、たたら製鉄の記号ですね」

由美子の言葉に、内藤は大きくうなずいた。

「そう。製鉄が阿久仁村遺聞を貫くテーマだと思います。しかも、ここに阿久仁村と村の名前がきちんと記されています。これをもって、阿久仁村が製鉄を行っていたことを表わしているのだと思います。それを証明するように、次の第七話以降でも、製鉄や鏡のことが出てきていますから」

「阿久仁村は鉄作りの村だったということですか。でも」

「この第十二話では、村人が炎を吐く蛇神を鎮める。つまり、阿久仁村と製鉄はイコールではないことになる。少なくとも、この時点では」

続く第七話では、村人がお告げに従って泉に行くと、観音様の姿が変じた鏡が見つかり、以来、村が栄えたと語られる。そして、次の第二話は、火の鏡と水の鏡が引き離されて行方が分からないという話だった。

「阿久仁村遺聞では、文字通りに受取っていい話は、ひとつも存在しないのではないでしょうか。全《すべ》てが分割され、変換されているのです」

「グリッド法暗号と、モチーフの分割変換。二重のトラップが仕掛けられているわけか。まあ考えてみれば、わざわざグリッド法暗号を仕組みながら、話自体をストレートに語っては意味がないよな」

越名が最後はひとり言のようにいう。それは内藤も同感だった。

「ですから、ここで語られている『鏡』は、鉄の置き換えなのです。それまでの銅器よりも格段に丈夫な鉄器は、生産性を飛躍的に向上させます。ところが、その大事な鉄器が壊れたか奪われたか、ともかく失われてしまった」

「ということは、次の第二十三話に出てくる宝の剣も、鉄器の変換であると」

越名が確認するように、きいてきた。

「偽《にせ》の配列のままでは、つながりがまったく分かりませんでしたが、真の配列で見れば、そうなりますね。宝剣がどうしても見つからないなら、自分たちで作ればいい。すなわち、ここで阿久仁村はみずから製鉄集団になることを決意したのです」

いつの時代のことだったのだろう。鉄器はもともと大陸からの輸入に頼っていたといわれる。国内で鉄器作りが行なわれるようになっても、原料となる鉄は輸入し、溶融と成形のみを手がけるに留まったとされる。

大陸から製鉄技術がもたらされ、国内で製鉄が開始されたのは、六世紀以降というのが定説だ。しかし、この阿久仁村遺聞に描かれている鉄作りは、時代を遥《はる》かにさかのぼるように思えてならなかった。

「古代のベンチャー企業か」

越名が冗談めかしていったが、誰も笑わなかった。当時の製鉄が、おそらく生死を賭《か》けた行為だったことを誰もが想像したのだろう。じっと配列表を見つめていた由美子が、沈黙を破った。

「たしかに第十八話と第十三話も、製鉄と関係しているみたいですね」

「第十八話で、犬を連れた猟師が見つけた小屋こそ、製鉄が行われていた場所だったと考えられます。そこには、たたらの火と、体当たりで働く人々の熱気が渦巻いていたはずだ。犬が吼《ほ》えたというのも、遠くからその気配や匂《にお》いを感じ取って、異様さを察知したからでしょうね。そして、小屋が無人となっていたのは、製鉄の拠点を他に移したため。この話の最後が、『からからと、風で小石がこぼれる音が響いておりました』と結ばれているのは、鉄作りのために、荒れ果てた禿山《はげやま》になったことを表わしているように思えます」

「昔の製鉄は、金属を溶かす燃料として、大量の木材を必要としたと聞きます。そのため、周囲の山の樹木を伐採し尽してしまった、ということですか」

冬狐堂がたずねたのに、由美子が反応した。

「燃料になる木材がなくなったから、新たな場所を求めて、去っていった。それで、がらんどうの小屋だけが残されていたのですね」

「資材を輸送するよりも、資材の近くに移動していったわけか。そして製品である鉄器を搬出する。植林の概念がない当時、たしかにその方法は合理的だな」

感心したような口調で越名がいうのに、内藤はうなずいた。

「小屋に近づいてはならないという昔からの言い伝えは、人を遠ざけるために流布《るふ》された作り話なのではないでしょうか」

あっ、と由美子が声を上げた。

「そういえば、禁じられた仏様を覗き見した若者の話がありましたね」

「それが次の第十三話だ。村の東端にあるホドの淵《ふち》で、若者が見てはならない秘仏を覗き見したために、霊光で片目がつぶれた顚末《てんまつ》が語られている。製鉄に携わる者は、あまりに強力な火と熱をあつかうため、失明することが少なくなかったという。この話は、そうした故事の変換なのだと思われます」

なるほど、といいつつ、越名が首を傾《かし》げた。

「続く第八話と第三話でも、同じように若者が苦難に遭遇するけれど、これも製鉄と関係があるのかな」

「山池衆の若者ですね。野狐《のぎつね》に仏像を盗まれ、追いかけるうちに山崩れに押し流されて、海にたどりつき漁師になったという話でした」

由美子が手際《てぎわ》よく要約してくれる。内藤は目で感謝を伝えて、

「第八話で描かれている、山を崩して川に流すというのは、砂鉄の採鉱のことでしょう。これは《鉄穴《かんな》流し》といわれる方法です」

砂鉄の採取と木材の伐採で山は丸裸にされ、保水能力を失って、わずかな雨量でも簡単に土砂崩れを引き起こす。田畑のみならず、人々の命さえも飲み込む危険な山になってしまったのだ。

「しかも、若者は信心深く懐《ふところ》に仏の像を入れていたとありますが、その仏は金子様と呼ばれているのです」

「金子様？」

「金屋子神《かなやごがみ》のことでしょう。金屋子神は、中国山地系の製鉄民族が信仰する神なので

す」

阿久仁村は島根県との県境に近い地にあったが、この一帯は中国山地系の土地であり、太古から製鉄の歴史を持つ地域として有名であった。広い範囲で、原料の砂鉄を多く産出する場所でもある。

ここまでの解析はまちがいないはずだ。だが、問題はここからだった。

第二十四話と第十九話。優れた神通力で村を救ってきた娘が、若者に恋をしたために力を失い、池に身投げしてしまう。以来、池はにごり、村には災厄が続くが、村人の祈りの甲斐《かい》あって、池が輝きを取り戻すという物語だ。

「これも製鉄についての話なのでしょうか。第二十三話で語られていた、失われた宝剣を自力で作ることに決めたという話を、形を変えて語り直したということですか」

「そうではないと思います。単に繰り返しや駄目押しのためになら、わざわざ記す必要はない。ここで再びモチーフの転換が行なわれているんだ」

由美子の疑問に答えつつ、自分の口調に少しだけ不安が混じってしまう。その不安を抑え、気持ちを引き締めるように、内藤はあえて断言した。

「ここで描かれている池は、鉄の置き換えではない。製鉄集団となった阿久仁村は、新たなステージに踏み出したんだ。池、すなわち鏡。阿久仁村は鏡を作り出す技術を手に入れたのです」

いい切って、那智を視界の端に捉《とら》えた。その黒い硬質な瞳《ひとみ》からは、何の色も窺《うかが》えなかったが、そのことに内藤はむしろ安堵《あんど》した。

「池の濁りが消え、ものをよく映すようになった。つまり、池の水面が、青銅鏡の鏡面を表わしているんだ……」

由美子が阿久仁村遺聞のコピーを見つめていた。その横で那智は煙草をふかして、沈黙している。

青銅は、銅と錫《すず》から作られる合金である。緑色に見えるのは錆《さ》びたからで、作られたばかりの青銅鏡は、黄金のように光り輝くという。その鏡をかざして太陽光を反射させたなら、それこそ神とも崇《あが》められる存在になりえたかもしれない。

「阿久仁村は、鏡作りに長《た》けた村だった」

由美子がつぶやく姿を見て、内藤は論を進めた。

「鉄作りの時点でも、人を遠ざけるために伝説を流布したほどだ。それが鏡作りとなれば、極秘の作業だったのではないだろうか」

「国家機密級だろうな」

越名がいった。茶化す調子ではない。国家機密の正体は知れないながらも、その重さを十分に感じとっている声だった。

「魏志倭人伝《ぎしわじんでん》には、魏の皇帝から卑弥呼《ひみこ》に百枚の銅鏡が贈られたという記述があります。邪馬台国《やまたいこく》の時代、鏡は各地の首長に贈られた権力の象徴だったのです」

「しかし、現在までに全国各地から出土した鏡は、四百枚以上に及ぶ。ということは、当時、さらに多くの鏡があったと考えてしかるべきだ」

那智の言葉だった。

現在遺物として出土するものは、当時存在した数量のせいぜい数パーセントであろう。すなわち、出土した数より、実際には遥かに大量の鏡が存在していたはずだ。到底、中国から運んで足りる量ではない。内藤は、那智の端的な言葉に説明を加えた。

「日本で作られた鏡は、仿製鏡《ぼうせいきょう》と呼ばれます。まあ、コピー品という意味ですね。コピー品ではあっても、当時の有力者にとっては、まさしく垂涎《すいぜん》の的だったでしょう」

仿製鏡の存在はまちがいないが、現代ですら、個々の鏡が中国で作られたのか日本で作られたのか、特定することは不可能に近い。そこに刻印された年号から、正式の贈答品ではないと推測できる場合もあるが、中国や朝鮮半島の職人がコピーした鏡が輸入されるケースもありうる。いずれにしても、鏡を贈られた地方の有力者にとっても、それがどこの誰によって作られたか、判別する術《すべ》はなかっただろう。

「その意味でも、鏡作りに携わる集団の存在は極秘だったはずです。彼らが移動を重ねたのは、資材の入手や輸送の問題だけではなく、機密集団だという理由もあったのでしょう」

「しかし、製鉄、いや製鏡《せいきょう》集団が移動を宿命づけられていたとしたら、それと阿久仁村の関係はどうなるのでしょう。阿久仁村は明治初め、鳥取県と島根県が合併されるまでは、確かに地図に載っていたはずです」

冬狐堂の疑問はもっともだった。内藤が答えを躊躇《ちゅうちょ》していると、由美子が助け舟を出してくれた。

「阿久仁村遺聞の解読を進めれば、それも自然に分かってくるのではないでしょうか」

確固たる答えを持っての問いかけではなかったのだろう。冬狐堂があっさり同意したのを見て、由美子が、次は第十四話とつぶやきながら、頁《ページ》をめくった。

「えっと、南の国から移動してきた人々がその地で栄えた。集落の長《おさ》は女性だが、ある日、禁忌に触れ幽閉されてしまう。そこに流浪《るろう》する女予言者が現れ、幽閉された洞《どう》窟《くつ》の前でなにごとかを囁《ささや》いたという話です」

冬狐堂が首をかしげた。

「なんだか天岩戸隠れみたいですね」

「このときに作らせたのが八咫鏡《やたのかがみ》だと伝えられています。ここでも鏡ですから、阿久仁村と無関係とは思えないのですが、天照大神は幽閉されたわけではないし、女予言者も天岩戸隠れには出てきません」

「この女予言者って、まるで菊理媛神《くくりひめのかみ》のようですね」

由美子が納得するようにいった。

日本書紀の中に出てくる話だ。黄泉《よみ》の国を逃げ出したイザナギノミコトの前に唐突に現れ、何事かを告げたのが菊理媛神なのである。

イザナギノミコトは菊理媛神のその言葉に大変喜んだと書かれている。だが菊理媛神が告げた内容については、記述がない。阿久仁村遺聞でも同様に、女予言者が囁いた内容は書かれていない。

「女予言者は何を囁いたのでしょうね」

半眼になっていた那智が、ゆっくり目を開けた。

「ミクニ、どうだ」

一同が無言で那智の視線の先、内藤を見たが、それに答える術は持っていなかった。

だが、内藤は声を押し出した。

「あえていうなら……、阿久仁村遺聞の記述方法が、記紀を参照していることの証明とはいえるでしょうか。分断され、置き換えられ、倒置されると同時に、集約されたり重ね合わされたりしているテーマもあるはずです。この第十四話には、二重三重の意味が籠《こ》められているような気がします」

阿久仁村遺聞は相当の知識人が書いたのだろうとの、那智の推測が思い出された。遺聞のなかで、意味不明な章、意図のない章などありえない。それが内藤の考えでもあった。那智の口元が、わずかに緩んだような気がした。

「次の第九話に進みましょうか」

内藤の意を汲《く》んだ冬狐堂の声に、由美子がこたえた。

「二つのおもてと二つの心を持つ神に、村人が証《あかし》として面を打つ話ですね。出来上がった面を使い神に渡すとたいそう喜ぶが、神は悪心を発し、村人を誅殺《ちゅうさつ》すべしと命じた。なんか理不尽な話ですよね」

「神の気まぐれと残酷さをよく伝える話だね。結局、神は村人の作った面を気に入らなかった。人間が神の心を写せるのかと怒りをあらわにしたと。ですが、本当に村人は面を打ったのでしょうか」

「というと？」

越名の問いに、内藤はいった。

「この話は、じつは面ではなく、村人たちが他のものを作ったことを表わしているのではないでしょうか」

「やはり、置き換えなのですか」

冬狐堂の言葉に、内藤はうなずいた。

「阿久仁村遺聞においては、物事はストレートに記されてはいません。内容は記号化されたり、置き換えられたりしています。そもそも、人でもなく獣でもなく岩でもない。草でも水でもない面とは、いったい何を言わんとしているのでしょうか」

「神の心の中を映すなにか、ということですよね」

「そうです。それを作ったが故《ゆえ》に、村が滅ぼされた。つまり……」

内藤の躊躇《ためら》いを見て、由美子が眉《まゆ》をひそめ、言葉を継いだ。

「まさか、裏鬼道の業によって、越名さんが見せられた村人惨殺《ざんさつ》の場面は、そのときのものだと？」

越名の顔が、瞬時に強張《こわば》った。

3

「しかし、あれはどう見ても、神様の仕業とは思えないよ。鬼の所業だよ。黒の詰襟服にゲートル、左右の手に日本刀と鉈《なた》という出《い》で立ちで、角のように、二本の懐中電灯を鉢巻でくくりつけていたんだ」

ようやく眠り猫のような表情を取り戻した越名がいった。小説や映画になった津山の事件と相似形の状況である。だが内藤の躊躇も、そこにあった。

「一面では当たっていると思うのですが、そればかりではない気がします。第十四話と同様に、ここでも複数の事実が重ね合わされているように思えてなりません。おそらくは時間を超えた複数の事実があるのでしょうが、話を進めましょう」

アイ・コンタクトを受け止めた由美子が、タイミングよく阿久仁村遺聞の頁を繰っていた。

「次の第四話と第二十五話は、鬼三郎と鬼四郎の話です」

どちらも、その兄弟が登場人物である。

「第四話は、兄の弓を借りて猟に出た弟の鬼四郎が、獲物《えもの》も捕れぬまま夜となり、その弓に火をともして村に帰る。兄の鬼三郎は怒って弟を追い出し、以後ふたりが会うことはなかったという話です。海幸彦、山幸彦の話の変形バージョンみたいですね」

「その通りだけれど、兄が弟を追い出す先が死者の国とされる根の国だから、弟殺しを示唆《しさ》していると考えられなくもない。次の第二十五話では、天と地がひっくり返るような騒ぎの時、鬼三郎は西の神に与《くみ》し、鬼四郎は天の神に与したとされます。結局、戦《いくさ》で敗れたのは天の神だったが、いかさまにより領地は鬼四郎のものとなったという話。これは明治維新の際の史実を指摘しているのではないかと思われます」

「明治維新?」

内藤に問い返した冬狐堂は、不穏な単語を聞いたというかのように、かすかに眉根を寄せていた。

「ええ。つまり、鬼三郎とは、尊皇攘夷《そんのうじょうい》に努めた三十二万石の雄藩、鳥取藩。鬼四郎は、境を接する佐幕、十八万石の松江藩のことではないかと思うのです。しかも、あろうことか廃藩置県を経て鳥取県は、朝敵でほぼ半分の石高しかなかった島根県に吸収合併されてしまうのです」

たしかに、いかさまといいたくもなる仕打ちである。しかも記録を探る限り、鳥取藩に落ち度はない。

「ただし、それから五年後、鳥取県は再置されることとなります」

「その時に、阿久仁村が地図から消えた」

越名が嚙《か》みしめるようにいった。明治十四年の太政官《だじょうかん》布告によって再置された鳥取県だが、島根との県境近くにあった阿久仁村は、その時には地図から消えていたのだ。そして以後、阿久仁村が復活することはなかった。

「次の第二十話は、この間の鳥取の人々の心情を表していると考えられます。うさぎの国は栄えていたが、あるとき山の神が、うさぎの国を和邇《わに》の国にしてしまった。うさぎは悲しくて泣いているという話です」

「因幡《いなば》の白うさぎの伝承を利用した、見事な変換ですね」

由美子が感心したようにうなずいた。

「続く第十五話では、旧家に伝わる古い鏡が割れてしまったが、元を正せば、二つの本家の二枚の鏡を割ってあわせたものだと言っています。元々二つだったものが一つとされ、再度二つに分かれたのだと。つまり、これも鳥取と島根の併合と再置の置き換えなのでしょう」

そのように語りつつ那智に視線を向けたが、その口元は引き結ばれ、半眼のままだった。内藤は続けた。

「真の配列での最後から二番目、第十話は、ギリシア神話のミダス王伝説を焼き直したような話です。お告げにしたがって鏡を作った貧しい家の男に、その出来映えをいたく気に入った地蔵尊が霊力を授けてくれる。触るものみな黄金に変わる力を得て狂喜乱舞した男ですが、食物までもが黄金に変わってしまう」

「幸せではなく、不幸ですよね。でも、惨劇と悲喜劇の違いこそあれ、どことなくさっきの第九話、面を打った村が滅ぼされる話と構造が似ているような気がします」

由美子の発言に、内藤はうなずいた。

「そして、全二十五話の最後を締めくくる第五話も、同じ構造を持っている」

「不埒《ふらち》な若者が唯一無二《ゆいいつ》の帝釈天《たいしゃくてん》の像を新たに作ったために、その怒りに触れて、山は崩れ川は氾濫《はんらん》し、阿久仁村は消滅するという話ですね。この話は、大分県に残る民話を下敷きにしていると思われますが」

「記紀のみならず、作者は各地の民話まで取り込んでいるのか」

越名が感に堪えたかのようにいった。

「ただし、帝釈天も何かの置き換えであるだろうが」

那智のつぶやきは、内藤には問い掛けに聞こえた。

帝釈天は梵天《ぼんてん》とともに仏法を護《まも》る守護神である。民俗学の世界では、記録における主客の逆転、善悪の入れ換えを常に考慮しなくてはならない。往々にして権力者の目をごまかすために、一定の法則にしたがって記録と記憶は変形される。

「つまり……神にも比すべき非常に重要な何かを作ったために、村が消滅したという事実が存在する。しかし、実際に若者が作ったのは、あるいは村人が作ったのは、帝釈天ではない別のものだったということですか」

「おそらくは」

なぜか冬狐堂が答えた。ということは、那智と彼女の間で共有されているものがあるのか。だが由美子はそれには気づかないようで、なにか重要なもの、とつぶやいていた。

「やはり、どうしても滅ぼす、その意思を書き記すということですか」

「ではないかと」

「しかし、すさまじい最後ですね」

「怒りに触れて消滅、ですからね。それほど村を壊滅的に潰《つぶ》した、ということでしょうか」

「たしかに、なんの痕跡《こんせき》も見出《みいだ》すことができなかったからなあ」

越名がつぶやくようにいった。越名は阿久仁村に興味を持ち、どこにあったかを探るべくおおよその場所までいったのだ。そしてその旅で神崎と名乗った榊原に接触を図られ、一緒にいた女性に、催眠術を掛けられたのだ。楽しい旅とはおよそ無縁の、阿久仁村遺聞を巡って最初に嵌《は》められた人物となってしまった。

「ミ・ク・ニ」

天使と悪魔が混在した声が、内藤の耳朶《じだ》に届いた。一瞬己の思考が停止したのを感じた。

「その重要なものとは、何だと思う？」

那智の目が、まっすぐに自分をとらえている。半ば金縛りにあったように感じつつ、

「抹殺の原因、ですか」

と問うと、那智が顎《あご》を引いた。

「鏡、です」

内藤の、そう答えた言葉の先を、那智の視線が促した。

「阿久仁村には製鉄技術があり、鏡が作れたはず。実際、第十話で地蔵尊のお告げにしたがって鏡を作った男は、鉄穴《かんな》流しによる砂鉄の採取方法を応用しています。阿久仁村は鏡をつくって滅ぼされたのです。しかし、その鏡は絶対に存在してはならない鏡だったのです」

「では、何者が村を消滅させた？」

「時の権力者、政府でしょうか」

「Ａマイナスだな」

那智がいった。

4

「村は、やはり存在していたのですね」

冬狐堂の言葉に、那智が顔を向けた。

「地図から抹消されているのは、たしかだ」

「では、なぜ阿久仁村は滅ぼされたのでしょうか」

那智の視線に再度うながされて、内藤が答えた。

「秘匿《ひとく》のため、でしょうか」

「そうだ。だから第九話も書かれたのだろう。おそらく村人に鏡を作らせることを決めた段階で、抹殺を決めていたと思われる」

「先生は、阿久仁村の事件は実際にあった出来事だと考えておられるのですね」

冬狐堂が尋ねた。

「ああ、ただし、幻影自体は歪曲《わいきょく》されたものではあろうな。実際には一人が殺して回ったのではなく、ある者たちが村人を一斉に襲撃したというのが真実であろう」

一村全員を殺すほどのことが、浅はかな思いつきで行われたとは考えられない。ましてや村を地図から消し去るとなれば、巨大な力が働いたはずである。

「古今東西を問わず、権力を持った者こそ、残忍な方法を考えるものだよ」

だから、村ごとなのだよ、という那智の冷たい声に、冬狐堂の顔が強張った。村人を殺戮《さつりく》した者たちもまた抹殺されたのだという事実を、そのひと言の中に籠めたのだと、内藤は思った。

だが、当たり前のように語った那智の言葉に、誰も異論を唱えはしなかった。

「作った彼ら、知っている彼ら自身も、この世から消えてもらわねばならなかった。残酷だが、それがこのような場合の摂理なのだよ。その策謀が大きいほど、犠牲となるその規模も大きくなる」

那智の冷静な声に、由美子がそっと息を呑《の》んだように見えた。

考えてみれば、何も珍しいことではない。秘密を握る者をそのままにするのは危険だ。秘密を秘密とするべく完璧《かんぺき》を期すならば、そこまでやらないのはむしろナンセンスだ。

指令を受けた者どもも一村殲滅《せんめつ》、はありえる話だ。確かに残酷で、強大な権力を必要とすることではあろうが。

「おそらく、祭りの夜だろう」

祭りであれば、村民全員が村にいる率が高い。酒が振舞われ、人々も浮かれ、男女は同衾《どうきん》する。祭りのあとは誰しも眠りこけるであろうし、取りこぼしがないのだ。

「ミクニ」

那智の硬質な目が、再び内藤を射た。

「榊原殺しは、なぜ起きたと思う？」

現代の、そして身近な事件に引き戻され、一同の顔に緊張が走った。ニュースで報じられた榊原紀夫の死と阿久仁村遺聞の関係を、誰もが意識しているということだ。

犯人はまだ捕まっていない。

「越名さんによれば、僕の前に現れた榊原は、神崎秀雄と名乗る男と同一人物のようです。その神崎と、豊子こと須田麻弥子の奇怪な術によって、越名さんはあの村の惨殺事件の映像を刷り込まれ、さらに後催眠を掛けられていました。その神崎イコール榊原が殺されたとなれば、阿久仁村の滅亡が関係しているとしか考えられません」

　じっと見つめる那智の眼差《まなざ》しに耐えながら、内藤は続けた。

「一村全員惨殺事件と、そこに至る村の来歴を暗号化して記した阿久仁村遺聞が、なぜいま浮上してきたのか。そして、再び殺人事件まで引き起こすに至ったのか。惨殺事件を隠蔽《いんぺい》しようとする側と記憶し続けようとする側、事件の存在を隠したい勢力と、表に出したい勢力があるのではないでしょうか」

　那智の口元が心なしか緩んだ気がした。

「たしかに阿久仁村遺聞は、それを表に出したい者と秘匿したい者とのせめぎあいの中で、私たちの手元に巡ってきたものだ」

「偶然ではないということですか？」

　由美子の声に、那智が同意のまなざしを向けた。

「どうやってこれがやってきたか、思い出して欲しい」

　一同が、考える目になった。

　阿久仁村遺聞は、越名が競《せ》り落とした長火鉢の中に入っていた。そして、那智が関心を持つかもしれないと考えた越名が、研究室に届けてきたのだ。

「僕たちに、いえ、蓮丈那智に、この謎《なぞ》を解かせるために、すべて仕組まれていました」

「ミクニが解読してしまうことまでは、考えていなかっただろうがね」

那智が唇の端をあげて笑った。

「越名君をよく知っている者ならば、これを手に入れるだろうことは予測できるはずだ」

越名が商うと予想される類《たぐい》の古物に忍ばせればいいのだ。越名と那智の間柄を知悉《ちしつ》していれば、競り落とした後、阿久仁村遺聞がどのように流れるか、予測することは容易《たやす》いといえる。

「長火鉢と同様に、阿久仁と書かれた仏画も、中屋さんが見つけるように仕組まれていたんだ。全《すべ》ては、阿久仁村遺聞が蓮丈那智の手元に届くべく、そして遺聞に籠《こ》められた謎を蓮丈那智に解かせるべく、意図されていたんです」

「自分たちでは阿久仁村遺聞の謎が解けないから、先生に解いてもらおうとしたのですか？」

由美子の問いに、内藤は首を横に振った。

「そうではないと思う。単に阿久仁村遺聞の暗号を解かせるだけなら、これほどの手順を踏む必要はないし、彼ら自身が、すでに解読しているかもしれません。彼らにとって重要なのは、蓮丈那智という異端の民俗学者が、自ら阿久仁村遺聞の謎に挑み、公表することだったのです。蓮丈那智というファクターが加わることによって、より広く、より強いインパクトで、阿久仁村遺聞が世の中に知られることになるから」

いいながら、背筋に軽い寒気を覚えた。中屋も、越名同様に監視下にあったから、阿久仁と書かれた仏画に遭遇した。だが、自分だって、池尻大橋《いけじりおおはし》のバーや由美子の部屋から出たところで、榊原と会った。いまとなっては、偶然とは思えない出来事だ。

「彼ら、阿久仁村遺聞を表に出したい者たちの目的は、何なのでしょうか」

冬狐堂も、見たくもない深い淵《ふち》を覗《のぞ》かねばならぬかのような、苦しげな表情になっていた。

「告発、なのではないでしょうか」

内藤の言葉に、越名が目を向けた。

「あの惨殺《ざんさつ》事件の犯人たちに対する告発、ということか？」

「直接手を下した者というより、黒幕でしょうか。昭和初期に阿久仁村遺聞が作られた目的は、一村惨殺事件の黒幕への告発だったと思います」

越名が神崎たちの裏鬼道・御霊《みたま》おろしで見せられた映像では、三郎伍という若者が村人を次々に血祭りにあげていた。しかし、どう聞いても、それは津山三十人殺しの再現だ。

先ほどの那智の指摘を踏まえれば、ひとりの若者の犯行であるわけがなく、もっと大きな背景、巨大な黒幕が存在したのだ。おそらくは時の権力かそれに匹敵するほどの、大きく黒い存在だ。

「阿久仁村の生き残りはいたのでしょうか」

由美子の問いだった。内藤が答える。

「事件当夜、たまたま村を離れていた者がいたかもしれない。山に逃げ込んで難を免れた人もいたかも。いや、いたはずだよ。阿久仁村の歴史に通じた生き残りがいなければ、阿久仁村遺聞が書かれたはずがないのだから」

「そうですね。つまり、阿久仁村の生き残りからつながる子孫が、あの事件を告発するために、阿久仁村遺聞を再び世に放ったということでしょうか」

そういった由美子の顔に、かすかな怯《おび》えのようなものが浮かんでいた。内藤は、表情を和らげていった。

「それに対して、惨殺事件の存在を隠蔽しようとする勢力もまた、綿々と連なっているのだと思う。そのせめぎ合いの中で、阿久仁村遺聞が蓮丈那智研究室に渡り、榊原が殺されるに至ってしまったんだ」

「最初に会った時、神崎こと榊原は、自分たちは阿久仁村の流れを引く者だ、といっていました」

本当かどうか知れませんが、と越名がいった。

「わたしは、そのあと妙な術をかけられて、阿久仁村の殲滅は三郎伍という若者が起こした事件だと信じ込まされた。先生の研究室に阿久仁村遺聞を回収に行って、この文書は世に出るべきではないとまでいったそうで、お恥ずかしいかぎりです。だが、あの頃のわたしの行動は、榊原と須田麻弥子に操られてのこと。そう考えると、神崎と豊子、すなわち榊原と麻弥子が、阿久仁村遺聞を消し去り、惨殺事件を隠蔽しようとする側だったということになる」

「ストレートに考えると、そうなるでしょうね」

「実際、榊原はこんなことをいっていた。学者という人種は子供じみていて、与えられたおもちゃを手放そうとしない。しかも解き明かした謎は何が何でも発表したがるから、大事《おおごと》にならないようにわたしを取りこんで制御しようとしたのだ、と」

榊原は苛立《いらだ》ちを隠そうとしなかった、と越名は記憶を手繰っていった。榊原の生業《なりわい》は古書店。ある意味、骨董商《こっとうしょう》と似た世界ならば、伝手《つて》を辿《たど》って越名に接近することも、その動向を調べることも出来たに違いない。

「では、榊原と対立する側は誰なのでしょう。事件を表に出し、告発しようとする者たちとは？」

「知り合いの同業者に、山口で店を構えていた澤村という骨董商がいてね。山口の温泉場で須田麻弥子と会った時、その澤村老人のことを尋ねたところ、彼は自分たちの側の人間ではないといった。しかも、深入りするのはあまりにも危険だ、とも」

「榊原さんたちと対立する側、つまり阿久仁村遺聞を表の世界に出したいグループの一員だとすると、澤村老人も阿久仁村の生き残りということでしょうか」

由美子が、どこか腑《ふ》に落ちないという表情で、越名に念を押した。それに越名が首を横に振った。

「さすがにそこまでの高齢者は、生きてはいないでしょう。澤村は昭和に近い大正生まれだといってましたから、阿久仁村の生存者の孫くらいかもしれない。本当のところはわかりませんがね。なにしろ得体のしれない爺《じい》さんでしたから」

澤村老人は急に店を閉めて、電話も不通。行方知れずになったままだ、と越名は続けた。

「気になるのは、榊原のマンションから逃げ去る年配の男性が目撃されたという報道なんですよ」

「それって、つまり……」

眠り猫のようだといわれる越名の目が、さらに細くなったように見えた。澤村老人は、油断も隙《すき》もない食えない同業者だったにちがいないが、少なからず仲間意識のようなものがあったのではなかろうか。それが殺人者になったとしたら……。越名の感情を慮《おもんぱか》りつつ、内藤はいった。

「榊原殺しについては、実際、そういうことだったのかもしれません。でも、榊原たちのグループと澤村老人のグループの目的は、逆だったのではないでしょうか」

「逆というと？」

「この事件に関してではないのですが、阿久仁村遺聞について、榊原は謎を解かない方が良いといっていました。でも実はそれは裏返しじゃないかと思っています」

「裏返し？　実は榊原は阿久仁村遺聞を表に出したがっていたのでは、とおっしゃるのですね」

冬狐堂の言葉に、内藤が同意を示した。

「榊原は、世間に事件のことを知ってほしい、表に出したい側だったのではないでしょうか。そして、澤村老人たちは、それを何としても押さえようとしていた側なのではないかと」

「やはり君の直感力は侮《あなど》れないな」

那智が口角を上げた笑みを浮かべた。

「榊原たちが本気で阿久仁村遺聞を押さえようとしているとは思えなかったんです。越名さんを利用して、阿久仁村遺聞を回収させた時も、越名さんは原本だけ回収して、コピーには目もくれようともしなかった。原本の扉にあるエンボス加工を隠そうとしたのかとも考えましたが、それにしても徹底的にやるならコピーも回収すべきです。それに……榊原はこの病室に夜な夜な現れて、僕に阿久仁村遺聞の解読方法の手掛りを吹きこんでいたのです」

「そんなことが……」

由美子が目を丸くした。那智を除く皆の顔に、驚きが走った。

「榊原は僕の市民講座の生徒でした。その頃から計画を練って、蓮丈那智研究室への接近を図っていたのでしょう。夜の街で僕の前に二度も現れて、奇遇を装《よそお》っていましたが、あれもこちらの進み具合を偵察するためだったのに違いないです」

「制御するというのは、そういう意味だったんだな。解読をやめさせるのではなく、スピードをコントロールしようとしていたんだ。わざわざ苛立ちまで演じていたのに、見事に騙《だま》されましたよ」

越名の忌々《いまいま》しそうな声に、那智が冷徹に応じた。

「いや、だが当人も揺れていたのかもしれない」

「揺れていた？」

「最初から表に出す気があれば、私の元に直接持ち込めばすむことだ。阿久仁村遺聞を表に出すためにさまざまな画策をしながらも、本当にそれでいいのかと自問していたのではなかろうか」

阿久仁村遺聞には、それだけの重さがあるといっているに等しかった。

「榊原たちが阿久仁村遺聞を表に出して、殲滅事件を告発しようとしていたとすると、越名さんに語った通り、彼らも阿久仁村の流れを汲《く》む者ということでしょうか」

冬狐堂のもっともな疑問だった。

「そうだろうな。榊原は阿久仁村の末裔《まつえい》のひとり。ただ、間違えてはいけない。阿久仁村の殲滅事件は、単なる結果に過ぎない」

那智の冷たい声が、室内にこだました。

第九章　鏡《かがみ》連《れん》殺《さつ》

1

阿久仁村は、作ってはならない鏡を作ったがために地図から抹殺された。それが阿久仁村遺聞の解読によって得られた結論だった。その意味では、確かに村の殲滅《せんめつ》は結果だといえた。

同じことを思ったのだろう、越名が、それはまあ結果といえばそうですがと、戸惑いをにじませていった。那智が即座にうなずいた。

「あまりに陰惨な結果だ。だが、阿久仁村遺聞が作られた昭和初期ならいざ知らず、いまさらそんな百二十年も前の事件を告発したり、闇《やみ》に葬《ほうむ》ったりするために、殺人まで犯すものだろうか」

那智はいっているのだ。阿久仁村殲滅という結果ではなく、作ってはならない鏡という原因にまで遡《さかのぼ》らなければ、この事件は解明できないと。

それと関係があるかもしれませんが、と前置きして、越名がいった。

「僕が榊原に、阿久仁村遺聞は明治時代にチベットを目指した僧侶《そうりょ》と関係しているのではないかと鎌《かま》をかけたら、彼の表情が一変したんです」

「やはり、《あの計画》が関係していたのですね」

諦念《ていねん》に満ちた声は、冬狐堂のものだった。同時に、内藤の心中の声でもあった。あの計画がまたもや追いかけてきた。それは内藤にしても深層心理で気づき、押さえ込もうとしていた怖《おそ》れではなかったか。

「あの……その、あの計画とは、何なのですか」

由美子が控えめな問いを発したのに、内藤は、ああと答えた。このことについては、まだ話していなかった。

「明治初期に企てられた、チベットに第二の皇軍を置くという計画なんだ」

さらに由美子の問いかけたそうな視線に、ここにいる由美子を除くメンバーが、かつて巻き込まれた事件の渦中《かちゆう》で明らかになった計画だと、内藤は説明した。そうですか、と由美子が困惑の表情を浮かべた。

「明治の初めというと、阿久仁村が地図から消えた時期と重なりますね」

かつて明治政府の一部が、チベットと同盟を結び、第二の皇軍を置いて、ロシアへの圧力にしようと画策した。維新に伴う不平士族の処遇も兼ねた一石何鳥かの計画だった。この動きに巻き込まれた、ひとりの若き僧侶がチベットに向かった……。

「やがて起こるべき日露戦争に直面して、政府の一部が考えたことだ。もちろん一朝一夕に成るような計画ではないから、早くから布石は打たれていたのだろうが」

この壮大な計画は実現に至らぬまま、日英同盟の成立とともに眠りに就いた。

しかし、と越名が言葉を継いだ。

「榊原は、昭和初期にこの計画を甦《よみがえ》らせようとした者がいたと、山口でいっていた。国体の維持という旗印の下に、チベットを皇族の亡命先にするために……。さすがに昭和の政府内でも、賛否両論があった。そこで反対する者たちは、明治期のこの計画の首尾を記録するために、阿久仁村遺聞を作り上げた。明治政府が日露戦争に直面したときになにを企て、密命を成就《じようじゆ》させるためになにをしたのか。それらを書き記しために作り上げたのが阿久仁村遺聞だと、榊原はいいました。なぜチベットなのか、その理由はひとことも口にしませんでしたがね」

越名が伝える榊原の言葉には、力があった。時の政府の非道を記した、ただの村の歴史に納まらない陰惨な大事件が、時空を超えて一大騒動として世に現れるのか。

内藤はたずねた。

「その阿久仁村遺聞を、いままた表に出そうとする一派と、それを阻止しようとする一派がいます。事件に対する告発でないとしたら、その目的について、榊原は何かいっていなかったのでしょうか」

「わたしもそれはきいたが、肝心なことはなにも。こんなことになるんだったら、もっと問い質《ただ》しておけばよかったよ」

越名が悔しそうにいった。

「まさか……」

陶子が首を振るのと、那智の声が響くのは、ほぼ同時だった。

「明治から数えて三度、この計画を現実にしようとする者が現れた」

そんな馬鹿《ばか》な、と笑い飛ばしたかった。しかし、笑い飛ばせないことも内藤にはわかっていた。那智がいったから、というだけではない。榊原殺しという事件まで起きている現実があった。

「でも、先生、そんなことが現代に可能なのでしょうか。チベットに軍隊や皇族を置くなんて。満州帝国の昔ならいざ知らず、現代では達成し得ないことだと思うのですが」

由美子が沈黙を破るようにいった。もっともである。現代の社会情勢では、満州のような傀儡《かいらい》国も許されないし、ましてや植民地化などは、もってのほかだ。

「チベット独立の支援ならできる」

那智が平然といった。

「独立後、同盟関係を結び、皇室関係者を代表とする外交使節団を送り込む。使節団の護衛という名目で、警察や防衛省関係者を派遣する」

皇室が絡《から》むとなれば、警備は慎重を期され厳重となる。

「一定の武力をも送りこみ、中国に対抗させるということですか」

由美子が、納得しかねるという顔で問いかけた。

「チベットはそれこそ明治時代はグレートゲームといわれ、列強各国のターゲットになっていたと聞いたことがあります。でも、いまはどうなんでしょう。日本がそんなリスクを冒すほどの重要性があるのでしょうか」

「それがあるんだよ」

内藤が答えた。

「そうか、地下資源か」

越名がつぶやくのに、内藤がうなずいた。モバイルPCを操作すると、皆に見えるようにディスプレイを向けた。

「チベットの鉱物資源は種類が豊富で、埋蔵量も期待以上のものです。一説には、銅、鉛、金、銀、鉄などの鉱床が六百箇所以上あり、中国の資源不足をまかなえるほどだと。開発が進めば、レアメタルの鉱床も発見されるかもしれません。さらに、チベットは水資源も豊かです。最近中国は水を求めて日本の土地を買い漁《あさ》っている、と報道されたくらいですから、この水資源も魅力的なはずです」

中国の人口は桁外《けたはず》れである。経済発展に伴って、国内消費はすさまじい勢いで伸びている。隣接する資源は、喉《のど》から手が出るほど欲しい。

「中国も手放さない。が他国も欲しい。各国がチベットに食い込むことができれば、その命脈を持ったも同然となる」

「そうなると、ますます中国だって黙っちゃいないぞ。下手をすれば、戦争だってありうる。中国は今までも強硬手段を使って、チベットを押さえつけようとしている」

越名の言葉の意味は、皆にもわかっている。チベットへの介入、武力による制圧については、メディアを通じて知っている。

「アメリカが水面下でチベット独立運動を支援していることはご存じでしょう。独立が実現すれば、チベットと気脈を通じた国が、その資源を利用できるのです」

「資源に乏しい日本などは、もっともその資源を必要としていると？」

内藤は、そうですと、越名に答えた。

「そう考える連中がいてもおかしくない、ということです。北京《ペキン》オリンピックの時にも、チベットで暴動が起こり、中国政府はそれを弾圧したと報じられました。今後も軋轢《あつれき》は増し、何かある度に、中国政府の横暴を西側の世論が叩《たた》く。そして、いずれ中国はチベットを手放さざるを得なくなるかもしれない。その時に動こうとするなら……」

「いまから準備が必要だ」

最後の言葉を発した那智に、越名がきく。

「準備、というと？」

「中国、アメリカを始めとする列国の争いの中で、日本がアドバンテージを得ようとしたら、どのような武器が使えるだろうか」

一同が思いを巡らすが、どの顔を見ても、答えが見つからないようである。那智が怜悧《れいり》な笑みを浮かべた。

「このチベット第二皇軍計画のスタートラインに立ちかえって考えてみればいい」

「まさか……」

越名がしばし絶句した。

「南朝復活、ですか」

内藤の言葉に、那智の唇が、そうだと動いたように見えた。

明治初期にこの秘密計画が立案された時、チベットに送り込む皇族として想定されていたのは、南朝系の血統だった。南北朝時代の終焉《しゅうえん》とともに歴史の表舞台から退場し、北朝系が正統とされる陰で、連綿と血統を守りつづけた人々。それは天皇家にとって、最後の切札、最強のバックアップではなかろうか。

「同盟関係を強化する上で、これ以上の人選があるだろうか。時には人質になることも厭《いと》わないだろう。友好の証《あかし》として送り込まれた皇族の重みは、外交官の比ではない」

「イギリスはともかく、中国やアメリカには、真似《まね》したくともできっこないものな」

越名の指摘が、この計画の特異性と有効性を衝《つ》いていた。逆に、相手側が人質にとったとしても、皇族に危害を及ぼすようなことは、出来ないはずだ。

「ミクニがいったように、そう考える集団がいるということだよ」

那智が、皆を見回していった。

「南朝復活は即座に実現できるようなことではないから、チベット独立が現実になった時のために準備をしておかなければならない。南朝が復活する時はいずれ来る、ということなのですね？」

由美子が自問自答のような問いかけをした。那智が同意のように、顎《あご》を動かした。

「その時こそ、阿久仁村遺聞が過去のものではなく、未来に向けての切符となりうる。その是非は別にしてだが」

チベット第二皇軍計画、南朝復活……。歴史の亡霊を甦らせるに等しい試みだが、その可能性を信じる一団がいる。いや、彼らにその可能性を信じさせる国際情勢がある。そして、亡霊を蘇生《そせい》させる鍵《かぎ》となるのが阿久仁村遺聞なのだ。

「先生が、村の滅亡は結果だとおっしゃるのは、このような意味だったのですね。チベットを巡る計画、南朝の復活、そしてこれらを左右する阿久仁村遺聞こそが、今回の事件の根源を成している……」

つぶやくように、由美子がいった。

「実は……」

越名がためらいがちに声を出した。皆がその顔を見詰める。

「わたしのところに届いたのですが」

そういってバッグから取り出したのは、大きな封筒、郵便物だった。達者な字で、住所と雅蘭堂越名集治様との宛名《あてな》が書いてある。越名はその中から、ひとまわり小さな封筒と、折りたたまれた手紙を引き出した。

「澤村からです」

「あの、話に出ていた老人ですか？」

由美子の声に、越名がうなずいた。

「この手紙には、手数を掛けてすまないが、この封筒を機会があったら須田麻弥子に渡して欲しいと、書かれてあります」

越名は、便箋《びんせん》を広げた。渡すようにと指定された封筒は、しっかりと糊付《のりづ》けがされており、中身をうかがうことはできなかった。

「須田麻弥子？」

いぶかしむ由美子に、越名が顔を向けた。

「豊子と名乗って、榊原と一緒に、わたしの前に姿を現した女だよ」

えっ、だってと声を出した由美子が、慌《あわ》てて手で口を覆《おお》った。裏鬼道と称した催眠術によって、越名におぞましい幻影を見せた張本人である。内藤も腑《ふ》に落ちない。

「須田麻弥子は、澤村の仲間なのですか」

由美子が首をかしげた。

「いや、それは違う」

那智が鋭くいった。

「仲間なら直接送ればいい。対立する側だからこそ、こんな手を思いついたのだろう」

「越名さんが須田麻弥子と接触したのを知っているから、澤村は、彼女に渡してくれと送ってよこしたのですね」

それでなくば、頼むわけがない。やはり、越名は監視されていたのだ。榊原の側だけではなく、澤村たち反対の側からもだ。

「榊原たちが、阿久仁村遺聞を表の世界に出そうと画策している一派。そして、澤村老人たちは彼らに敵対し、殺人を犯してまでそれを阻止しようとする集団。わたしにはまだ、彼らの目的が見えてきません。榊原が阿久仁村に出自を持つなら、澤村老人も同様なのでしょうか」

「それなら、少し調べさせた」

那智がA4のプリントアウトを取り出した。おそらくはまた西に調べさせたのだろう。いや、調査というより、西が那智の指示通りに裏付けを取って回ったというところだ。新たな何かと引き換えに。

――那智先生。あなたはどこまで見通しているのですか。

内藤の嘆息に気づくわけもなく、那智が淡々とプリントアウトを読み上げた。

「本名澤村准一《じゅんいち》。鳥取県出身。結婚後の居住地が山口県山口市」

「やはり、鳥取県なのですね」

由美子が声を上げた。状況からすれば、阿久仁村にルーツを持つ確率は高いだろう。当然の帰結ということなのか、那智は軽くうなずいただけで、先を続ける。もっとも、視線は文字を追っていない。頭脳というハードディスクにすべて書き込み済みなのだ。

「息子が一人。だが、交通事故で亡《な》くしている。音楽家で、海外のコンクールで入賞して、将来を嘱望されていた。三十歳で結婚して、五年後に事故死。娘を二人残して亡くなったそうだ」

「澤村とは、どんな人物なのですか」

冬狐堂がたずねた。

「結婚までの経緯は不明だが、山口県出身の女性と結婚。温泉町に移り住み、妻は旅館で仲居として働き、本人は土産物屋を営んで生計を立てていたようだ。時期としては、そこで息子が生まれたことになる。当時その温泉町は活気があり、結婚生活もうまくいっていた。それが次第に観光客、湯治客が減り始めたため、以前から少し商っていた骨董《こっとう》を中心とすべく、転業した。妻が病死してからは、店も当時は人通りがそこそこあった駅の近くへ移した。案外良い顧客を握っていたようだ」

那智のアウトプットに、越名が大きくうなずいた。

「わたしが最後に会った時も、風貌《ふうぼう》や店のたたずまいとはうらはらに、百万円を軽く越える漆器を抱えていました」

「百万円ですか」

由美子が声を上げた。

「わたしには、百二十でどうかといってきたよ。うちではとてもさばけない格のものだった」

それほど高値の商品でも、売る当てがあるということなのだろう。元来骨董商は、己の趣味の範囲を除けば、さばける当てのある品物しか仕入れない。雅蘭堂では、店売りはもとより、競《せ》り市や顧客筋でもさばけないから、その漆器を買わなかったのだ。ということは、澤村は越名よりもずっと高値の商売をしていることになる。骨董は見かけではわからない、奥深い世界だなと、内藤は改めて思った。

由美子が誰にともなくきいた。

「結婚後はずっと山口ということですね。榊原との接点はあったのでしょうか」

「爺《じい》さんは古書を扱ってはいなかったから、面識という部分も含めてどうかな。ただ、ひとつ気にかかっている話があるんだ。榊原が山口の児童公園でいったことなんだが」

越名はいい、皆の顔を見回して、続きを話し始めた。

「唐突に思い出話を始めたんですよ。四十年前、その児童公園のブランコで、二人の中学生が将来の希望を話し合っていた。一人はミステリー作家志望。そして、もう一人の少年は……」

「音楽家」

那智のひと言に、越名が言い当てられたという顔をした。

「そうです。わたしには、この少年が澤村老人の息子と重なって見えて仕方がないんです。彼はフルート奏者を目指して、海外留学を夢見ていたそうです」

澤村老人の息子と榊原が幼馴染《おさななじ》みだったというのか。これは確かに榊原と澤村老人をつなぐ線であろう。ただし、澤村老人の息子は、交通事故で既に亡くなっているという。榊原と同級生だったとすると、健在ならば五十代半ばあたりか。しかし、風貌までは想像が出来なかった。

この線をどこに位置づければいいのだろうか。阿久仁村遺聞の迷路に呑《の》み込まれるかのように感じた。

「阿久仁村遺聞を表に出そうとしていた榊原は、阿久仁村遺聞を世に出し、チベット第二皇軍計画を実現させようとしていた。その動きを察知した澤村は、計画を阻止するために、阿久仁村遺聞を闇《やみ》に葬《ほうむ》ろうとしていた。そう捉《とら》えていいのでしょうか」

内藤は、思考を整理するようにいった。

「いや、違う」

那智が否定の言葉を口にした。では、どのようなことでしょうかと、内藤がたずねようとした時、ドアをノックする音が響いた。

2

「はい、どうぞ」

内藤が遠慮がちに声をかけた。ドアが開く。が、逆光に暗く切り取られた長方形の空間に、影のような姿がたたずんでいるだけだ。

「あの、どちらさまでしょうか」

戸惑う内藤の声に、

「こちらは、蓮丈那智研究室の方のお部屋でしょうか」

おそるおそるというふうな女性の声が、問いかけてきた。那智も、ドアの外の空間をじっと見つめている。

「そうです。よかったら中にどうぞ」

他に言いようもなく、内藤はそう答えた。

「失礼します」

ようやく人影が動いた。女性がうつむきがちに顔を見せた。まだ若いようだが、肩まで伸ばした黒髪が、どこか古風な印象を与える。

「あなたは」

越名が、いつになく驚いた声を出した。

「麻弥子さん、なぜあなたがここに現れるのです」

内藤は、あっと声を上げそうになった。思いがけない人物どころではない。榊原と行動を共にし、越名に裏鬼道を掛けた女が現れたのだ。榊原が殺された今、彼女が自分の病室を訪ねて来る理由がまったくわからない。

「越名さん……。失礼しました。須田麻弥子と申します」

彼女はか細い声でいうと、予想外の病室内の人数に驚きを見せながらも、深く頭を下げた。越名の話から想像していた魔女めいたイメージとは異なってはいたが、巫女《みこ》といわれれば、納得してしまいそうな静謐《せいひつ》な雰囲気はある。

「どうしてここをご存じなのですか」

「神崎、いえ、榊原さんから聞いていたのです。蓮丈研究室の内藤三國さんが、この病院に入院していると」

内藤が問いただすのに、彼女は伏目がちに答えた。

「須田麻弥子さんといったね」

那智の声に、電気が通ったように麻弥子の体が反応した。

「なぜここにやってきたのか、理由をきかせてもらおうか」

麻弥子は大きく息を吸ってから、顔を上げた。

「榊原さんが殺されて、怖くなったんです」

「次は自分じゃないかと、そう思ってのことか」

那智の問いに、首を横に振る。

「事件がもっと大きくなることが怖いのです」

「思い当たる節があるわけだ。榊原殺しの犯人に見当がついているのかね」

ためらいながら、麻弥子は口を開いた。

「……おそらく、祖父だと思います」

「祖父？」

由美子が目を見開いた。麻弥子は越名をちらりと見て、答えた。

「澤村准一といいます」

「なんだって？」

越名が絶句した。いや、越名でなくとも驚く。榊原と行動を共にしていた豊子と須田麻弥子が、澤村老人の孫だとは。

「つまり君は、フルート奏者だったという澤村老人の息子、彼の子供なのだね」

那智の声に、麻弥子がこっくりとうなずいた。夭折《ようせつ》した澤村老人の息子には、二人の娘がいたと那智がいっていたのを、内藤は思い出した。麻弥子はそのうちの一人ということなのか。

「なぜ、あなたのお祖父《じい》さんが榊原を殺すのですか」

由美子が尋ねたのに、麻弥子の視線が泳いだ。

「榊原は澤村とは反対の陣営に属する者のはずだろう。あんたは肉親を裏切って、相手方に寝返っていたのか」

越名の鋭い言葉に、麻弥子は首を横に振った。

「榊原さんは、最初から反対側だったわけではないんです。祖父と同じ推進派だった。いえ、父をいつかもりたてようとするほどの信奉者だった。ですが……」

「袂《たもと》を分かつ何かが起きた、ということですか」

「それについては、私も詳しくは知らないんです」

「なぜあんたは澤村を裏切ったんだ」

越名の問いに、麻弥子は首を横に振った。何かに耐えるように、唇を結んでいる。

「南朝の血」

那智がいった。

その言葉に、麻弥子がはっとしたように顔をあげた。じっと見据える那智に視線を返し、そっと息を吐いた。

「私は祖父についていけなかったんです。父が亡くなってから、祖父はますます計画の推進に固執するようになり、母も妹も、祖父を嫌って離れていきました。私には、自分に流れている血など、重たくて厄介なものでしかなかったんです」

顔を伏せた麻弥子に、那智がいった。

「それが南朝の血、なのだね」

「はい」

麻弥子がうなずいた。それが本当ならば、大変なことである。

「あなたの知っていることを話してくれるかね」

那智の言葉に、麻弥子はためらいを見せ、それから決心したように顎《あご》を引いた。

「あなたは、阿久仁村の出身者を先祖に持つ身だね」

「祖父の祖父たちまでが、村に住んでいたと聞いています」

麻弥子は素直に答えた。

やはり澤村老人は阿久仁村の末裔《まつえい》だったのだ。

「あなたが越名さんに見せたおぞましい殺戮《さつりく》事件の幻影。それは、お祖父さんにも記憶として伝えられていたのね」

冬狐堂が静かな声でたずねた。

「はい。阿久仁村出身者のあいだでは密《ひそ》かに語り伝えられていたようです。祖父の直系の先祖や親類を含む何人かは、その災難を運よく免れたと聞いています」

文書が作られたのは、澤村老人がまだ幼いころだ。しかし、そうした下地があったからこその阿久仁村遺聞なのだろう。

「そして、お祖父さんには南朝の血が流れている」

「祖父はそれを誇りにしていました。誇りというより生き甲斐《がい》といっていいかもしれません」

「あなたはそれを信じているのだろうか」

麻弥子に再びためらいが見えた。そして言葉を選ぶように答えた。

「小さいころから、時が来れば皆に崇《あが》められる、頂《いただき》に座る身であると聞かされて育ちましたから」

「南朝こそ正統な皇統であると主張する一派は、今もいるようだが」

那智の冷静な声に、麻弥子は、逡巡《しゅんじゅん》しながら口を開いた。

「祖父がいつもいっていました。南朝方の第九十九代後《ご》亀山《かめやま》天皇は、長期の政争で多くの重臣を失い、弱体化していた。南朝方は、より有利な状況下での皇統の統一を急ぎ、北朝はより強固な地盤固めをするために、南朝との和睦《わぼく》を欲した。その結果、南北合統が成立したものの、結局は南北両統から交互に天皇を擁立する迭立《てつりつ》の取り決めも、南朝の皇統も踏みにじられ、南朝は闇に葬られた……」

麻弥子は淀《よど》みなく語った。幼い時分から、幾度となく刷り込まれてきたのだろう。

吉野山中に逃れた後醍醐《ごだいご》天皇によって築かれた南朝。皇統の正統を示す三種の神器は、和睦まで南朝の手の中にあった。北朝の五代の天皇たちは、室町幕府の力で強引に継承を行なわれた存在に過ぎないという人もいる。

「南朝側の重臣だった者たちは、南朝最後の天皇だった後亀山天皇の皇子、小倉宮を擁立するも、蜂起《ほうき》は失敗。しかしそののち神器を奪還し、小倉宮の皇子に渡されて、尊義王《たかよしおう》として即位を果たす。だが、手柄を狙《ねら》う武士の一団によって宮殿が襲撃され、皇子の御首と神器が奪われた。追いかけた忠臣が共に奪い返したが、南朝の血はそこで絶えたと、一般にはいわれています」

「だが、そうではなかった」

歌うように語っていた麻弥子が、那智の声に大きくうなずいた。

「あんたはどこまで、その話を信じていたんだ」

越名の問いに、麻弥子は顔を向けた。

「小さいころは、それこそお姫様にでもなったような気分で、私も妹も、祖父が話をしてくれる度に、胸を躍らせていました。自分たちは誇り高い血を引いているんだ、と。だから、祖父にいわれるままに、皆に敬われるようにと一生懸命勉強したのも事実です。ですが、大きくなるに従って、日本の歴史も学びます。本当に自分に南朝の血が流れているのかという疑いや、祖父の話の裏にある胡散臭《うさんくさ》さに、次第におぞましさを感じていきました」

「息子を亡《な》くしたあと、祖父が孫に聞かせた御伽噺《おとぎばなし》といったところか」

那智の言葉に、麻弥子は薄い笑みを見せた。

「父が成人したのち、祖父の南朝再興の熱はさらに増したようです。南朝再興の妄信をことあるごとに口にするようになっていた、そんなときに訪れた父の死だったようです。それも祖父にいわせれば、南朝再興を快く思わない勢力に殺されたのだと。本当か嘘《うそ》かわかりません。ただ、祖父がそう信じていて、なんでも血筋に結び付けるのを、母が疎《うと》ましく思っていたのは事実です。次に祖父が旗印として狙うのは、私と妹に違いありません。私が中学生の時に、母は私たち姉妹を連れて引っ越しました。須田という旧姓に戻し、以来、祖父とは一切の連絡を絶ちました。母と妹はいま神戸にいます」

南朝再興など、一般人にとってはまさしく御伽噺でしかない。それを頑迷に信じている澤村老人から、麻弥子の母が狂気を感じ取ったとしても不思議ではないだろう。

「あのう……」

遠慮がちな由美子の声がした。

「もし南朝の血を引いているとしたら、女性でも皇位に立てるということでしょうか」

「近年、皇室典範の改正が議論されたりもしましたが、それ以前から祖父は、南朝北朝に限らず、もともと女帝の存在は自然なことだといっていました。女帝の方が国がうまく治まっていたのだと」

日本における天皇制は男系であり、女性天皇は中継ぎの役目でしかなく、子孫を残せるわけではない。女性天皇の血は、繋《つな》がっていかないのだ。

内藤は、あっと声をあげた。

「そういえば、阿久仁村遺聞には、女性の長《おさ》が出てくる話がありましたね」

「それもひとつじゃない。第一話と第十四話だ」

第一話に登場する女性の長は、古式ゆかしい髪型をしていたとされる。阿久仁村遺聞の中でさえ、昔の話だと前置きされているから当然のことかもしれないが、麻弥子にもどこか古風な雰囲気がある。澤村老人から、女帝となるべく教育を受けたせいなのかもしれない。そう思わせるものを麻弥子は持っていた。那智の声がした。

「悲願であったのだろうな。本来帝位に昇れるはずが、傍流と虐《しいた》げられて、ずっと忘れさられていたと考えていたなら。渇望《かつぼう》とさえいえるだろう」

「年とともに、その思いがますます募っていったようです。でも世情的には、自分が帝位に就くという状況ではありませんでした。それはさすがに理解していた。だから父が生まれると、いつか父を旗印に南朝再興を果たそうという目標に取り憑《つ》かれたようになったのです」

麻弥子は、すっかり元の淡々とした口調に戻っていた。

「榊原とお父さんは幼馴染《おさななじみ》だったね」

「榊原さんも阿久仁村出身者の家系で、遠縁にあたります。その関係で、山口に住んでいたのでしょう。父とは性格も正反対でしたが、無二の親友だったようです」

「やはりお祖父さんの同志だったのですか？」

由美子が聞いた。

「もともとミステリー作家志望で、歴史における謎《なぞ》にも興味を持っていたそうです。阿久仁村遺聞のことも知っていて、父を後押しするつもりだったようです。父は優しい性格で、意に添わぬことでもはっきり断ることができない性分だったといいます。父の事故は、そんな性格ゆえに悩んで、心ここにあらずだったせいではないかと、私は考えています」

望みもしないのに周囲に持ち上げられる。争いを好まぬ音楽家には、辛《つら》かったのかもしれない。

「たしかに祖父の中では、南朝再興とチベット皇軍計画は、分かちがたく結びついていました。そして、祖父と離れて暮らしていた大学生だった私の前に、榊原さんが現われたのです。ずいぶん探したよ、といいながら」

麻弥子の年齢から推して、それほど前の話ではないだろう。那智も先をうながすように、麻弥子を見つめている。

「驚きました。でも、正直にいうと、南朝のことを持ち出されたとき、決して聞きたくもないというだけの気持ちではなかったのです。就職もうまく行かず、むしろそんな夢物語が救いにも感じられました」

「それでは、あんたは……」

越名の詰問《きつもん》に、麻弥子は激しく首を横に振った。

「自分が民を統《す》べる存在になるなんて、本気で考えたわけではないんです。ですから、榊原さんとは会っても、祖父と再会する気持ちにはどうしてもなれませんでした」

「でも、榊原には与《くみ》していたのだろう」

「それは……」

麻弥子が続けようとしたのを、越名がさえぎった。

「榊原たちは阿久仁村遺聞を解読して表の世界に出し、南朝再興、チベット第二皇軍計画を改めて推進しようとしていた。なのに、なぜあんたは榊原に与したのだ」

「それが違うんだよ」

那智がいった。

「さかさまだ。阿久仁村遺聞を表に出すのは、計画をつぶすためだ」

「表に出して、つぶす？」

越名の声が裏返った。内藤も、思わず那智の顔を見つめた。

「阿久仁村遺聞に秘められた計画は、いつ眠りから目覚めるか分からない。昭和初期に、この計画を再現しようとした一派がいた。彼らを牽制《けんせい》する目的もあって、阿久仁村遺聞は作られたのだよ。計画の息の根を止めるには、表に引きずり出して人目に晒《さら》してしまうしかない。阿久仁村遺聞を解読し、そこに秘められた村の来歴を明らかにすることは、阿久仁村の惨殺《ざんさつ》事件をクローズアップすることになる」

「たしかに、一村全員の殲滅《せんめつ》ともなれば、衝撃は大きいでしょうね。村がまるごとなくなったのですから。そうなれば、次から次に物事が暴《あば》かれていくかもしれませんね」

冬狐堂が、ようやく理解したという顔でいった。

マスコミの力は侮《あなど》れない。津山三十人殺しの先駆けともいうべき大量殺戮《さつりく》事件が明らかになれば、興味本位で書き立てられることは想像に難くない。ひとつの物事が表面に出れば、更なる情報を求めて現地に人が押し寄せる。彼らは近隣を聞きまわり、過去の事跡を洗いざらい調べ、さまざまなことを暴露する。当然、その指令を出した組織を暴きだし、責任追及を始めることになる。日本中が蜂《はち》の巣をつついたような騒ぎになるだろう。

「そうか。そんな騒ぎになれば、南朝再興やチベット皇軍計画なんぞ、誰もまともな考えだと、受けとらなくなる」

越名が、思い至ったかのような口調でいった。

「それで俺に裏鬼道だの後催眠だのを仕掛けたわけか」

「申し訳ありません。私の消息を知り、祖父は再び妄執を甦《よみがえ》らせていました。自分が生きているあいだに計画を実現させたい、それが無理なら、次の世代に種だけでも残しておきたいと。でも、一時《いっとき》は子供のころの夢に浮かれた私も、落ち着いて考えれば、夢は夢でしかないと分かりました。榊原さんも、あの計画はつぶす方がいいと、当初の考えを変えていた。ゆえに、祖父の思いを止めるために、私を探し出したのです。父は本当は音楽で生きていきたかった、あの計画のために命を縮めることになったのだと思う――そう話すと、榊原さんは泣いていました」

そして、榊原たちは、今度は巧妙に阿久仁村遺聞を表沙汰《おもてざた》にして計画をつぶす企てを、実行に移そうとした。越名はもとより、那智や陶子、内藤までも利用することを計画し始めたのだ。周到に、そして緻密《ちみつ》に。

「あんたたちのそのやり方が、ここにいる俺たちを苦しめたんだぞ」

越名の声には憤《いきどお》りがあった。

「本当に申し訳ないと思っています」

麻弥子はそういうと、深々と頭を下げた。恭順という言葉がぴたりと当てはまるようなその辞儀に、誰もが非難の言葉を発せなくなった。

「あなた方に後ろ盾となるような組織はあるのだろうか」

那智がたずねた。

「祖父も榊原も、存在するとはいっていました。ですが、私はそのような人たちに会ったことはありません」

南朝の正統性を主張するものは、現代にも存在する。シンパとして、資金や人的側面で協力する者もいたのかもしれない。チベット皇軍計画については、政治的、経済的利益を期待する人間もいただろう。もちろん、澤村や榊原のような阿久仁村出身者の末裔《まつえい》が作る組織のネットワークも、密《ひそ》かに張り巡らされていたはずだ。惨殺事件が起こる以前に村を離れた人々の間でも、村の来歴と消滅の経緯は語り継がれてきたにちがいない。

「澤村の爺《じい》さんのところには、店構えの割に筋のいい品が揃《そろ》っていた。南朝の家系やその後援者と、なんらかのつながりがあったのかもしれない」

越名がいうのに、内藤も思わずうなずいた。

「大事なことをきこう。あなたが南朝の末裔であるという証《あかし》はどこにあるのだろうか」

那智の声に、麻弥子が首を横に振った。

麻弥子がさっき語ったことが真実ならば、南朝側は、尊義王の御首と共に三種の神器を奪還しているはずだ。

「祖父の家に、玉、剣、鏡の三種の神器が伝わっていたと聞いたことがあります。戦争により失われたとも……。子供の頃にそのうちのいくつかを見た覚えもあるのですが、それがこの神器だったかどうかは、記憶が曖昧《あいまい》です。いま現在どうなっているのかは、私には分かりません。現存するのならば、祖父が持っているのかもしれませんが、はっきりとは」

「澤村は、どうしてそこまで自らを南朝の末裔だと信じ込めたのだろう」

「決定的になったのは、阿久仁村遺聞を曾祖父《そうそふ》の遺品の中に見つけてからだそうです。断片的に話は聞いていても、全容は知らなかった。それで何ヶ月もかけて調べ、資料をあたり、阿久仁村が今は消滅していることも確認したそうです。そしてついに、阿久仁村遺聞に書かれていることは、変形されたり入れ替えられたりしてはいても、事実を元にしていると信じるに至った。阿久仁村遺聞には、高貴な血が阿久仁村にたどり着いたことを示す話があります。それがまさしく自分達のことを指すのだと確信していました」

「第二十二話と第十七話ですね。村に奇妙な老人が現われた。老人は幼子の手を引き、勾玉《まがたま》を常にそばに置いていたという、貴種流離譚《きしゅりゅうりたん》……。この勾玉は三種の神器の謂《い》いなのですね」

すぐに応じた由美子に、麻弥子は驚きを見せた。

「祖父は、幼い頃に自分が聞いた話と阿久仁村遺聞を重ね合わせた末に、南朝の血筋が自分や息子、孫へと流れていると信じ、南朝再興に人生を捧《ささ》げることを決意したようです」

「しかし、阿久仁村遺聞は両刃の剣だ」

那智がいった。

阿久仁村遺聞が史実を伝えているという前提に立てば、阿久仁村に南朝の末裔がいたとする根拠になりうる。しかし、一方で、阿久仁村遺聞は村の殲滅をも暗示している。南朝滅亡後、その子孫が村に来たという貴種流離譚が史実ならば、惨殺事件も事実となる。南朝再興を目論《もくろ》むのであれば、阿久仁村遺聞は慎重過ぎるほど慎重に取り扱わなければならない。

「だから、準備を進めながらもその適切な時期まで、阿久仁村遺聞を眠らせておかなければならなかったんだ」

内藤の応答に、那智が珍しく目を細めた。言葉はなかったが、それは何より内藤を勇気づけた。

「阿久仁村遺聞には、村がとても重要なものを作ったがために、殲滅させられたことを示唆《しさ》する話があります。それが何であるか、麻弥子さんには心当たりがありますか」

「祖父は、鏡だといっていました。阿久仁村の人々は製鉄民族の流れを汲《く》み、精巧な鏡を作る技術を持っていた。それで、明治初期、チベットに贈る鏡を作らされたと。そして、その事実を隠蔽《いんぺい》するために、村が消滅させられたとも。南朝の末裔が住む村に鏡作りの命令を下し、しかるのち村を滅ぼすとは、偶然にしても皮肉だ、と。そのようなおぞましい過去について考えれば考えるほど、私は阿久仁村そのものを闇《やみ》に葬《ほうむ》ったままにしておきたいと思ったのです。もうすでに、村の痕跡《こんせき》も探せないほどです」

麻弥子の口調には、もはや関わりあいたくないという響きがあった。

だが、阿久仁村に鏡作りの命令が下ったのは単なる偶然なのだろうか。チベットに贈られたという鏡……。内藤の頭の中に、過去のフラッシュバックのような映像が蘇《よみがえ》る。周囲を見渡せば、冬狐堂も越名も、緊張のような表情を浮かべている。那智だけが、鋭く目を光らせ、口を引き結んでいた。その唇が言葉を発した。

「その鏡に、なにか特徴はあるのかな」

冷静な声で問いかけている。麻弥子が、ふっくらとした顎《あご》を引いた。

「本物は行方不明になったと聞いていますが、レプリカが国内のとある旧家に保管されているとのことでした。それを手に入れられれば、阿久仁村遺聞が事実であることの証拠になるのだが、と祖父が悔しがっていました。残念ながら、私は見たことはありませんが」

「見るかね？」

那智の問いかけに、麻弥子が目を見開いた。

返事を待たずに、那智が冬狐堂に目配せをした。

3

「以前に巻き込まれた事件、その時に関わった品物なのだが」

那智の言葉が終わると、冬狐堂が無地の風呂敷《ふろしき》包みを机の上に置いた。正方形の薄い箱が包み込まれているようだ。二十センチメートル四方といった大きさで、厚さは五センチメートルくらいか。さして大きなものではない。だがその中身がとてつもなく重要な品物であろうことは、想像に難くない。

「これが阿久仁村で作られたものなら、村が消滅させられたのも納得がいきます」

冬狐堂の言葉に、まさか、と麻弥子がつぶやいた。

「それを今から見せる」

那智がいった。一同の視線が、風呂敷の結び目を解く冬狐堂に集中した。

「弓削《ゆげ》家のご当主、弓削妃神子《ひみこ》さんから借りてきました」

冬狐堂が桐箱《きりばこ》を開けた。

「三角縁神獣鏡《さんかくぶちしんじゅうきょう》……」

由美子がいった。

この古代の青銅でできた鏡には、大きな特徴がふたつある。

一点は、鏡の外周を鋭角の傾斜を持った縁が取り囲んでいること。その断面が三角形であることから、《三角縁》と称されている。もう一点は、鏡背の《内区》と呼ばれる部分に半肉彫り——浮き彫り——の神像と獣形の文様が施されていること。その文様は神仙思想に則《のっと》ったものとされ、《神獣鏡》の名の由来となっている。

中国で作られたもので、魏《ぎ》の皇帝から卑弥呼《ひみこ》に与えられた百枚の鏡も、この三角縁神獣鏡だったといわれている。しかし、なぜか大陸では出土することなく、日本では百枚どころか、四百枚もの鏡が出土している。鏡に彫られた年号には実在しないものもあり、謎《なぞ》の多い鏡として知られている。

「そうです。明治の要人、税所篤《さいしょあつし》がある計画のために作らせた鏡のレプリカです。この鏡のために、いくつもの命が失なわれました」

冬狐堂が、静かな声でいった。「狐闇《きつねやみ》」というコードネームでファイリングされている事件を指している。利用された挙句、古物商の鑑札を剝奪《はくだつ》される苦汁まで舐《な》めさせられた事件だった。那智と内藤も巻き込まれたため、蓮丈那智研究室の非公開ファイルとしてひっそりと存在しているのだ。

「阿久仁村の消滅には、やはり時の権力が絡《から》んでいたのですね」

由美子の言葉に、内藤は胸の中で、そうかと叫んだ。

後催眠を掛けられた越名が西と連れだって現れたとき、那智は急に追及の矛先を変えた。何者かの意志が働いて村の惨殺事件が隠蔽されたと越名がいったのに対して、時の権力がそれを隠す必要があるだろうかと、那智は問うた。

だが、その後、那智の口調はわずかに変わり、それ以上の追及を止《や》めたのだった。

その時すでに、那智は事件の背景と、そこに働く権力の性質を看破していたのだ。

「時の権力の一部であったとはいえる」

那智が、鏡を見つめながらいった。

「税所篤は、チベット第二皇軍計画の首謀者でした。彼はいずれロシアと衝突する日が来るのを予期して、準備を進めていた。その最重要な道具立てが、この鏡だったのです」

チベットに送り込む皇族が携えていくべき、新たな三種の神器。その一つとして、極秘に作られた鏡だった。献上品の鏡は行方知れずになったが、そのレプリカがここにある。冬狐堂の話に、那智が付け加えた。

「鏡は型を取って複製することによって、同じものを作ることが可能だった。だからこそ、無数の三角縁神獣鏡が各地で出土しているのだ。だが、同じ鏡でも、簡単に真似《まね》のできない技術もある」

冬狐堂が無言で鏡を持ち上げ、斜めに傾けた。

鈍い青銅色をした鏡だが、作られた頃は黄金色《こがねいろ》に輝き、厳《おごそ》かに何者をも圧倒する存在であったにちがいない。古代、鏡は第二の太陽ととらえられ、鏡を持つものは太陽を操るものとして敬われた。奇跡に近い現象に見えたのだろう。その鏡の面が光っていた。

冬狐堂の手が動き、病室の窓から射《さ》し込む午後の光を、青銅の鏡が反射した。壁に投影された丸い反射光の中に、像が結ばれていた。淡い影のような姿。鳥のようでいて、どこか微妙に違うシルエット。

「魔鏡《まきよう》……？」

由美子が声を洩《も》らした。皆が身を乗り出して、壁の映像を見詰める。

「八咫烏《やたがらす》だ」

越名がいった。

光の八咫烏が、壁に貼《は》りついていた。サッカーの日本代表が、シンボルマークとして使ったことで改めて有名となったが、本来は古事記や日本書紀に現れる架空の鳥である。伊波禮毘古命《いわれひこのみこと》と名乗っていた神武天皇の東征の際に遣わされ、熊野国《くまののくに》から大和国への道案内をしたとされる。足が三本あるのが特徴だ。

冬狐堂がいう。

「これは、八咫鏡《やたのかがみ》ではないかと思われます」

「三種の神器じゃありませんか」

内藤が叫ぶようにいった。古来、皇位にある者が保持するという三種の神器は、八咫鏡、草薙剣《くさなぎのつるぎ》、八坂瓊曲玉《やさかにのまがたま》の三つである。しかし本来の神器がどのような形状かを詳しく記したものはなく、見ることも許されないため、実態は謎とされる。八咫鏡も、然《しか》りだ。

「なんと恐ろしいことを……」

由美子がいうのももっともだと、内藤は思った。

皇室内の出来事を克明に綴《つづ》ったとされる『皇朝史略』によれば、八咫鏡はこれまでに三度も火事に遭ったと書かれている。とすれば、幾たびか作り直されていると考えられる。つまり、八咫鏡とは、物体として崇《あが》められるのではなく、覇権者の哲学や思想体系を表したものではないのか。精神性が具現化されているのだ。それを模したとは……。一官僚の税所篤が個人の思惑で作り上げたとすれば、不敬のそしりは免れえない。

「しかも、この鏡は鋳造物《ちゅうぞうぶつ》ではなく、青銅の塊を鑿《のみ》で削りだしたものだそうです。相当な技術によってなされたに違いありません」

「わざわざ削りだしての模倣を選んだのか……」

越名が感嘆するようにいった。

「おそらくは、新たに作る神器として、完璧《かんぺき》な形を追い求めた結果が、削りだしという高度なテクニックを用いた八咫鏡となったのでしょう。新たな皇室となる南朝の神器は、未来永劫《えいごう》輝ける象徴とすべく作り上げられたと思います。それゆえ、レプリカであるこの品でも、同じ削りだしの方法がとられた。精巧な鋳造技術を含めて検討された結果、優秀な製鉄技術を持った阿久仁村が選ばれたのでしょう。それだけ税所の野望が大きかったという証かもしれませんね。現在でも、青銅鏡を古来の製法で作るとなると、並大抵の苦労ではありません。さらにこの反射面の細工を施すとなると、難易度は極めて高いでしょう。なんでも、ミクロ単位の凹凸を刻む作業だそうですから。そのような技術が伝承されているのかどうかさえ、定かではありません」

「百二十年前ともなれば、さらに困難であっただろう。完成までには、恐るべき日数を費やしたはずだ」

内藤は、背にひんやりとしたものが押し当てられた気がした。完成に漕《こ》ぎつけるまで、一体どれほどの数の青銅鏡が作られたのであろうか。製作者の生命や身体に何らかの犠牲を負ったかもしれない。いや、その果てが、村まるごとの消滅なのだ。

「しかし、その鏡が阿久仁村で作られたとする証拠はあるのですか」

越名の疑問に、那智が反射光の一部を指し示した。

「点があるのが見えないか」

八咫烏の左下の空白部分のところどころを、那智の細い指がポイントした。そういわれれば、ぼやけたような点が見てとれる。ある種、等間隔に近い点が、連なっている。

「この点を線で結ぶと、どうなる」

壁に映しだされた点を、内藤が指でなぞった。

「柄杓《ひしゃく》……」

由美子が声を上げるのにつづいて、内藤がいった。

「北斗七星か」

「そうだ。そして、ここは」

那智の指が、北斗七星の二点を繋《つな》げて延長した先を示す。そこにも微《かす》かな点があった。

「北辰《ほくしん》だ」

越名がいった。北辰、すなわち北極星である。

「阿久仁村遺聞の扉にも、北辰のエンボス加工がありました」

由美子の言葉に、那智が同意した。

「北辰は阿久仁村のシンボルだった。だからこそ、解読の手掛かりに北辰が使われたのだ」

製鉄民族たる阿久仁村の人々は、移動を宿命づけられていた。古来、旅の方向を定める最高の目印が北辰である。いつしか生業としての製鉄をやめ、定住してのちも、北辰を村の象徴とした所以《ゆえん》なのだろう。

「阿久仁村の人々は、権力に命じられた極秘の作業を進める中で、自分たちを待ち受ける運命に気づいていたのかもしれない。そこで密《ひそ》かに自分たちのサインを八咫烏に加えた」

那智の声が、静かに響いた。

「祖父の話は正しかったのですね」

麻弥子も、壁に映し出された像を凝視している。その頰には、赤みがさしていた。

「あんたは、自分が南朝の血を引いていると信じているのか」

「少なくとも、祖父が信じたことを、今は理解できます。それに、鏡が出てきたことからも……」

越名の問いに答えた麻弥子が、一旦《いったん》言葉を切って、皆を見回した。

「私の家系、澤村家は、南朝の血を引いていると同時に、邪馬台国《やまたいこく》の卑弥呼の血も引くといわれているのです。阿久仁村そのものが邪馬台国の末裔《まつえい》の村だと」

那智の目が見開かれた。

誰もが驚いていた。

幻のごとく君臨する邪馬台国が、そんなところに生き残っていたとは。だからこそ、製鉄と鏡作りに長《た》けた村であったのか。そうであったからこそ、南朝が滅びるときに、その末裔が村を目指したのか……。それらが事実なら、信じられてきた歴史は根底から揺さぶられる。

「南朝の血と卑弥呼の血。ですから、女系もありうるのだといわれていました」

「女系天皇と？」

「ええ」

麻弥子が顎を引いた。那智は半眼で、考え込むような表情になった。

越名がバッグから茶封筒を取り出した。

「これ、あんたに渡して欲しいと頼まれたんだ」

宛名《あてな》が、「須田麻弥子様」と書かれていた。澤村が送ってきた封筒だ。

「差出人は、澤村准一」

越名は封筒を差し出した。だが麻弥子は手を出さずにいった。

「中を見てもらえませんか」

越名は一瞬逡巡《しゅんじゅん》したのち、封を開けた。そして声を上げた。

「これは……」

「阿久仁村遺聞！」

由美子が叫んだ。内藤にも見覚えのある、和綴《わと》じ本である。表紙の『阿久仁村遺聞』の墨痕《ぼっこん》が、いやに鮮やかに見えた。麻弥子に目で問うてから、越名が急いでページをめくった。

「中身も同じようです」

「ちょっと貸して下さい」

内藤は、越名から本を受取り、枕元《まくらもと》のスタンドをつけた。その光が斜めに当たるように、阿久仁村遺聞を傾けてみた。

「やはりそうか……」

思わず、つぶやいた。そして那智を見た。

「これはあの阿久仁村遺聞ではありません。別物です」

「どういうことです」

冬狐堂が眉《まゆ》をひそめた。内藤は、昂《たか》ぶる気持ちを抑えるように、一呼吸おいていった。

「ご存じの通り、阿久仁村遺聞の扉頁《とびらページ》には、エンボス加工が施されています。前に研究室で見た阿久仁村遺聞には、北辰の文字の右側部分が九十度傾けて押されていました。ですが、この本には、北辰の左側がエンボス加工されているのです」

手元を覗《のぞ》き込んできた由美子が見やすいように、内藤は阿久仁村遺聞の扉を傾けて見せた。

そこには、北の偏に当たる部分と、短めの雁垂《がんだ》れに漢数字の二、それに片仮名のレのようなものが、すべて九十度回転させた形で浮かび上がっている。

「前に先生が見せてくださったエンボス加工の文字と、これを合わせると、確かに『北辰』の文字になりますね」

由美子がいった。

「遺聞は二冊あった……？」

越名が半信半疑という顔でつぶやいた。その裏には、何のための二冊なのかという疑問が隠されている。

「割り符だ」

越名の疑問を察知して、那智がいった。

「そうか。榊原がいっていた。阿久仁村遺聞は、その歴史を記憶している者の存在を密《ひそ》かに知らしめるために作られたと。昭和に入ってなお、あの計画を再び引っ張り出そうとする者たちに、おぞましい過去を闇《やみ》に葬《ほうむ》ったつもりでも、記憶は残りつづけると思い知らせるために」

「そう、それが阿久仁村遺聞だ。だから、思い知らせるべき相手と自分たちと、二冊必要なのだ。廃村の記録であると同時に、何者かに届けられるべきメッセージでもある」

那智の声が部屋に響いた。

越名の目が、麻弥子に向けられた。

「澤村の爺《じい》さんが送ってきたものだ。いつか須田麻弥子に会う日があったら、渡してほしいと。それがこれだ」

越名は阿久仁村遺聞を麻弥子に差し出した。

麻弥子はそれをじっと見つめ、首を振った。

「受け取れません」

「だが、あの爺さんの頼みだ。受取ってもらわないと、俺が困る」

「祖父の意志を継ぐつもりはありません。祖父の夢は、私の夢ではないのです。だから受け取ることはできません」

硬い声だった。石のような思いがぎっしり詰まっている重さがあった。

「保管するなり捨てるなり、好きにしてください」

毅然《きぜん》とした声で、言い放った。その瞬間、内藤には、麻弥子が女帝のように見えた。

「榊原を殺したのは、澤村の爺さんなんだろう。少なくとも、あんたはそう思っている」

越名の声に、麻弥子がぎこちなくうなずいた。

「わたしが後催眠で回収させられた阿久仁村遺聞は、榊原の手元に戻ったはずだ。もし爺さんが榊原を殺したならば、その阿久仁村遺聞は、まちがいなく奪っていったはずだ。残していくのは危険であり、権力の横暴を証明する大切な手段でもあるからな」

阿久仁村遺聞は、この世に二冊しかない。将来の南朝復活のためには、失うことも、迂闊《うかつ》に世に出すことも許されぬ書物だ。あるいは、榊原亡《な》き後、その手中の阿久仁村遺聞は、単なるゴミとして扱われかねない。それを阻止する目的もあったのかもしれない。

「榊原の持っていた阿久仁村遺聞を奪うのが動機だったのかもしれない。計画の実現を目指さない者が阿久仁村遺聞を所有する資格はない。澤村はそう考えたのだろう」

那智が、越名の言葉に同調した。

「ですが、殺人まで犯したら、犯罪者として追われる身になります。南朝再興どころではなくなるのではありませんか」

冬狐堂が発したのは、当然ともいえる疑問だった。内藤は内心うなずきながらも、あえて口にした。

「絶対に捕まらないという決心なのかもしれません。自分の身はどうなっても、孫娘には希望を託すつもりなのでしょう」

皆の視線が麻弥子に向いた。

越名が声をかけた。

「警察に行くのか」

「そのつもりではいますが……」

声が細かった。澤村老人が犯人だと確信していても、祖父が犯人だと訴えるには勇気以上のものがいる。それに動機をなんと説明するのだ。

「麻弥子さん、あなたは南朝復活のシナリオを、どうするつもりなのですか」

内藤の問いに動きを止め、麻弥子は少し間をおいてから、

「どうもしません。具体的にはっきりしたことは分かりませんし、私の夢ではありませんから」

そう答えて、再度頭を下げると、麻弥子は思いを断ち切るように出て行った。

那智がいった。

「無理もないか。決心は固いようだね」

「そのようですね。それに阿久仁村遺聞の謎すべてを、解明できていないのかもしれませんね」

越名が答えた。麻弥子の答えるまでの間は、いおうかいうまいか迷っていたからな

のだろうか。なんにせよ、真実を聞ける人間の姿は、ここにはもうない。

ドアが閉まるのを見つめながら、内藤が問いかけた。

「捕まらないなどということが、本当に可能なのでしょうか」

「それは方法次第だろうな」

那智にしては、歯切れが悪かった。最悪の選択の存在を示しているのではないか、と内藤には思えた。

「しかし、鏡が全《すべ》てを裏付けるとはな」

越名がぼそりといった。

「昔、鏡は、権力の証《あかし》として、地方に贈られた。その遥《はる》かな延長であるかのように、鏡が利用されようとした。その果ての仕打ちだからな」

那智がいった。

麻弥子のいったように、邪馬台国の末裔の村であるならば、その抹殺を風化させてはならない。だが事実がそのまま伝わっても困る。古事記と同じ技法で綴《つづ》られた理由は、隠微で凄惨《せいさん》な事件が発端だったのだ。

「阿久仁村は、消滅させられた。この青銅鏡を作ったことを秘するために。時の権力の思惑で作られた鏡は、秘密の上にも秘密でなければならない」

冬狐堂の声に、由美子がうなずいた。

「村の滅亡は、遺聞の第五話でしたね」

帝釈天《たいしゃくてん》の怒りに触れた阿久仁村は人も里もこの世から消えてしまう。重要なもの、唯一無二《ゆいいつむに》にして複製を作ることが許されぬ物を作ってしまったために、村が殲滅《せんめつ》させられた事実に基く話だ。

「廃村に至るには、通常、緩やかな時間が必要です。ですが、阿久仁村は、地図から一気に抹殺されている。いかにその存在が秘匿《ひとく》されなければならなかったかの、何よりの証拠でしょう」

内藤がいった。

「記号の一致という点からしても、帝釈天を権力者と置き換えることが出来ますね」

由美子がいった。記録をあいまいにし、為政者の目をごまかすため。権力者によって村が殲滅されたのなら、そのまま書くわけには行かない。

由美子の真剣な顔に、那智がうなずいた。

「それが、この鏡の源だ」

「この鏡が、阿久仁村滅亡の元凶なのですね」

由美子のぽつりといった言葉に、冬狐堂が那智を見た。救いを求めているような瞳《ひとみ》に、那智が答えた。

「これは記録としての複製だ。村の滅亡の話とイコールではない。本物はもはやこの世にあるかどうかも定かではないからな」

「これが、わたしたちが巻きこまれたあの事件の……」

越名の声が、途切れた。その目には怯《おび》えすらよぎったように見えた。

「そうです。この鏡が、全《すべ》ての発端でした」

冬狐堂の押し出すような声に、内藤は鏡を見詰めた。弓削本家から借りてきた鏡。誰にとっても、ある種、感慨深いと同時に苦い思い出でもあるのだ。内藤自身、弓削家をめぐる策謀に巻きこまれた際に、不埒《ふらち》にも自分が表舞台に立てるとまで思った。そんな浅はかな気持ちを抱いたことがほろ苦く想起される。

那智が、細い、無駄のない指で鏡を撫《な》でていた。単なる無機物から、感情を読み取ろうとでもいうような、ゆっくりとした動きだった。

「鏡連殺《かがみれんさつ》……」

ぼそりと呟《つぶや》いた。ああ、言い得て妙だ。以前もいまも、この鏡のまわりで人が死ぬのだなと、内藤は漠然と思った。すでに弓削分家の人間に骨董《こっとう》商、そして榊原紀夫までもが死んでいる。この先もまだ命を落とすものが出てくるのだろうか。壁に映っていた残像が、内藤の瞼《まぶた》をよぎった。八咫烏《やたがらす》は神の使いだが、どこか不気味な鳥に思えてしかたない。

先生、またしても公にできないファイルが増えましたね。内藤は、胸の裡《うち》で那智にそう呟いた。

終章　卑《ひ》弥《み》呼《こ》

1

内藤は、胸いっぱいにキャンパスの空気を吸い込んでいた。実に二ヶ月ぶりの大学、二ヶ月ぶりの蓮丈那智研究室だった。

いつもはそそくさと通り過ぎる学内の庭も、妙に光り輝く美しい空間に見えるから不思議であった。

「もう大丈夫なのですか」

心優しい由美子のみならず、幾人かの学生も、内藤にそう声をかけてくれた。その言葉と共に、研究室に居場所があったことが、我知らず内藤を涙ぐませるほどの感動を与えていた。もちろん、それを口にすることはプライドにおいて憚《はばか》られるが……。

「すっかり良いように見受けられるが」

心なしか、那智の言葉も柔らかく聞こえる。

「はい。少々太ってしまいました」

内藤は、頭を掻《か》きながら笑った。実際、運動量が少ない上に、一日三度の病院食のおかげで、一旦《いったん》は減った体重が加速度をつけて増加してしまったのだ。

「あと何回か通院すれば、大丈夫のようです」

「ともかくよかったです。内藤さんがいなくて、淋《さび》しかったんですよ」

由美子の夢のような言葉に、涙腺《るいせん》が緩みそうになった。それを、頭を振ってさえぎる。体の自由が利《き》かず、絶えず痛みにさいなまれていた日々。いつ進退を問われるのかと不安に襲われていた毎日が、走馬灯のように頭をよぎる。ああ、それが全《すべ》て終わったのだ。

「ひと安心という顔つきだな」

那智の言葉に、内藤は微笑《ほほえ》み返した。清潔な病室とは対照的に乱雑を極めた研究室も、部屋の主による煙草《たばこ》の匂《にお》いも、むしろ心安らぐものに感じられていた。

「どうぞ」

由美子がコーヒーを淹《い》れてくれた。立ち上る湯気まで、懐《なつ》かしくて仕方がない。口に含むと、芳香が口腔《こうくう》内から鼻腔へと、ふくよかに漂う。病院内を動き回れるようになってから、食堂のコーヒーを飲みにいったが、やはりこれとは雲泥《うんでい》の差であった。さすがに那智がポケットマネーを出した機械で作られただけのことはある、生豆を焙煎《ばいせん》し、抽出までをやり遂げる最高級のマシンならではの極上の味だった。

改めて室内を見回した。得体の知れない書物が散乱する机の上、使い慣れたパソコン、山と積まれた資料や学生のレポートに、斜めに当たる陽の光。すべてが懐かしく、安堵《あんど》感《かん》と嬉《うれ》しさが体に染《し》み渡るようだ。

「ああ、懐かしいですねえ」

「何十年ぶりかで帰国した年寄りのようだな」

那智の呆《あき》れた声にも、心穏やかだ。

由美子がくすっと笑った。

「内藤さん、それほど嬉しいんですね」

「なにしろ辛《つら》かったですからねえ」

当初は激痛の上に、体中をギプスで固定され、寝返りすら満足に打てなかった。だがそんな日々は過去のことだ。

「本調子になるまでは、無理をするな。佐江君、しばらくはまだ君にかかる負担が大きいだろうが、頼むよ」

「もちろんです」

那智の優しい言葉と由美子の笑顔は、内藤は病室で見た夢ではないかと疑うほどだ。怪我《けが》をするのも悪くないかもしれないとも思い始めていた。その由美子の顔を見て思い出した。

「そういえば佐江さん。あの休職願いはどういうことだったんですか」

由美子が困惑したような表情になった。

「いえ、あの、色々考えていたのは確かなのですが、これからのことを見つめる意味でも、阿久仁村のあった場所に行ってみようと思ったからです」

「阿久仁村に行くためとは、随分な理由だったな」

見たところ、那智の機嫌は悪くない。だが、内藤は、まずいことをたずねてしまったかと焦《あせ》った。

「でも、越名さんがいってましたが、村の痕跡《こんせき》はなにも残っていなかったって」

由美子が頭を振った。

「それでも、見たかったんです」

「フィールドワーク、か？」

「はい。自分の目で確かめたかったんです。でも、阿久仁村の謎《なぞ》は解明されましたから、もう行く必要はないと思っています」

那智が同調のようにうなずき、メンソール煙草を取り出した。火がつけられると、独特の香りが周囲に満ちる。いつもの蓮丈那智だと、内藤はそれさえも懐かしく思った。どこか夢見心地であったが、ふと気を取り直して問いかけた。

「先生、そういえば邪馬台国《やまたいこく》の件は、どうなりましたか」

阿久仁村が邪馬台国の末裔《まつえい》の村だという話が出た段階で、危ぶんでいたのだ。そもそも、那智が興味を持ったのは、どこにあったかではなく、どのような国家だったのか、である。その問題点に民俗学の観点からアプローチを試みようとしたのが、すべての始まりだったのだ。それが思いもしないところで、阿久仁村遺聞と結びついてしまった。

「ああ、解けたよ」

あまりにもさりげない言葉に、内藤は聞き逃しそうになった。何といった？　那智はいま、邪馬台国の謎が解けたといったのか？

かつて那智は、邪馬台国はなかったのかもしれないといった。そして、その秘密を解く鍵《かぎ》は、鉄と酒にあるとも。そこから導かれるように、邪馬台国を出雲《いずも》に比定し、卑弥呼を祀《まつ》った神殿が出雲大社、その背後の八雲山こそが卑弥呼の墓だと喝破した。しかし、その上で、まだ多くの謎が残されていると思えた。その謎が全て解けたというのか。

「民俗学とは、なんぞや」

那智の硬質な声が響いた。目がすっと細くなる。内藤は息を吸った。

「想像力の学問です。想像力で打ち立てた仮説を、実地で証明する。証明には、フィールドワークが最重要科目である」

那智の唇の端が、わずかに上がった。どうやら満足しているようだ。

そもそも民俗学には、決まった形が存在しない。日本では《郷土研究》の名において、大正二年に学問としての体系化が始まったに過ぎない。いまだ学問体系が確立されているとはいいがたく、研究のアプローチも方法論も、学者によってまるで違うのが現状である。《都市民俗学》、《宗教民俗学》、《道具の民俗学》など、ほとんど学者の数だけ民俗学が存在しているといっても、過言ではない。民俗学者とは、すなわち

《民俗学》という混沌《こんとん》の海に形を求める人々の総称だとの「暴論」を、内藤は唱えたことがあった。

「では、邪馬台国はどれほどの力があったと思う、ミクニ」

独特のイントネーションの、ミクニ。脳髄の一片に、その言葉が刺さるようだった。

内藤はしばし言葉を捜した。想像力が求められているのだ。

「それは、幾つもの国を束ねるほどのもので……」

つい言いよどんだ。那智はなにをいわせようとしているのか。

「諸国の代表、国々の王のような立場だと思います」

「他国に対して、絶対的な権力を有していたということですか」

由美子が探るような口調でいうと、那智の唇が悪魔のそれのように広がった。

「だからこそ、魏《ぎ》が破格の待遇で、大量の鏡と宝物をよこしたのだ」

魏志倭人伝《ぎしわじんでん》には、親魏倭王の称号と銀印青綬《ぎんいんせいじゅ》とともに、錦《にしき》、絹、銅鏡、真珠など、大量の宝物を賜ったと記されている。鏡百枚とは、確かに破格である。

「わたしが以前、邪馬台国の秘密を解く鍵だといったものを覚えているか」

「鉄器と酒です」

「そうだ」

　那智は形のいい顎《あご》を引いた。

「邪馬台国は連合国家だったという。そうであれば、力をもつほどに、自国にいながらにして他国の産物を得ることができたはずだ。一方で稲作に適した土地を開墾させて米を作らせ、他方では、用済みの土地を捨て、渡り歩く一団がいても不思議はない」

　高杉と同じ理論だ。いうならば、邪馬台国、別動部隊であろう。

「豊かな米は、食料になると同時に常飲できる酒となる。山を渡り歩く人々は、各地で作った鉄器を大量に運んでくる。目の届かない遠方にあっても国土であり、国の民だ。となれば、都から離れた者が頼りにしたのが北辰《ほくしん》、つまり北極星であり、北斗七星であろう」

　今も昔も、どこにいようとも変わらぬ方向を示してくれる星である。船乗りも方位の指標とする星だ。

「それがいつしか信仰になった。だから、阿久仁村遺聞の扉にも、方位を示すシンボルとして用いられたのだ」

　エンボス加工された「北辰」の文字。これが時系列も順番もばらばらに見えた二十五話を、本来の順番に置き換える指針となった。

「だが、全く違う考え方もできる。卑弥呼は若い頃、いや、今でいうなら幼い頃から、国を治めていた。成人年齢の低い昔とはいえ、幼い者を王に立てたのは、柔軟で活力のある国の証《あかし》であろう。現在の硬化した概念から、邪馬台国を捉《とら》えるべきではない」

那智は何を言いだそうとしているのか。内藤は那智を見つめた。

2

「邪馬台国は九州に興《おこ》り、他に先駆けて製鉄技術を手中に収めた。そして、卑弥呼が君臨した数十年の間、砂鉄と木材を求めて、東に移動し続けた国だ」

その意味をようやく咀嚼《そしやく》した時、由美子と内藤はそれぞれに声を上げていた。

「東へ？」

「移動国家？」

二人の声にも、那智の顔色は微塵《みじん》も変わらない。

「魏志倭人伝に女王国という単語が六回も出て来るのに、邪馬台国という固有名詞は、たった一度しか現れないことは知っているだろう」

南邪馬台国に至る女王の都するところなり。水行十日陸行一月なり――。

那智が諳《そら》んじた。そのままに受け取れば、日本列島を遥《はる》かに越えて、太平洋上に至ってしまう問題の箇所だ。

「卑弥呼が居を構えたところが邪馬台国なのだ。卑弥呼が治める連合国家・女王国の首都といってもいい」

「そして、製鉄を最大の力とするその成り立ちから、移動を運命づけられていた、と……」

内藤の理解に、そうだと那智はうなずいた。

「魏志倭人伝は、先行する王沈による史書『魏書』や『魏略』に多くを負っている。そこに当時の最新情報として、三世紀半ばに往還した使者たちの報告が加えられた。新旧の情報が混載されても、目的地が変わらなければ問題はない。しかし、相手が移動していたらどうなるだろう。方角や距離に混乱が生じても無理はないのではないかな」

魏志倭人伝上の、方位と距離の矛盾。邪馬台国の最大の謎が、ここで解決されてしまった。

「卑弥呼のいる場所が邪馬台国だった。彼女の宣託で、国は赴く方角を定め、何年か住んではまた移動していったのだ」

「低地で稲作を進め、山間部の製鉄で、砂鉄を採り尽くし木《き》を伐り尽くすと、次の土地に移動した。それを繰り返したということですね」

それが正しいとすれば、邪馬台国は台風のように通ったあとに何も残さず、荒涼たる景色を残すだけの集団であっただろう。

「邪馬台国は、案外嫌われ者だったのかもしれないよ」

那智の唇の端に、冷たい笑みが浮かんだ。

「鉄器の恩恵で米の生産量は上がり、酒を常飲できるほどになった。しかし、その代償は高かったかもしれぬ」

収穫量が上がっても、それは鉄器に依存するものだ。邪馬台国から鉄器が供給されなければ、元の木阿弥《もくあみ》。どれほどの米を徴収されても、従うほかはなかっただろう。

「鉄器を与え、農作技術を教えた代価、ということですか」

「税のようなものだ。その収奪、そして鉄器を製造する者たちが木を乱伐したために、水害も多発しただろう。邪馬台国の農業指導は優秀だった。ゆえに富は邪馬台国に集まる。その富を元に、さらに鉄器が生産される。木を伐り尽くすと、別の場所に行く。邪馬台国が通り過ぎた土地には、荒廃と悲しみだけが残ることになる。卑弥呼は、英雄ではない。憎むべき存在、倒されるべき存在であった」

あまりに鮮やかな解明である。

「ちょっ、ちょっと待ってください」

内藤があえて声を上げた。

「卑弥呼が憎しみの対象になったというのですか。仮にも女王ですよ。憎しみの対象は、製鉄集団なのではないですか」

「その国の者がなしたことは、すべてその国の長に向けられるのが常だよ」

卑弥呼の民がなしたことは、良いことも悪いことも、上の立場にいる者に跳ね返ってくる。怨嗟《えんさ》の的になるのは卑弥呼だ。

「たしかに木を伐り尽くした後は、悲惨でしょうね」

由美子が納得する口調でいった。

木を伐採し尽くして禿山《はげやま》となれば、山は保水能力を失う。雨が降れば、がけ崩れや河川の洪水を引き起こしかねない。家屋やせっかく耕した田畑も、押し流されるのだ。その元凶となった邪馬台国への恨みは、計り知れない大きさになろう。恨みは次第に怨嗟の波となり、国を追い詰める力ともなりかねない。

「邪馬台国と卑弥呼が最終的にたどり着いたのは、出雲だった。そして、出雲に存在した強大な古代文明を滅ぼした。その戦《いくさ》のモニュメントが荒神谷《こうじんだに》遺跡だ」

荒神谷遺跡の、四列に整然と並べられた三百五十八本の銅剣。埋蔵物として、六個の銅鐸《どうたく》と銅矛十六本も発見された。銅鐸には国内でも最古の形式のものが含まれ、一方で銅矛には九州北部での出土品に見られる文様がある。二つの文明の衝突を証し立てる遺物といっていい。

「出雲大社に祀られている大国主命《おおくにぬしのみこと》は、出雲文明における神と考えていいのでしょうか」

「正しいともいえるし、そうでないともいえる」

由美子が首をひねるのを見て、那智がつづけた。

「出雲大社の祭祀《さいし》を司《つかさど》る出雲《いずも》国造《こくそう》家は、天穂日命《あまのほひのみこと》を祖としている。天穂日命は天照大《あまてらすおお》神《みかみ》の子供だ。どうして大国主命に国譲りを迫った天照大神の子孫が、大国主命を祀りつづけるのか」

神話によれば、天照大神に迫られた大国主命が葦原中国《あしはらのなかつくに》を譲るが、代わりに自分を祀る建物を作れと要求したとある。それが出雲大社だ。

「自然に考えれば、天照大神の子孫が祭祀を守りつづけるのは、天照大神を祀っている場合だけだ。大国主命を祀るという形を取りつつ、天照大神の子孫が祭祀を司るという捩《ね》じれた関係になっているのは、そこに隠された変換があるからだ」

天照大神を祀るなら、正々堂々とやればいい。もちろんそうした神社は無数に存在する。この出雲の地でのみ、それができない理由は何なのだろう。

「卑弥呼と邪馬台国を憎む民衆の意思、それを利用しようとした勢力があった。のちの大和朝廷だ。策略を講じて卑弥呼をおびき出し幽閉し、さらにはおそらく暗殺することに成功したのだ。しかし、そこには大きな危険と畏怖《いふ》がつきまとった」

那智の声が響いた。

「卑弥呼すなわち、天照大神。記紀において、卑弥呼は天照大神に変換されている。そして、天照大神と大国主命は、出雲大社においてさらに転写された。邪馬台国が滅ぼした出雲文明の神を祀るという形を取りつつ、そこに真に祀られていたのは、天照大神たる卑弥呼なのだよ。だからこそ、天照大神の子孫が出雲大社を守り続けているのだ」

「やはりあの大神殿は、卑弥呼を永遠に囚《とら》われの身にするための牢獄《ろうごく》だったのですね」

創建当時、高さ四十八メートルにも及んだとされる超高層建築物。その巨大さゆえ、幾度も倒壊したという記録が残っているほどの建物。

古代としては異様なほど高い神殿は、それほどまでに卑弥呼を恐れていた裏返しなのか。権力のみならず、卑弥呼の鬼道は、最大の畏怖の対象であったのだろう。

卑弥呼を祀るとは、その死を前提としていることになる。

内藤の脳裏に、高層神殿の中にひっそりと端座する卑弥呼が想像できた。自らの力の衰えを感じ、囚われの身となった己の未来は、残る鬼道の能力を使わずとも予見できる。卑弥呼はどんな心境で、その神殿とは名ばかりの牢獄に幽閉されていたのだろうか。

「最期《さいご》が出雲だったのですね」

由美子が放心したようにいった。

他の強大な文明を滅ぼすほど発展した邪馬台国。だがその栄耀栄華《えいようえいが》も、虎視眈々《こしたんたん》と次の覇者の座を狙《ねら》う、日の出の勢いの大和朝廷の策略の前には、はかなく消えるしかなかったのだ。

「そして、幽閉の身のまま死んだ卑弥呼は、背後の八雲山に葬《ほうむ》られた……」

那智がうなずいた。

「それが自然だろう。卑弥呼の鬼道の力は、死後さらに恐れられたはずだ。だからこそ、遠くに葬るなど考えられない。怨霊《おんりょう》となるのを避けるためにも、卑弥呼を祀《まつ》る出雲大社の近くで、ねんごろに弔わねばならない」

「神格化した、ということですね」

　奈良時代末期、早良《さわら》親王は死して怨霊となり京に災厄をもたらし、神として祀られた。光仁《こうにん》天皇の皇子で、暗殺事件に連座して廃嫡《はいちゃく》され、高瀬橋で絶命したと伝えられる。同じく災厄をもたらし神として祀られた例に、天満天神となった菅原道真がいる。怨霊を鎮《しず》めるために神として祀るのは、わが国の伝統なのだ。

「大和朝廷は、そううまくことがはこべたのでしょうか」

「おそらく、壱与《いよ》までをも巻き込んだのであろう。壱与は幼くして王として立った。取り込むのは容易《たやす》かったのではなかろうか」

　魏志倭人伝によれば、壱与が新たな女王となった時、わずか十三歳である。今の十三歳とは異なるとはいえ、見識ある判断を下すのは難しかっただろう。この国がお前のものになるとでもいわれれば、その気になったのではなかろうか。年老いた卑弥呼を見て、自分が取って代わるのだと壱与は夢をみたのだろう。欲におぼれる者は、利用しやすい。赤子の手をひねる容易さで、大和朝廷は邪馬台国を手中に収めたのではあるまいか。

「壱与が立とうとも、卑弥呼の死によって邪馬台国は滅びへと向かう。邪馬台国とは、滅びを運命づけられた国だったのかもしれないな」

「邪馬台国は製鉄民族です。砂鉄を採取し木を伐採し、鉄器を作る集団であることから して、すでに廃村のＤＮＡを持っていると思います」

「内藤さんの、廃村の民俗学ですね」

由美子の笑顔に緩みそうになった内藤の頬が、那智の言葉で一瞬で収縮した。

「阿久仁村は鏡のために、二度、滅びている」

「二度、ですか？」

那智の声は、いつもどおりに落ち着いていた。

「もちろん二度目は、明治初期にチベットに持っていくあの鏡を作ったがゆえ。そして、一度目の滅亡は、邪馬台国の時代のことだ」

由美子が、あっと声を上げた。

「天岩戸隠《あまのいわと》れ……」

古事記では、天照大神が、弟神須佐之男命《すさのおのみこと》の乱行振りを嘆いて、岩戸の中に籠《こも》ってしまう。太陽神である天照大神が隠れたために、世界は闇《やみ》に閉ざされた。困った八百《やお》万《よろず》の神々は、天照大神に姿を現してもらうために、岩戸の前で歌や踊りを披露する。

「その際に、鏡が作られる」

古事記には、『天《あめ》の安《やす》の河の河上の天の堅石《かたしわ》を取り、天の金山の鉄《まがね》を取りて、鍛人《かぬち》天津麻羅《あまつまら》を求ぎて、伊斯許理度賣命《いしこりどめのみこと》に科せて鏡を作らしめ、玉祖命《たまのやのみこと》に科せて、八尺《やさか》の勾璁《まがたま》の五百箇《いおつ》の御統《みすまる》の珠《たま》を作らしめて、天兒屋命《あめのこやねのみこと》、布刀玉命《ふとだまのみこと》を召して』とある。

古事記に描かれていることの鏡が、のちに三種の神器のひとつになる八咫鏡《やたのかがみ》とされている。しかも、鏡のみならず、勾玉《まがたま》までをも作っていた。

「まさか、天照大神をおびき出すための鏡を作ったから、殲滅《せんめつ》された、とか」

「そうだ」

内藤たちは、言葉を失った。

八百万《やおよろず》の神々は、そこで宴会まがいの行事を催すのだ。宝物の輝き、楽しそうな騒ぎ。自分がいないのに、皆が楽しそうにしている気配を、天照大神は不思議に思って戸を少し開けた。そこを天手力男神《あめのたぢからおのかみ》に御手を取られ、外に引き出されたのである。

「天照大神すなわち卑弥呼を、隠れ場所からおびき出すために鏡は使われた。なぜ身を隠した卑弥呼を外に引っ張り出さねばならなかったのか。それは卑弥呼を幽閉し、さらには機を見て殺すためだ」

「鏡を使って祭祀を行うのは、卑弥呼のみが為《な》せる業だった。その鏡で照らされたので、いったい誰がと不審に思って出てきたということでしょうか」

魏志倭人伝にいう、鬼道に事《つか》え、能《よ》く衆を惑わす……。卑弥呼だけが行い得たであろう占いや宣託に、鏡が多用されていたということか。

「おびき出す道具として利用された鏡。それを作った者たちも殺されたのですね」

「阿久仁村遺聞に描かれた殲滅事件と同じ構図だ」

由美子と内藤が口々にいうのに、那智はうなずいた。

「権力とは、隠微な秘密を守らねばならぬもの。そのためには関わった者たちを全て抹殺すればよい」

製鉄集団、製鏡の技術者集団だった阿久仁村の人々は、邪馬台国の時代にも、権力に騙《だま》され、利用されたのだろう。そして、技術を盗まれたのちに殲滅されたのだ。内藤は慄然《りつぜん》とした。

「卑弥呼は死ぬ。壱与が後を引き継ぐも、卑弥呼ほどのカリスマ性は望むべくもなく、次第に国は傾いていく。そこに付け込んで、壱与を籠絡《ろうらく》した大和朝廷は、一気に邪馬台国を潰《つぶ》しにかかる。騒乱が広がり、邪馬台国を支えた者たちは、ついに国を捨てざるを得なくなる」

那智は、全《すべ》てが目の前に見えているかのように語っていく。

「邪馬台国の製鉄集団の一部は、逃げ延びた先で阿久仁村を再興した。他にも散り散りになって、各地に流れただろう。別の集団が流れついたのが岡山の鬼《き》ノ城《じょう》だ」

たしかに鬼ノ城の周辺では、製鉄が行われていた痕跡《こんせき》が見つかっている。おそらく阿久仁村や鬼ノ城に集結するに際しては、あの北辰《ほくしん》を頼りに集まったのだろう。

「正確には、四道将軍のひとり、吉備津彦《きびつひこ》に敗れた製鉄集団の残党が、のちに山に籠って築造したのが鬼ノ城だろうね」

「やはり鬼ノ城の温羅《うら》伝説は、邪馬台国を滅ぼして、勝手に大和朝廷を名乗った者たちへの呪詛《じゅそ》なのですね」

由美子がそういってから、首をかしげた。

吉備津神社縁起によると、温羅は変幻自在の鬼神であり、吉備津彦ことイサセリヒコノミコトも大層苦しめられたとある。しかし、イサセリヒコノミコトが二本同時に放った矢の一本が、温羅の片目を貫いた。長い戦いの末、温羅が軍門に下り、自分の名乗っていた名前をイサセリヒコノミコトに捧《ささ》げたのちに、首を打たれる。無理やり和御霊《にぎみたま》にされ、土に埋められた温羅の首は、十数年もうなり声を上げ続けたという。

「吉備津神社には、吉備国の王としての温羅と、四道将軍のひとりであるイサセリヒコノミコトが共に祀られていると、先生は以前おっしゃいました。温羅は吉備国の王として崇《あが》められるために。そしてイサセリヒコノミコトは、吉備国を侵略し、国を奪った悪人、悪霊として封じ込められているのだ、と」

温羅やイサセリヒコノミコトが実在したか否《いな》かは問題ではない、とも。古代倭国でそのような史実があり、それを伝説の形で残したのがポイントなのだと。

「吉備津神社の社殿は比翼入母屋造《ひよくいりもや》り、二つの屋根をつなぎ合わせて一つにした珍しい形をしています。別名吉備津造りですが、これはつまり、二つの御霊が祀られているということですよね」

山口県にある下関の鬼ヶ城山でも、人々を困らせていた鬼が、猟師の放った矢で片目を打ち抜かれるところまでは吉備津神社縁起と似ている。片目を矢で射られるというのは、目を傷《いた》めやすい製鉄従事者の記号であろう。しかし、この鬼はあっけなく死んでしまうのだ。もちろん、和御霊として祀られることもない。

下関の鬼ヶ城山にも製鉄集団が流れ着いたのだとしたら、岡山と同じモチーフが、ここでも生かされていなければおかしいのである。この差は何を意味するのだろう。

「本当は和御霊にされたのはイサセリヒコノミコトの方でした。伝説は悪人を英雄にし、温羅を悪者に仕立てたことになります。でも二人の吉備津彦は分け隔てなく、主祭神として祀られた」

「でなくば、比翼入母屋造りなどと、二つの屋根をつなぐ珍しい形にした意味もなかろう」

二柱を祀る社殿。たしかに、どちらの御霊をも鎮めるために建てられたとしか考えられない。悪《あ》しきものを神として祀る日本独特の様式は、この古《いにしえ》にすでにあったのだ。

「でも、それなら下関の鬼ヶ城山はどうなるのでしょうか」

「吉備は、邪馬台国の製鉄集団の一派が逃れ、たどり着いた場所だ。そこでは、史実は形を変え、支配者の目を欺《あざむ》く伝説となる。だが鬼ヶ城山に残るのは、邪馬台国に蹂《じゅう》躙《りん》された民、土着の人々が語り継ぐ伝承なんだ。鬼に対する共感などあるはずもない」

「だから、片目を矢で射られたという部分だけが共通点として残ったのですね」

「温羅は、死後どうなった？」

唐突ともいえる言葉に、内藤は口ごもった。

「無理やり和御霊《にぎみたま》にされました」

「どこかで似た話を聞かなかったか？」

あっ、と由美子が声をあげた。

「まさか、卑弥呼も和御霊にされたなんてことは……」

ありませんよねと、内藤は那智に尋ねた。

「和御霊まではいかないだろうが、悪しき霊にならないで欲しいと願い、最大級に懇《ねんご》ろに祀ったことはまちがいないだろう。それほど卑弥呼は恐れられていたはずだ」

那智がコーヒーカップを手に取り、宙で止めた。空になっていたようだ。

「封泥《ふうでい》でも出れば、そこが邪馬台国だったという証拠になるのだろうが、そう簡単には明かされないだろうさ」

封泥とは、魏が贈答品に用いていた、特殊な粘土でできた封印である。火事に遭うと焼けたまま残り、中国では何千も出土しているものだ。

魏の皇帝の璽印《じいん》が押された封泥が発掘されれば、山と贈り物をもらった邪馬台国の動かぬ証拠になるが、いまだ日本では発見されていない。

佐江君、コーヒーを淹《い》れてくれないかと声をかけた那智に、内藤はいった。

「先生、考察にまだ続きがあるんじゃありませんか」

「なぜそう思う」

那智の鋭い目が内藤を見据えた。

3

どことなく那智の表情がそんな様子をたたえていたからだと、内藤は思っていた。

ひらめきや理論ではないのだ。

「君の直感力には驚かされるな」

那智が目を見張り、煙草《たばこ》を手に取った。やっぱりという思いで、内藤は次の言葉を待った。だが、

「卑弥呼が魏に使いを送ったのは」

那智が発した言葉に、内藤は一瞬息を呑《の》み、次いで思考をフル回転させた。

「えっと、たしか西暦二三九年です」

「壱与が王となったのは」

「十三歳」

「ならば卑弥呼が同じか、もっと早い年齢で王になっていてもよかろう」

鬼道に事《つか》え、よく衆を惑わすと称された卑弥呼は、それだけの才があって、女王となったのだ。

「では応神天皇の生れたのは」

「えっと、日本書紀では、西暦二〇〇年くらい……、あっ」

「どうしたんですか、内藤さん」

新しいコーヒーを持ってきた由美子が、不思議そうに聞いた。

「だから、応神天皇が生れたのは二〇〇年頃。そして生れた土地は、九州なんだ」

由美子がきょとんとした顔でカップを置いた。

「だから、先生のいう邪馬台国移動国家説ならば、卑弥呼と九州で出会ったという説が成り立つんだよ」

「つまり、どういう意味なんですか」

「卑弥呼が、自分たちを滅ぼす大和朝廷の人間に会ったんだよ」

もの問いたげな由美子の視線に、那智が口を開いた。

「卑弥呼が天皇たちと交差した部分があるだろう」

内藤は、思わず叫んだ。

「日本書紀、巻第九の神功《じんぐう》皇后です。魏志倭人伝の引用で、倭の女王のことが記されています」

神功皇后三十九年の箇所である。『この年太歳 己未《つちのとひつじ》。魏志倭人伝によると、明帝の景初三年六月に、倭の女王は大夫難斗米らを遣わして帯方郡に至り、洛陽《らくよう》の天子にお目にかかりたいといって貢《みつぎもの》をもってきた。太守の鄧夏は役人を付き添わせて、洛陽にいかせた』と書かれている。また、翌四十年の記述では、『魏志にいう。正始元年、建忠校尉梯携《けんちゅうこういていけい》らを遣わして詔書や印綬《いんじゅ》をもたせ、倭国にいかせた』。そして四十三年、またも魏志倭人伝からの引用で、『正始四年、倭王はまた使者の大夫伊声者掖耶ら、八人を遣わして献上品を届けた』とある。

「その記述からも、神功皇后と卑弥呼を同一視しているという説がありますよね」

由美子がいった。

日本書紀は、奈良時代、七二〇年に完成した、日本における伝存最古の正史である。編《へん》国を問わず、正史とは正義であり、正統を主張するプロパガンダが含まれている。編纂《さん》当時、神功皇后を卑弥呼と同一視していると思われていたふしもある。

「では、なぜ皇后が死去する前に、壱与のことがでてくるのだね」

神功皇后六十六年には、中国晋の文献『晋書』からと思われる引用がある。「この年は晋の武帝の泰初二年である。晋の国の天子の言行などを記した起居注に、武帝の泰初二年十月、倭の女王が何度も通訳を重ねて、貢献したと記している」とある。だがこれは年代から推定して西暦二六六年のことであり、この女王は卑弥呼ではなく、壱与だといわれている。神功皇后が、卑弥呼であり壱与だとすると、随分と乱暴なくくり方にならないだろうか。

「神功皇后イコール卑弥呼や壱与だと思うなら、なぜ引用などをしたのだ。そのまま書けば良い話だろう」

もっともである。それならば「倭の女王」などと書かずに、「神功皇后」と書いてしまえばいい。なのに並列して書いている。つまりわざわざ引用するということは、他者だからこそその記述ではないのかと、那智はいっているのである。

「では、別人ではあっても、神功皇后と卑弥呼の接点があった、ということですか」

「いや、神功皇后というより、その息子、まだ皇太子であった誉田別皇子《ほむたわけのみこ》と名乗っていた応神天皇の方だよ」

那智の言葉に、内藤と由美子は顔を見合わせた。もちろん、その二人が出会ったという歴史的な事実は、どこにも記されていない。

「日本国内での内乱を、倭国が大いに乱れ、互いに攻め合い、一人の女子、卑弥呼を王としたと記しているのは、『魏志倭人伝』『後漢書』『梁書《りようしよ》』『隋書』『北史』などですが、いずれも二世紀後半の出来事とされています」

倭国の大乱は、後漢書と隋書には、桓帝、霊帝の間、西暦一四七年から一八八年の間のこととある。隋書とほぼ同時期に成立した梁書によると、霊帝の光和年間、一七八年から一八四年の間と、さらに限定されている。

いずれにしても卑弥呼が王となったのは、一八〇年から一九〇年ごろと見てよさそうだ。幼くして即位したとすれば、卑弥呼の生年は一七〇年前後になる。対する応神天皇は、二〇一年の生まれと、計算されている。

「卑弥呼をどう若く考えても、応神天皇とは三十ほどの差があったでしょうが」

「ですが、出会っていたとしても、不思議はありませんよね」

応神天皇は皇太子時代、神功皇后十三年の二月には越国に行き、敦賀《つるが》の笥飯大神《けひのおおかみ》にお参りしたと日本書紀にはある。しかも、この旅から帰った日に、神功皇后は大宴会を開いた。その時に供された酒は、献上されたものという。しかも祝いの言葉をいい、歌っている。

『此《こ》の御酒《みき》は　吾《わ》が御酒ならず　神酒《くし》の司《かみ》　常世《とこよ》に坐《いま》す　いはたたす　少御神《すくなみかみ》の豊寿《とよほ》き　寿《ほ》き廻《もと》ほし　神寿《かむほ》き　寿き狂ほし　奉《たてまつ》り来し御酒そ　あさず飲《お》せ　ささ』――この酒は私だけのものではない、常世にいる酒の神がかもして献上したものです。残さず召し上がれ、美味《おい》しい酒よ、と。もしかしたら、この酒は邪馬台国からの品なのか。皇后がよい気分になるほどの、極上の酒だったのか。

「子を産むことも可能であろう」

那智のさりげない声に、内藤と由美子は息を呑んだ。

「えっ」

「まさか」

思わず同時に声をあげていた。

「若年での婚姻や出産は、江戸時代でも同様に行われていたと思うが」

何を驚いているのだという那智の表情一つ変えない姿に、内藤はうなずかざるをえなかった。民俗学とは、想像力の学問である。内藤は、心の中で呟《つぶや》いた。一見無茶な理論のようだが、飛鳥《あすか》時代や平安時代などでも、男女を問わず十代前半の年齢で婚姻し、子を生《な》している例がたくさんあるし、江戸時代でも十三、四歳位の輿入《こしい》れは通例であった。卑弥呼が四十代だとしたら、そのくらいの高齢出産の例はたくさんある。

「それに、子を産んでも、その親を妃として迎えずに過ごした例もあるしな」

内藤と由美子が顔を見合わせた。

「額田王《ぬかたのおおきみ》だよ」

由美子があっと声をあげた。

額田王は、後に、共に天皇となった皇子二人の間を、揺れ動いた女人として有名である。先に弟である大海人皇子《おおあまのおうじ》の子、十市皇女《とおちのひめみこ》を産み、後に兄である中大兄皇子《なかのおおえのおうじ》の妃となった。妃となった身でありながら、元夫の大海人皇子と恋の歌を交わしたとして語り継がれている。これは偶然の一致なのかどうか、額田王は巫女《みこ》ではなかったかといわれているのだ。

「卑弥呼が産んだ子はどうなったのでしょうか」

内藤はいいよどんだ。

「まさか育てるつもりがなかった、あるいは男だから手放したとか」

「卑弥呼側に、男子を置いておくメリットがなかったのでしょうか」

メリットとはうまいことを言うなと、内藤は由美子に感心した。

卑弥呼は巫女だったと言われている。巫女であるならば、子を生さぬのが普通ではなかろうか。現在でも純潔、生娘《きむすめ》であれかしという観点からか、若い女性が神社で巫女として働いている。神秘的な力は、男ではなく女性に受け継がれるという思想は、このあたりが発端なのだろうか。御簾《みす》の奥深くに鎮座する卑弥呼。イメージとしては、あくまでも尊く、高潔な女人という気がする。

「ですが、どうして卑弥呼なのですか」

天皇家であれば、同じく天皇の血を引く者や、見目麗《うるわ》しい者など、どう選り好みをしたところでかなえられる立場ではないのか。

「国々を束ね、その上に君臨する卑弥呼。いずれこの国全《すべ》てを手中に収めたいと野望を抱く男が、大きな争いや戦《いくさ》もなく、高い技術力と生産性で国々を支配している女を、どんな目で見るか」

「大いに興味がわく、というところですか」

内藤の答えに、那智がいたずらっぽく笑った。

「三歳で立太子を行ったと伝えられる男が、いずれ天下は自分のものと思っても、おかしくはないだろう」

この世に向かうところ敵なしの心境は、まるで光源氏でないかと、内藤は考えた。

光源氏が愛した女の中でも特殊なのは、六条御息所《ろくじようのみやすどころ》である。当代随一の貴婦人と言われた前の春宮《とうぐう》の未亡人であり、光源氏より年齢がかなり上である。

彼女は年上の引け目がありながら気位が高く、それが災いして疎遠《そえん》となってしまう。だがけしてそれを表に現すことなく、その煩悩《ぼんのう》ゆえに生霊《いきりよう》となって光源氏の女たちを苦しめ、殺してしまう。年齢差については、七歳との説もあるが、十七歳だともいわれている。

三十歳近いひらきがあったとしたら、卑弥呼はどうしただろうか。六条御息所のような煩悩に、責めさいなまれたのではないのかとの思いが、胸をよぎった。

「ですが、皇后はもちろん、妃の中にも卑弥呼の名はありません」

内藤はいった。日本書紀には、配偶者となった女性の名はもちろん、子供の名前まで記されている。記憶の中に、卑弥呼の文字はない。

「どんな女でも妃にすることの出来る天皇家なのに、三十歳近くも年上の女を迎えると思うか？」

「では、いったい」

「母の名を伏せたいときはどうする？」

「別の人間の子供ということにするのですか」

由美子が、半信半疑といったふうに首を傾《かし》げた。

「情勢を見れば、邪馬台国女王の名の、扱いは難しいからな」

たしかに那智のいうように、国々の女王と言われた卑弥呼の名は、大和朝廷にあっては諸刃《もろは》の剣かもしれない。

「つまり、卑弥呼の血は欲しいが、名を出したくない。それが子を引き取って、妃として名を連ねさせなかった要因ということですか」

「いや、子を生したことは予想外だったのかもしれないよ。いずれ手中に収めたい豊かな国。息子の暴走で、その女王と結ばれてしまったというあたりではないのかな」

母帝・神功皇后が、邪馬台国を狙《ねら》っていたと考えるのは、当然であろう。酒を常飲出来るほどの実り豊かな国であり、先進的な技術である鉄器作りに長《た》けていた国。農具でもあり武器ともなりうる鉄器を生産できる国。争うことなく国々を治めてきた邪馬台国を乗っ取るには、武力ではだめだと、皇子を差し向けたのだろうか。

「しかも、応神天皇は新王朝の開祖だ」

「今までの天皇と違う血筋になったということですか」

出自をとやかく言われている人物でもある。母は神功皇后であるが、出産時期とか み合わないため、父親は仲哀天皇かどうか定かではなく諸説ある。

そこに、国を導くことの出来る、巫女の血が加わるとしたら。

母帝は、卑弥呼をどう思っていただろうか。神の末裔《まつえい》である自分達の血と、傑出した巫女の血を、どう比べただろうか。高貴ではなくとも、鬼道をもって民を率いる女王の血統を一族に迎えたいと思っていたのだろうか。

「それゆえ、日本書紀に、倭の女王が魏に使いを送った話を入れ込んだのか」

隠密裏《おんみつり》に邪馬台国を乗っ取る策をめぐらせていた神功皇后。可愛《かわい》い孫が、稀有《けう》なる血を融合させたものになり、邪馬台国を吸収して、シンボルとなると考えたのか。

「ですが、同時に、邪馬台国の名も卑弥呼の名も、だしてはいませんよね」

「いずれ潰《つぶ》す国と見ていたとも、いえるかもしれないな」

那智のいうことは、もっともである。消滅させる国の者だから、記さずともよい。

権力を持つもの特有の驕《おご》りがあったのだろう。

ともかく、この引用部分においては、神功皇后との関係は、何ひとつ触れられていない。貢物も印綬も、書かれてはいないが、すべてを受け取ったのは邪馬台国である。

「神功皇后は、神功皇后六十九年に没しています。それが西暦二六九年。翌年に、応神天皇は即位してますね」

「カリスマ女王への興味と、豊かな連合国家欲しさに卑弥呼を籠絡《ろうらく》した応神天皇の策が、結実したんですね」

内藤の言葉に、那智が薄くほほ笑んだ。神功皇后六十六年である二六六年には、壱与が魏に使者を送っているが、晋書によれば、二六五年に使いを送ったのが最後と記されている。それ以降、どの史書にも邪馬台国の文字は出てこない。

卑弥呼の死後、一旦《いったん》乱れた国を抑えるために、大和朝廷は、壱与にクニを継がせ、人心を落ち着かせた。まだ幼い十三歳の壱与は、大和政権に太刀打ちできようはずがない。応神天皇が推し進めていく国づくりに、あれだけ豊かだった邪馬台国は、あっけなく吸収されてしまったのである。

「応神天皇は、卑弥呼を殺したのでしょうか」

「殺すとしたら、壱与をそそのかしてやらせたんじゃないか。もしくは重臣に甘言を弄《ろう》して」

内藤はため息をついた。応神天皇は、大中媛《おおなかつひめ》の産んだ皇子、香坂王《かごさかのみこ》と忍熊王《おしくまのみこ》たちを、策謀をもって殺した神功皇后の子だ。それくらいはやってのけるだろう。

「ミクニ、この時代の天皇は、なぜ不自然なほど長命なのだろうか」

「そ、それはですね……」

那智の問いに、内藤は声を詰まらせた。応神天皇に限らず神功皇后もだが、このあたりの時代の天皇は百歳をはるかに越える人物が多く、記紀によれば生没年もあやふやで、不自然さに満ちている。医療の発達した現代でも、百歳を迎えられる人は多くはない。ならば、

「もしかしたら、何人かの天皇の事績をひとりにまとめたということですか」

内藤がいおうとしたことを、由美子が口にした。

「それならば、容易に説明がつくだろう」

似たような挿話が二人の天皇の伝説に共通しているなど、この時代の天皇の記述にはとかく曖昧《あいまい》な部分が多い。複数の天皇の事績を、一人の人物に集めたこともありえるのではないか。内藤はたずねた。

「それは、複数の天皇が行ったことを、象徴的な一人の人物に当てはめるためという

ことですか」

「この頃の歴史は、後代になって記されたものだ。天皇の祖としての人物たちを特に印象付けるために演出されたのではなかろうか」

現代までに、百二十代を超える天皇が即位しているが、古《いにしえ》をたどれば在位中に大きな国事をなさなかった人物もいる。年代あわせともとれる、欠史八代と呼ばれる八人の天皇も存在する。地盤を固めだした奈良時代において、それ以前の天皇の事績を華々しくも勇壮に描くために、編纂者《へんさんしゃ》はテクニックを使ったのではなかろうか。

「何人かの事績を一人にする。たしかに大仰に、そしてドラマチックに演出できますね」

「となると、応神天皇と卑弥呼が交差する説は……」

由美子が語尾を飲み込んだ。複数説をとれば、卑弥呼が子を産むという話の信憑性《しんぴょうせい》はどうなるのか。だが那智は、一向に気にする様子も見せずに、煙草に手を伸ばした。

「いや、主な事績は、代表となる一人の天皇が行ったことではなかろうか。だからこそ、その天皇の名が歴史に残っているのだろう」

「現実の事績と、その天皇に成してほしい願望。その両方がこめられている、ということですね」

内藤がいうと、那智が同意を示すかのように煙草《たばこ》の先端を揺らした。本来の名を剝《は》ぎ取られ、歴史に名を残す人物へと集約された天皇たちは永遠に名誉を失ってしまったのではないか。

「もう一つの血があるだろう」

那智が唐突な言葉を発した。

「もう一つの血、もう一つの血……？」

内藤は頭をめぐらした。那智の思考回路の速度についていくのは、病み上がりの体にはこたえる。内藤は答えを探すように繰り返しつぶやきながら、己の机にダッシュした。机上の本をあれこれ手に取り、ついに一冊の書物を探し当てた。日本のあらゆる家の系図が載っている、系譜総覧である。そこで、皇室系譜のページをめくりだす。

「稚野毛二派皇子《わかぬけふたまたのみこ》ですか」

一人の皇子の名前を探し出した。皇室の系譜はずっと直系で繋《つな》がってはいないのである。もちろん天皇の血を引いているが、幾代か前の天皇の兄弟の子孫などの、傍流が継ぐケースも多々あるのだ。その一例として、応神天皇の子である稚野毛二派皇子の子孫が、後に皇統を継いだのである。

「母親は弟媛《おとひめ》です。同じ名前で二人いますが、河派仲彦《かわまたなかつひこ》の娘の方です」

由美子が、日本書紀を見ながらいった。那智の論でいけば、この稚野毛二派皇子が表向き母の名を偽っているが、実は卑弥呼の産んだ子ということになる。

「稚野毛二派皇子は、継体帝の曾々祖父《そうそう》となります」

応神天皇の次の第十六代の仁徳天皇から連なる血筋は、第二十五代の武烈天皇で途絶えてしまうのだ。そして第二十六代の継体天皇は、稚野毛二派皇子からの血筋となる。

内藤は、呆然《ぼうぜん》と系図を見ていた。

「この皇子でないと、血が繫がっていかないんだ……」

「そう。応神天皇の第四子の皇子が仁徳天皇となったが、その血筋は途絶えた」

大阪府堺市にある、巨大な大仙陵古墳（仁徳天皇陵）に葬《ほうむ》られている天皇である。兄弟である皇太子の自殺により天皇となった。天皇に興味のない人でも、この広大な陵墓は、知っているだろう。教科書にも載っている、あまりに有名な前方後円墳である。

「豊かな国々の頂点に立つ卑弥呼は、大事に扱われたからこそ、誰にも会わない生活ができた。そこに、英邁《えいまい》の誉れ高い若者が、稀代《きだい》の巫女に興味を覚えて会いにくる。数々の情熱的な言葉をその身に受けて、彼女はいつしか若者におぼれてしまった。気づけば子を身ごもっている。だが自分の運命は、子を育てる母となることではなく、国々を導くことである。血を分けた子供と決別し国々のために卑弥呼は生きる。その裏で邪馬台国が滅亡の道を歩んでいることなどを、思いもせずに」

国々の頂点に立つ卑弥呼が、この時期、まだ日本を統《す》べる地位にない天皇の妃になるなど、ありえないのだ。卑弥呼には率いねばならぬ国々がある。かしずくだけの女になる訳がない。邪馬台国のために、己は存在するのだ。

「須田麻弥子は、澤村に、女帝は存在しうると告げられていた」

応神天皇は、神功皇后の子。日本初の女帝の子供である。推古天皇から始まる女性天皇の系譜は、すべて中継ぎとしての役割で、夫に死なれたり、弟に位を譲るために即位したもので、正統に受け継いだ女性の王というわけではないのだ。だが、神功皇后は自ら実質的な天皇となった。その系統ならば、天下を統べる女帝となれてもおかしくない。しかも、卑弥呼の血を受け継いでもいる。卑弥呼は完璧《かんぺき》な女性の王である。だから麻弥子は中継ぎ役ではなく、後代に子孫を残す女帝となっても不思議はないのだ。

「だからこそ、阿久仁村は選ばれたのでしょうか」

由美子が、不安げな表情を浮かべながらいった。

古より製鉄や鏡作りの高度な技術を誇っていた幻の村。その来歴を知る村出身者が進言をしたのだろうが、それは、死への誘いであったのだ。

優秀すぎたゆえの悲劇だよ、と那智がコーヒーを口に運びながらいった。

「阿久仁村遺聞を作った当時は、解読する方法が残っていたのだろうね」

阿久仁村遺聞を真に読み解くには、記紀などと同じく口伝による方法があったのであろう。だがある時から、伝えることをやめてしまったのではないか。

鉄器文化を誇った邪馬台国の末裔に鏡を作らせ、南朝の末裔にチベット入りの皇軍計画の先鋒《せんぽう》を歩ませる。政府が企《たくら》んだ、己の欲望を具現化させるためだけの陰湿な計画。そこに巻き込まれた自分たち。

「神の末裔を祭り上げる者たちは、まるで鬼の権化《ごんげ》のようですね」

のどにからまったのか、由美子の声が、老婆《ろうば》のようにひからびたものに聞こえた。

「卑弥呼は、南朝の祖である」

那智の言葉が部屋に響いた。

南朝の末裔として育った麻弥子。同時に彼女は、邪馬台国の血を引くと言い聞かされていた。その口伝にもしも真実があるなら——。

「邪馬台国は、阿久仁村が滅びたときに、完全に滅びたのだよ」

那智がいった。麻弥子が血にとらわれないと決めた以上、やはり滅びたのだ。

そして、阿久仁村遺聞から続いた邪馬台国への道程については、おそらく世に明かされることはないだろう。紫煙をくゆらせる那智の背中に語りかけることもできず、内藤は窓の外に目を向けた。

4

「麻弥子さんは、警察には行かなかったようですね」

テレビや新聞でも、その後の進展は報じられなかった。犯人像は依然として不明のようだった。もしかしたら、麻弥子自身も姿を消してしまったのかもしれない。祖父である澤村の心情を慮《おもんぱか》れば、思い切った行動はできなかったのだろう。

シンデレラ・ストーリーを語った祖父と、それを胸躍らせながら聞いた幼き孫。その後は相反する思いで生きたとしても、血のつながった親族としての情は消えていなかったということなのか。月日の流れと共に、いずれは事件そのものが人の記憶から消えていくのだろう。

研究室の扉がノックされた。由美子が立って扉に向かう。

「失礼するよ」

そう断わって入ってきたのは、高杉だった。

「那智先生に、手紙が来ていたのでな」

白い封筒を差し出した。那智が手を伸ばし、ひっくり返した。

「須田麻弥子……」

内藤と由美子が、えっと声をあげた。那智の手元を覗《のぞ》き込むと、女性らしい流麗な文字が連なっていた。たしかに須田麻弥子とある。差出人の住所は記されていない。

「誰だね」

内藤たちの反応に、高杉が不思議そうにいった。

「阿久仁村遺聞に関係する人です」

「あの古文書か」

高杉が、合点がいくといった顔をした。中屋が古書店の主人と揉《も》めて警察沙汰《ざた》になった折に、那智の代わりに、身元引受人として高杉に出向いてもらっていた。

「ということは、その手紙の主が南朝の末裔で、邪馬台国の血を引くという女性か」

そう答えるのに、内藤はおどろいた。全部を那智が話したとみていい。彼女が越名に裏鬼道を仕掛けた人物だということも承知しているのだろう。

那智が鋏《はさみ》を手にして、封を切った。中から便箋《びんせん》を取り出す。広げて目を通し、二枚目、三枚目とめくると、そのまま内藤に差し出した。便箋を目で追っていたのはほんの一瞬だが、本の右と左のページを同時に読む那智ならば、すべてを見てとっているはずだ。

内藤は受け取ると、皆にわかるようにと声に出して読み始めた。

「拝啓、蓮丈那智様。この間は突然失礼致しました」

いきなり病院を訪れた非礼をお許しください、と続いていた。

「祖父から電話がありました。どこにいるとか、いまどうしているかなどは、一切何も話しません。私は不安になって、榊原さんのことを尋ねてみました。事件のことを知っているのか、と。祖父は新聞で見たといいました。もしかしたら、その死に関わっているのではないかと訊《き》くと、祖父は黙っていました」

澤村老人の沈黙は肯定なのか。由美子も目を見開いている。

「受話器の向こうからは、荒い息遣いが聞こえてきました。それで確信しました。祖父は榊原さんの死と無縁ではないと。祖父は言いました。私は充分に働いたから、もういい。お前も自分の道を進みなさい、と」

「考えが変わったということでしょうか」

由美子の声には、半信半疑という響きがある。無理もない。今までの妄執とは、正反対の内容である。孫の麻弥子に、時が来れば南朝再興を委《ゆだ》ねる考えだったはずである。だからこそ、反対派に与《くみ》してしまった麻弥子を取り戻すために、彼女を引き入れた榊原を殺したのではないのか。

「澤村は榊原を殺していないとか」

「それならば、姿を隠す必要はなかろう」

高杉が言下にいった。

「そうですよねえ」

つい内藤も歯切れが悪くなった。榊原の死に無関係ならば、澤村が逃げ隠れする理由などないのだ。

「だいたい、須田麻弥子なる女性は、殺人事件には関わっていないのだろう」

「だが古書店主の榊原とは行動を共にしていた。澤村は、彼女の祖父だしな。かりに澤村が殺していないとしても、寝覚めは悪いだろう」

那智の述懐に、高杉が納得したようにうなずいた。越名に催眠術を掛け、榊原と共に罠《わな》にかけたのだ。いわばその相棒が殺されて、平静なわけがない。

榊原が澤村に殺されたというのは、麻弥子を含め、内藤たちが推測しているだけである。報道による限り、警察も犯人を絞り込めていないようだ。

もっと早くに澤村が麻弥子の呪縛《じゅばく》を解いてやれたら、榊原の死という惨劇は防げたのではないか。そうすればそもそも麻弥子が榊原に与することもなく、ひいては越名が巻き込まれることもなかった。那智の手元に阿久仁村遺聞が舞い込むこともなく、本来の研究に没頭できたはずなのだ。

内藤は再び便箋に目を落とした。

「私としては、この件はこれで終わりにできればと願っています。祖父の言葉に従うわけではありませんが、今は前に進みたいと思います。これからは、自分の道をしっかり歩んで参る所存でございます。以後、蓮丈先生へのご連絡は致しませんので、なにとぞご了解ください。また、阿久仁村遺聞ですが、こちらでは不要のものでございます。もう一生関わりあいたくないと思うのみです。どうぞそちらでご随意にご処分の程、よろしくお願いいたします。勝手なお願いで申し訳ございません。末筆ながら、鏡を見せていただいたこと、深く感謝しております。須田麻弥子」

読み終えると、内藤は手紙を折りたたんだ。麻弥子は、一人の人間として新たな人生を送れるようになるだろう。自分のことをシンデレラと信じた甘い思い出は、これを限りに胸の中に仕舞われるのだ。

だが――と、内藤は同時に思った。

本当にそれは可能なのだろうか。越名によれば、自分たちに与すれば、働かなくとも生活に困らないだけの額を用立てられると、麻弥子たちは豪語したという。それほどの資金を有し、人員を擁する組織がバックにあったということだ。麻弥子はそれと真に縁を切ることができるのだろうか。

「鏡というのは、三角縁神獣鏡《さんかくぶちしんじゅうきょう》のコピーのことだね」

高杉の声で、内藤は我に返った。血を巡るしがらみならば、麻弥子のほうがよく知っているはずだ。それでも選んだ道は、茨《いばら》であろうと輝かしく進むべき道なのである。

「阿久仁村で作られたものだそうです」

高杉がちらと内藤を見る。

「私も見てみたかったな」

心底残念そうな声だが、内藤は口を開かなかった。返答のしようがない。窺《うかが》った那智の目も、特に何の指示も出してはいないように思えた。

「阿久仁村遺聞は放棄するということなのだね」

高杉の声が、確認するような響きを帯びていた。

「ええ。いまは先生の元にあります」

「処分するのか？」

「資料だからね」

那智の短い答えには、当然という響きがあった。資料である限り、捨てることなどありえないということだ。

「ともかくは、丸く収まったということなのかな」

高杉の問いに、那智が相変わらずの顔を向けた。

「となろうかね」

那智に議論をする気も、懇切丁寧に説明する気もないのを知ってか、高杉が不承不承というふうに、何度かうなずいた。

「しかし、本当にトラブルに巻き込まれる体質だな」

内藤になのか那智になのか不明だが、そう言って、

「じゃあ、私は退散するよ」

高杉は部屋を出て行った。心中で、その体質は決して僕じゃありませんといいながら那智を窺うと、氷のような表情をしており、高杉の皮肉がこたえている様子はない。

「本当に鏡が見たかったようですね」

「仕方ないさ」

大して気にも留めていないような声が返ってきた。それが蓮丈那智の宿命かもしれない。

那智の机の上に、見慣れない本が積み上げてある。すでに次の考察が始まっているのだ。

「ミ・ク・ニ」

内藤でもなく、三國でもない、その独特のイントネーションで呼ばれ、内藤は反射的に、はいと答えて立ち上がった。

「頼んでいたことは出来ているかい」

内藤はさっきプリントアウトした紙の束を手に取り、那智に差し出した。

機械で削りだしたような、無駄のないシルエットをした指が、それを一枚一枚めくっていく。精密な加工品を思わせる指が、リズミカルに動いていた。

僕は一生ついていきますから。

その言葉を胸の裡《うち》で呟《つぶや》き、内藤は彼女を見詰めた。目の前には異端で美貌《びぼう》の民俗学者、蓮丈那智がいる。

明治期に企てられた闇《やみ》のシナリオは、幾度目かの眠りについた。だが歴史の狭間《はざま》で、いつまた目覚め、我々を襲ってくるかもしれない。

その日もこうやって、自分は那智のそばにいるのだろう。どれほどの困難が降りかかってきても、那智と共にそれに立ち向かうのだ。冬狐堂、越名、そして由美子と共に。

窓から差し込む光は、実にのどかで静かだった。すでに新たな研究は始まっているのだ。ひっそりと眠る阿久仁村遺聞が再び目覚める日まで。

《主要参考文献》

『古事記』（岩波文庫）
『日本書紀』上下（講談社学術文庫）
『桃太郎と邪馬台国』前田晴人（講談社現代新書）
『アトランティス・ミステリー』庄子大亮（ＰＨＰ新書）
『さまよえる邪馬台国』田中文也（日本海新聞　２００７年４月〜８月、２００７年12月〜２００８年３月）

その他、書籍・新聞・雑誌・ウェブサイトの記事を参考にしました。

あとがき

浅野里沙子

二〇一〇年一月二十五日。この日を境に、作家、北森鴻《こう》氏は作品を紡《つむ》ぐことが出来なくなってしまった。

当時、北森氏は、月刊誌、季刊誌などに連載を何本か持っていた。既にご本人がゲラを送り返していて、無事出版されたのもあれば、未完のまま単行本化されたものもある。枚数が少なすぎて、文庫に併録された小説もある。そして、「鏡連殺」のタイトルで「小説新潮」に連載されていた本作は、すぐに出版とはならなかった。それは、「ミステリー作品は、結末のない状態で出すのは難しい」との、編集者の判断のためであった。

それから北森鴻氏の雑誌、単行本、文庫各担当者の話し合いの場が持たれた。この作品をこのまま埋もれさせるのは忍びない。どうしたらこの未完の作品を出版できるだろうか。その結果が、第三者に書き継いでもらおうという結論になったのである。

それを聞いた時、私は「自分が書きたい」と申し出ていた。当時私はデビュー一年目の新米作家であった。とてもではないが、北森鴻氏の足元にも及ばない。だが己の技量を顧みる前に、書きたいという思いが先行していた。私と北森氏は結婚を約束した間柄であったからというのもあるし、北森鴻という作家のこの作品を、読者の下に届けたいという思いが強かったからでもあった。

北森氏は、小説に対して真摯《しんし》で、いつも全精力を傾けた「仕事」をしていた。特にこの蓮丈那智シリーズでは、真価を発揮していた気がする。本作でシリーズ初の長編の主題として選んだのが邪馬台国《やまたいこく》だが、これも書くために資料を集めたのではなく、ずっと以前から興味を持って考えていた素材なのである。

御遺族のご厚意で、私は山のような資料を貰《もら》い受けた。その中から創作ノートを探し出し、ページをくまなくめくった末に見つけたのは、作中で重要なポイントとなる阿久仁村《あぐにむら》遺聞の解読法と、幾つかのメモだけであった。

北森氏は初期の作品では実に綿密なプロットを立てていた。だが本作に関してはほとんど残されていない。あと三、四回で完結するといっていたが、補完のための最大の手がかりは、連載分のテキストのみという状況である。プロットがなければ、新たに作るしかない。そこで担当諸氏と共に、「北森鴻ならばどう考えるだろうか」という仮定の下に続きを考えることになった。なので、私が書き継いだ部分は、北森鴻の創作とは言えない。

北森氏ご本人は納得してくれただろうか、怒ってはいないだろうかと、そのあたりが少し不安ではある。しかしながら、担当諸氏のご尽力あってこそ書き上げられたものので、私だけの力ではやり通せなかったことである。深く深く感謝するばかりである。

北森鴻はこの世にいない。だが作品は永遠に残る。この遺作を、北森鴻からの贈り物として、読者に受け取っていただきたいと願うばかりである。

解説

千《せん》街《がい》晶《あき》之《ゆき》

二〇一〇年一月、北森鴻《こう》が四十八歳の若さで逝去したという悲報がミステリ界を驚かせてからもう四年近くになるけれども、その時の衝撃は今も記憶に生々しい。

一九六一年に山口県で生まれた北森は、一九九五年に『狂乱 廿《にじゅうし》四孝』で第六回鮎《あゆ》川《かわ》哲也賞を受賞して小説家デビューし、一九九九年には『花の下にて春死なむ』で第五十二回日本推理作家協会賞・短編および連作短編集部門を受賞した。その得意分野は、歴史ミステリ、美術ミステリ、ユーモア・ミステリなど多岐に亘《わた》っていたが、中でも、『メイン・ディッシュ』(一九九九年)や『共犯マジック』(二〇〇一年)などのような、独立した物語群が最後の一篇でひとつの話としてつながる連作短篇集を十八《おは》番《こ》としていた。入念な取材の土台の上で繰り広げられる虚実皮膜の物語と凝った謎《なぞと》解きの融合は余人の追随を許さなかった。そして何よりも、エンターテイナーとしてのプロ意識の強さが印象的な作家だった。

その歿後《ぼつご》にも、北森の作品は数冊刊行されている。『うさぎ幻化行《げんげこう》』（二〇一〇年）のように、本人が生前ゲラに手を加えていたため、完全な状態で刊行されたと言っていい作品もあれば、『暁英《きようえい》　贋説《がんせつ》・鹿鳴館《ろくめいかん》』（二〇一〇年）のように、結末がない状態のまま単行本化された作品もあるが、未完作品も含めて歿後にこれほど立て続けに刊行された例は珍しいのではないか。ひとつでも多く北森の小説を読みたい……という根強いファンが、それだけ多く存在しているという証拠だろう。

本書『邪馬台《やまたい》　蓮丈那智《れんじようなち》フィールドファイルⅣ』（二〇一一年一〇月、新潮社）も、著者の歿後に刊行された一冊である。雑誌《小説新潮》二〇〇八年一〇月号から『鏡《かがみ》連殺《れんさつ》』というタイトルで連載がスタートしたこの小説は、著者の急逝により、連載十七回目にあたる二〇一〇年二月号で中絶した（第六章「記紀考」の四節の最後、本書では四三七ページの「同時に病室の電灯が室内を照らし出した。」という一行で連載は終わっている）。この遺稿を、彼の公私にわたるパートナーだった浅野里沙子《りさこ》が、残された構想ノートをもとにその後の三分の一ほどを補筆して完成させたのが本書なのだ。なお、作者の死去によって中絶したミステリを他の作家が完成させた例としては、坂口安吾『復員殺人事件』（高木彬光《あきみつ》が『樹《き》のごときもの歩く』というタイトルで完成）、天藤真『日曜日は殺しの日』（草野唯雄《そうのただお》が完成）、山村美紗《みさ》『龍野《たつの》武者行列殺人事件』（西村京太郎が完成）などが思い浮かぶ。

著者は複数のシリーズものを並行して発表していたけれども、「蓮丈那智フィールドファイル」は、中でも最も人気と評価が高かったもののひとつだ。このシリーズは左記の四冊が刊行されている。

1『凶笑面　蓮丈那智フィールドファイルⅠ』二〇〇〇年（新潮社→新潮文庫）「鬼《き》封《ふう》会《え》」「凶笑面」「不帰屋《かえらずのや》」「双死神」「邪宗仏」を収録

2『触身仏《しょくしんぶつ》　蓮丈那智フィールドファイルⅡ』二〇〇二年（新潮社→新潮文庫）「秘《ひ》供《く》養《よう》」「大黒闇《だいこくやみ》」「死満瓊《しのみつるたま》」「触身仏」「御蔭講《おかげこう》」を収録

3『写楽・考　蓮丈那智フィールドファイルⅢ』二〇〇五年（新潮社→新潮文庫）「憑《より》代忌《しろき》」「湖底祀《みなそこのまつり》」「棄神祭」「写楽・考」を収録

4『邪馬台　蓮丈那智フィールドファイルⅣ』二〇一一年（新潮社→新潮文庫）本書

実はこの四冊のほかに、別シリーズに蓮丈那智が客演している作品もあるのだが、それについてはあとで触れたい。

探偵役の東敬大学助教授（のちに准教授）・蓮丈那智は、常識に囚《とら》われない発想と規格外の行動力によるフィールドワークで特異な研究成果を出し続けているため、異端の民俗学者と呼ばれている（『凶笑面　蓮丈那智フィールドファイルⅠ』巻頭に「諸星《もろほし》大二郎先生の『妖怪ハンター』に捧《ささ》ぐ」とあるように、那智というキャラクターの発想源は諸星大二郎のコミック「妖怪ハンター」シリーズに登場する異端の考古学者・稗田《ひえだ》礼二郎にあるのかも知れない）。しかし那智が学界で敬遠されるのは研究方法が異端であるからだけではなく、美貌《びぼう》の持ち主だが性別を超えたような佇《たたず》まいがあり、徹底したクールな性格で、多少のことでは動じず、誰が相手であっても寸鉄人を刺すような喋《しゃべ》り方をするからでもあるようだ。民俗学では、実存と実地、採取を旨《むね》とする柳田国男型と、多くを直感に頼り、直感をもとに実証してゆく折口信夫《しのぶ》型とがあるが、那智はそのどちらにも当てはまらず、どちらをも兼ね備えているとされる。そして彼女が民俗学の調査に乗り出すと、どういうわけか殺人などの犯罪に巻き込まれることが少なくない。

そんな彼女のワトソン役を務めるのは助手の内藤三國《みくに》である。一見凡庸で気弱な人物で、特に那智には頭が上がらないけれども、実は彼女も一目置くほどの非凡な直感力の持ち主だ（なお、「凶笑面」が二〇〇五年にフジテレビ系「金曜エンタテイメント」枠でドラマ化された際は、蓮丈那智を木村多江が、内藤三國を岡田義徳《よしのり》が演じていた）。このほか、レギュラーまたはセミレギュラーの登場人物として、シリーズの進行とともに次第に正体が明らかになってくる東敬大学の狐目《きつねめ》の教務部主任・高杉康文、「御蔭講」から蓮丈那智研究室のもうひとりの助手となった佐江由美子がいる。

このシリーズのミステリとしての特色は、民俗学に関する斬新《ざんしん》な仮説と、現代に起きる殺人事件の謎解きとの融合にある。『凶笑面　蓮丈那智フィールドファイルⅠ』新潮文庫版の解説で法月綸太郎《のりづきりんたろう》が指摘しているように、このシリーズでは、過去の伝承の解釈と、現在の殺人事件の謎解きが重ね合わせられているにとどまらず、両者の類比関係が何故《なぜ》生じるのかという第三の謎が組み込まれ、那智の推理は三重化されたかたちで提示される。

ただし、本書に見られるのは今までにない趣向である。それは、シリーズそのものの基本的なフォーマットと、作中で扱われる古代や明治時代の謎との類比性だ。本書で繰り返し説かれているように、悪《あ》しき記憶を抹殺しようとする意志と、それを記録しておこうとする意志――この背中合わせで相反する行為が、民俗学で研究される対象にはついてまわっている。実は「蓮丈那智フィールドファイル」というシリーズのそもそもの設定自体、記憶の抹殺と記録という矛盾を孕《はら》んでいる。那智が関わった民俗学の調査のうち、事件が絡《から》んだせいで学説として発表出来なかった事案についての封印されたファイル集……というのがこのシリーズのフォーマットなのだから。これまでのシリーズ作品にも、古《いにしえ》の人々が忌《い》まわしい事実の風化を望みつつ、わざわざ記録して後の世に伝えようとしたかのような物語があったけれども、作中の謎とこのフォーマットの類似をここまで強調したのは本書が初めてである。公表を許されず、本来ならば闇に葬《ほうむ》られるべき研究結果を、那智は何故ファイルにまとめて秘蔵しているのか。「不帰屋」などを除いて、今までは言及されることが殆《ほとん》どなかったその問題を、本書は民俗学の研究対象が内包する矛盾との類比によって暗黙のうちに物語っている。

本書の特異性はほかにもある。シリーズ四冊のうち、『写楽・考　蓮丈那智フィールドファイルⅢ』までは一話完結スタイルの短篇または中篇で統一されていた。従って、作品の構成上、謎解きの鋭い切れ味こそが最優先されてきた。言い換えれば、作中でどれだけ大胆で斬新な（長篇ひとつを優に支えられそうな）民俗学的仮説が提示されようと、そのひとつひとつを深く掘り下げるというよりは、物語の鮮烈な幕切れに奉仕しなければならない。これに対し、本書は著者が満を持して取りかかったシリーズ初の長篇である。現代の事件の謎解きのみならず――いや、むしろ謎解き以上に、民俗学的なフィールドにおける本格的な仮説を打ち立てたいという思いが、著者の中にあったのではないだろうか。

明治九年、かつて因幡《いなば》・伯耆《ほうき》・隠岐《おき》の三国を有し、幕末には尊皇攘夷《そんのうじょうい》に努めた鳥取県が、佐幕派の松江藩だった隣国の島根県に吸収された。これを不服とする士族たちの嘆願により、明治十四年には鳥取県が再び置かれる。だが、その時、島根との県境近くにあった小村が消滅させられたことに誰も気づかなかった。その名は阿久仁村《あぐにむら》。

時は流れて現代。邪馬台国の研究に着手しようとしていた蓮丈那智のもとに、骨董《こっとう》商《しょう》の「雅蘭堂《がらんどう》」こと越名集治から「阿久仁村遺聞」という古文書が届けられた。阿久仁村の生き残りが書いたと思われるそれは、全部で二十五の断章から成っているが、内容も文体もまちまちであり、誰が何の目的で編んだのか謎に包まれている。だが、鳥取への旅行から帰ってきた越名は、どこか性格が変わったような様子だった。そして、那智と内藤の周囲で陰謀が渦巻き、不可解な事件が起こりはじめる……というのが本書の内容である。

今回のテーマは大きく言えば二つあり、両者は密接に絡んでいる。ひとつは、タイトルにある邪馬台国の謎である。言うまでもなく邪馬台国とは、古代中国・西晋《せいしん》の陳《ちん》寿《じゅ》が記した史書『三国志』の中の『魏志倭人伝《ぎしわじんでん》』に記されている倭国（古代日本）にあった国家であり、その女王・卑弥呼《ひみこ》は、鬼道（呪術《じゅじゅつ》）により衆人を惑わすシャーマンであったという。邪馬台国の所在地や卑弥呼の正体については、学者・素人《しろうと》を問わず、昔から無数の仮説が飛び交っている。ミステリ界でも、『邪馬台国の秘密』を書いた高木彬光をはじめ、「陸行水行」の松本清張、『「邪馬台国の謎」殺人事件』の深谷忠記《ただき》、『邪馬台国はどこですか？』の鯨統一郎、『箸墓《はしはか》幻想』の内田康夫ら、邪馬台国の謎を作中で大なり小なり扱った作家は数多い。それらの前例に食い込むからには、求められるハードルの高さは承知の上での挑戦だった筈《はず》だ。主人公が蓮丈那智という民俗学者である以上、考古学的ではなく民俗学的なアプローチで邪馬台国の謎を解くというのが、類書にはない本書の特色と言える。那智は邪馬台国の所在地に対してはさして興味を示さず、「鉄」と「酒」をキーワードにして、その国としての本質に迫ってゆく。記紀や『魏志倭人伝』などに記録されたものと封印されたものとは何か——。邪馬台国の正体を浮かび上がらせると同時に、記紀の成立の驚くべき秘密までも暴いてゆく那智の推理は極めてスリリングだ。

もうひとつの大きなテーマは廃村の謎を秘めた「阿久仁村遺聞」の解読だが、こちらに関しては、他のシリーズとのリンクについて説明しておかなければならない。本書には、著者が生んだもうひとりの人気ヒロイン、旗師（店舗を持たない骨董商）の「冬狐堂《とうこどう》」こと宇佐見陶子《とうこ》や、『孔雀《くじゃく》狂想曲』（二〇〇一年）に登場した「雅蘭堂」こと越名集治（宇佐見陶子シリーズにもサブキャラクターとして登場）が重要な役割を果たしている。那智と内藤のみならず彼らも事件に巻き込まれることで（越名に至っては、謎めいた女によって「裏鬼道・御霊《みたま》おろし」なる怪しげな術をかけられる）、事件のスケールの大きさと、その背景で蠢《うごめ》く妄執の恐ろしさが読者に迫ってくるようになっている。

「蓮丈那智フィールドファイル」が他のシリーズとリンクするのは、本書が初めてではない。「双死神」には既に陶子が登場していたし、この作品で那智と陶子が顔を合わせたビア・バーは、『花の下にて春死なむ』などの舞台となった「香菜里屋《かなりや》」であろう。実は「双死神」は、宇佐見陶子シリーズの第二長篇『狐闇』（二〇〇二年）の予告篇のような内容である。ここでは那智が陶子に協力し、ともに歴史の闇を孕む大陰謀に挑むことになる。また「写楽・考」には陶子が再登場して那智に協力していた。

ただし、それらの作品は、単独で読んでも問題はないのに対し、本書は『狐闇』の事実上の続篇となっているため、先に『狐闇』を読んでおくに越したことはない。いや、続篇というより、蓮丈那智・宇佐見陶子両シリーズの第一ステージの終着点のような印象もあるのだ。

のみならず、本書の内容は、『狐闇』でも名前を伏せたかたちで言及された明治期の実在の僧侶・能海寛《のうみゆたか》を主人公にした歴史小説『暁の密使』（二〇〇六年）の内容とも深く関連している。つまり、ここから浮かび上がるのは、複数の作品を貫く「北森史観」とも言うべき独自の壮大な歴史観なのだ。それに説得力を持たせるべく、本書においては、執筆当時の国内情勢・世界情勢や考古学界での新発見までもが連載中にリアルタイムで取り込まれている。例えば、浅野里沙子のエッセイ「北森鴻の絶筆を書き継いで」（《波》二〇一一年一一月号）によれば、作中で言及される、箸墓古墳が卑弥呼の墓だと示唆《しさ》する国立歴史民俗博物館の調査結果（二〇〇九年）に関しては、連載中のことだったため北森もかなり慌《あわ》てた様子だったというが（北森の最大の盟友である作家・愛川晶《あきら》が《小説新潮》二〇一〇年四月号に寄稿した追悼文「北森鴻さんと『鏡連殺』」によると、愛川との電話の際にも「いきなりあんなものが出てくるんだもんなあ」とぼやいていたらしく、衝撃の大きさが窺《うかが》える）、作中ではこの最新のトピックを巧みに取り入れて那智に批判させ、かえって那智というキャラクターの怜悧《れいり》さと、物語がリアルタイムで進行しているという迫真性の強調に成功している。小泉純一郎政権下での皇室典範改正の動きや、北京《ペキン》オリンピック（二〇〇八年）直前にチベットで起きた暴動など、国内外の実際のトピックも、本書の物語のリアリティを不気味なほどに補強している。

　気宇壮大な仮説を打ち立てつつ、それを支えるデータによって荒唐無《こうとうむ》稽《けい》とは感じさせないのが、優れた歴史伝奇小説の醍醐《だいご》味《み》である。本書はそんな伝奇小説ならではの面白さと本格ミステリとしての緻密《ちみつ》さを両立させようとした作品だった。完結を待たずしてこの世を去ったことは、著者にとってさぞや無念だったに違いないけれども、未完だからといって埋もれさせることなく、このようなかたちで世に問うたことは間違いなく正しい判断だった。これまでに発表してきた作品群の底流となっていた壮大な「北森史観」の総括としても、何重にも練られた本格ミステリとしても読める見事な作品に仕上がったのだから。

本書を完結させた浅野里沙子は二〇〇九年に『六道《ろくどう》捌《さば》きの龍《りゅう》　闇の仕置人　無頼控』でデビューし、この作品に始まる「闇の仕置人　無頼控」シリーズを発表していたが、作家としては新人と言っていい立場だった。北森の遺品に「阿久仁村遺聞」の解読法などのメモがあったとはいえ、本書を完結させるのは大変であったろうと推察される。そのプレッシャーに屈することなくここまでの作品に仕上げられたのは、北森の作品を愛する担当編集者たちの心強いバックアップもあったからに違いない。

それにしても——。前出「北森鴻の絶筆を書き継いで」によれば、北森は生前、日頃から「俺の頭の中には、十年先までの構想があるんだ」と語っていたという。彼の脳内のデータベースでは、どれだけの斬新なアイディアが蓄積され、どれだけ多彩な物語が出番を待ち受けていたのだろうか。しかしそれらの構想は、あまりにも早すぎる死とともに永遠に失われてしまった。その片鱗《へんりん》を推し量るためにも、本書が今回の文庫化により、更に多くの読者の目に触れることを期待したい。

（二〇一三年十一月、ミステリ評論家）

この小説は「小説新潮」二〇〇八年十月号〜二〇一〇年二月号に「鏡連殺」と題して連載された。著者の北森鴻氏急逝により中断した後は氏の遺した構想ノートに基づいて浅野里沙子氏が書き継ぎ、単行本刊行に際して『邪馬台』と改題した。

この作品は二〇一一年十月新潮社より刊行された。
文庫化にあたり改訂を行った。

邪《や》馬《ま》台《たい》

蓮丈那智フィールドファイルⅣ

新潮文庫　き－24－4

平成二十六年二月一日発行
平成二十六年二月二十日三刷

著者　北《きた》森《もり》鴻《こう》　浅《あさ》野《の》里《り》沙《さ》子《こ》

発行者　佐藤隆信

発行所　株式会社　新潮社

郵便番号　一六二―八七一一
東京都新宿区矢来町七一
電話　編集部(〇三)三二六六―五四四〇
読者係(〇三)三二六六―五一一一
http://www.shinchosha.co.jp

価格はカバーに表示してあります。

乱丁・落丁本は、ご面倒ですが小社読者係宛ご送付ください。送料小社負担にてお取替えいたします。

印刷・大日本印刷株式会社　製本・株式会社大進堂

ISBN978-4-10-120724-7　C0193